VINGT ANS APRÈS

Alexandre DUMAS
CHEZ *POCKET*

LES TROIS MOUSQUETAIRES
LE COMTE DE MONTE-CRISTO
LA REINE MARGOT
HISTOIRES DE FÉES ET DE SORCIÈRES
HISTOIRES DE VAMPIRES ET DE MORTS VIVANTS

POCKET CLASSIQUES

collection dirigée par Claude AZIZA

ALEXANDRE DUMAS

VINGT ANS APRÈS

II

Préface et « Clés de l'œuvre »
par Claude AZIZA

POCKET

ISBN : 2-266-11804-8

32
Le bac de l'Oise

Nous espérons que le lecteur n'a point tout à fait oublié le jeune voyageur que nous avons laissé sur la route de Flandre.

Raoul, en perdant de vue son protecteur, qu'il avait laissé le suivant des yeux en face de la basilique royale, avait piqué son cheval pour échapper d'abord à ses douloureuses pensées, et ensuite pour dérober à Olivain l'émotion qui altérait ses traits.

Une heure de marche rapide dissipa bientôt cependant toutes ces sombres vapeurs qui avaient attristé l'imagination si riche du jeune homme. Ce plaisir inconnu d'être libre, plaisir qui a sa douceur, même pour ceux qui n'ont jamais souffert de leur dépendance, dora pour Raoul le ciel et la terre, et surtout cet horizon lointain et azuré de la vie qu'on appelle l'avenir.

Cependant il s'aperçut, après plusieurs essais de conversation avec Olivain, que de longues journées passées ainsi seraient bien tristes, et la parole du comte, si douce, si persuasive et si intéressante, lui revint en mémoire à propos des villes que l'on traversait, et sur lesquelles personne ne pouvait plus lui donner ces renseignements précieux qu'il eût tirés d'Athos, le plus savant et le plus amusant de tous les guides.

Un autre souvenir attristait encore Raoul : on arrivait à Louvres, il avait vu, perdu derrière un rideau de peupliers, un petit château qui lui avait si fort rappelé celui de La Vallière, qu'il s'était arrêté à le regarder près de dix minutes, et avait repris sa route en soupirant, sans même répondre à Olivain, qui l'avait interrogé respectueusement sur la cause de cette attention. L'aspect des objets extérieurs est un mystérieux conducteur, qui correspond aux fibres de la mémoire et va les réveiller quelquefois malgré nous ; une fois ce fil éveillé, comme celui d'Ariane, il conduit dans un labyrinthe de pensées où l'on s'égare en suivant cette ombre du passé qu'on appelle le souvenir. Or, la vue de ce château avait rejeté Raoul à cinquante lieues du côté de l'occident, et lui avait fait remonter sa vie depuis le moment où il avait pris congé de la petite Louise jusqu'à celui où il l'avait vue pour la première fois, et chaque touffe de chêne, chaque girouette entrevue au haut d'un toit d'ardoises, lui rappelaient qu'au lieu de retourner vers ses amis d'enfance, il s'en éloignait chaque instant davantage, et que peut-être même il les avait quittés pour jamais.

Le cœur gonflé, la tête lourde, il commanda à Olivain de conduire les chevaux à une petite auberge qu'il apercevait sur la route à une demi-portée de mousquet à peu près en avant de l'endroit où l'on était parvenu. Quant à lui, il mit pied à terre, s'arrêta sous un beau groupe de marronniers en fleurs, autour desquels murmuraient des multitudes d'abeilles, et dit à Olivain de lui faire apporter par l'hôte du papier à lettres et de l'encre sur une table qui paraissait là toute disposée pour écrire.

Olivain obéit et continua sa route, tandis que Raoul s'asseyait le coude appuyé sur cette table, les regards vaguement perdus sur ce charmant paysage tout parsemé de champs verts et de bouquets d'arbres, et faisant de temps en temps tomber de ses cheveux ces fleurs qui descendaient sur lui comme une neige.

Raoul était là depuis dix minutes à peu près, et il y en avait cinq qu'il était perdu dans ses rêveries, lorsque dans le cercle embrassé par ses regards distraits il vit se mouvoir une figure rubiconde qui, une serviette autour du corps, une serviette sur le bras, un bonnet blanc sur la tête, s'approchait de lui, tenant papier, encre et plume.

— Ah ! ah ! dit l'apparition, on voit que tous les gentilshommes ont des idées pareilles, car il n'y a qu'un quart d'heure qu'un jeune seigneur, bien monté comme vous, de haute mine comme vous, et de votre âge à peu près, a fait halte devant ce bouquet d'arbres, y a fait apporter cette table et cette chaise, et y a dîné, avec un vieux monsieur qui avait l'air d'être son gouverneur, d'un pâté dont ils n'ont pas laissé un morceau, et d'une bouteille de vieux vin de Mâcon dont ils n'ont pas laissé une goutte; mais heureusement nous avons encore du même vin et des pâtés pareils, et si monsieur veut donner ses ordres…

— Non, mon ami, dit Raoul en souriant, et je vous remercie, je n'ai besoin pour le moment que des choses que j'ai fait demander; seulement je serais bien heureux que l'encre fût noire et que la plume fût bonne; à ces conditions je paierai la plume au prix de la bouteille, et l'encre au prix du pâté.

— Eh bien ! monsieur, dit l'hôte, je vais donner le pâté et la bouteille à votre domestique, de cette façon-là vous aurez la plume et l'encre par-dessus le marché.

— Faites comme vous voudrez, dit Raoul, qui commençait son apprentissage avec cette classe toute particulière de la société qui, lorsqu'il y avait des voleurs sur les grandes routes, était associée avec eux, et qui, depuis qu'il n'y en a plus, les a avantageusement remplacés.

L'hôte, tranquillisé sur sa recette, déposa sur la table papier, encre et plume. Par hasard, la plume était passable, et Raoul se mit à écrire.

L'hôte était resté devant lui et considérait avec une espèce d'admiration involontaire cette charmante figure si sérieuse et si douce à la fois. La beauté a toujours été et sera toujours une reine.

— Ce n'est pas un convive comme celui de tout à l'heure, dit l'hôte à Olivain, qui venait rejoindre Raoul pour voir s'il n'avait besoin de rien, et votre jeune maître n'a pas d'appétit.

— Monsieur en avait encore il y a trois jours, de l'appétit, mais que voulez-vous ! il l'a perdu depuis avant-hier.

Et Olivain et l'hôte s'acheminèrent vers l'auberge. Olivain, selon la coutume des laquais heureux de leur condition, racontant au tavernier tout ce qu'il crut pouvoir dire sur le compte du jeune gentilhomme.

Cependant Raoul écrivait :

« *Monsieur,*

Après quatre heures de marche, je m'arrête pour vous écrire, car vous me faites faute à chaque instant, et je suis toujours prêt à tourner la tête, comme pour répondre lorsque vous me parliez. J'ai été si étourdi de votre départ, et si affecté du chagrin de notre séparation, que je ne vous ai que bien faiblement exprimé tout ce que je ressentais de tendresse et de reconnaissance pour vous. Vous m'excuserez, monsieur, car votre cœur est si généreux, que vous avez compris tout ce qui se passait dans le mien. Écrivez-moi, monsieur, je vous en prie, car vos conseils sont une partie de mon existence ; et puis, si j'ose vous le dire, je suis inquiet, il m'a semblé que vous vous prépariez vous-même à quelque expédition périlleuse, sur laquelle je n'ai point osé vous interroger, car vous ne m'en avez rien dit. J'ai donc, vous le voyez, grand besoin d'avoir de vos nouvelles. Depuis que je ne vous ai plus là, près de moi, j'ai peur à tout moment de manquer. Vous me souteniez puissamment, monsieur, et aujourd'hui, je le jure, je me trouve bien seul.

Aurez-vous l'obligeance, monsieur, si vous recevez des nouvelles de Blois, de me toucher quelques mots de ma petite amie Mlle de La Vallière, dont, vous le savez, la santé, lors de notre départ, pouvait donner quelque inquiétude ? Vous comprenez, monsieur et cher protecteur, combien les souvenirs du temps que j'ai passé près de vous me sont précieux et indispensables. J'espère que parfois vous penserez aussi à moi, et si je vous manque à de certaines heures, si vous ressentez comme un petit regret de mon absence, je serais comblé de joie en songeant que vous avez senti mon affection et mon dévoue-

ment pour vous, et que j'ai su vous les faire comprendre pendant que j'avais le bonheur de vivre auprès de vous. »

Cette lettre achevée, Raoul se sentit plus calme ; il regarda bien si Olivain et l'hôte ne le guettaient pas, et il déposa un baiser sur ce papier, muette et touchante caresse que le cœur d'Athos était capable de deviner en ouvrant la lettre.

Pendant ce temps, Olivain avait bu sa bouteille et mangé son pâté ; les chevaux aussi s'étaient rafraîchis. Raoul fit signe à l'hôte de venir, jeta un écu sur la table, remonta à cheval et, à Senlis, jeta la lettre à la poste.

Le repos qu'avaient pris cavaliers et chevaux leur permettait de continuer leur route sans s'arrêter. À Verberie, Raoul ordonna à Olivain de s'informer de ce jeune gentilhomme qui les précédait ; on l'avait vu passer il n'y avait pas trois quarts d'heure, mais il était bien monté, comme l'avait déjà dit le tavernier, et allait bon train.

— Tâchons de rattraper ce gentilhomme, dit Raoul à Olivain, il va comme nous à l'armée, et ce nous sera une compagnie agréable.

Il était quatre heures de l'après-midi lorsque Raoul arriva à Compiègne ; il y dîna de bon appétit et s'informa de nouveau du jeune gentilhomme qui le précédait : il s'était arrêté comme Raoul à l'hôtel de la Cloche et de la Bouteille, qui était le meilleur de Compiègne, et avait continué sa route en disant qu'il voulait aller coucher à Noyon.

— Allons coucher à Noyon, dit Raoul.

— Monsieur, répondit respectueusement Olivain, permettez-moi de vous faire observer que nous avons déjà fort fatigué les chevaux ce matin. Il sera bon, je crois, de coucher ici et de repartir demain de bon matin. Dix-huit lieues suffisent pour une première étape.

— M. le comte de La Fère désire que je me hâte, répondit Raoul, et que j'aie rejoint M. le Prince dans la matinée du quatrième jour : poussons donc jusqu'à Noyon, ce sera une étape pareille à celles que nous avons faites en allant de Blois à Paris. Nous arriverons à huit heures. Les chevaux auront toute la nuit pour se reposer, et demain, à cinq heures du matin, nous nous remettrons en route.

Olivain n'osa s'opposer à cette détermination ; mais il suivit en murmurant.

— Allez, allez, disait-il entre ses dents, jetez votre feu le premier jour ; demain, en place d'une journée de vingt lieues, vous en ferez une de dix, après-demain, une de cinq, et dans trois jours vous serez au lit. Là, il faudra bien que vous vous reposiez. Tous ces jeunes gens sont de vrais fanfarons.

On voit qu'Olivain n'avait pas été élevé à l'école des Planchet et des Grimaud.

Raoul se sentait las en effet ; mais il désirait essayer ses forces, et nourri des principes d'Athos, sûr de l'avoir entendu mille fois parler d'étapes de vingt-cinq lieues, il ne voulait pas rester au-dessous de son modèle. D'Artagnan, cet homme de fer qui semblait tout bâti de nerfs et de muscles, l'avait frappé d'admiration.

Il allait donc toujours pressant de plus en plus le pas de son cheval, malgré les observations d'Olivain, et suivant un charmant petit chemin qui conduisait à un bac et qui raccourcissait d'une lieue la route, à ce qu'on lui avait assuré, lorsque, en arrivant au sommet d'une colline, il aperçut devant lui la rivière. Une petite troupe d'hommes à cheval se tenait sur le bord et était prête à s'embarquer. Raoul ne douta point que ce ne fût le gentilhomme et son escorte ; il poussa un cri d'appel, mais il était encore trop loin pour être entendu ; alors, tout fatigué qu'était son cheval, Raoul le mit au galop ; mais une ondulation de terrain lui déroba bientôt la vue des voyageurs, et lorsqu'il parvint sur une nouvelle hauteur, le bac avait quitté le bord et voguait vers l'autre rive.

Raoul, voyant qu'il ne pouvait arriver à temps pour passer le bac en même temps que les voyageurs, s'arrêta pour attendre Olivain.

En ce moment on entendit un cri qui semblait venir de la rivière. Raoul se retourna du côté d'où venait le cri, et mettant la main sur ses yeux qu'éblouissait le soleil couchant :

— Olivain ! s'écria-t-il, que vois-je donc là-bas ?

Un second cri retentit plus perçant que le premier.

— Eh ! monsieur, dit Olivain, la corde du bac a cassé et le bateau dérive. Mais que vois-je donc dans l'eau ? cela se débat.

— Eh ! sans doute, s'écria Raoul, fixant ses regards vers un point de la rivière que les rayons du soleil illuminaient splendidement, un cheval, un cavalier.

— Ils enfoncent, cria à son tour Olivain.

C'était vrai, et Raoul aussi venait d'acquérir la certitude qu'un accident était arrivé et qu'un homme se noyait. Il rendit la main à son cheval, lui enfonça les éperons dans le ventre, et l'animal, pressé par la douleur et sentant qu'on lui livrait l'espace, bondit par-dessus une espèce de garde-fou qui entourait le débarcadère, et tomba dans la rivière en faisant jaillir au loin des flots d'écume.

— Ah ! monsieur, s'écria Olivain, que faites-vous donc, Seigneur Dieu !

Raoul dirigeait son cheval vers le malheureux en danger. C'était, au reste, un exercice qui lui était familier. Élevé sur les bords de la Loire, il avait pour ainsi dire été bercé dans ses flots ; cent fois, il l'avait traversée à cheval, mille fois en nageant. Athos, dans la prévoyance du temps où il ferait du vicomte un soldat, l'avait aguerri dans toutes ces entreprises.

— Oh ! mon Dieu ! continuait Olivain désespéré, que dirait M. le comte s'il vous voyait ?

— M. le comte eût fait comme moi, répondit Raoul en poussant vigoureusement son cheval.

— Mais moi ! mais moi ! s'écriait Olivain pâle et désespéré en s'agitant sur la rive, comment passerai-je, moi ?

— Saute, poltron ! cria Raoul nageant toujours.

Puis s'adressant au voyageur qui se débattait à vingt pas de lui :

— Courage, monsieur, dit-il, courage, on vient à votre aide.

Olivain avança, recula, fit cabrer son cheval, le fit tourner, et enfin, mordu au cœur par la honte, s'élança comme avait fait Raoul, mais en répétant : « Je suis mort, nous sommes perdus ! »

Cependant le bac descendait rapidement, emporté par le fil de l'eau, et on entendait crier ceux qu'il emportait.

Un homme à cheveux gris s'était jeté du bac à la rivière et nageait vigoureusement vers la personne qui se noyait ; mais il avançait lentement, car il lui fallait remonter le cours de l'eau.

Raoul continuait sa route et gagnait visiblement du terrain ; mais le cheval et le cavalier, qu'il ne quittait pas du regard, s'enfonçaient visiblement : le cheval n'avait plus que les naseaux hors de l'eau, et le cavalier, qui avait quitté les rênes en se débattant, tendait les bras et laissait aller sa tête en arrière. Encore une minute, et tout disparaissait.

— Courage, cria Raoul, courage !

— Trop tard, murmura le jeune homme, trop tard !

L'eau passa par-dessus sa tête et éteignit sa voix dans sa bouche.

Raoul s'élança de son cheval, auquel il laissa le soin de sa propre conservation, et en trois ou quatre brassées fut près du gentilhomme. Il saisit aussitôt le cheval par la gourmette, et lui souleva la tête hors de l'eau ; l'animal alors respira plus librement, et comme s'il eût compris que l'on venait à son aide, il redoubla d'efforts ; Raoul en même temps saisissait une des mains du jeune homme et la ramenait à la crinière, à laquelle elle se cramponna avec cette ténacité de l'homme qui se noie. Sûr alors que le cavalier ne lâcherait plus prise, Raoul ne s'occupa que du cheval, qu'il dirigea vers la rive opposée en l'aidant à couper l'eau et en l'encourageant de la langue.

Tout à coup l'animal buta contre un bas-fond et prit pied sur le sable.

— Sauvé ! s'écria l'homme aux cheveux gris en prenant pied à son tour.

— Sauvé ! murmura machinalement le gentilhomme en lâchant la crinière et en se laissant glisser de dessus la selle aux bras de Raoul.

Raoul n'était qu'à dix pas de la rive : il y porta le gentilhomme évanoui, le coucha sur l'herbe, desserra les cordons de son col et déboutonna les agrafes de son pourpoint.

Une minute après, l'homme aux cheveux gris était près de lui.

Olivain avait fini par aborder à son tour après force signes de croix, et les gens du bac se dirigeaient du mieux qu'ils pouvaient vers le bord, à l'aide d'une perche qui se trouvait par hasard dans le bateau.

Peu à peu, grâce aux soins de Raoul et de l'homme qui accompagnait le jeune cavalier, la vie revint sur les joues pâles du moribond, qui ouvrit d'abord deux yeux égarés, mais qui bientôt se fixèrent sur celui qui l'avait sauvé.

— Ah ! monsieur, s'écria-t-il, c'est vous que je cherchais : sans vous j'étais mort, trois fois mort.

— Mais on ressuscite, monsieur, comme vous voyez, dit Raoul, et nous en serons quittes pour un bain.

— Ah ! monsieur, que de reconnaissance ! s'écria l'homme aux cheveux gris.

— Ah ! vous voilà, mon bon d'Arminges ! je vous ai fait grand'peur, n'est-ce pas ? mais c'est votre faute : vous étiez mon précepteur, pourquoi ne m'avez-vous pas fait apprendre à mieux nager ?

— Ah ! monsieur le comte, dit le vieillard, s'il vous était arrivé malheur, je n'aurais jamais osé me représenter devant le maréchal.

— Mais comment la chose est-elle donc arrivée ? demanda Raoul.

— Ah ! monsieur, de la manière la plus simple, répondit celui à qui l'on avait donné le titre de comte. Nous étions au tiers de la rivière à peu près quand la corde du bac a cassé. Aux cris et aux mouvements qu'ont faits les bateliers, mon cheval s'est effrayé et a sauté à l'eau. Je nage mal et n'ai pas osé me lancer à la rivière. Au lieu d'aider les mouvements de mon cheval, je les paralysais, et j'étais en train de me noyer le plus galamment du monde lorsque vous êtes arrivé là tout juste pour me tirer de l'eau. Aussi, monsieur, si vous le voulez bien, c'est désormais entre nous à la vie et à la mort.

— Monsieur, dit Raoul en s'inclinant, je suis tout à fait votre serviteur, je vous l'assure.

— Je me nomme le comte de Guiche, continua le cavalier ; mon père est le maréchal de Grammont. Et maintenant que vous savez qui je suis, me ferez-vous l'honneur de me dire qui vous êtes ?

— Je suis le vicomte de Bragelonne, dit Raoul en rougissant de ne pouvoir nommer son père comme avait fait le comte de Guiche.

— Vicomte, votre visage, votre bonté et votre courage m'attirent à vous ; vous avez déjà toute ma reconnaissance. Embrassons-nous, je vous demande votre amitié.

— Monsieur, dit Raoul en rendant au comte son accolade, je vous aime aussi déjà de tout mon cœur, faites donc état de moi, je vous prie, comme d'un ami dévoué.

— Maintenant, où allez-vous, vicomte ? demanda de Guiche.

— À l'armée de M. le Prince, comte.

— Et moi aussi, s'écria le jeune homme avec un transport de joie. Ah ! tant mieux, nous allons faire ensemble le premier coup de pistolet.

— C'est bien, aimez-vous, dit le gouverneur ; jeunes tous deux, vous n'avez sans doute qu'une même étoile, et vous deviez vous rencontrer.

Les deux jeunes gens sourirent avec la confiance de la jeunesse.

— Et maintenant, dit le gouverneur, il vous faut changer d'habits ; vos laquais, à qui j'ai donné des ordres au moment où ils sont sortis du bac, doivent être arrivés déjà à l'hôtellerie. Le linge et le vin chauffent, venez.

Les jeunes gens n'avaient aucune objection à faire à cette proposition ; au contraire, la trouvèrent-ils excellente ; ils remontèrent donc aussitôt à cheval, en se regardant et en s'admirant tous deux : c'étaient en effet deux élégants cavaliers à la tournure svelte et élancée, deux nobles visages au front dégagé, au regard doux et fier, au sourire loyal et fin. De Guiche pouvait avoir dix-huit ans, mais il n'était guère plus grand que Raoul, qui n'en avait que quinze.

Ils se tendirent la main par un mouvement spontané, et piquant leurs chevaux, firent côte à côte le trajet de la rivière à l'hôtellerie, l'un trouvant bonne et riante cette vie qu'il avait failli perdre, l'autre remerciant Dieu d'avoir déjà assez vécu pour avoir fait quelque chose qui serait agréable à son protecteur.

Quant à Olivain, il était le seul que cette belle action de son maître ne satisfît pas entièrement. Il tordait les manches et les basques de son justaucorps en songeant qu'une halte à Compiègne lui eût sauvé non seulement l'accident auquel il venait d'échapper, mais encore les fluxions de poitrine et les rhumatismes qui devaient naturellement en être le résultat.

33

Escarmouche

Le séjour à Noyon fut court, chacun y dormait d'un profond sommeil. Raoul avait recommandé de le réveiller si Grimaud arrivait, mais Grimaud n'arriva point.

Les chevaux apprécièrent de leur côté, sans doute, les huit heures de repos absolu et d'abondante litière qui leur furent accordées. Le comte de Guiche fut réveillé à cinq heures du matin par Raoul, qui lui vint souhaiter le bonjour. On déjeuna à la hâte, et à six heures on avait déjà fait deux lieues.

La conversation du jeune comte était des plus intéressantes pour Raoul. Aussi Raoul écoutait-il beaucoup, et le jeune comte racontait-il toujours. Élevé à Paris, où Raoul n'était venu qu'une fois ; à la cour, que Raoul n'avait jamais vue, ses folies de page, deux duels qu'il avait déjà trouvé moyen d'avoir malgré les édits et surtout malgré son gouverneur, étaient des choses de la plus haute curiosité pour Raoul. Raoul n'avait été que chez M. Scarron ; il nomma à de Guiche les personnes qu'il y avait vues. De Guiche connaissait tout le monde : madame de Neuillan, mademoiselle d'Aubigné, mademoiselle de Scudéry, mademoiselle Paulet, madame de Chevreuse. Il railla tout le monde avec esprit ; Raoul tremblait qu'il ne raillât aussi madame de Chevreuse, pour laquelle il se sentait une réelle et profonde sympathie ; mais soit instinct, soit affection pour la duchesse de Chevreuse, il en dit le plus grand bien possible. L'amitié de Raoul pour le comte redoubla de ces éloges.

Puis vint l'article des galanteries et des amours. Sous ce rapport aussi, Bragelonne avait beaucoup plus à écouter qu'à dire. Il écouta donc, et il lui sembla voir à travers trois ou quatre aventures assez diaphanes que, comme lui, le comte cachait un secret au fond du cœur.

De Guiche, comme nous l'avons dit, avait été élevé à la cour, et les intrigues de toute cette cour lui étaient connues. C'était la cour dont Raoul avait tant entendu parler au comte de La Fère ; seulement elle avait fort changé de face depuis l'époque où Athos lui-même l'avait vue. Tout le récit du comte de Guiche fut donc nouveau pour son compagnon de voyage. Le jeune comte, médisant et spirituel, passa tout le monde en revue ; il raconta les anciennes amours de madame de Longueville avec Coligny, et le duel de celui-ci à la place Royale, duel qui lui fut si fatal, et que madame de Longueville vit à travers une jalousie, ses amours nouvelles avec le prince de Marcillac qui en était jaloux ; disait-on, à vouloir faire tuer tout le monde, et même l'abbé d'Herblay, son directeur ; les amours de M. le prince de Galles avec Mademoiselle, qu'on appela plus tard la Grande Mademoiselle, si célèbre depuis par son mariage secret avec Lauzun. La reine elle-même ne fut pas épargnée, et le cardinal Mazarin eut sa part de raillerie aussi.

La journée passa rapide comme une heure. Le gouverneur du comte, bon vivant, homme du monde, savant jusqu'aux dents, comme le disait son élève, rappela plusieurs fois à Raoul la profonde érudition et la raillerie spirituelle et mordante d'Athos ; mais quant à la grâce, à la délicatesse et à la noblesse des apparences, personne, sur ce point, ne pouvait être comparé au comte de La Fère.

Les chevaux, plus ménagés que la veille, s'arrêtèrent vers quatre heures du soir à Arras. On s'approchait du théâtre de la guerre, et l'on résolut de s'arrêter dans cette ville jusqu'au lendemain, des partis d'Espagnols profitant quelquefois de la nuit pour faire des expéditions jusque dans les environs d'Arras.

L'armée française tenait depuis Pont-à-Marc jusqu'à Valenciennes, en revenant sur Douai. On disait M. le Prince de sa personne à Béthune.

L'armée ennemie s'étendait de Cassel à Courtray, et, comme il n'était sorte de pillages et de violences qu'elle ne commît, les pauvres gens de la frontière quittaient leurs habitations isolées et venaient se réfugier dans les villes fortes qui leur promettaient un abri. Arras était encombrée de fuyards.

On parlait d'une prochaine bataille qui devait être décisive, M. le Prince n'ayant manœuvré jusque-là que dans l'attente de renforts, qui venaient enfin d'arriver. Les jeunes gens se félicitaient de tomber si à propos.

Ils soupèrent ensemble et couchèrent dans la même chambre. Ils étaient à l'âge des promptes amitiés, il leur semblait qu'ils se connaissaient depuis leur naissance et qu'il leur serait impossible de jamais plus se quitter.

La soirée fut employée à parler guerre, les laquais fourbirent les armes ; les jeunes gens chargèrent des pistolets en cas d'escarmouche ; et ils se réveillèrent désespérés, ayant rêvé tous deux qu'ils arrivaient trop tard pour prendre part à la bataille.

Le matin, le bruit se répandit que le prince de Condé avait évacué Béthune pour se retirer sur Carvin, en laissant cependant garnison dans cette première ville. Mais comme cette nouvelle ne présentait rien de positif, les jeunes gens décidèrent qu'ils continueraient leur chemin vers Béthune, quitte, en route, à obliquer à droite et à marcher sur Carvin.

Le gouverneur du comte de Guiche connaissait parfaitement le pays ; il proposa en conséquence de prendre un chemin de traverse qui tenait le milieu entre la route de Lens et celle de Béthune. À Ablain, on prendrait des informations. Un itinéraire fut laissé pour Grimaud.

On se mit en route vers les sept heures du matin.

De Guiche, qui était jeune et emporté, disait à Raoul :

— Nous voici trois maîtres et trois valets ; nos valets sont bien armés, et le vôtre me paraît assez têtu.

— Je ne l'ai jamais vu à l'œuvre, répondit Raoul, mais il est Breton, cela promet.

— Oui, oui, reprit de Guiche, et je suis certain qu'il ferait le coup de mousquet à l'occasion ; quant à moi, j'ai deux hommes sûrs, qui ont fait la guerre avec mon père ; c'est donc six combattants que nous représentons ; si nous trouvions une petite troupe de partisans égale en nombre à la nôtre, et même supérieure, est-ce que nous ne chargerions pas, Raoul ?

— Si fait, monsieur, répondit le vicomte.

— Holà ! jeunes gens, holà ! dit le gouverneur se mêlant à la conversation, comme vous y allez, vertudieu ! et mes instructions, à moi, monsieur le comte ? oubliez-vous que j'ai ordre de vous conduire sain et sauf à M. le Prince ? Une fois à l'armée, faites-vous tuer si c'est votre bon plaisir ; mais d'ici là je vous préviens qu'en ma qualité de général d'armée j'ordonne la retraite, et tourne le dos au premier plumet que j'aperçois.

De Guiche et Raoul se regardèrent du coin de l'œil en souriant. Le pays devenait assez couvert, et de temps en temps on rencontrait de petites troupes de paysans qui se retiraient, chassant devant eux leurs bestiaux et traînant dans des charrettes ou portant à bras leurs objets les plus précieux.

On arriva jusqu'à Ablain sans accident. Là on prit langue, et on apprit que M. le Prince avait quitté effectivement Béthune et se tenait entre Cambrin et La Venthie. On reprit alors, en laissant toujours la carte à Grimaud, un chemin de traverse qui conduisit en une demi-heure la petite troupe sur la rive d'un petit ruisseau qui va se jeter dans la Lys.

Le pays était charmant, coupé de vallées vertes comme de l'émeraude. De temps en temps on trouvait de petits bois, que traversait le sentier que l'on suivait. À chacun de ces bois, dans la prévoyance d'une embuscade, le gouverneur faisait prendre la tête aux deux laquais du comte, qui formaient ainsi l'avant-garde. Le gouverneur et les deux jeunes gens représentaient le corps d'armée, et Olivain, la carabine sur le genou et l'œil au guet, veillait sur les derrières.

Depuis quelque temps, un bois assez épais se présentait à l'horizon ; arrivé à cent pas de ce bois, M. d'Arminges prit ses précautions habituelles et envoya en avant les deux laquais du comte.

Les laquais venaient de disparaître sous les arbres ; les jeunes gens et le gouverneur riant et causant suivaient à cent pas à peu près. Olivain se tenait en arrière à pareille distance, lorsque tout à coup cinq ou six coups de mousquet retentirent. Le gouverneur cria halte, les jeunes gens obéirent et retinrent leurs chevaux. Au même instant on vit revenir au galop les deux laquais.

Les deux jeunes gens, impatients de connaître la cause de cette mousqueterie, piquèrent vers les laquais. Le gouverneur les suivit par derrière.

— Avez-vous été arrêtés ? demandèrent vivement les deux jeunes gens.

— Non, répondirent les laquais ; il est même probable que nous n'avons pas été vus : les coups de fusil ont éclaté à cent pas en avant de nous, à peu près dans l'endroit le plus épais du bois, et nous sommes revenus pour demander avis.

— Mon avis, dit M. d'Arminges, et au besoin même ma volonté est que nous fassions retraite : ce bois peut cacher une embuscade.

— N'avez-vous donc rien vu ? demanda le comte aux laquais.

— Il m'a semblé voir, dit l'un d'eux, des cavaliers vêtus de jaune qui se glissaient dans le lit du ruisseau.

— C'est cela, dit le gouverneur, nous sommes tombés dans un parti d'Espagnols. Arrière, messieurs, arrière !

Les deux jeunes gens se consultèrent du coin de l'œil, et en ce moment on entendit un coup de pistolet suivi de deux ou trois cris qui appelaient au secours.

Les deux jeunes gens s'assurèrent par un dernier regard que chacun d'eux était dans la disposition de ne pas reculer, et, comme le gouverneur avait déjà fait retourner son cheval, tous deux piquèrent en avant, Raoul criant : À moi, Olivain ! et le comte de Guiche criant : À moi, Urbain et Blanchet !

Et avant que le gouverneur fût revenu de sa surprise, ils étaient déjà disparus dans la forêt.

En même temps qu'ils piquaient leurs chevaux, les deux jeunes gens avaient mis le pistolet au poing.

Cinq minutes après, ils étaient arrivés à l'endroit d'où le bruit semblait être venu. Alors ils ralentirent leurs chevaux, s'avançant avec précaution.

— Chut ! dit de Guiche, des cavaliers.

— Oui, trois à cheval, et trois qui ont mis pied à terre.

— Que font-ils ? Voyez-vous ?

— Oui, il me semble qu'ils fouillent un homme blessé ou mort.

— C'est quelque lâche assassinat, dit de Guiche.

— Ce sont des soldats cependant, reprit Bragelonne.

— Oui, mais des partisans, c'est-à-dire des voleurs de grand chemin.

— Donnons ! dit Raoul.

— Donnons ! dit de Guiche.

— Messieurs ! s'écria le pauvre gouverneur ; messieurs, au nom du ciel…

Mais les jeunes gens n'écoutaient point. Ils étaient partis à l'envi l'un de l'autre, et les cris du gouverneur n'eurent d'autre résultat que de donner l'éveil aux Espagnols.

Aussitôt les trois partisans qui étaient à cheval s'élancèrent à la rencontre des jeunes gens, tandis que les trois autres achevaient de dévaliser les deux voyageurs ; car, en approchant, les deux jeunes gens, au lieu d'un corps étendu, en aperçurent deux.

À dix pas, de Guiche tira le premier et manqua son homme ; l'Espagnol qui venait au-devant de Raoul tira à son tour, et Raoul sentit au bras gauche une douleur pareille à un coup de fouet. À quatre pas, il lâcha son coup, et l'Espagnol, frappé au milieu de la poitrine, étendit les bras et tomba à la renverse sur la croupe de son cheval, qui tourna bride et l'emporta.

En ce moment, Raoul vit comme à travers un nuage le canon d'un mousquet se diriger sur lui. La recommandation d'Athos lui revint à l'esprit : par un mouvement rapide comme l'éclair, il fit cabrer sa monture, le coup partit.

Le cheval fit un bond de côté, manqua des quatre pieds, et tomba engageant la jambe de Raoul sous lui.

L'Espagnol s'élança, saisissant son mousquet par le canon pour briser la tête de Raoul avec sa crosse.

Malheureusement, dans la position où était Raoul, il ne pouvait ni tirer l'épée de son fourreau, ni tirer le pistolet de ses fontes : il vit la crosse tournoyer au-dessus de sa tête, et, malgré lui, il allait fermer les yeux, lorsque d'un bond de Guiche arriva sur l'Espagnol et lui mit le pistolet sur la gorge.

— Rendez-vous ! lui dit-il, ou vous êtes mort !

Le mousquet tomba des mains du soldat, qui se rendit à l'instant même.

De Guiche appela un de ses laquais, lui remit le prisonnier en garde avec ordre de lui brûler la cervelle s'il faisait un mouvement pour s'échapper, sauta à bas de son cheval, et s'approcha de Raoul.

— Ma foi ! monsieur, dit Raoul en riant, quoique sa pâleur trahît l'émotion inévitable d'une première affaire, vous payez vite vos dettes et n'avez pas voulu m'avoir longue obligation. Sans vous, ajouta-t-il en répétant les paroles du comte, j'étais mort, trois fois mort.

— Mon ennemi en prenant la fuite, dit de Guiche, m'a laissé toute facilité de venir à votre secours ; mais êtes-vous blessé gravement, je vous vois tout ensanglanté ?

— Je crois, dit Raoul, que j'ai quelque chose comme une égratignure au bras. Aidez-moi donc à me tirer de dessous mon cheval, et rien, je l'espère, ne s'opposera à ce que nous continuions notre route.

M. d'Arminges et Olivain étaient déjà à terre et soulevaient le cheval, qui se débattait dans l'agonie. Raoul parvint à tirer son pied de l'étrier, et sa jambe de dessous le cheval, et en un instant il se trouva debout.

— Rien de cassé ? dit de Guiche.

— Ma foi, non, grâce au ciel, répondit Raoul. Mais que sont devenus les malheureux que les misérables assassinaient ?

— Nous sommes arrivés trop tard, ils les ont tués, je crois, et ont pris la fuite en emportant leur butin ; mes deux laquais sont près des cadavres.

— Allons voir s'ils ne sont point tout à fait morts et si on peut leur porter secours, dit Raoul. Olivain, nous avons hérité de deux chevaux, mais j'ai perdu le mien ; prenez le meilleur des deux pour vous et vous me donnerez le vôtre.

Et ils s'approchèrent de l'endroit où gisaient les victimes.

34

Le moine

Deux hommes étaient étendus : l'un immobile, la face contre terre, percé de trois balles et nageant dans son sang… celui-là était mort.

L'autre, adossé à un arbre par les deux laquais, les yeux au ciel et les mains jointes, faisait une ardente prière… il avait reçu une balle qui lui avait brisé le haut de la cuisse.

Les jeunes gens allèrent d'abord au mort et se regardèrent avec étonnement.

— C'est un prêtre, dit Bragelonne, il est tonsuré. Oh ! les maudits ! qui portent la main sur les ministres de Dieu !

— Venez ici, monsieur, dit Urbain, vieux soldat qui avait fait toutes les campagnes avec le cardinal duc ; venez ici… il n'y a plus rien à faire avec l'autre, tandis que celui-ci, peut-être peut-on encore le sauver.

Le blessé sourit tristement.

— Me sauver ! non, dit-il ; mais m'aider à mourir, oui.

— Êtes-vous prêtre ? demanda Raoul.

— Non, monsieur.

— C'est que votre malheureux compagnon m'a paru appartenir à l'Église, reprit Raoul.

— C'est le curé de Béthune, monsieur ; il portait en lieu sûr les vases sacrés de son église et le trésor du chapitre ; car M. le Prince a abandonné notre ville hier, et peut-être l'Espagnol y sera-t-il demain ; or, comme on savait que des partis ennemis couraient la campagne, et que la mission était périlleuse, personne n'a osé l'accompagner, alors je me suis offert.

— Et ces misérables vous ont attaqués, ces misérables ont tiré sur un prêtre !

— Messieurs, dit le blessé en regardant autour de lui, je souffre bien, et cependant je voudrais être transporté dans quelque maison.

— Où vous puissiez être secouru ? dit de Guiche.

— Non, où je puisse me confesser.

— Mais peut-être, dit Raoul, n'êtes-vous point blessé si dangereusement que vous croyez.

— Monsieur, dit le blessé, croyez-moi, il n'y a pas de temps à perdre, la balle a brisé le col du fémur et a pénétré jusqu'aux intestins.

— Êtes-vous médecin ? demanda de Guiche.

— Non, dit le moribond, mais je me connais un peu aux blessures, et la mienne est mortelle. Tâchez donc de me transporter quelque part où je puisse trouver un prêtre, ou prenez cette peine de m'en amener un ici, et Dieu récompensera cette sainte action ; c'est mon âme qu'il faut sauver car, pour mon corps, il est perdu.

— Mourir en faisant une bonne œuvre, c'est impossible ! et Dieu vous assistera.

— Messieurs, au nom du ciel ! dit le blessé rassemblant toutes ses forces comme pour se lever, ne perdons point le temps en paroles inutiles : ou aidez-moi à gagner le prochain village, ou jurez-moi sur votre salut que vous m'enverrez ici le premier moine, le premier curé, le premier prêtre que vous rencontrerez. Mais, ajouta-t-il avec l'accent du désespoir, peut-être nul n'osera venir, car on sait que les Espagnols courent la campagne, et je mourrai sans absolution. Mon Dieu ! mon Dieu ! ajouta le blessé avec un accent de terreur qui fit frissonner les jeunes gens, vous ne permettrez point cela, n'est-ce pas ? ce serait trop terrible !

— Monsieur, tranquillisez-vous, dit de Guiche, je vous jure que vous allez avoir la consolation que vous demandez. Dites-nous seulement où il y a une maison où nous puissions demander du secours, et un village où nous puissions aller quérir un prêtre.

— Merci, et que Dieu vous récompense ! Il y a une auberge à une demi-lieue d'ici en suivant cette route et à une lieue à peu près au-delà de l'auberge vous trouverez le village de Greney. Allez trouver le curé; si le curé n'est pas chez lui, entrez dans le couvent des Augustins, qui est la dernière maison du bourg à droite, et amenez-moi un frère, qu'importe! moine ou curé, pourvu qu'il ait reçu de notre sainte Église la faculté d'absoudre *in articulo mortis*.

— Monsieur d'Arminges, dit de Guiche, restez près de ce malheureux, et veillez à ce qu'il soit transporté le plus doucement possible. Faites un brancard avec des branches d'arbre, mettez-y tous nos manteaux; deux de nos laquais le porteront, tandis que le troisième se tiendra prêt à prendre la place de celui qui sera las. Nous allons, le vicomte et moi, chercher un prêtre.

— Allez, monsieur le comte, dit le gouverneur; mais au nom du ciel! ne vous exposez pas.

— Soyez tranquille. D'ailleurs, nous sommes sauvés pour aujourd'hui; vous connaissez l'axiome: *Non bis in idem.*

— Bon courage, monsieur! dit Raoul au blessé, nous allons exécuter votre désir.

— Dieu vous bénisse, messieurs! répondit le moribond avec un accent de reconnaissance impossible à décrire.

Et les deux jeunes gens partirent au galop dans la direction indiquée, tandis que le gouverneur du comte de Guiche présidait à la confection du brancard.

Au bout de dix minutes de marche les deux jeunes gens aperçurent l'auberge.

Raoul, sans descendre de cheval, appela l'hôte, le prévint qu'on allait lui amener un blessé et le pria de préparer, en attendant, tout ce qui serait nécessaire à son pansement, c'est-à-dire un lit, des bandes, de la charpie, l'invitant en outre, s'il connaissait dans les environs quelque médecin, chirurgien ou opérateur, à l'envoyer chercher, se chargeant, lui, de récompenser le messager.

L'hôte, qui vit deux jeunes seigneurs richement vêtus, promit tout ce qu'ils lui demandèrent, et nos deux cavaliers, après avoir vu commencer les préparatifs de la réception, partirent de nouveau et piquèrent vivement vers Greney.

Ils avaient fait plus d'une lieue et distinguaient déjà les premières maisons du village dont les toits couverts de tuiles rougeâtres se détachaient vigoureusement sur les arbres verts qui les environnaient, lorsqu'ils aperçurent, venant à leur rencontre, monté sur une mule, un pauvre moine qu'à son large chapeau et à sa robe de laine grise ils prirent pour un frère augustin. Cette fois le hasard semblait leur envoyer ce qu'ils cherchaient.

Ils s'approchèrent du moine.

C'était un homme de vingt-deux à vingt-trois ans, mais que les pratiques ascétiques avaient vieilli en apparence. Il était pâle, non de cette pâleur mate qui est une beauté, mais d'un jaune bilieux ; ses cheveux courts, qui dépassaient à peine le cercle que son chapeau traçait autour de son front, étaient d'un blond pâle, et ses yeux, d'un bleu clair, semblaient dénués de regard.

— Monsieur, dit Raoul avec sa politesse ordinaire, êtes-vous ecclésiastique ?

— Pourquoi me demandez-vous cela ? dit l'étranger avec une impassibilité presque incivile.

— Pour le savoir, dit le comte de Guiche avec hauteur.

L'étranger toucha sa mule du talon et continua son chemin.

De Guiche sauta d'un bond en avant de lui, et lui barra la route.

— Répondez, monsieur ! dit-il, on vous a interrogé poliment, et toute question vaut une réponse.

— Je suis libre, je suppose, de dire ou de ne pas dire qui je suis aux deux premières personnes venues à qui il prend le caprice de m'interroger.

De Guiche réprima à grand'peine la furieuse envie qu'il avait de casser les os au moine.

— D'abord, dit-il en faisant un effort sur lui-même, nous ne sommes pas les deux premières personnes venues, mon ami que voilà est le vicomte de Bragelonne, et moi je suis le comte de Guiche. Enfin, ce n'est point par caprice que nous vous faisons cette question ; car un homme est là, blessé et mourant, qui réclame les secours de l'Église. Êtes-vous prêtre, je vous somme, au nom de l'humanité, de me suivre pour secourir cet homme ; ne l'êtes-vous pas, c'est autre chose. Je vous préviens, au nom de la courtoisie, que vous paraissez si complètement ignorer, que je vais vous châtier de votre insolence.

La pâleur du moine devint de la lividité, et il sourit d'une si étrange façon que Raoul, qui ne le quittait pas des yeux, sentit ce sourire lui serrer le cœur comme une insulte.

— C'est quelque espion espagnol ou flamand, dit-il en mettant la main sur la crosse de ses pistolets.

Un regard menaçant et pareil à un éclair répondit à Raoul.

— Eh bien ! monsieur, dit de Guiche, répondez-vous ?

— Je suis prêtre, messieurs, dit le jeune homme.

Et sa figure reprit son impassibilité ordinaire.

— Alors, mon père, dit Raoul laissant retomber ses pistolets dans ses fontes et imposant à ses paroles un accent respectueux qui ne sortait pas de son cœur, alors, si vous êtes prêtre, vous allez trouver, comme vous l'a dit mon ami, une occasion d'exercer votre état : un malheureux blessé vient à notre rencontre et doit s'arrêter au prochain hôtel ; il demande l'assistance d'un ministre de Dieu ; nos gens l'accompagnent.

— J'y vais, dit le moine.

Et il donna du talon à sa mule.

— Si vous n'y allez pas, monsieur, dit de Guiche, croyez que nous avons des chevaux capables de rattraper votre mule, un crédit capable de vous faire saisir partout où vous serez ; et alors, je vous le jure, votre procès sera bientôt fait : on trouve partout un arbre et une corde.

L'œil du moine étincela de nouveau, mais ce fut tout ; il répéta sa phrase : « J'y vais », et il partit.

— Suivons-le, dit de Guiche, ce sera plus sûr.

— J'allais vous le proposer, dit Bragelonne.

Et les deux jeunes gens se remirent en route, réglant leur pas sur celui du moine, qu'ils suivaient ainsi à une portée de pistolet.

Au bout de cinq minutes, le moine se retourna pour s'assurer s'il était suivi ou non.

— Voyez-vous, dit Raoul, que nous avons bien fait !

— L'horrible figure que celle de ce moine ! dit le comte de Guiche.

— Horrible, répondit Raoul, et d'expression surtout ; ces cheveux jaunes, ces yeux ternes, ces lèvres qui disparaissent au moindre mot qu'il prononce…

— Oui, oui, dit de Guiche, qui avait été moins frappé que Raoul de tous ces détails, attendu que Raoul examinait tandis que de Guiche parlait ; oui, figure étrange ; mais ces moines sont assujettis à des pratiques si dégradantes : les jeûnes les font pâlir, les coups de discipline les font hypocrites, et c'est à force de pleurer les biens de la vie, qu'ils ont perdus et dont nous jouissons, que leurs yeux deviennent ternes.

— Enfin, dit Raoul, ce pauvre homme va avoir son prêtre ; mais, de par Dieu ! le pénitent a la mine de posséder une conscience meilleure que celle du confesseur. Quant à moi, je l'avoue, je suis accoutumé à voir des prêtres d'un tout autre aspect.

— Ah ! dit de Guiche, comprenez-vous ? Celui-ci est un de ces frères errants qui s'en vont mendiant sur les grandes routes jusqu'au jour où un bénéfice leur tombe du ciel ; ce sont des étrangers pour la plupart : Écossais, Irlandais, Danois. On m'en a quelquefois montré de pareils.

— Aussi laids ?

— Non, mais raisonnablement hideux, cependant.

— Quel malheur pour ce pauvre blessé de mourir entre les mains d'un pareil frocard !

— Bah ! dit de Guiche, l'absolution vient, non de celui qui la donne, mais de Dieu. Cependant, voulez-vous que je vous dise, eh bien ! j'aimerais mieux mourir impénitent que d'avoir affaire à un pareil confesseur. Vous êtes de mon avis, n'est-ce pas, vicomte ? et je vous voyais caresser le pommeau de votre pistolet comme si vous aviez quelque intention de lui casser la tête.

— Oui, comte, c'est une chose étrange, et qui va vous surprendre, j'ai éprouvé à l'aspect de cet homme une horreur indéfinissable. Avez-vous quelquefois fait lever un serpent sur votre chemin ?

— Jamais, dit de Guiche.

— Eh bien ! à moi cela m'est arrivé dans nos forêts du Blaisois, et je me rappelle qu'à la vue du premier qui me regarda de ses yeux ternes, replié sur lui-même, branlant la tête et agitant la langue, je demeurai fixe, pâle et comme fasciné jusqu'au moment où le comte de La Fère…

— Votre père ? demanda de Guiche.

— Non, mon tuteur, répondit Raoul en rougissant.

— Fort bien.

— Jusqu'au moment, reprit Raoul, où le comte de La Fère me dit : « Allons, Bragelonne, dégainez. » Alors seulement je courus au reptile et le tranchai en deux, au moment où il se dressait sur sa queue en sifflant pour venir lui-même au-devant de moi. Eh bien ! je vous jure que j'ai ressenti exactement la même sensation à la vue de cet homme lorsqu'il a dit : « *Pourquoi me demandez-vous cela ?* » et qu'il m'a regardé.

— Alors, vous vous reprochez de ne l'avoir pas coupé en deux comme votre serpent ?

— Ma foi, oui, presque, dit Raoul.

En ce moment, on arrivait en vue de la petite auberge, et l'on apercevait de l'autre côté le cortège du blessé qui s'avançait guidé par M. d'Arminges. Deux hommes portaient le moribond, le troisième tenait les chevaux en main.

Les jeunes gens donnèrent de l'éperon.

— Voici le blessé, dit de Guiche en passant près du frère augustin ; ayez la bonté de vous presser un peu, sire moine.

Quant à Raoul, il s'éloigna du frère de toute la largeur de la route, et passa en détournant la tête avec dégoût.

C'étaient alors les jeunes gens qui précédaient le confesseur au lieu de le suivre. Ils allèrent au-devant du blessé et lui annoncèrent cette bonne nouvelle. Celui-ci se souleva pour regarder dans la direction indiquée, vit le moine qui s'approchait en hâtant le pas de sa mule, et retomba sur sa litière le visage éclairé d'un rayon de joie.

— Maintenant, dirent les jeunes gens, nous avons fait pour vous tout ce que nous avons pu faire, et comme nous sommes pressés de rejoindre l'armée de M. le Prince, nous allons continuer notre route ; vous nous excusez, n'est-ce pas, monsieur ? Mais on dit qu'il va y avoir une bataille, et nous ne voudrions pas arriver le lendemain.

— Allez, mes jeunes seigneurs, dit le blessé, et soyez bénis tous deux pour votre piété. Vous avez en effet, et comme vous l'avez dit, fait pour moi tout ce que vous pouviez faire ; moi, je ne puis que vous dire encore une fois : Dieu vous garde, vous et ceux qui vous sont chers !

— Monsieur, dit de Guiche à son gouverneur, nous allons devant, vous nous rejoindrez sur la route de Cambrin.

L'hôte était sur sa porte et avait tout préparé, lit, bandes et charpie, et un palefrenier était allé chercher un médecin à Lens, qui était la ville la plus proche.

— Bien, dit l'aubergiste, il sera fait comme vous le désirez ; mais ne vous arrêtez-vous pas, monsieur, pour panser votre blessure ? continua-t-il en s'adressant à Bragelonne.

— Oh ! ma blessure, à moi, n'est rien, dit le vicomte, et il sera temps que je m'en occupe à la prochaine halte ; seulement ayez la bonté, si vous voyez passer un cavalier, et si ce cavalier vous demande des nouvelles d'un jeune homme monté sur un alezan et suivi d'un laquais, de lui dire qu'effectivement vous m'avez vu, mais que j'ai continué ma route et que je compte dîner à Mazingarbe et coucher à Cambrin. Ce cavalier est mon serviteur.

— Ne serait-il pas mieux, et pour plus grande sûreté, que je lui demandasse son nom et que je lui dise le vôtre ? répondit l'hôte.

— Il n'y a pas de mal au surcroît de précaution, dit Raoul, je me nomme le vicomte de Bragelonne et lui Grimaud.

En ce moment le blessé arrivait d'un côté et le moine de l'autre ; les deux jeunes gens se reculèrent pour laisser passer le brancard ; de son côté le moine descendait de sa mule, et ordonnait qu'on la conduisît à l'écurie sans la desseller.

— Sire moine, dit de Guiche, confessez bien ce brave homme, et ne vous inquiétez pas de votre dépense ni de celle de votre mule : tout est payé.

— Merci, monsieur ! dit le moine avec un de ces sourires qui avaient fait frissonner Bragelonne.

— Venez, comte, dit Raoul, qui semblait instinctivement ne pouvoir supporter la présence de l'augustin, venez, je me sens mal ici.

— Merci, encore une fois, mes beaux jeunes seigneurs, dit le blessé, et ne m'oubliez pas dans vos prières !

— Soyez tranquille ! dit de Guiche en piquant pour rejoindre Bragelonne, qui était déjà de vingt pas en avant.

En ce moment le brancard, porté par les deux laquais, entrait dans la maison. L'hôte et sa femme, qui était accourue, se tenaient debout sur les marches de l'escalier. Le malheureux blessé paraissait souffrir des douleurs atroces ; et cependant il n'était préoccupé que de savoir si le moine le suivait.

À la vue de cet homme pâle et ensanglanté, la femme saisit fortement le bras de son mari.

— Eh bien ! qu'y a-t-il ? demanda celui-ci. Est-ce que par hasard tu te trouverais mal ?

— Non, mais regarde ! dit l'hôtesse en montrant à son mari le blessé.

— Dame ! répondit celui-ci, il me paraît bien malade.

— Ce n'est pas cela que je veux dire, continua la femme toute tremblante, je te demande si tu le reconnais ?

— Cet homme ? attends donc…

— Ah ! je vois que tu le reconnais, dit la femme, car tu pâlis à ton tour.

— En vérité ! s'écria l'hôte. Malheur à notre maison, c'est l'ancien bourreau de Béthune.

— L'ancien bourreau de Béthune ! murmura le jeune moine en faisant un mouvement d'arrêt et en laissant voir sur son visage le sentiment de répugnance que lui inspirait son pénitent.

M. d'Arminges, qui se tenait à la porte, s'aperçut de son hésitation.

— Sire moine, dit-il, pour être ou pour avoir été bourreau, ce malheureux n'en est pas moins un homme. Rendez-lui donc le dernier service qu'il réclame de vous, et votre œuvre n'en sera que plus méritoire.

Le moine ne répondit rien, mais il continua silencieusement son chemin vers la chambre basse où les deux valets avaient déjà déposé le mourant sur un lit.

En voyant l'homme de Dieu s'approcher du chevet du blessé, les deux laquais sortirent en fermant la porte sur le moine et sur le moribond.

D'Arminges et Olivain les attendaient ; ils remontèrent à cheval, et tous quatre partirent au trot, suivant le chemin à l'extrémité duquel avaient déjà disparu Raoul et son compagnon.

Au moment où le gouverneur et son escorte disparaissaient à leur tour, un nouveau voyageur s'arrêtait devant le seuil de l'auberge.

— Que désire monsieur ? dit l'hôte, encore pâle et tremblant de la découverte qu'il venait de faire.

Le voyageur fit le signe d'un homme qui boit, et, mettant pied à terre, montra son cheval et fit le signe d'un homme qui frotte.

« Ah diable ! se dit l'hôte, il paraît que celui-ci est muet. »

— Et où voulez-vous boire ? demanda-t-il.

— Ici, dit le voyageur en montrant une table.

— Je me trompais, dit l'hôte, il n'est pas tout à fait muet.

Et il s'inclina, alla chercher une bouteille de vin et des biscuits, qu'il posa devant son taciturne convive.

— Monsieur ne désire pas autre chose ? demanda-t-il.

— Si fait, dit le voyageur.

— Que désire monsieur ?

— Savoir si vous avez vu passer un jeune gentilhomme de quinze ans, monté sur un cheval alezan et suivi d'un laquais.

— Le vicomte de Bragelonne ? dit l'hôte.

— Justement.

— Alors c'est vous qui vous appelez M. Grimaud ?

Le voyageur fit signe que oui.

— Eh bien ! dit l'hôte, votre jeune maître était ici il n'y a qu'un quart d'heure ; il dînera à Mazingarbe et couchera à Cambrin.

— Combien d'ici à Mazingarbe ?

— Deux lieues et demie.

— Merci.

Grimaud, assuré de rencontrer son jeune maître avant la fin du jour, parut plus calme, s'essuya le front et se versa un verre de vin, qu'il but silencieusement.

Il venait de poser son verre sur la table et se disposait à le remplir une seconde fois, lorsqu'un cri terrible partit de la chambre où étaient le moine et le mourant.

Grimaud se leva tout debout.

— Qu'est-ce que cela, dit-il, et d'où vient ce cri ?

— De la chambre du blessé, dit l'hôte.

— Quel blessé ? demanda Grimaud.

— L'ancien bourreau de Béthune, qui vient d'être assassiné par les partisans espagnols, qu'on a apporté ici, et qui se confesse en ce moment à un frère augustin : il paraît qu'il souffre bien.

— L'ancien bourreau de Béthune ? murmura Grimaud rappelant ses souvenirs… un homme de cinquante-cinq à soixante ans, grand, vigoureux, basané, cheveux et barbe noirs ?

— C'est cela, excepté que sa barbe a grisonné et que ses cheveux ont blanchi. Le connaissez-vous ? demanda l'hôte.

— Je l'ai vu une fois, dit Grimaud, dont le front s'assombrit au tableau que lui présentait ce souvenir.

La femme était accourue toute tremblante.

— As-tu entendu ? dit-elle à son mari.

— Oui, répondit l'hôte en regardant avec inquiétude du côté de la porte.

En ce moment, un cri moins fort que le premier, mais suivi d'un gémissement long et prolongé, se fit entendre.

Les trois personnages se regardèrent en frissonnant.

— Il faut voir ce que c'est, dit Grimaud.

— On dirait le cri d'un homme qu'on égorge, murmura l'hôte.

— Jésus ! dit la femme en se signant.

Si Grimaud parlait peu, on sait qu'il agissait beaucoup. Il s'élança vers la porte et la secoua vigoureusement, mais elle était fermée par un verrou intérieur.

— Ouvrez ! cria l'hôte, ouvrez ; sire moine, ouvrez à l'instant !

Personne ne répondit.

— Ouvrez, ou j'enfonce la porte ! dit Grimaud.

Même silence.

Grimaud jeta les yeux autour de lui et avisa une pince qui d'aventure se trouvait dans un coin ; il s'élança dessus, et, avant que l'hôte eût pu s'opposer à son dessein, il avait mis la porte en dedans.

La chambre était inondée du sang qui filtrait à travers les matelas, le blessé ne parlait plus et râlait ; le moine avait disparu.

— Le moine ? cria l'hôte ; où est le moine ?

Grimaud s'élança vers une fenêtre ouverte qui donnait sur la cour.

— Il aura fui par là, s'écria-t-il.

— Vous croyez ? dit l'hôte effaré. Garçon, voyez si la mule du moine est à l'écurie.

— Plus de mule ! cria celui à qui cette question était adressée.

Grimaud fronça le sourcil, l'hôte joignit les mains et regarda autour de lui avec défiance. Quant à la femme, elle n'avait pas osé entrer dans la chambre et se tenait debout, épouvantée, à la porte.

Grimaud s'approcha du blessé, regardant ses traits rudes et marqués qui lui rappelaient un souvenir si terrible.

Enfin, après un moment de morne et muette contemplation :

— Il n'y a plus de doute, dit-il, c'est bien lui.

— Vit-il encore ? demanda l'hôte.

Grimaud, sans répondre, ouvrit son justaucorps pour lui tâter le cœur, tandis que l'hôte s'approchait à son tour ; mais tout à coup tous deux reculèrent, l'hôte en poussant un cri d'effroi, Grimaud en pâlissant.

La lame d'un poignard était enfoncée jusqu'à la garde du côté gauche de la poitrine du bourreau.

— Courez chercher du secours, dit Grimaud, moi je resterai près de lui.

L'hôte sortit de la chambre tout égaré ; quant à la femme, elle s'était enfuie au cri qu'avait poussé son mari.

35

L'absolution

Voici ce qui s'était passé.

Nous avons vu que ce n'était point par un effet de sa propre volonté, mais au contraire assez à contrecœur que le moine escortait le blessé qui lui avait été recommandé d'une si étrange manière. Peut-être eût-il cherché à fuir, s'il en avait vu la possibilité ; mais les menaces des deux gentilshommes, leur suite qui était restée après eux et qui sans doute avait reçu leurs instructions, et pour tout dire enfin, la réflexion même avait engagé le moine, sans laisser paraître trop de mauvais vouloir, à jouer jusqu'au bout son rôle de confesseur, et, une fois entré dans la chambre, il s'était approché du chevet du blessé.

Le bourreau examina de ce regard rapide, particulier à ceux qui vont mourir et qui, par conséquent, n'ont pas de temps à perdre, la figure de celui qui devait être son consolateur ; il fit un mouvement de surprise et dit :

— Vous êtes bien jeune, mon père ?

— Les gens qui portent ma robe n'ont point d'âge, répondit sèchement le moine.

— Hélas ! parlez-moi plus doucement, mon père, dit le blessé, j'ai besoin d'un ami à mes derniers moments.

— Vous souffrez beaucoup ? demanda le moine.

— Oui ; mais de l'âme bien plus que du corps.

— Nous sauverons votre âme, dit le jeune homme ; mais êtes-vous réellement le bourreau de Béthune, comme le disaient ces gens ?

— C'est-à-dire, reprit vivement le blessé, qui craignait sans doute que ce nom de bourreau n'éloignât de lui les derniers secours qu'il réclamait, c'est-à-dire que je l'ai été, mais je ne le suis plus ; il y a quinze ans que j'ai cédé ma charge. Je figure encore aux exécutions, mais je ne frappe plus moi-même, oh non !

— Vous avez donc horreur de votre état ?

Le bourreau poussa un profond soupir.

— Tant que je n'ai frappé qu'au nom de la loi et de la justice, dit-il, mon état m'a laissé dormir tranquille, abrité que j'étais sous la justice et sous la loi ; mais depuis cette nuit terrible où j'ai servi d'instrument à une vengeance particulière et où j'ai levé avec haine le glaive sur une créature de Dieu, depuis ce jour…

Le bourreau s'arrêta en secouant la tête d'un air désespéré.

— Parlez, dit le moine, qui s'était assis au pied du lit du blessé et qui commençait à prendre intérêt à un récit qui s'annonçait d'une façon si étrange.

— Ah ! s'écria le moribond avec tout l'élan d'une douleur longtemps comprimée et qui finit enfin par se faire jour, ah ! j'ai pourtant essayé d'étouffer ce remords par vingt ans de bonnes œuvres ; j'ai dépouillé la férocité naturelle à ceux qui versent le sang ; à toutes les occasions j'ai exposé ma vie pour sauver la vie de ceux qui étaient en péril, et j'ai conservé à la terre des existences humaines, en échange de celle que je lui avais enlevée. Ce n'est pas tout : le bien acquis dans l'exercice de ma profession, je l'ai distribué aux pauvres, je suis devenu assidu aux églises, les gens qui me fuyaient se sont habitués à me voir. Tous m'ont pardonné, quelques-uns même m'ont aimé ; mais je crois que Dieu ne m'a pas pardonné, lui, car le souvenir de cette exécution me poursuit sans cesse, et il me semble chaque nuit voir se dresser devant moi le spectre de cette femme.

— Une femme ! C'est donc une femme que vous avez assassinée ? s'écria le moine.

— Et vous aussi ! s'écria le bourreau, vous vous servez donc de ce mot qui retentit à mon oreille : assassinée ! Je l'ai donc assassinée et non pas exécutée ! je suis donc un assassin et non pas un justicier !

Et il ferma les yeux en poussant un gémissement.

Le moine craignit sans doute qu'il ne mourût sans en dire davantage, car il reprit vivement :

— Continuez, je ne sais rien, et quand vous aurez achevé votre récit, Dieu et moi jugerons.

— Oh ! mon père ! continua le bourreau sans rouvrir les yeux, comme s'il craignait, en les rouvrant, de revoir quelque objet effrayant, c'est surtout lorsqu'il fait nuit et que je traverse quelque rivière, que cette terreur que je n'ai pu vaincre redouble : il me semble alors que ma main s'alourdit, comme si mon coutelas y pesait encore ; que l'eau devient couleur de sang, et que toutes les voix de la nature, le bruissement des arbres, le murmure du vent, le clapotement du flot, se réunissent pour former une voix pleurante, désespérée, terrible, qui me crie : « Laissez passer la justice de Dieu ! »

— Délire ! murmura le moine en secouant la tête à son tour.

Le bourreau rouvrit les yeux, fit un mouvement pour se retourner du côté du jeune homme et lui saisit le bras.

— Délire, répéta-t-il, délire, dites-vous ? Oh ! non pas, car c'était le soir, car j'ai jeté son corps dans la rivière, car les paroles que mes remords me répètent, ces paroles, c'est moi qui dans mon orgueil les ai prononcées : après avoir été l'instrument de la justice humaine, je croyais être devenu celui de la justice de Dieu.

— Mais, voyons, comment cela s'est-il fait ? parlez, dit le moine.

— C'était un soir, un homme me vint chercher, me montra un ordre, je le suivis. Quatre autres seigneurs m'attendaient. Ils m'emmenèrent masqué. Je me réservais toujours de résister si l'office qu'on réclamait de moi me paraissait injuste. Nous fîmes cinq ou six lieues, sombres, silencieux et presque sans échanger une parole ; enfin, à travers les fenêtres d'une petite chaumière, ils me montrèrent une femme accoudée sur une table et me dirent : « Voici celle qu'il faut exécuter. »

— Horreur ! dit le moine. Et vous avez obéi ?

— Mon père, cette femme était un monstre : elle avait empoisonné, disait-on, son second mari, tenté d'assassiner son beau-frère, qui se trouvait parmi ces hommes ; elle venait d'empoisonner une jeune femme qui était sa rivale, et avant de quitter l'Angleterre elle avait, disait-on, fait poignarder le favori du roi.

— Buckingham ? s'écria le moine.

— Oui, Buckingham, c'est cela.

— Elle était donc Anglaise, cette femme ?

— Non, elle était Française, mais elle s'était mariée en Angleterre.

Le moine pâlit, s'essuya le front et alla fermer la porte au verrou. Le bourreau crut qu'il l'abandonnait et retomba en gémissant sur son lit.

— Non, non, me voilà, reprit le moine en revenant vivement près de lui ; continuez : quels étaient ces hommes ?

— L'un était étranger, Anglais, je crois. Les quatre autres étaient Français et portaient le costume de mousquetaires.

— Leurs noms ? demanda le moine.

— Je ne les connais pas. Seulement les quatre autres seigneurs appelaient l'Anglais milord.

— Et cette femme était-elle belle ?

— Jeune et belle ! Oh ! oui, belle surtout. Je la vois encore, lorsque, à genoux à mes pieds, elle priait, la tête renversée en arrière. Je n'ai jamais compris, depuis, comment j'avais abattu cette tête si belle et si pâle.

Le moine semblait agité d'une émotion étrange. Tous ses membres tremblaient ; on voyait qu'il voulait faire une question, mais il n'osait pas.

Enfin, après un violent effort sur lui-même :

— Le nom de cette femme ? dit-il.

— Je l'ignore. Comme je vous le dis, elle s'était mariée deux fois, à ce qu'il paraît : une fois en France, et l'autre en Angleterre.

— Et elle était jeune, dites-vous ?

— Vingt-cinq ans.

— Belle ?

— À ravir.

— Blonde ?

— Oui.

— De grands cheveux, n'est-ce pas ? qui tombaient jusque sur ses épaules.

— Oui.

— Des yeux d'une expression admirable ?

— Quand elle voulait. Oh ! oui, c'est bien cela.

— Une voix d'une douceur étrange ?

— Comment le savez-vous ?

Le bourreau s'accouda sur son lit et fixa son regard épouvanté sur le moine, qui devint livide.

— Et vous l'avez tuée ! dit le moine ; vous avez servi d'instrument à ces lâches, qui n'osaient la tuer eux-mêmes ! vous n'avez pas eu pitié de cette jeunesse, de cette beauté, de cette faiblesse ! vous avez tué cette femme ?

— Hélas ! reprit le bourreau, je vous l'ai dit, mon père, cette femme, sous cette enveloppe céleste, cachait un esprit infernal, et quand je la vis, quand je me rappelai tout le mal qu'elle m'avait fait à moi-même…

— À vous ? et qu'avait-elle pu vous faire à vous ? Voyons.

— Elle avait séduit et perdu mon frère, qui était prêtre ; elle s'était sauvée avec lui de son couvent.

— Avec ton frère ?

— Oui. Mon frère avait été son premier amant : elle avait été la cause de la mort de mon frère. Oh ! mon père ! mon père ! ne me regardez donc pas ainsi. Oh ! je suis donc coupable ? Oh ! vous ne me pardonnerez donc pas ?

Le moine composa son visage.

— Si fait, si fait, dit-il, je vous pardonnerai si vous me dites tout !

— Oh ! s'écria le bourreau, tout ! tout ! tout !

— Alors, répondez. Si elle a séduit votre frère… vous dites qu'elle l'a séduit, n'est-ce pas ?

— Oui.

— Si elle a causé sa mort… vous avez dit qu'elle avait causé sa mort ?

— Oui, répéta le bourreau.

— Alors, vous devez savoir son nom de jeune fille ?

— Ô mon Dieu ! dit le bourreau, mon Dieu ! il me semble que je vais mourir. L'absolution, mon père ! l'absolution !

— Dis son nom ! s'écria le moine, et je te la donnerai.

— Elle s'appelait… mon Dieu, ayez pitié de moi ! murmura le bourreau.

Et il se laissa aller sur son lit, pâle, frissonnant et pareil à un homme qui va mourir.

— Son nom ! répéta le moine se courbant sur lui comme pour lui arracher ce nom s'il ne voulait pas le lui dire ; son nom !… parle, ou pas d'absolution !

Le mourant parut rassembler toutes ses forces.

Les yeux du moine étincelaient.

— Anne de Bueil, murmura le blessé.

— Anne de Bueil ! s'écria le moine en se redressant et en levant les deux mains au ciel ; Anne de Bueil ! tu as bien dit Anne de Bueil, n'est-ce pas ?

— Oui, oui, c'était son nom, et maintenant absolvez-moi, car je me meurs.

— Moi t'absoudre ! s'écria le prêtre avec un rire qui fit dresser les cheveux sur la tête du mourant, moi, t'absoudre ? je ne suis pas prêtre !

— Vous n'êtes pas prêtre ! s'écria le bourreau, mais qu'êtes-vous donc alors ?

— Je vais te le dire à mon tour, misérable !

— Ah ! Seigneur ! mon Dieu !

— Je suis John Francis de Winter !

— Je ne vous connais pas ! s'écria le bourreau.

— Attends, attends, tu vas me connaître : je suis John Francis de Winter, répéta-t-il, et cette femme…

— Eh bien ! cette femme ?

— C'était ma mère !

Le bourreau poussa le premier cri, ce cri si terrible qu'on avait entendu d'abord.

— Oh ! pardonnez-moi, pardonnez-moi, murmura-t-il, sinon au nom de Dieu, du moins en votre nom ; sinon comme prêtre, du moins comme fils.

— Te pardonner ! s'écria le faux moine, te pardonner ! Dieu le fera peut-être, mais moi, jamais !

— Par pitié, dit le bourreau en tendant ses bras vers lui.

— Pas de pitié pour qui n'a pas eu de pitié ; meurs impénitent, meurs désespéré, meurs et sois damné !

Et tirant de sa robe un poignard et le lui enfonçant dans la poitrine :

— Tiens, dit-il, voilà mon absolution !

Ce fut alors que l'on entendit ce second cri plus faible que le premier, qui avait été suivi d'un long gémissement.

Le bourreau, qui s'était soulevé, retomba renversé sur son lit. Quant au moine, sans retirer le poignard de la plaie, il courut à la fenêtre, l'ouvrit, sauta sur les fleurs d'un petit jardin, se glissa dans l'écurie, prit sa mule, sortit par une porte de derrière, courut jusqu'au prochain bouquet de bois, y jeta sa robe de moine, tira de sa valise un habit complet de cavalier, s'en revêtit, gagna à pied la première poste, prit un cheval et continua à franc étrier son chemin vers Paris.

36

Grimaud parle

Grimaud était resté seul auprès du bourreau : l'hôte était allé chercher du secours ; la femme priait.

Au bout d'un instant, le blessé rouvrit les yeux.

— Du secours ! murmura-t-il ; du secours ! Ô mon Dieu, mon Dieu ! ne trouverai-je donc pas un ami dans ce monde qui m'aide à vivre ou à mourir ?

Et il porta avec effort sa main à sa poitrine, sa main rencontra le manche du poignard.

— Ah ! dit-il comme un homme qui se souvient.

Et il laissa retomber son bras près de lui.

— Ayez courage, dit Grimaud, on est allé chercher du secours.

— Qui êtes-vous ? demanda le blessé en fixant sur Grimaud des yeux démesurément ouverts.

— Une ancienne connaissance, dit Grimaud.

— Vous ?

Le blessé chercha à se rappeler les traits de celui qui lui parlait ainsi.

— Dans quelles circonstances nous sommes-nous donc rencontrés ? demanda-t-il.

— Il y a vingt ans, une nuit ; mon maître vous avait pris à Béthune et vous conduisit à Armentières.

— Je vous reconnais bien, dit le bourreau, vous êtes un des quatre laquais.

— C'est cela.

— D'où venez-vous ?

— Je passais sur la route ; je me suis arrêté dans cette auberge pour faire rafraîchir mon cheval. On me racontait que le bourreau de Béthune était là blessé, quand vous avez poussé deux cris. Au premier nous sommes accourus, au second nous avons enfoncé la porte.

— Et le moine ? dit le bourreau ; avez-vous vu le moine ?

— Quel moine ?

— Le moine qui était enfermé avec moi ?

— Non, il n'y était déjà plus ; il paraît qu'il a fui par cette fenêtre. Est-ce donc lui qui vous a frappé ?

— Oui, dit le bourreau.

Grimaud fit un mouvement pour sortir.

— Qu'allez-vous faire ? demanda le blessé.

— Il faut courir après lui.

— Gardez-vous-en bien !

— Et pourquoi ?

— Il s'est vengé, et il a bien fait. Maintenant j'espère que Dieu me pardonnera, car il y a expiation.

— Expliquez-vous, dit Grimaud.

— Cette femme que vous et vos maîtres m'avez fait tuer…

— Milady ?

— Oui, Milady, c'est vrai, vous l'appeliez ainsi…

— Qu'a de commun Milady et le moine ?

— C'était sa mère.

Grimaud chancela et regarda le mourant d'un œil terne et presque hébété.

— Sa mère ? répéta-t-il.

— Oui, sa mère.

— Mais il sait donc ce secret ?

— Je l'ai pris pour un moine, et je le lui ai révélé en confession.

— Malheureux ! s'écria Grimaud, dont les cheveux se mouillèrent de sueur à la seule idée des suites que pouvait avoir une pareille révélation ; malheureux ! vous n'avez nommé personne, j'espère ?

— Je n'ai prononcé aucun nom, car je n'en connais aucun, excepté le nom de fille de sa mère, et c'est à ce nom qu'il l'a reconnue ; mais il sait que son oncle était au nombre des juges.

Et il retomba épuisé. Grimaud voulut lui porter secours et avança sa main vers le manche du poignard.

— Ne me touchez pas, dit le bourreau ; si l'on retirait ce poignard, je mourrais.

Grimaud resta la main étendue, puis tout à coup se frappant le front du poing :

— Ah ! mais si jamais cet homme apprend qui sont les autres, mon maître est perdu alors.

— Hâtez-vous, hâtez-vous ! s'écria le bourreau, prévenez-le, s'il vit encore ; prévenez ses amis ; ma mort, croyez-le bien, ne sera pas le dénouement de cette terrible aventure.

— Où allait-il ? demanda Grimaud.

— Vers Paris.

— Qui l'a arrêté ?

— Deux jeunes gentilshommes qui se rendaient à l'armée, et dont l'un d'eux, j'ai entendu son nom prononcé par son camarade, s'appelle le vicomte de Bragelonne.

— Et c'est ce jeune homme qui vous a amené ce moine ?

— Oui.

Grimaud leva les yeux au ciel.

— C'était donc la volonté de Dieu ? dit-il.

— Sans doute, dit le blessé.

— Alors voilà qui est effrayant, murmura Grimaud ; et cependant cette femme, elle avait mérité son sort. N'est-ce donc plus votre avis ?

— Au moment de mourir, dit le bourreau, on voit les crimes des autres bien petits en comparaison des siens.

Et il tomba épuisé en fermant les yeux.

Grimaud était retenu entre la pitié qui lui défendait de laisser cet homme sans secours et la crainte qui lui commandait de partir à l'instant même pour aller porter cette nouvelle au comte de La Fère, lorsqu'il entendit du bruit dans le corridor et vit l'hôte qui rentrait avec le chirurgien, qu'on avait enfin trouvé.

Plusieurs curieux suivaient, attirés par la curiosité ; le bruit de l'étrange événement commençait à se répandre.

Le praticien s'approcha du mourant, qui semblait évanoui.

— Il faut d'abord extraire le fer de la poitrine, dit-il en secouant la tête d'une façon significative.

Grimaud se rappela la prophétie que venait de faire le blessé et détourna les yeux.

Le chirurgien écarta le pourpoint, déchira la chemise et mit la poitrine à nu.

Le fer, comme nous l'avons dit, était enfoncé jusqu'à la garde.

Le chirurgien le prit par l'extrémité de la poignée ; à mesure qu'il l'attirait, le blessé ouvrait les yeux avec une fixité effrayante. Lorsque la lame fut sortie entièrement de la plaie, une mousse rougeâtre vint couronner la bouche du blessé, puis au moment où il respira, un flot de sang jaillit de l'orifice de sa blessure ; le mourant fixa son regard sur Grimaud avec une expression singulière, poussa un râle étouffé, et expira sur-le-champ.

Alors, Grimaud ramassa le poignard inondé de sang qui gisait dans la chambre et faisait horreur à tous, fit signe à l'hôte de le suivre, paya la dépense avec une générosité digne de son maître et remonta à cheval.

Grimaud avait pensé tout d'abord à retourner droit à Paris, mais il songea à l'inquiétude où son absence prolongée tiendrait Raoul ; il se rappela que Raoul n'était qu'à deux lieues de l'endroit où il se trouvait lui-même, qu'en un quart d'heure il serait près de lui, et qu'aller, retour et explication ne lui prendraient pas une heure : il mit son cheval au galop, et dix minutes après il descendait au Mulet-Couronné, la seule auberge de Mazingarbe.

Aux premiers mots qu'il échangea avec l'hôte, il acquit la certitude qu'il avait rejoint celui qu'il cherchait.

Raoul était à table avec le comte de Guiche et son gouverneur, mais la sombre aventure de la matinée laissait sur les deux jeunes fronts une tristesse que la gaieté de M. d'Arminges, plus philosophe qu'eux par la grande habitude qu'il avait de ces sortes de spectacles, ne pouvait parvenir à dissiper.

Tout à coup la porte s'ouvrit, et Grimaud se présenta pâle, poudreux et encore couvert du sang du malheureux blessé.

— Grimaud, mon bon Grimaud, s'écria Raoul, enfin te voici. Excusez-moi, messieurs, ce n'est pas un serviteur, c'est un ami.

Et se levant et courant à lui :

— Comment va M. le comte ? continua-t-il ; me regrette-t-il un peu ? L'as-tu vu depuis que nous nous sommes quittés ? Réponds, mais j'ai de mon côté bien des choses à te dire. Va, depuis trois jours, il nous est arrivé force aventures ; mais qu'as-tu ? comme tu es pâle ! Du sang ! pourquoi ce sang ?

— En effet, il y a du sang ! dit le comte en se levant. Êtes-vous blessé, mon ami ?

— Non, monsieur, dit Grimaud, ce sang n'est pas à moi.

— Mais à qui ? demanda Raoul.

— C'est le sang du malheureux que vous avez laissé à l'auberge, et qui est mort entre mes bras.

— Entre tes bras ! cet homme ! mais sais-tu qui il était ?

— Oui, dit Grimaud.

— Mais c'était l'ancien bourreau de Béthune.

— Je le sais.

— Et tu le connaissais ?

— Je le connaissais.

— Et il est mort ?

— Oui.

Les deux jeunes gens se regardèrent.

— Que voulez-vous, messieurs, dit d'Arminges, c'est la loi commune, et pour avoir été bourreau on n'en est pas exempt. Du moment où j'ai vu sa blessure, j'en ai eu mauvaise idée ; et, vous le savez, c'était son opinion à lui-même, puisqu'il demandait un moine.

À ce mot de moine, Grimaud pâlit.

— Allons, allons, à table ! dit d'Arminges, qui, comme tous les hommes de cette époque et surtout de son âge, n'admettait pas la sensibilité entre deux services.

— Oui, monsieur, vous avez raison, dit Raoul. Allons, Grimaud, fais-toi servir ; ordonne, commande, et après que tu seras reposé, nous causerons.

— Non, monsieur, non, dit Grimaud, je ne puis pas m'arrêter un instant, il faut que je reparte pour Paris.

— Comment, que tu repartes pour Paris ! tu te trompes, c'est Olivain qui va partir ; toi tu restes.

— C'est Olivain qui reste, au contraire, et c'est moi qui pars. Je suis venu tout exprès pour vous l'apprendre.

— Mais à quel propos ce changement ?

— Je ne puis vous le dire.

— Explique-toi.

— Je ne puis m'expliquer.

— Allons, qu'est-ce que cette plaisanterie ?

— Monsieur le vicomte sait que je ne plaisante jamais.

— Oui, mais je sais aussi que M. le comte de La Fère a dit que vous resteriez près de moi et qu'Olivain retournerait à Paris. Je suivrai les ordres de M. le comte.

— Pas dans cette circonstance, monsieur.

— Me désobéirez-vous, par hasard ?

— Oui, monsieur, car il le faut.

— Ainsi, vous persistez ?

— Ainsi je pars ; soyez heureux, monsieur le vicomte.

Et Grimaud salua et tourna vers la porte pour sortir. Raoul, furieux et inquiet tout à la fois, courut après lui et l'arrêta par le bras.

— Grimaud ! s'écria Raoul, restez, je le veux !

— Alors, dit Grimaud, vous voulez que je laisse tuer M. le comte.

Grimaud salua et s'apprêta à sortir.

— Grimaud, mon ami, dit le vicomte, vous ne partirez pas ainsi, vous ne me laisserez pas dans une pareille inquiétude. Grimaud, parle, parle, au nom du ciel !

Et Raoul tout chancelant tomba sur un fauteuil.

— Je ne puis vous dire qu'une chose, monsieur, car le secret que vous me demandez n'est pas à moi. Vous avez rencontré un moine, n'est-ce pas ?

— Oui.

Les deux jeunes gens se regardèrent avec effroi.

— Vous l'avez conduit près du blessé ?

— Oui.

— Vous avez eu le temps de le voir, alors ?

— Oui.

— Et peut-être le reconnaîtriez-vous si jamais vous le rencontriez ?

— Oh ! oui, je le jure, dit Raoul.

— Et moi aussi, dit de Guiche.

— Eh bien ! si vous le rencontrez jamais, dit Grimaud, quelque part que ce soit, sur la grande route, dans la rue, dans une église, partout où il sera et où vous serez, mettez le pied dessus et écrasez-le sans pitié, sans miséricorde, comme vous feriez d'une vipère, d'un serpent, d'un aspic ; écrasez-le et ne le quittez que quand il sera mort ; la vie de cinq hommes sera pour moi en doute tant qu'il vivra.

Et sans ajouter une seule parole, Grimaud profita de l'étonnement et de la terreur où il avait jeté ceux qui l'écoutaient pour s'élancer hors de l'appartement.

— Eh bien ! comte, dit Raoul en se retournant vers de Guiche, ne l'avais-je pas bien dit que ce moine me faisait l'effet d'un reptile !

Deux minutes après on entendait sur la route le galop d'un cheval. Raoul courut à la fenêtre.

C'était Grimaud qui reprenait la route de Paris. Il salua le vicomte en agitant son chapeau et disparut bientôt à l'angle du chemin.

En route Grimaud réfléchit à deux choses : la première, c'est qu'au train dont il allait son cheval ne le mènerait pas dix lieues.

La seconde, c'est qu'il n'avait pas d'argent.

Mais Grimaud avait l'imagination d'autant plus féconde qu'il parlait moins.

Au premier relais qu'il rencontra il vendit son cheval, et avec l'argent de son cheval il prit la poste.

37
La veille de la bataille

Raoul fut tiré de ces sombres réflexions par l'hôte, qui entra précipitamment dans la chambre où venait de se passer la scène que nous avons racontée, en criant :

— Les Espagnols ! les Espagnols !

Ce cri était assez grave pour que toute préoccupation fît place à celle qu'il devait causer. Les jeunes gens demandèrent quelques informations et apprirent que l'ennemi s'avançait effectivement par Houdin et Béthune.

Tandis que M. d'Arminges donnait les ordres pour que les chevaux, qui se rafraîchissaient, fussent mis en état de partir, les deux jeunes gens montèrent aux plus hautes fenêtres de la maison qui dominaient les environs, et virent effectivement poindre du côté de Hersin et de Lens un corps nombreux d'infanterie et de cavalerie. Cette fois, ce n'était plus une troupe nomade de partisans, c'était toute une armée.

Il n'y avait donc d'autre parti à prendre qu'à suivre les sages instructions de M. d'Arminges et à battre en retraite.

Les jeunes gens descendirent rapidement. M. d'Arminges était déjà à cheval. Olivain tenait en main les deux montures des jeunes gens, et les laquais du comte de Guiche gardaient soigneusement entre eux le prisonnier espagnol, monté sur un bidet qu'on venait d'acheter à son intention. Pour surcroît de précaution, il avait les mains liées.

La petite troupe prit au trot le chemin de Cambrin, où l'on croyait trouver le prince ; mais il n'y était plus depuis la veille et s'était retiré à La Bassée, une fausse nouvelle lui ayant appris que l'ennemi devait passer la Lys à Estaire.

En effet, trompé par ces renseignements, le prince avait retiré ses troupes de Béthune, concentré toutes ses forces entre Vieille-Chapelle et La Venthie, et lui-même, après la reconnaissance sur toute la ligne avec le maréchal de Grammont, venait de rentrer et de se mettre à table, interrogeant les officiers, qui étaient assis à ses côtés, sur les renseignements qu'il avait chargé chacun d'eux de prendre ; mais nul n'avait de nouvelles positives. L'armée ennemie avait disparu depuis quarante-huit heures et semblait s'être évanouie.

Or, jamais une armée ennemie n'est si proche et par conséquent si menaçante que lorsqu'elle a disparu complètement. Le prince était donc maussade et soucieux contre son habitude, lorsqu'un officier de service entra et annonça au maréchal de Grammont que quelqu'un demandait à lui parler

Le duc de Grammont prit du regard la permission du prince et sortit.

Le prince le suivit des yeux, et ses regards restèrent fixés sur la porte, personne n'osant parler, de peur de le distraire de sa préoccupation.

Tout à coup un bruit sourd retentit ; le prince se leva vivement en étendant la main du côté d'où venait le bruit. Ce bruit lui était bien connu, c'était celui du canon.

Chacun s'était levé comme lui.

En ce moment la porte s'ouvrit.

— Monseigneur, dit le maréchal de Grammont radieux, Votre Altesse veut-elle permettre que mon fils, le comte de Guiche, et son compagnon de voyage, le vicomte de Bragelonne, viennent lui donner des nouvelles de l'ennemi que nous cherchons, nous, et qu'ils ont trouvé, eux ?

— Comment donc ! dit vivement le prince, si je le permets ! non seulement je le permets, mais je le désire. Qu'ils entrent.

Le maréchal poussa les deux jeunes gens, qui se trouvèrent en face du prince.

— Parlez, messieurs, dit le prince en les saluant, parlez d'abord ; ensuite nous nous ferons les compliments d'usage. Le plus pressé pour nous tous maintenant est de savoir où est l'ennemi et ce qu'il fait.

C'était au comte de Guiche que revenait naturellement la parole ; non seulement il était le plus âgé des deux jeunes gens, mais encore il était présenté au prince par son père. D'ailleurs, il connaissait depuis longtemps le prince, que Raoul voyait pour la première fois.

Il raconta donc au prince ce qu'ils avaient vu de l'auberge de Mazingarbe.

Pendant ce temps, Raoul regardait ce jeune général déjà si fameux par les batailles de Rocroy, de Fribourg et de Nordlingen.

Louis de Bourbon, prince de Condé, que, depuis la mort d'Henri de Bourbon, son père, on appelait, par abréviation et selon l'habitude du temps, Monsieur le Prince, était un jeune homme de vingt-six à vingt-sept ans à peine, au regard d'aigle, *agl'occhi grifani*, comme dit Dante, au nez recourbé, aux longs cheveux flottant par boucles, à la taille médiocre mais bien prise, ayant toutes les qualités d'un grand homme de guerre, c'est-à-dire coup d'œil, décision rapide, courage fabuleux ; ce qui ne l'empêchait pas d'être en même temps homme d'élégance et d'esprit, si bien qu'outre la révolution qu'il faisait dans la guerre par les nouveaux aperçus qu'il y portait, il avait aussi fait révolution à Paris parmi les jeunes seigneurs de la cour, dont il était le chef naturel, et qu'en opposition aux élégants de l'ancienne cour, dont Bassompierre, Bellegarde et le duc d'Angoulême avaient été les modèles, on appelait les petits-maîtres.

Aux premiers mots du comte de Guiche et à la direction de laquelle venait le bruit du canon, le prince avait tout compris. L'ennemi avait dû passer la Lys à Saint-Venant et marchait sur Lens, dans l'intention sans doute de s'emparer de cette ville et de séparer l'armée française de la France. Ce canon qu'on entendait, dont les détonations dominaient de temps en temps les autres, c'étaient des pièces de gros calibre qui répondaient au canon espagnol et lorrain.

Mais de quelle force était cette troupe ? Était-ce un corps destiné à produire une simple diversion ? était-ce l'armée tout entière ?

C'était la dernière question du prince, à laquelle il était impossible à de Guiche de répondre.

Or, comme c'était la plus importante, c'était aussi celle à laquelle surtout le prince eût désiré une réponse exacte, précise, positive.

Raoul alors surmonta le sentiment bien naturel de timidité qu'il sentait, malgré lui, s'emparer de sa personne en face du prince, et se rapprochant de lui :

— Monseigneur me permettra-t-il de hasarder sur ce sujet quelques paroles qui peut-être le tireront d'embarras ? dit-il.

Le prince se retourna et sembla envelopper tout entier le jeune homme dans un seul regard ; il sourit en reconnaissant en lui un enfant de quinze ans à peine.

— Sans doute, monsieur, parlez, dit-il en adoucissant sa voix brève et accentuée, comme s'il eût cette fois adressé la parole à une femme.

— Monseigneur, répondit Raoul en rougissant, pourrait interroger le prisonnier espagnol.

— Vous avez fait un prisonnier espagnol ? s'écria le prince.

— Oui, Monseigneur.

— Ah ! c'est vrai, répondit de Guiche, je l'avais oublié.

— C'est tout simple, c'est vous qui l'avez fait, comte, dit Raoul en souriant.

Le vieux maréchal se retourna vers le vicomte, reconnaissant de cet éloge donné à son fils, tandis que le prince s'écriait :

— Le jeune homme a raison, qu'on amène le prisonnier.

Pendant ce temps, le prince prit de Guiche à part et l'interrogea sur la manière dont ce prisonnier avait été fait, et lui demanda quel était ce jeune homme.

— Monsieur, dit le prince en revenant vers Raoul, je sais que vous avez une lettre de ma sœur, madame de Longueville, mais je vois que vous avez préféré vous recommander vous-même en me donnant un bon avis.

— Monseigneur, dit Raoul en rougissant, je n'ai point voulu interrompre Votre Altesse dans une conversation aussi importante que celle qu'elle avait entamée avec M. le comte. Mais voici la lettre.

— C'est bien, dit le prince, vous me la donnerez plus tard. Voici le prisonnier, pensons au plus pressé.

En effet, on amenait le partisan. C'était un de ces condottieri comme il en restait encore à cette époque, vendant leur sang à qui voulait l'acheter et vieillis dans la ruse et le pillage. Depuis qu'il avait été pris, il n'avait pas prononcé une seule parole ; de sorte que ceux qui l'avaient pris ne savaient pas eux-mêmes à quelle nation il appartenait.

Le prince le regarda d'un air d'indicible défiance.

— De quelle nation es-tu ? demanda le prince.

Le prisonnier répondit quelques mots en langue étrangère.

— Ah ! ah ! il paraît qu'il est Espagnol. Parlez-vous espagnol, Grammont ?

— Ma foi, Monseigneur, fort peu.

— Et moi, pas du tout, dit le prince en riant ; messieurs, ajouta-t-il en se retournant vers ceux qui l'environnaient, y a-t-il parmi vous quelqu'un qui parle espagnol et qui veuille me servir d'interprète ?

— Moi, Monseigneur, dit Raoul.

— Ah ! vous parlez espagnol ?

— Assez, je crois, pour exécuter les ordres de Votre Altesse en cette occasion.

Pendant tout ce temps, le prisonnier était resté impassible et comme s'il n'eût pas compris le moins du monde de quelle chose il s'agissait.

— Monseigneur vous a fait demander de quelle nation vous êtes, dit le jeune homme dans le plus pur castillan.

— *Ich bin ein Deutscher*, répondit le prisonnier.

— Que diable dit-il ? demanda le prince, et quel nouveau baragouin est celui-là ?

— Il dit qu'il est Allemand, Monseigneur, reprit Raoul ; cependant j'en doute, car son accent est mauvais et sa prononciation défectueuse.

— Vous parlez donc allemand aussi ? demanda le prince.

— Oui, Monseigneur, répondit Raoul.

— Assez pour l'interroger dans cette langue ?

— Oui, Monseigneur.

— Interrogez-le donc, alors.

Raoul commença l'interrogatoire, mais les faits vinrent à l'appui de son opinion. Le prisonnier n'entendait pas ou faisait semblant de ne pas entendre ce que Raoul lui disait, et Raoul, de son côté, comprenait mal ses réponses mélangées de flamand et d'alsacien. Cependant, au milieu de tous les efforts du prisonnier pour éluder un interrogatoire en règle, Raoul avait reconnu l'accent naturel à cet homme.

— *Non siete Spagnuolo*, dit-il, *non siete Tedesco, siete Italiano*.

Le prisonnier fit un mouvement et se mordit les lèvres.

— Ah ! ceci, je l'entends à merveille, dit le prince de Condé, et puisqu'il est Italien, je vais continuer l'interrogatoire. Merci, vicomte, continua le prince en riant, je vous nomme, à partir de ce moment, mon interprète.

Mais le prisonnier n'était pas plus disposé à répondre en italien que dans les autres langues ; ce qu'il voulait, c'était éluder les questions. Aussi ne savait-il rien, ni le nombre de l'ennemi, ni le nom de ceux qui le commandaient, ni l'intention de la marche de l'armée.

— C'est bien, dit le prince, qui comprit les causes de cette ignorance ; cet homme a été pris pillant et assassinant ; il aurait pu racheter sa vie en parlant, il ne veut pas parler, emmenez-le et passez-le par les armes.

Le prisonnier pâlit, les deux soldats qui l'avaient emmené le prirent chacun par un bras et le conduisirent vers la porte, tandis que le prince, se retournant vers le maréchal de Grammont, paraissait déjà avoir oublié l'ordre qu'il avait donné.

Arrivé au seuil de la porte, le prisonnier s'arrêta ; les soldats, qui ne connaissaient que leur consigne, voulurent le forcer à continuer son chemin.

— Un instant, dit le prisonnier en français : je suis prêt à parler, Monseigneur.

— Ah ! ah ! dit le prince en riant, je savais bien que nous finirions par là. J'ai un merveilleux secret pour délier les langues ; jeunes gens, faites-en votre profit pour le temps où vous commanderez à votre tour.

— Mais à la condition, continua le prisonnier, que Votre Altesse me jurera la vie sauve.

— Sur ma foi de gentilhomme, dit le prince.

— Alors, interrogez, Monseigneur.

— Où l'armée a-t-elle passé la Lys ?

— Entre Saint-Venant et Aire.

— Par qui est-elle commandée ?

— Par le comte de Fuensaldagna, par le général Beck et par l'archiduc en personne.

— De combien d'hommes se compose-t-elle ?

— De dix-huit mille hommes et de trente-six pièces de canon.

— Et elle marche ?

— Sur Lens.

— Voyez-vous, messieurs ! dit le prince en se retournant d'un air de triomphe vers le maréchal de Grammont et les autres officiers.

— Oui, Monseigneur, dit le maréchal, vous avez deviné tout ce qu'il était possible au génie humain de deviner.

— Rappelez Le Plessis, Bellièvre, Villequier et d'Erlac, dit le prince, rappelez toutes les troupes qui sont en deçà de la Lys, qu'elles se tiennent prêtes à marcher cette nuit : demain, selon toute probabilité, nous attaquons l'ennemi.

— Mais, Monseigneur, dit le maréchal de Grammont, songez qu'en réunissant tout ce que nous avons d'hommes disponibles, nous atteindrons à peine le chiffre de 13 000 hommes.

— Monsieur le maréchal, dit le prince avec cet admirable regard qui n'appartenait qu'à lui, c'est avec les petites armées qu'on gagne les grandes batailles.

Puis se retournant vers le prisonnier :

— Que l'on emmène cet homme, et qu'on le garde soigneusement à vue. Sa vie repose sur les renseignements qu'il nous a donnés : s'ils sont vrais, il sera libre ; s'ils sont faux, qu'on le fusille.

On emmena le prisonnier.

— Comte de Guiche, reprit le prince, il y a longtemps que vous n'avez vu votre père, restez près de lui. Monsieur, continua-t-il en s'adressant à Raoul, si vous n'êtes pas trop fatigué, suivez-moi.

— Au bout du monde ! Monseigneur, s'écria Raoul, éprouvant pour ce jeune général, qui lui paraissait si digne de sa renommée, un enthousiasme inconnu.

Le prince sourit ; il méprisait les flatteurs, mais estimait fort les enthousiastes.

— Allons, monsieur, dit-il, vous êtes bon au conseil, nous venons de l'éprouver ; demain nous verrons comment vous êtes à l'action.

— Et moi, Monseigneur, dit le maréchal, que ferai-je ?

— Restez pour recevoir les troupes ; ou je reviendrai les chercher moi-même, ou je vous enverrai un courrier pour que vous me les ameniez. Vingt gardes des mieux montés, c'est tout ce dont j'ai besoin pour mon escorte.

— C'est bien peu, dit le maréchal.

— C'est assez, dit le prince. Avez-vous un bon cheval, monsieur de Bragelonne ?

— Le mien a été tué ce matin, Monseigneur, et je monte provisoirement celui de mon laquais.

— Demandez et choisissez vous-même dans mes écuries celui qui vous conviendra. Pas de fausse honte, prenez le cheval qui vous semblera le meilleur. Vous en aurez besoin ce soir peut-être, et demain certainement.

Raoul ne se le fit pas dire deux fois ; il savait qu'avec les supérieurs, et surtout quand ces supérieurs sont princes, la politesse suprême est d'obéir sans retard et sans raisonnements ; il descendit aux écuries, choisit un cheval andalou de couleur isabelle, le sella, le brida lui-même — car Athos lui avait recommandé, au moment du danger, de ne confier ces soins importants à personne — et il vint rejoindre le prince qui, en ce moment, montait à cheval.

— Maintenant, monsieur, dit-il à Raoul, voulez-vous me remettre la lettre dont vous êtes porteur ?

Raoul tendit la lettre au prince.

— Tenez-vous près de moi, monsieur, dit celui-ci.

Le prince piqua des deux, accrocha sa bride au pommeau de sa selle comme il avait l'habitude de le faire quand il voulait avoir les mains libres, décacheta la lettre de Mme de Longueville et partit au galop sur la route de Lens, accompagné de Raoul et suivi de sa petite escorte ; tandis que les messagers qui devaient rappeler les troupes partaient de leur côté à franc étrier dans des directions opposées.

Le prince lisait tout en courant.

— Monsieur, dit-il après un instant, on me dit le plus grand bien de vous ; je n'ai qu'une chose à vous apprendre, c'est que, d'après le peu que j'ai vu et entendu, j'en pense encore plus qu'on ne m'en dit.

Raoul s'inclina.

Cependant, à chaque pas qui conduisait la petite troupe vers Lens, les coups de canon retentissaient plus rapprochés. Le regard du prince était tendu vers ce bruit avec la fixité de celui d'un oiseau de proie. On eût dit qu'il avait la puissance de percer les rideaux d'arbres qui s'étendaient devant lui et qui bornaient l'horizon.

De temps en temps les narines du prince se dilataient, comme s'il avait eu hâte de respirer l'odeur de la poudre, et il soufflait comme son cheval.

Enfin on entendit le canon de si près qu'il était évident qu'on n'était plus guère qu'à une lieue du champ de bataille. En effet, au détour du chemin, on aperçut le petit village d'Annay.

Les paysans étaient en grande confusion ; le bruit des cruautés des Espagnols s'était répandu et effrayait chacun ; les femmes avaient déjà fui, se retirant vers Vitry ; quelques hommes restaient seuls.

À la vue du prince, ils accoururent ; un d'eux le reconnut.

— Ah ! Monseigneur, dit-il, venez-vous chasser tous ces gueux d'Espagnols et tous ces pillards de Lorrains ?

— Oui, dit le prince, si tu veux me servir de guide.

— Volontiers, Monseigneur ; où Votre Altesse veut-elle que je la conduise ?

— Dans quelque endroit élevé, d'où je puisse découvrir Lens et ses environs.

— J'ai votre affaire, en ce cas.

— Je puis me fier à toi, tu es bon Français ?

— Je suis un vieux soldat de Rocroy, Monseigneur.

— Tiens, dit le prince en lui donnant sa bourse, voilà pour Rocroy. Maintenant, veux-tu un cheval ou préfères-tu aller à pied ?

— À pied, Monseigneur, à pied, j'ai toujours servi dans l'infanterie. D'ailleurs, je compte faire passer Votre Altesse par des chemins où il faudra bien qu'elle mette pied à terre.

— Viens donc, dit le prince, et ne perdons pas de temps.

Le paysan partit, courant devant le cheval du prince ; puis, à cent pas du village, il prit par un petit chemin perdu au fond d'un joli vallon. Pendant une demi-lieue, on marcha ainsi sous un couvert d'arbres, les coups de canon retentissant si près qu'on eût dit à chaque détonation qu'on allait entendre siffler le boulet. Enfin, on trouva un sentier qui quittait le chemin pour s'escarper au flanc de la montagne. Le paysan prit le sentier en invitant le prince à le suivre. Celui-ci mit pied à terre, ordonna à un de ses aides de camp et à Raoul d'en faire autant, aux autres d'attendre ses ordres en se gardant et se tenant sur le qui-vive, et il commença de gravir le sentier.

Au bout de dix minutes, on était arrivé aux ruines d'un vieux château ; ces ruines couronnaient le sommet d'une colline du haut de laquelle on dominait tous les environs. À un quart de lieue à peine, on découvrait Lens aux abois, et, devant Lens, toute l'armée ennemie.

D'un seul coup d'œil, le prince embrassa l'étendue qui se découvrait à ses yeux depuis Lens jusqu'à Vimy. En un instant, tout le plan de la bataille qui devait le lendemain sauver la France pour la seconde fois d'une invasion se déroula dans son esprit. Il prit un crayon, déchira une page de ses tablettes et écrivit :

« Mon cher maréchal,

Dans une heure Lens sera au pouvoir de l'ennemi. Venez me rejoindre ; amenez avec vous toute l'armée. Je serai à Vendin pour lui faire prendre sa position. Demain nous aurons repris Lens et battu l'ennemi. »

Puis, se retournant vers Raoul :

— Allez, monsieur, dit-il, partez à franc étrier et remettez cette lettre à M. de Grammont.

Raoul s'inclina, prit le papier, descendit rapidement la montagne, s'élança sur son cheval et partit au galop.

Un quart d'heure après il était près du maréchal.

Une partie des troupes était déjà arrivée, on attendait le reste d'instant en instant.

Le maréchal de Grammont se mit à la tête de tout ce qu'il avait d'infanterie et de cavalerie disponible, et prit la route de Vendin, laissant le duc de Châtillon pour attendre et amener le reste.

Toute l'artillerie était en mesure de partir à l'instant même et se mit en marche.

Il était sept heures du soir lorsque le maréchal arriva au rendez-vous. Le prince l'y attendait. Comme il l'avait prévu, Lens était tombé au pouvoir de l'ennemi presque aussitôt après le départ de Raoul. La cessation de la canonnade avait annoncé d'ailleurs cet événement.

On attendit la nuit. À mesure que les ténèbres s'avançaient, les troupes mandées par le prince arrivaient successivement. On avait ordonné qu'aucune d'elles ne battît le tambour ni ne sonnât de la trompette.

À neuf heures, la nuit était tout à fait venue. Cependant un dernier crépuscule éclairait encore la plaine. On se mit en marche silencieusement, le prince conduisant la colonne.

Arrivée au-delà d'Annay, l'armée aperçut Lens ; deux ou trois maisons étaient en flammes, et une sourde rumeur qui indiquait l'agonie d'une ville prise d'assaut arrivait jusqu'aux soldats.

Le prince indiqua à chacun son poste : le maréchal de Grammont devait tenir l'extrême gauche et devait s'appuyer à Méricourt ; le duc de Châtillon formait le centre ; enfin le prince, qui formait l'aile droite, resterait en avant d'Annay.

L'ordre de bataille du lendemain devait être le même que celui des positions prises la veille. Chacun en se réveillant se trouverait sur le terrain où il devait manœuvrer.

Le mouvement s'exécuta dans le plus profond silence et avec la plus grande précision. À dix heures, chacun tenait sa position, à dix heures et demie, le prince parcourut les postes et donna l'ordre du lendemain.

Trois choses étaient recommandées par-dessus toutes aux chefs, qui devaient veiller à ce que les soldats les observassent scrupuleusement. La première, que les différents corps se regarderaient bien marcher, afin que la cavalerie et l'infanterie fussent bien sur la même ligne et que chacun gardât ses intervalles.

La seconde, de n'aller à la charge qu'au pas.

La troisième, de laisser tirer l'ennemi le premier.

Le prince donna le comte de Guiche à son père et retint pour lui Bragelonne ; mais les deux jeunes gens demandèrent à passer cette nuit ensemble, ce qui leur fut accordé.

Une tente fut posée pour eux près de celle du maréchal. Quoique la journée eût été fatigante, ni l'un ni l'autre n'avaient besoin de dormir.

D'ailleurs c'est une chose grave et imposante, même pour les vieux soldats, que la veille d'une bataille ; à plus forte raison pour deux jeunes gens qui allaient voir ce terrible spectacle pour la première fois.

La veille d'une bataille, on pense à mille choses qu'on avait oubliées jusque-là et qui vous reviennent alors à l'esprit. La veille d'une bataille, les indifférents deviennent des amis, les amis deviennent des frères.

Il va sans dire que si on a au fond du cœur quelque sentiment plus tendre, ce sentiment atteint tout naturellement le plus haut degré d'exaltation auquel il puisse atteindre.

Il faut croire que chacun des deux jeunes gens éprouvait quelque sentiment car au bout d'un instant, chacun d'eux s'assit à une extrémité de la tente et se mit à écrire sur ses genoux.

Les épîtres furent longues, les quatre pages se couvrirent successivement de lettres fines et rapprochées. De temps en temps les deux jeunes gens se regardaient en souriant. Ils se comprenaient sans rien dire ; ces deux organisations élégantes et sympathiques étaient faites pour s'entendre sans se parler.

Les lettres finies, chacun mit la sienne dans deux enveloppes, où nul ne pouvait lire le nom de la personne à laquelle elle était adressée qu'en déchirant la première enveloppe ; puis tous deux s'approchèrent l'un de l'autre et échangèrent leurs lettres en souriant.

— S'il m'arrivait malheur, dit Bragelonne.

— Si j'étais tué, dit de Guiche.

— Soyez tranquille, dirent-ils tous deux.

Puis ils s'embrassèrent comme deux frères, s'enveloppèrent chacun dans son manteau et s'endormirent de ce sommeil jeune et gracieux dont dorment les oiseaux, les fleurs et les enfants.

38

Un dîner d'autrefois

La seconde entrevue des anciens mousquetaires n'avait pas été pompeuse et menaçante comme la première. Athos avait jugé, avec sa raison toujours supérieure, que la table serait le centre le plus rapide et le plus complet de la réunion ; et au moment où ses amis, redoutant sa distinction et sa sobriété, n'osaient parler d'un de ces bons dîners d'autrefois mangés soit à la Pomme-de-Pin, soit au Parpaillot, il proposa le premier de se trouver autour de quelque table bien servie, et de s'abandonner sans réserve chacun à son caractère et à ses manières, abandon qui avait entretenu cette bonne intelligence qui les avait fait nommer autrefois les inséparables.

La proposition fut agréable à tous et surtout à d'Artagnan, lequel était avide de retrouver le bon goût et la gaieté des entretiens de sa jeunesse ; car depuis longtemps son esprit fin et enjoué n'avait rencontré que des satisfactions insuffisantes, une vile pâture, comme il le disait lui-même. Porthos, au moment d'être baron, était enchanté de trouver cette occasion d'étudier dans Athos et dans Aramis le ton et les manières des gens de qualité. Aramis voulait savoir les nouvelles du Palais-Royal par d'Artagnan et par Porthos, et se ménager pour toutes les occasions des amis si dévoués, qui autrefois soutenaient ses querelles avec des épées si promptes et si invincibles.

Quant à Athos, il était le seul qui n'eût rien à attendre ni à recevoir des autres et qui ne fût mû que par un sentiment de grandeur simple et d'amitié pure.

On convint donc que chacun donnerait son adresse très positive, et que sur le besoin de l'un des associés la réunion serait convoquée chez un fameux traiteur de la rue de la Monnaie, à l'enseigne de l'Ermitage. Le premier rendez-vous fut fixé au mercredi suivant et à huit heures précises du soir.

En effet, ce jour-là, les quatre amis arrivèrent ponctuellement à l'heure dite, et chacun de son côté. Porthos avait eu à essayer un nouveau cheval, d'Artagnan descendait sa garde du Louvre, Aramis avait eu à visiter une de ses pénitentes dans le quartier, et Athos, qui avait établi son domicile rue Guénégaud, se trouvait presque tout porté. Ils furent donc surpris de se rencontrer à la porte de l'Ermitage, Athos débouchant par le Pont-Neuf, Porthos par la rue du Roule, d'Artagnan par la rue des Fossés-Saint-Germain-l'Auxerrois, Aramis par la rue de Béthisy.

Les premières paroles échangées entre les quatre amis, justement par l'affectation que chacun mit dans ses démonstrations, furent donc un peu forcées et le repas lui-même commença avec une espèce de raideur. On voyait que d'Artagnan se forçait, pour rire, Athos pour boire, Aramis pour conter, Porthos pour se taire. Athos s'aperçut de cet embarras, et ordonna, pour y porter un prompt remède, d'apporter quatre bouteilles de vin de Champagne.

À cet ordre donné avec le calme habituel d'Athos, on vit se dérider la figure du Gascon et s'épanouir le front de Porthos.

Aramis fut étonné. Il savait non seulement qu'Athos ne buvait plus, mais encore qu'il éprouvait une certaine répugnance pour le vin.

Cet étonnement redoubla quand Aramis vit Athos se verser rasade et boire avec son enthousiasme d'autrefois. D'Artagnan remplit et vida aussitôt son verre ; Porthos et Aramis choquèrent les leurs. En un instant les quatre bouteilles furent vides. On eût dit que les convives avaient hâte de divorcer avec leurs arrière-pensées.

En un instant cet excellent spécifique eut dissipé jusqu'au moindre nuage qui pouvait rester au fond de leur cœur. Les quatre amis se mirent à parler plus haut sans attendre que l'un eût fini pour que l'autre commençât, et à prendre sur la table chacun sa posture favorite. Bientôt, chose énorme, Aramis défit deux aiguillettes de son pourpoint ; ce que voyant, Porthos dénoua toutes les siennes.

Les batailles, les longs chemins, les coups reçus et donnés firent les premiers frais de la conversation. Puis on passa aux luttes sourdes soutenues contre celui qu'on appelait maintenant le grand cardinal.

— Ma foi, dit Aramis en riant, voici assez d'éloges donnés aux morts, médisons un peu des vivants. Je voudrais bien un peu médire du Mazarin. Est-ce permis ?

— Toujours, dit d'Artagnan en éclatant de rire, toujours ; contez votre histoire, et je vous applaudirai si elle est bonne.

— Un grand prince, dit Aramis, dont le Mazarin recherchait l'alliance, fut invité par celui-ci à lui envoyer la liste des conditions moyennant lesquelles il voulait bien lui faire l'honneur de frayer avec lui. Le prince, qui avait quelque répugnance à traiter avec un pareil cuistre, fit sa liste à contrecœur et la lui envoya. Sur cette liste il y avait trois conditions qui déplaisaient à Mazarin ; il fit offrir au prince d'y renoncer pour dix mille écus.

— Ah ! ah ! ah ! s'écrièrent les trois amis, ce n'était pas cher, et il n'avait pas à craindre d'être pris au mot. Que fit le prince ?

— Le prince envoya aussitôt cinquante mille livres à Mazarin en le priant de ne plus jamais lui écrire et en lui offrant vingt mille livres de plus s'il engageait à ne plus jamais lui parler.

— Que fit Mazarin ?

— Il se fâcha ? dit Athos.

— Il fit bâtonner le messager ? dit Porthos.

— Il accepta la somme ? dit d'Artagnan.

— Vous avez deviné, d'Artagnan, dit Aramis.

Et tous d'éclater de rire si bruyamment que l'hôte monta en demandant si ces messieurs n'avaient pas besoin de quelque chose.

Il avait cru que l'on se battait.

L'hilarité se calma enfin.

— Peut-on crosser M. de Beaufort ? demanda d'Artagnan, j'en ai bien envie.

— Faites, dit Aramis, qui connaissait à fond cet esprit gascon si fin et si brave qui ne reculait jamais d'un seul pas sur aucun terrain.

— Et vous, Athos ? demanda d'Artagnan.

— Je vous jure, foi de gentilhomme, que nous rirons si vous êtes drôle, dit Athos.

— Je commence, dit d'Artagnan : M. de Beaufort, causant un jour avec un des amis de M. le Prince, lui dit que sur les premières querelles du Mazarin et du parlement, il s'était trouvé un jour en différend avec M. de Chavigny, et que le voyant attaché au nouveau cardinal, lui qui tenait à l'ancien par tant de manières, il l'avait *gourmé* de bonne façon.

« Cet ami, qui connaissait M. de Beaufort pour avoir la main fort légère, ne fut pas autrement étonné du fait, et l'alla tout courant conter à M. le Prince. La chose se répand, et voilà que chacun tourne le dos à Chavigny. Celui-ci cherche l'explication de cette froideur générale : on hésite à la lui faire connaître ; enfin quelqu'un se hasarde à lui dire que chacun s'étonne qu'il se soit laissé *gourmer* par M. de Beaufort, tout prince qu'il est.

« — Et qui a dit que le prince m'avait gourmé ? demanda Chavigny.

« — Le prince lui-même, répond l'ami.

« On remonte à la source et l'on trouve la personne à laquelle le prince a tenu ce propos, laquelle, adjurée sur l'honneur de dire la vérité, le répète et l'affirme.

« Chavigny, au désespoir d'une pareille calomnie, à laquelle il ne comprend rien, déclare à ses amis qu'il mourra plutôt que de supporter une pareille injure. En conséquence, il envoie deux témoins au prince, avec mission de lui demander s'il est vrai qu'il ait dit qu'il avait gourmé M. de Chavigny.

« — Je l'ai dit et je le répète, répondit le prince, car c'est la vérité.

« — Monseigneur, dit alors l'un des parrains de Chavigny, permettez-moi de dire à Votre Altesse que des coups à un gentilhomme dégradent autant celui qui les donne que celui qui les reçoit. Le roi Louis XIII ne voulait pas avoir de valets de chambre gentilshommes, pour avoir le droit de battre ses valets de chambre.

« — Eh bien mais, demanda M. de Beaufort étonné, qui a reçu des coups et qui parle de battre ?

« — Mais vous, Monseigneur, qui prétendez avoir battu...

« — Qui ?

« — M. de Chavigny.

« — Moi ?

« — N'avez-vous pas gourmé M. de Chavigny, à ce que vous dites au moins, Monseigneur ?

« — Oui.

« — Eh bien ! lui dément.

« — Ah ! par exemple, dit le prince, je l'ai si bien gourmé que voilà mes propres paroles, dit M. de Beaufort avec toute la majesté que vous lui connaissez : "Mon cher Chavigny, vous êtes blâmable de prêter secours à un drôle comme ce Mazarin."

« — Ah ! Monseigneur, s'écria le second, je comprends, c'est gourmander que vous avez voulu dire.

« — *Gourmander, gourmer*, que fait cela ? dit le prince ; n'est-ce pas la même chose ? En vérité, vos faiseurs de mots sont bien pédants ! »

On rit beaucoup de cette erreur philologique de M. de Beaufort, dont les bévues en ce genre commençaient à devenir proverbiales, et il fut convenu que, l'esprit de parti étant exilé à tout jamais de ces réunions amicales, d'Artagnan et Porthos pourraient railler les princes, à la condition qu'Athos et Aramis pourraient *gourmer* le Mazarin.

— Ma foi, dit d'Artagnan à ses deux amis, vous avez raison de lui vouloir du mal, à ce Mazarin, car de son côté, je vous le jure, il ne vous veut pas de bien.

— Bah ! vraiment ? dit Athos. Si je croyais que ce drôle me connût par mon nom, je me ferais débaptiser, de peur qu'on ne crût que je le connais, moi.

— Il ne vous connaît point par votre nom, mais par vos faits ; il sait qu'il y a deux gentilshommes qui ont plus particulièrement contribué à l'évasion de M. de Beaufort, et il les fait chercher activement, je vous en réponds.

— Par qui ?

— Par moi.

— Comment, par vous ?

— Oui, il m'a encore envoyé chercher ce matin pour me demander si j'avais quelque renseignement.

— Sur ces deux gentilshommes ?

— Oui.

— Et que lui avez-vous répondu ?

— Que je n'en avais pas encore, mais que je dînais avec deux personnes qui pourraient m'en donner.

— Vous lui avez dit cela ! dit Porthos avec son gros rire épanoui sur sa large figure. Bravo ! Et cela ne vous fait pas peur, Athos ?

— Non, dit Athos, ce n'est pas la recherche du Mazarin que je redoute.

— Vous, reprit Aramis, dites-moi un peu ce que vous redoutez ?

— Rien, dans le présent du moins, c'est vrai.

— Et dans le passé ? dit Porthos.

— Ah ! dans le passé, c'est autre chose, dit Athos avec un soupir ; dans le passé et dans l'avenir…

— Est-ce que vous craignez pour votre jeune Raoul ? demanda Aramis.

— Bon ! dit d'Artagnan, on n'est jamais tué à la première affaire.

— Ni à la seconde, dit Aramis.

— Ni à la troisième, dit Porthos. D'ailleurs, quand on est tué, on en revient, et la preuve c'est que nous voilà.

— Non, dit Athos, ce n'est pas Raoul non plus qui m'inquiète, car il se conduira, je l'espère, en gentilhomme, et s'il est tué, eh bien ! ce sera bravement ; mais tenez, si ce malheur lui arrivait, eh bien…

Athos passa la main sur son front pâle.

— Eh bien ? demanda Aramis.

— Eh bien ! je regarderais ce malheur comme une expiation.

— Ah ! ah ! dit d'Artagnan, je sais ce que vous voulez dire.

— Et moi aussi, dit Aramis ; mais il ne faut pas songer à cela, Athos : le passé est le passé.

— Je ne comprends pas, dit Porthos.

— L'affaire d'Armentières, dit tout bas d'Artagnan.

— L'affaire d'Armentières ? demanda celui-ci.

— Milady…

— Ah ! oui, dit Porthos, je l'avais oubliée, moi.

Athos le regarda de son œil profond.

— Vous l'avez oubliée, vous, Porthos ? dit-il.

— Ma foi, oui, dit Porthos, il y a longtemps de cela.

— La chose ne pèse donc point à votre conscience ?

— Ma foi, non ! dit Porthos.

— Et à vous, Aramis ?

— Mais, j'y pense parfois, dit Aramis, comme à un des cas de conscience qui prêtent le plus à la discussion.

— Et à vous, d'Artagnan ?

— Moi, j'avoue que lorsque mon esprit s'arrête sur cette époque terrible, je n'ai de souvenirs que pour le corps glacé de cette pauvre Mme Bonacieux. Oui, oui, murmura-t-il, j'ai eu bien des fois des regrets pour la victime, jamais de remords pour son assassin.

Athos secoua la tête d'un air de doute.

— Songez, dit Aramis, que si vous admettez la justice divine et sa participation aux choses de ce monde, cette femme a été punie de par la volonté de Dieu. Nous avons été les instruments, voilà tout.

— Mais le libre arbitre, Aramis ?

— Que fait le juge ? Il a son libre arbitre et il condamne sans crainte. Que fait le bourreau ? Il est maître de son bras, et cependant il frappe sans remords.

— Le bourreau… murmura Athos.

Et l'on vit qu'il s'arrêtait à un souvenir.

— Je sais que c'est effrayant, dit d'Artagnan. mais quand on pense que nous avons tué des Anglais, des Rochelois, des Espagnols, des Français même, qui n'avaient jamais fait d'autre mal que de nous coucher en joue et de nous manquer, qui n'avaient jamais eu d'autre tort que de croiser le fer avec nous et de ne pas arriver à la parade assez vite, je m'excuse pour ma part dans le meurtre de cette femme, parole d'honneur !

— Moi, dit Porthos, maintenant que vous m'en avez fait souvenir, Athos, je revois encore la scène comme si j'y étais : Milady était là, où vous êtes (Athos pâlit) ; moi j'étais à la place où se trouve d'Artagnan. J'avais au côté une épée qui coupait comme un damas… Vous vous la rappelez, Aramis, car vous l'appeliez toujours Balizarde ? Eh bien ! je vous jure à tous trois que s'il n'y avait pas eu là le bourreau de Béthune… Est-ce de Béthune ?… Oui, ma foi, de Béthune… j'eusse coupé le cou à cette scélérate, sans m'y reprendre, et même en m'y reprenant. C'était une méchante femme.

— Et puis, dit Aramis, avec ce ton d'insoucieuse philosophie qu'il avait pris depuis qu'il était d'Église, et dans lequel il y avait bien plus d'athéisme que de confiance en Dieu, à quoi bon songer à tout cela ! ce qui est fait est fait. Nous nous confesserons de cette action à l'heure suprême et Dieu saura bien mieux que nous si c'est un crime, une faute ou une action méritoire. M'en repentir ? me direz-vous ; ma foi, non. Sur l'honneur et sur la croix, je ne me repens que parce qu'elle était femme.

— Le plus tranquillisant dans tout cela, dit d'Artagnan, c'est que de tout cela il ne reste aucune trace.

— Elle avait un fils, dit Athos.

— Ah ! oui, je le sais bien, dit d'Artagnan, et vous m'en avez parlé ; mais qui sait ce qu'il est devenu ? Mort le serpent, morte la couvée ? Croyez-vous que de Winter, son oncle, aura élevé ce serpenteau-là ? De Winter aura condamné le fils comme il a condamné la mère.

— Alors, dit Athos, malheur à de Winter, car l'enfant n'avait rien fait, lui.

— L'enfant est mort, ou le diable m'emporte ! dit Porthos. Il fait tant de brouillard dans cet affreux pays, à ce que dit d'Artagnan, du moins…

Au moment où cette conclusion de Porthos allait peut-être ramener la gaieté sur tous ces fronts plus ou moins assombris, un bruit de pas se fit entendre dans l'escalier, et l'on frappa à la porte.

— Entrez, dit Athos.

— Messieurs, dit l'hôte, il y a un garçon très pressé qui demande à parler à l'un de vous.

— Auquel ? demandèrent les quatre amis.

— À celui qui se nomme le comte de La Fère.

— C'est moi, dit Athos. Et comment s'appelle ce garçon ?

— Grimaud.

— Ah ! fit Athos pâlissant, déjà de retour ? Qu'est-il donc arrivé à Bragelonne ?

— Qu'il entre ! dit d'Artagnan, qu'il entre !

Mais déjà Grimaud avait franchi l'escalier et attendait sur le degré ; il s'élança dans la chambre et congédia l'hôte d'un geste.

L'hôte referma la porte : les quatre amis restèrent dans l'attente. L'agitation de Grimaud, sa pâleur, la sueur qui mouillait son visage, la poussière qui souillait ses vêtements, tout annonçait qu'il s'était fait le messager de quelque importante et terrible nouvelle.

— Messieurs, dit-il, cette femme avait un enfant, l'enfant est devenu un homme ; la tigresse avait un petit, le tigre est lancé, il vient à vous, prenez garde !

Athos regarda ses amis avec un sourire mélancolique. Porthos chercha à son côté son épée, qui était pendue à la muraille ; Aramis saisit son couteau, d'Artagnan se leva.

— Que veux-tu dire, Grimaud ? s'écria ce dernier.

— Que le fils de Milady a quitté l'Angleterre, qu'il est en France, qu'il vient à Paris, s'il n'y est déjà.

— Diable ! dit Porthos, tu es sûr ?

— Sûr, dit Grimaud.

Un long silence accueillit cette déclaration. Grimaud était si haletant, si fatigué, qu'il tomba sur une chaise.

Athos remplit un verre de champagne et le lui porta.

— Eh bien ! après tout, dit d'Artagnan, quand il vivrait, quand il viendrait à Paris, nous en avons vu bien d'autres ! Qu'il vienne !

— Oui, dit Porthos, caressant du regard son épée pendue à la muraille, nous l'attendons : qu'il vienne !

— D'ailleurs ce n'est qu'un enfant, dit Aramis.

Grimaud se leva.

— Un enfant ! dit-il. Savez-vous ce qu'il a fait, cet enfant ? Déguisé en moine, il a découvert toute l'histoire en confessant le bourreau de Béthune, et après l'avoir confessé, après avoir tout appris de lui, il lui a, pour absolution, planté dans le cœur le poignard que voilà. Tenez, il est encore rouge et humide, car il n'y a pas plus de trente heures qu'il est sorti de la plaie.

Et Grimaud jeta sur la table le poignard oublié par le moine dans la blessure du bourreau.

D'Artagnan, Porthos et Aramis se levèrent, et d'un mouvement spontané coururent à leurs épées.

Athos seul demeura sur sa chaise calme et rêveur.

— Et tu dis qu'il est vêtu en moine, Grimaud ?

— Oui, en moine augustin.

— Quel homme est-ce ?

— De ma taille, à ce que m'a dit l'hôte, maigre, pâle, avec des yeux bleu clair, et des cheveux blonds !

— Et… il n'a pas vu Raoul ? dit Athos.

— Au contraire, ils se sont rencontrés, et c'est le vicomte lui-même qui l'a conduit au lit du mourant.

Athos se leva sans dire une parole et alla à son tour décrocher son épée.

— Ah çà, messieurs, dit d'Artagnan essayant de rire, savez-vous que nous avons l'air de femmelettes ! Comment, nous, quatre hommes, qui avons sans sourciller tenu tête à des armées, voilà que nous tremblons devant un enfant !

— Oui, dit Athos, mais cet enfant vient au nom de Dieu.

Et ils sortirent empressés de l'hôtellerie.

39

La lettre de Charles Ier

Maintenant, il faut que le lecteur franchisse avec nous la Seine, et nous suive jusqu'à la porte du couvent des Carmélites de la rue Saint-Jacques.

Il est onze heures du matin, et les pieuses sœurs viennent de dire une messe pour le succès des armes de Charles Ier. En sortant de l'église, une femme et une jeune fille vêtues de noir, l'une comme une veuve, l'autre comme une orpheline, sont rentrées dans leur cellule.

La femme s'est agenouillée sur un prie-Dieu de bois peint, et à quelques pas d'elle la jeune fille, appuyée sur une chaise, se tient debout et pleure.

La femme a dû être belle, mais on voit que ses larmes l'ont vieillie. La jeune fille est charmante, et ses pleurs l'embellissent encore. La femme paraît avoir quarante ans, la jeune fille en a quatorze.

— Mon Dieu ! disait la suppliante agenouillée, conservez mon époux, conservez mon fils, et prenez ma vie si triste et si misérable.

— Mon Dieu ! disait la jeune fille, conservez-moi ma mère !

— Votre mère ne peut plus rien pour vous en ce monde, Henriette, dit en se retournant la femme affligée qui priait. Votre mère n'a plus ni trône, ni époux, ni fils, ni argent, ni amis ; votre mère, ma pauvre enfant, est abandonnée de tout l'univers.

Et la femme, se renversant aux bras de sa fille qui se précipitait pour la soutenir, se laissa aller elle-même aux sanglots.

— Ma mère, prenez courage ! dit la jeune fille.

— Ah ! les rois sont malheureux cette année, dit la mère en posant sa tête sur l'épaule de l'enfant ; et personne ne songe à nous dans ce pays, car chacun songe à ses propres affaires. Tant que votre frère a été avec nous, il m'a soutenue ; mais votre frère est parti : il est à présent sans pouvoir donner de ses nouvelles à moi ni à son père. J'ai engagé mes derniers bijoux, vendu toutes mes hardes et les vôtres pour payer les gages de ses serviteurs, qui refusaient de l'accompagner si je n'eusse fait ce sacrifice. Maintenant nous en sommes réduites de vivre aux dépens des filles du Seigneur. Nous sommes des pauvres secourues par Dieu.

— Mais pourquoi ne vous adressez-vous pas à la reine votre sœur ? demanda la jeune fille.

— Hélas ! dit l'affligée, la reine ma sœur n'est plus reine, mon enfant, et c'est un autre qui règne en son nom. Un jour vous pourrez comprendre cela.

— Eh bien, alors, au roi votre neveu. Voulez-vous que je lui parle ? Vous savez comme il m'aime, ma mère.

— Hélas ! le roi, mon neveu, n'est pas encore roi, et lui-même, vous le savez bien, Laporte nous l'a dit vingt fois, lui-même manque de tout.

— Alors adressons-nous à Dieu, dit la jeune fille.

Et elle s'agenouilla près de sa mère.

Ces deux femmes qui priaient ainsi au même prie-Dieu, c'étaient la fille et la petite-fille d'Henri IV, la femme et la fille de Charles Ier.

Elles achevaient leur double prière lorsqu'une religieuse gratta doucement à la porte de la cellule.

— Entrez, ma sœur, dit la plus âgée des deux femmes en essuyant ses pleurs et en se relevant.

La religieuse entrouvrit respectueusement la porte.

— Que Votre Majesté veuille bien m'excuser si je trouble ses méditations, dit-elle ; mais il y a au parloir un seigneur étranger qui arrive d'Angleterre, et qui demande l'honneur de présenter une lettre à Votre Majesté.

— Oh ! une lettre ! une lettre du roi peut-être ! des nouvelles de votre père, sans doute ! Entendez-vous, Henriette ?

— Oui, Madame, j'entends et j'espère.

— Et quel est ce seigneur, dites ?

— Un gentilhomme de quarante-cinq à cinquante ans.

— Son nom ? a-t-il dit son nom ?

— Milord de Winter.

— Milord de Winter ! s'écria la reine ; l'ami de mon époux ! Eh ! faites entrer, faites entrer !

Et la reine courut au-devant du messager, dont elle saisit la main avec empressement.

Lord de Winter, en entrant dans la cellule, s'agenouilla et présenta à la reine une lettre roulée dans un étui d'or.

— Ah ! milord, dit la reine, vous nous apportez trois choses que nous n'avions pas vues depuis bien longtemps : de l'or, un ami dévoué et une lettre du roi notre époux et maître.

De Winter salua de nouveau ; mais il ne put répondre, tant il était profondément ému.

— Milord, dit la reine montrant la lettre, vous comprenez que je suis pressée de savoir ce que contient ce papier.

— Je me retire, Madame, dit de Winter.

— Non, restez, dit la reine, nous lirons devant vous. Ne comprenez-vous pas que j'ai mille questions à vous faire ?

De Winter recula de quelques pas, et demeura debout en silence.

La mère et la fille, de leur côté, s'étaient retirées dans l'embrasure d'une fenêtre, et lisaient avidement, la fille appuyée au bras de la mère, la lettre suivante :

« Madame et chère épouse,

Nous voici arrivés au terme. Toutes les ressources que Dieu m'a laissées sont concentrées en ce camp de Naseby, d'où je vous écris à la hâte. Là j'attends l'armée de mes sujets rebelles, et je vais lutter une dernière fois contre eux. Vainqueur, j'éternise la lutte ; vaincu, je suis perdu complètement. Je veux, dans ce dernier cas (hélas ! quand on en est où nous en sommes, il faut tout prévoir), je veux essayer de gagner les côtes de France. Mais pourra-t-on, voudra-t-on y recevoir un roi malheureux, qui apportera un si funeste exemple dans un pays déjà soulevé par les discordes civiles ? Votre sagesse et votre affection me serviront de guide. Le porteur de cette lettre vous dira, Madame, ce que je ne puis confier au risque d'un accident. Il vous expliquera quelle démarche j'attends de vous. Je le charge aussi de ma bénédiction pour mes enfants et de tous les sentiments de mon cœur pour vous, Madame et chère épouse. »

La lettre était signée, au lieu de « Charles, roi », « Charles, encore roi ».

Cette triste lecture, dont de Winter suivait les impressions sur le visage de la reine, amena cependant dans ses yeux un éclair d'espérance.

— Qu'il ne soit plus roi ! s'écria-t-elle, qu'il soit vaincu, exilé, proscrit, mais qu'il vive ! Hélas ! le trône est un poste trop périlleux aujourd'hui pour que je désire qu'il y reste. Mais, dites-moi, milord, continua la reine, ne me cachez rien, où en est le roi ? Sa position est-elle donc aussi désespérée qu'il le pense ?

— Hélas ! Madame, plus désespérée qu'il ne le pense lui-même. Sa Majesté a le cœur si bon, qu'elle ne comprend pas la haine ; si loyal, qu'elle ne devine pas la trahison. L'Angleterre est atteinte d'un esprit de vertige qui, j'en ai bien peur, ne s'éteindra que dans le sang.

— Mais lord Montrose ? répondit la reine. J'avais entendu parler de grands et rapides succès, de batailles gagnées à Inverlochy, à Auldearn, à Alford et à Kilsyth. J'avais entendu dire qu'il marchait à la frontière pour se joindre à son roi.

— Oui, Madame ; mais à la frontière il a rencontré Lesley. Il avait lassé la victoire à force d'entreprises surhumaines : la victoire l'a abandonné. Montrose, battu à Philiphaugh, a été forcé de congédier les restes de son armée et de fuir déguisé en laquais. Il est à Bergen en Norvège.

— Dieu le garde ! dit la reine. C'est au moins une consolation de savoir que ceux qui ont tant de fois risqué leur vie pour nous sont en sûreté. Et maintenant, milord, que je vois la position du roi telle qu'elle est, c'est-à-dire désespérée, dites-moi ce que vous avez à me dire de la part de mon royal époux.

— Eh bien ! Madame, dit de Winter, le roi désire que vous tâchiez de pénétrer les dispositions du roi et de la reine à son égard.

— Hélas ! vous le savez, répondit la reine, le roi n'est encore qu'un enfant, et la reine est une femme, bien faible même : c'est M. de Mazarin qui est tout.

— Voudrait-il donc jouer en France le rôle que Cromwell joue en Angleterre ?

— Oh ! non. C'est un Italien souple et rusé, qui peut-être rêve le crime mais n'osera jamais le commettre ; et, tout au contraire de Cromwell, qui dispose des deux chambres, Mazarin n'a pour appui que la reine dans sa lutte avec le parlement.

— Raison de plus alors pour qu'il protège un roi que les parlements poursuivent.

La reine hocha la tête avec amertume.

— Si j'en juge par moi-même, milord, dit-elle, le cardinal ne fera rien, ou peut-être même sera contre nous. Ma présence et celle de ma fille en France lui pèsent déjà : à plus forte raison, celle du roi. Milord, ajouta Henriette en souriant avec mélancolie, c'est triste et presque honteux à dire, mais nous avons passé l'hiver au Louvre sans argent, sans linge, presque sans pain, et souvent ne nous levant pas faute de feu.

— Horreur ! s'écria de Winter. La fille d'Henri IV, la femme du roi Charles ! Que ne vous adressiez-vous donc, Madame, au premier venu de nous ?

— Voilà l'hospitalité que donne à une reine le ministre auquel un roi veut la demander.

— Mais j'avais entendu parler d'un mariage entre monseigneur le prince de Galles et mademoiselle d'Orléans ? dit de Winter.

— Oui, j'en ai eu un instant l'espoir. Les enfants s'aimaient ; mais la reine, qui avait d'abord donné les mains à cet amour, a changé d'avis ; mais M. le duc d'Orléans, qui avait encouragé le commencement de leur familiarité, a défendu à sa fille de songer davantage à cette union. Ah ! milord, continua la reine sans songer même à essuyer ses larmes, mieux vaut combattre comme a fait le roi, et mourir comme il va faire peut-être, que de vivre en mendiant comme je le fais.

— Du courage, Madame, dit de Winter, du courage. Ne désespérez pas. Les intérêts de la couronne de France, si ébranlée en ce moment, sont de combattre la rébellion chez le peuple le plus voisin. Mazarin est homme d'État et il comprendra cette nécessité.

— Mais êtes-vous sûr, dit la reine d'un air de doute, que vous ne soyez pas prévenu ?

— Par qui ? demanda de Winter.

— Mais par les Joyce, par les Pride, par les Cromwell.

— Par un tailleur ! par un charretier ! par un brasseur ! Ah ! je l'espère, Madame, le cardinal n'entrerait pas en alliance avec de pareils hommes.

— Eh ! qu'est-il lui-même ? demanda Madame Henriette.

— Mais, pour l'honneur du roi, pour celui de la reine…

— Allons, espérons qu'il fera quelque chose pour cet honneur, dit Madame Henriette. Un ami possède une si bonne éloquence, milord, que vous me rassurez. Donnez-moi donc la main et allons chez le ministre.

— Madame, dit de Winter en s'inclinant, je suis confus de cet honneur.

— Mais enfin, s'il refusait, dit Madame Henriette s'arrêtant, et que le roi perdît la bataille ?

— Sa Majesté alors se réfugierait en Hollande, où j'ai entendu dire qu'était monseigneur le prince de Galles.

— Et Sa Majesté pourrait-elle compter pour sa fuite sur beaucoup de serviteurs comme vous ?

— Hélas ! non, Madame, dit de Winter ; mais le cas est prévu, et je viens chercher des alliés en France.

— Des alliés ! dit la reine en secouant la tête.

— Madame, répondit de Winter, que je retrouve d'anciens amis que j'ai eus autrefois, et je réponds de tout.

— Allons donc, milord, dit la reine avec ce doute poignant des gens qui ont été longtemps malheureux, allons donc, et que Dieu vous entende !

La reine monta dans sa voiture, et de Winter, à cheval, suivi de deux laquais, l'accompagna à la portière.

40
La lettre de Cromwell

Au moment où Madame Henriette quittait les Carmélites pour se rendre au Palais-Royal, un cavalier descendait de cheval à la porte de cette demeure royale, et annonçait aux gardes qu'il avait quelque chose de conséquence à dire au cardinal Mazarin.

Bien que le cardinal eût souvent peur, comme il avait encore plus souvent besoin d'avis et de renseignements, il était assez accessible. Ce n'était point à la première porte qu'on trouvait la difficulté véritable, la seconde même se franchissait assez facilement, mais à la troisième veillait, outre le garde et les huissiers, le fidèle Bernouin, cerbère qu'aucune parole ne pouvait fléchir, qu'aucun rameau, fût-il d'or, ne pouvait charmer.

C'était donc à la troisième porte que celui qui sollicitait ou réclamait une audience devait subir un interrogatoire formel.

Le cavalier, ayant laissé son cheval attaché aux grilles de la cour, monta le grand escalier, et s'adressant aux gardes dans la première salle :

— M. le cardinal Mazarin ? dit-il.

— Passez, répondirent les gardes sans lever le nez, les uns de dessus leurs cartes et les autres de dessus leurs dés, enchantés d'ailleurs de faire comprendre que ce n'était pas à eux de remplir l'office de laquais.

Le cavalier entra dans la seconde salle. Celle-ci était gardée par les mousquetaires et les huissiers.

Le cavalier répéta sa demande.

— Avez-vous une lettre d'audience ? demanda un huissier s'avançant au-devant du solliciteur.

— J'en ai une, mais pas du cardinal Mazarin.

— Entrez et demandez M. Bernouin, dit l'huissier.

Et il ouvrit la porte de la troisième chambre.

Soit par hasard, soit qu'il se tînt à son poste habituel, Bernouin était debout derrière cette porte et avait tout entendu.

— C'est moi, monsieur, que vous cherchez, dit-il. De qui est la lettre que vous apportez à Son Éminence ?

— Du général Olivier Cromwell, dit le nouveau venu ; veuillez dire ce nom à Son Éminence, et venir rapporter s'il peut me recevoir oui ou non.

Et il se tint debout dans l'attitude sombre et fière qui était particulière aux puritains.

Bernouin, après avoir promené sur toute la personne du jeune homme un regard inquisiteur, rentra dans le cabinet du cardinal, auquel il transmit les paroles du messager.

— Un homme porteur d'une lettre d'Olivier Cromwell ? dit Mazarin ; et quelle espèce d'homme ?

— Un vrai Anglais, Monseigneur ; cheveux blond roux, plutôt roux que blonds ; œil gris-bleu, plutôt gris que bleu ; pour le reste, orgueil et raideur.

— Qu'il donne sa lettre.

— Monseigneur demande la lettre, dit Bernouin en repassant du cabinet dans l'antichambre.

— Monseigneur ne verra pas la lettre sans le porteur, répondit le jeune homme ; mais pour vous convaincre que je suis réellement porteur d'une lettre, regardez, la voici.

Bernouin regarda le cachet ; et, voyant que la lettre venait véritablement du général Olivier Cromwell, il s'apprêta à retourner près de Mazarin.

— Ajoutez, dit le jeune homme, que je suis non pas un simple messager, mais un envoyé extraordinaire.

Bernouin rentrant dans le cabinet, et sortant après quelques secondes :

— Entrez, monsieur, dit-il en tenant la porte ouverte.

Mazarin avait eu besoin de toutes ces allées et venues pour se remettre de l'émotion que lui avait causée l'annonce de cette lettre, mais quelque perspicace que fût son esprit, il cherchait en vain quel motif avait pu porter Cromwell à entrer avec lui en communication.

Le jeune homme parut sur le seuil de son cabinet; il tenait son chapeau d'une main et la lettre de l'autre.

Mazarin se leva.

— Vous avez, monsieur, dit-il, une lettre de créance pour moi ?

— La voici, Monseigneur, dit le jeune homme.

Mazarin prit la lettre, la décacheta et lut :

« M. Mordaunt, un de mes secrétaires, remettra cette lettre d'introduction à Son Éminence le cardinal Mazarini, à Paris ; il est porteur, en outre, pour Son Éminence, d'une seconde lettre confidentielle.

Olivier CROMWELL. »

— Fort bien, monsieur Mordaunt, dit Mazarin, donnez-moi cette seconde lettre et asseyez-vous.

Le jeune homme tira de sa poche une seconde lettre, la donna au cardinal et s'assit.

Cependant, tout à ses réflexions, le cardinal avait pris la lettre, et, sans la décacheter, la tournait et la retournait dans sa main ; mais pour donner le change au messager, il se mit à l'interroger selon son habitude, et convaincu qu'il était, par l'expérience, que peu d'hommes parvenaient à lui cacher quelque chose lorsqu'il interrogeait et regardait à la fois :

— Vous êtes bien jeune, monsieur Mordaunt, pour ce rude métier d'ambassadeur où échouent parfois les plus vieux diplomates.

— Monseigneur, j'ai vingt-trois ans ; mais Votre Éminence se trompe en me disant que je suis jeune. J'ai plus d'âge qu'elle, quoique je n'aie point sa sagesse.

— Comment cela, monsieur ? dit Mazarin, je ne vous comprends pas.

— Je dis, Monseigneur, que les années de souffrance comptent double, et que depuis vingt ans je souffre.

— Ah ! oui, je comprends, dit Mazarin, défaut de fortune ; vous êtes pauvre, n'est-ce pas ?

Puis il ajouta en lui-même :

« Ces révolutionnaires anglais sont tous des gueux et des manants. »

— Monseigneur, je devais avoir un jour une fortune de six millions ; mais on me l'a prise.

— Vous n'êtes donc pas un homme du peuple ? dit Mazarin étonné.

— Si je portais mon titre, je serais lord ; si je portais mon nom, vous eussiez entendu un des noms les plus illustres de l'Angleterre.

— Comment vous appelez-vous donc ? demanda Mazarin.

— Je m'appelle M. Mordaunt, dit le jeune homme en s'inclinant.

Mazarin comprit que l'envoyé de Cromwell désirait garder son incognito.

Il se tut un instant, mais pendant cet instant, il le regarda avec une attention plus grande encore qu'il n'avait fait la première fois.

Le jeune homme était impassible.

— Au diable ces puritains ! dit tout bas Mazarin, ils sont taillés dans le marbre.

Et tout haut :

— Mais il vous reste des parents ? dit-il.

— Il m'en reste un, oui, Monseigneur.

— Alors il vous aide ?

— Je me suis présenté trois fois pour implorer son appui, et trois fois il m'a fait chasser par ses valets.

— Oh ! mon Dieu ! mon cher monsieur Mordaunt, dit Mazarin, espérant faire tomber le jeune homme dans quelque piège par sa fausse pitié, mon Dieu ! que votre récit m'intéresse donc ! Vous ne connaissez donc pas votre naissance ?

— Je ne la connais que depuis peu de temps.

— Et jusqu'au moment où vous l'avez connue ?...

— Je me considérais comme un enfant abandonné.

— Alors vous n'avez jamais vu votre mère ?

— Si fait, Monseigneur ; quand j'étais enfant, elle vint trois fois chez ma nourrice ; je me rappelle la dernière fois qu'elle vint comme si c'était aujourd'hui.

— Vous avez bonne mémoire, dit Mazarin.

— Oh, oui, Monseigneur, dit le jeune homme, avec un si singulier accent, que le cardinal sentit un frisson lui courir par les veines.

— Et qui vous élevait ? demanda Mazarin.

— Une nourrice française, qui me renvoya quand j'eus cinq ans, parce que personne ne la payait plus, en me nommant ce parent dont souvent ma mère lui avait parlé.

— Que devîntes-vous ?

— Comme je pleurais et mendiais sur les grands chemins, un ministre de Kingston me recueillit, m'instruisit dans la religion calviniste, me donna toute la science qu'il avait lui-même, et m'aida dans les recherches que je fis de ma famille.

— Et ces recherches ?

— Furent infructueuses ; le hasard fit tout.

— Vous découvrîtes ce qu'était devenue votre mère ?

— J'appris qu'elle avait été assassinée par ce parent aidé de quatre de ses amis, mais je savais déjà que j'avais été dégradé de la noblesse et dépouillé de tous mes biens par le roi Charles Ier.

— Ah ! je comprends maintenant pourquoi vous servez M. Cromwell. Vous haïssez le roi.

— Oui, Monseigneur, je le hais ! dit le jeune homme.

Mazarin vit avec étonnement l'expression diabolique avec laquelle le jeune homme prononça ces paroles : comme les visages ordinaires se colorent de sang, son visage, à lui, se colora de fiel et devint livide.

— Votre histoire est terrible, monsieur Mordaunt, et me touche vivement ; mais, par bonheur pour vous, vous servez un maître tout-puissant. Il doit vous aider dans vos recherches. Nous avons tant de renseignements, nous autres.

— Monseigneur, à un bon chien de race il ne faut montrer que le bout d'une piste pour qu'il arrive sûrement à l'autre bout.

— Mais ce parent dont vous m'avez entretenu, voulez-vous que je lui parle ? dit Mazarin qui tenait à se faire un ami près de Cromwell.

— Merci, Monseigneur, je lui parlerai moi-même.

— Mais ne m'avez-vous pas dit qu'il vous maltraitait ?

— Il me traitera mieux la première fois que je le verrai.

— Vous avez donc un moyen de l'attendrir ?

— J'ai un moyen de me faire craindre.

Mazarin regardait le jeune homme, mais à l'éclair qui jaillit de ses yeux il baissa la tête, et embarrassé de continuer une semblable conversation, il ouvrit la lettre de Cromwell.

Peu à peu les yeux du jeune homme redevinrent ternes et vitreux comme d'habitude, et il tomba dans une rêverie profonde. Après avoir lu les premières lignes, Mazarin se hasarda à regarder en dessous si Mordaunt n'épiait pas sa physionomie ; et remarquant son indifférence :

— Faites donc faire vos affaires, dit-il en haussant imperceptiblement les épaules, par des gens qui font en même temps les leurs ! Voyons ce que veut cette lettre.

Nous la reproduisons textuellement :

« À Son Éminence
Monseigneur le cardinal Mazarini.

J'ai voulu, Monseigneur, connaître vos intentions au sujet des affaires présentes de l'Angleterre. Les deux royaumes sont trop voisins pour que la France ne s'occupe pas de notre situation, comme nous nous occupons de celle de la France. Les Anglais sont presque tous unanimes pour combattre la tyrannie du roi Charles et de ses partisans. Placé à la tête de ce mouvement par la confiance publique, j'en apprécie mieux que personne la nature et les conséquences. Aujourd'hui je fais la guerre et je vais livrer au roi Charles une bataille décisive. Je la gagnerai, car l'espoir de la nation et l'esprit du Seigneur sont avec moi. Cette bataille gagnée, le roi n'a plus de ressources en Angleterre ni en Écosse ; et s'il n'est pas pris ou tué, il va essayer de passer en France pour recruter des soldats et se refaire des armes et de l'argent. Déjà la France a reçu la reine Henriette, et, involontairement sans doute, a entretenu un foyer de guerre civile inextinguible dans mon pays ; mais Madame Henriette est fille de France et l'hospitalité de la France lui était due. Quant au roi Charles, la question change de face : en le recevant et en le secourant, la France improuverait les actes du peuple anglais et nuirait si essentiellement à l'Angleterre et surtout à la marche du gouvernement qu'elle compte se donner, qu'un pareil état équivaudrait à des hostilités flagrantes... »

À ce moment, Mazarin, fort inquiet de la tournure que prenait la lettre, cessa de lire de nouveau et regarda le jeune homme en dessous.

Il rêvait toujours.

Mazarin continua :

« Il est donc urgent, Monseigneur, que je sache à quoi m'en tenir sur les vues de la France : les intérêts de ce royaume et ceux de l'Angleterre, quoique dirigés en sens inverse, se rapprochent cependant plus qu'on ne saurait le croire. L'Angleterre a besoin de tranquillité intérieure pour consommer l'expulsion de son roi, la France a besoin de cette tranquillité pour consolider le trône de son jeune monarque ; vous avez autant que nous besoin de cette paix intérieure, à laquelle nous touchons, nous, grâce à l'énergie de notre gouvernement.

Vos querelles avec le parlement, vos dissensions bruyantes avec les princes qui aujourd'hui combattent pour vous et demain combattront contre vous, la ténacité populaire dirigée par le coadjuteur, le président Blancmesnil et le conseiller Broussel ; tout ce désordre enfin qui parcourt les différents degrés de l'État doit vous faire envisager avec inquiétude l'éventualité d'une guerre étrangère : car alors l'Angleterre, surexcitée par l'enthousiasme des idées nouvelles, s'allierait avec l'Espagne qui déjà convoite cette alliance. J'ai donc pensé, Monseigneur, connaissant votre prudence et la position toute personnelle que les événements vous font aujourd'hui, j'ai pensé que vous aimeriez mieux concentrer vos forces dans l'intérieur du royaume de France et abandonner aux siennes le gouvernement nouveau de l'Angleterre. Cette neutralité consiste seulement à éloigner le roi Charles du territoire de France, et à ne secourir ni par armes, ni par argent, ni par troupes, ce roi entièrement étranger à votre pays.

Ma lettre est donc toute confidentielle, et c'est pour cela que je vous l'envoie par un homme de mon intime confiance ; elle précédera, par un sentiment que Votre Éminence appréciera, les mesures que je prendrai d'après les événements. Olivier Cromwell a pensé qu'il ferait mieux entendre la raison à un esprit intelligent comme celui de Mazarini, qu'à une reine admirable de fermeté sans doute, mais trop soumise aux vains préjugés de la naissance et du pouvoir divin.

Adieu, Monseigneur, si je n'ai pas de réponse dans quinze jours, je regarderai ma lettre comme non avenue.

Olivier CROMWELL. »

— Monsieur Mordaunt, dit le cardinal en élevant la voix comme pour éveiller le songeur, ma réponse à cette lettre sera d'autant plus satisfaisante pour le général Cromwell, que je serai plus sûr qu'on ignorera que je la lui aurai faite. Allez donc l'attendre à Boulogne-sur-Mer, et promettez-moi de partir demain matin.

— Je vous le promets, Monseigneur, répondit Mordaunt, mais combien de jours Votre Éminence me fera-t-elle attendre cette réponse ?

— Si vous ne l'avez pas reçue dans dix jours, vous pouvez partir.

Mordaunt s'inclina.

— Ce n'est pas tout, monsieur, continua Mazarin, vos aventures particulières m'ont vivement touché ; en outre, la lettre de M. Cromwell vous rend important à mes yeux comme ambassadeur. Voyons, je vous le répète, dites-moi, que puis-je faire pour vous ?

Mordaunt réfléchit un instant, et, après une visible hésitation, il allait ouvrir la bouche pour parler, quand Bernouin entra précipitamment, se pencha vers l'oreille du cardinal et lui parla tout bas.

— Monseigneur, lui dit-il, la reine Henriette accompagnée d'un gentilhomme anglais entre en ce moment au Palais-Royal.

Mazarin fit sur sa chaise un bond qui n'échappa point au jeune homme et réprima la confidence qu'il allait sans doute faire.

— Monsieur, dit le cardinal, vous avez entendu, n'est-ce pas ? Je vous fixe Boulogne parce que je pense que toute ville de France vous est indifférente ; si vous en préférez une autre, nommez-la ; mais vous concevez facilement qu'entouré comme je le suis d'influences auxquelles je n'échappe qu'à force de discrétion, je désire qu'on ignore votre présence à Paris.

— Je partirai, monsieur, dit Mordaunt en faisant quelques pas vers la porte par laquelle il était entré.

— Non, point par là, monsieur, je vous prie ! s'écria vivement le cardinal : veuillez passer par cette galerie d'où vous gagnerez le vestibule. Je désire qu'on ne vous voie pas sortir, notre entrevue doit être secrète.

Mordaunt suivit Bernouin, qui le fit passer dans une salle voisine et le remit à un huissier en lui indiquant une porte de sortie.

Puis il revint à la hâte vers son maître pour introduire près de lui la reine Henriette, qui traversait déjà la galerie vitrée.

41
Mazarin et Madame Henriette

Le cardinal se leva et alla recevoir en hâte la reine d'Angleterre. Il la joignit au milieu de la galerie qui précédait son cabinet.

Il témoignait d'autant plus de respect à cette reine sans suite et sans parure, qu'il sentait lui-même qu'il avait bien quelque reproche à se faire sur son avarice et son manque de cœur.

Mais les suppliants savent contraindre leur visage à prendre toutes les expressions, et la fille d'Henri IV souriait en venant au-devant de celui qu'elle haïssait et méprisait.

« Ah ! se dit à lui-même Mazarin, quel doux visage ! Viendrait-elle pour m'emprunter de l'argent ? »

Et il jeta un regard inquiet sur le panneau de son coffre-fort ; il tourna même en dedans le chaton du diamant magnifique dont l'éclat attirait les yeux sur sa main, qu'il avait d'ailleurs blanche et belle. Malheureusement cette bague n'avait pas la vertu de celle de Gygès, qui rendait son maître invisible lorsqu'il faisait ce que venait de faire Mazarin.

Or, Mazarin eût bien désiré être invisible en ce moment, car il devinait que Madame Henriette venait lui demander quelque chose ; du moment où une reine qu'il avait traitée ainsi apparaissait avec le sourire sur les lèvres, au lieu d'avoir la menace sur la bouche, elle venait en suppliante.

— Monsieur le cardinal, dit l'auguste visiteuse, j'avais d'abord eu l'idée de parler de l'affaire qui m'amène avec la reine ma sœur, mais j'ai réfléchi que les choses politiques regardent avant tout les hommes.

— Madame, dit Mazarin, croyez que Votre Majesté me confond avec cette distinction flatteuse.

« Il est bien gracieux, pensa la reine, m'aurait-il donc devinée ? »

On était arrivé au cabinet du cardinal. Il fit asseoir la reine, et lorsqu'elle fut accommodée dans son fauteuil :

— Donnez, dit-il, vos ordres au plus respectueux de vos serviteurs.

— Hélas ! monsieur, répondit la reine, j'ai perdu l'habitude de donner des ordres, et pris celle de faire des prières. Je viens vous prier, trop heureuse si ma prière est exaucée par vous.

— Je vous écoute, Madame, dit Mazarin.

— Monsieur le cardinal, il s'agit de la guerre que le roi mon mari soutient contre ses sujets rebelles. Vous ignorez peut-être qu'on se bat en Angleterre, dit la reine avec un sourire triste, et que dans peu l'on se battra d'une façon bien plus décisive encore qu'on ne l'a fait jusqu'à présent.

— Je l'ignore complètement, Madame, dit le cardinal en accompagnant ces paroles d'un léger mouvement d'épaule. Hélas ! nos guerres à nous absorbent le temps et l'esprit d'un pauvre ministre incapable et infirme comme je le suis.

— Eh bien ! monsieur le cardinal, dit la reine, je vous apprendrai donc que Charles Ier, mon époux, est à la veille d'engager une action décisive. En cas d'échec... (Mazarin fit un mouvement)... il faut tout prévoir, continua la reine ; en cas d'échec, il désire se retirer en France et y vivre comme un simple particulier. Que dites-vous de ce projet ?

Le cardinal avait écouté sans qu'une fibre de son visage trahît l'impression qu'il éprouvait ; en écoutant, son sourire resta ce qu'il était toujours, faux et câlin, et quand la reine eut fini :

— Croyez-vous, Madame, dit-il de sa voix la plus soyeuse, que la France, tout agitée et toute bouillante comme elle est elle-même, soit un port bien salutaire pour un roi détrôné ? La couronne est déjà peu solide sur la tête du roi Louis XIV, comment supporterait-il un double poids ?

— Ce poids n'a pas été bien lourd, quant à ce qui me regarde, interrompit la reine avec un douloureux sourire, et je ne demande pas qu'on fasse plus pour mon époux qu'on n'a fait pour moi. Vous voyez que nous sommes des rois bien modestes, monsieur.

— Oh ! vous, Madame, vous, se hâta de dire le cardinal pour couper court aux explications qu'il voyait arriver, vous, c'est autre chose, une fille d'Henri IV, de ce grand, de ce sublime roi...

— Ce qui ne vous empêche pas de refuser l'hospitalité à son gendre, n'est-ce pas, monsieur ? Vous devriez pourtant vous souvenir que ce grand, ce sublime roi, proscrit un jour comme va l'être mon mari, a été demander du secours à l'Angleterre, et que l'Angleterre lui en a donné ; il est vrai de dire que la reine Élisabeth n'était pas sa nièce.

— *Peccato !* dit Mazarin se débattant sous cette logique si simple, Votre Majesté ne me comprend pas ; elle juge mal mes intentions, et cela sans doute parce que je m'explique mal en français.

— Parlez italien, monsieur ; la reine Marie de Médicis, notre mère, nous a appris cette langue avant que le cardinal votre prédécesseur l'ait envoyée mourir en exil. S'il est resté quelque chose de ce grand, de ce sublime roi Henri dont vous parliez tout à l'heure, il doit bien s'étonner de cette profonde admiration pour lui jointe à si peu de pitié pour sa famille.

La sueur coulait à grosses gouttes sur le front de Mazarin.

— Cette admiration est, au contraire, si grande et si réelle, Madame, dit Mazarin sans accepter l'offre que lui faisait la reine de changer d'idiome, que, si le roi Charles Ier — que Dieu le garde de tout malheur ! — venait en France, je lui offrirais ma maison, ma propre maison ; mais, hélas ! ce serait une retraite peu sûre. Quelque jour le peuple brûlera cette maison comme il a brûlé celle du maréchal d'Ancre. Pauvre Concino Concini ! il ne voulait cependant que le bien de la France.

— Oui, Monseigneur, comme vous, dit ironiquement la reine.

Mazarin fit semblant de ne pas comprendre le double sens de la phrase qu'il avait dite lui-même, et continua de s'apitoyer sur le sort de Concino Concini.

— Mais enfin, monseigneur le cardinal, dit la reine impatientée, que me répondez-vous ?

— Madame, s'écria Mazarin de plus en plus attendri, Madame, Votre Majesté me permettrait-elle de lui donner un conseil ? Bien entendu qu'avant de prendre cette hardiesse, je commence à me mettre aux pieds de Votre Majesté pour tout ce qui lui fera plaisir.

— Dites, monsieur, répondit la reine. Le conseil d'un homme aussi prudent que vous doit être assurément bon.

— Madame, croyez-moi, le roi doit se défendre jusqu'au bout.

— Il l'a fait, monsieur, et cette dernière bataille, qu'il va livrer avec des ressources bien inférieures à celles de ses ennemis, prouve qu'il ne compte pas se rendre sans combattre ; mais enfin, dans le cas où il serait vaincu ?

— Eh bien, Madame, dans ce cas, mon avis, je sais que je suis bien hardi de donner un avis à Votre Majesté, mais mon avis est que le roi ne doit pas quitter son royaume. On oublie vite les rois absents : s'il passe en France, sa cause est perdue.

— Mais alors, dit la reine, si c'est votre avis et que vous lui portiez vraiment intérêt, envoyez-lui quelque secours d'hommes et d'argent ; car, moi, je ne puis plus rien pour lui, j'ai vendu pour l'aider jusqu'à mon dernier diamant. Il ne me reste rien, vous le savez, vous le savez mieux que personne, monsieur. S'il m'était resté quelque bijou, j'en aurais acheté du bois pour me chauffer, moi et ma fille, cet hiver.

— Ah ! Madame, dit Mazarin, Votre Majesté ne sait guère ce qu'elle me demande. Du jour où un secours d'étrangers entre à la suite d'un roi pour le replacer sur le trône, c'est avouer qu'il n'a plus d'aide dans l'amour de ses sujets.

— Au fait, monsieur le cardinal, dit la reine impatientée de suivre cet esprit subtil dans le labyrinthe de mots où il s'égarait, au fait, et répondez-moi oui ou non : si le roi persiste à rester en Angleterre, lui enverrez-vous des secours ? S'il vient en France, lui donnerez-vous l'hospitalité ?

— Madame, dit le cardinal en affectant la plus grande franchise, je vais montrer à Votre Majesté, je l'espère, combien je lui suis dévoué et le désir que j'ai de terminer une affaire qu'elle a tant à cœur. Après quoi Votre Majesté, je pense, ne doutera plus de mon zèle à la servir.

La reine se mordait les lèvres et s'agitait d'impatience sur son fauteuil.

— Eh bien ! qu'allez-vous faire ? dit-elle enfin ; voyons, parlez.

— Je vais à l'instant même aller consulter la reine, et nous déférerons de suite la chose au parlement.

— Avec lequel vous êtes en guerre, n'est-ce pas ? Vous chargerez Broussel d'en être rapporteur. Assez, monsieur le cardinal, assez. Je vous comprends, ou plutôt j'ai tort. Allez en effet au parlement ; car c'est de ce parlement, ennemi des rois, que sont venus à la fille de ce grand, de ce sublime Henri IV, que vous admirez tant, les seuls secours qui l'aient empêchée de mourir de faim et de froid cet hiver.

Et, sur ces paroles, la reine se leva avec une majestueuse indignation.

Le cardinal étendit vers elle ses mains jointes.

— Ah ! Madame, Madame, que vous me connaissez mal, mon Dieu !

Mais la reine Henriette, sans même se retourner du côté de celui qui versait ces hypocrites larmes, traversa le cabinet, ouvrit la porte elle-même, et, au milieu des gardes nombreuses de l'Éminence, des courtisans empressés à lui faire leur cour, du luxe d'une royauté rivale, elle alla prendre la main de de Winter, seul, isolé et debout. Pauvre reine déjà déchue, devant laquelle tous s'inclinaient encore par étiquette, mais qui n'avait plus, de fait, qu'un seul bras sur lequel elle pût s'appuyer.

— C'est égal, dit Mazarin quand il fut seul, cela m'a donné de la peine, et c'est un rude rôle à jouer. Mais je n'ai rien dit ni à l'un ni à l'autre. Hum ! le Cromwell est un rude chasseur de rois, je plains ses ministres, s'il en prend jamais. Bernouin !

Bernouin entra.

— Qu'on voie si le jeune homme au pourpoint noir et aux cheveux courts, que vous avez tantôt introduit près de moi, est encore au palais.

Bernouin sortit. Le cardinal occupa le temps de son absence à retourner en dehors le chaton de sa bague, à en frotter le diamant, à en admirer l'eau, et comme une larme roulait encore dans ses yeux et lui rendait la vue trouble, il secoua la tête pour la faire tomber.

Bernouin rentra avec Comminges, qui était de garde.

— Monseigneur, dit Comminges, comme je reconduisais le jeune homme que Votre Éminence demande, il s'est approché de la porte vitrée de la galerie et a regardé quelque chose avec étonnement, sans doute le tableau de Raphaël, qui est vis-à-vis cette porte. Ensuite il a rêvé un instant, et a descendu l'escalier. Je crois l'avoir vu monter sur un cheval gris et sortir de la cour du palais. Mais Monseigneur ne va-t-il point chez la reine ?

— Pourquoi faire ?

— M. de Guitaut, mon oncle, vient de me dire que Sa Majesté avait reçu des nouvelles de l'armée.

— C'est bien, j'y cours.

En ce moment, M. de Villequier apparut. Il venait en effet chercher le cardinal de la part de la reine.

Comminges avait bien vu, et Mordaunt avait réellement agi comme il l'avait raconté. En traversant la galerie parallèle à la grande galerie vitrée, il aperçut de Winter qui attendait que la reine eût terminé sa négociation.

À cette vue, le jeune homme s'arrêta court, non point en admiration devant le tableau de Raphaël, mais comme fasciné par la vue d'un objet terrible. Ses yeux se dilatèrent ; un frisson courut par tout son corps. On eût dit qu'il voulait franchir le rempart de verre qui le séparait de son ennemi ; car si Comminges avait vu avec quelle expression de haine les yeux de ce jeune homme s'étaient fixés sur de Winter, il n'eût point douté un instant que ce seigneur anglais ne fût son ennemi mortel.

Mais il s'arrêta.

Ce fut pour réfléchir sans doute ; car au lieu de se laisser entraîner à son premier mouvement, qui avait été d'aller droit à milord de Winter, il descendit lentement l'escalier, sortit du palais la tête baissée, se mit en selle, fit ranger son cheval à l'angle de la rue Richelieu et, les yeux fixés sur la grille, il attendit que le carrosse de la reine sortît de la cour.

Il ne fut pas longtemps à attendre car à peine la reine était-elle restée un quart d'heure chez Mazarin ; mais ce quart d'heure d'attente parut un siècle à celui qui attendait.

Enfin la lourde machine qu'on appelait alors un carrosse sortit, en grondant, des grilles, et de Winter, toujours à cheval, se pencha de nouveau à la portière pour causer avec Sa Majesté.

Les chevaux partirent au trot et prirent le chemin du Louvre, où ils entrèrent. Avant de partir du couvent des Carmélites, Madame Henriette avait dit à sa fille de venir l'attendre au Palais qu'elle avait habité longtemps et qu'elle n'avait quitté que parce que leur misère leur semblait plus lourde encore dans les salles dorées.

Mordaunt suivit la voiture, et lorsqu'il l'eut vue entrer sous l'arcade sombre, il alla, lui et son cheval, s'appliquer contre une muraille sur laquelle l'ombre s'étendait, et demeura immobile au milieu des moulures de Jean Goujon, pareil à un bas-relief représentant une statue équestre.

Il attendait comme il avait déjà fait au Palais-Royal.

42
Comment les malheureux prennent parfois le hasard pour la Providence

— Eh bien ! Madame ? dit de Winter quand la reine eut éloigné ses serviteurs.

— Eh bien, ce que j'avais prévu arrive, milord.

— Il refuse ?

— Ne vous l'avais-je pas dit d'avance ?

— Le cardinal refuse de recevoir le roi, la France refuse l'hospitalité à un prince malheureux ? mais c'est la première fois, Madame !

— Je n'ai pas dit la France, milord, j'ai dit le cardinal, et le cardinal n'est pas même Français.

— Mais la reine, l'avez-vous vue ?

— Inutile, dit Madame Henriette en secouant la tête tristement ; ce n'est pas la reine qui dira jamais oui quand le cardinal a dit non. Ignorez-vous que cet Italien mène tout, au-dedans comme au-dehors ? Il y a plus, et j'en reviens à ce que je vous ai dit, je ne serais pas étonnée que nous eussions été prévenus par Cromwell ; il était embarrassé en me parlant, et cependant ferme dans sa volonté de refuser. Puis, avez-vous remarqué cette agitation au Palais-Royal, ces allées, ces venues de gens affairés ! Auraient-ils reçu quelques nouvelles, milord ?

— Ce n'est point d'Angleterre, Madame ; j'ai fait si grande diligence que je suis sûr de n'avoir point été prévenu : je suis parti il y a trois jours, j'ai passé par miracle au milieu de l'armée puritaine, j'ai pris la poste avec mon laquais Tony, et les chevaux que nous montons, nous les avons achetés à Paris. D'ailleurs, avant de rien risquer, le roi, j'en suis sûr, attendra la réponse de Votre Majesté.

— Vous lui rapporterez, milord, reprit la reine au désespoir, que je ne puis rien, que j'ai souffert autant que lui, plus que lui, obligée que je suis de manger le pain de l'exil, et de demander l'hospitalité à de faux amis qui rient de mes larmes, et que, quant à sa personne royale, il faut qu'il se sacrifie généreusement et meure en roi. J'irai mourir à ses côtés.

— Madame ! Madame ! s'écria de Winter, Votre Majesté s'abandonne au découragement, et peut-être nous reste-t-il encore quelque espoir.

— Plus d'amis, milord ! plus d'amis dans le monde entier que vous ! Ô mon Dieu ! mon Dieu ! s'écria Madame Henriette en levant les bras au ciel, avez-vous donc repris tous les cœurs généreux qui existaient sur la terre !

— J'espère que non, Madame, répondit de Winter rêveur ; je vous ai parlé de quatre hommes.

— Que voulez-vous faire avec quatre hommes ?

— Quatre hommes dévoués, quatre hommes résolus à mourir peuvent beaucoup, croyez-moi, Madame, et ceux dont je vous parle ont beaucoup fait dans un temps.

— Et ces quatre hommes, où sont-ils ?

— Ah ! voilà ce que j'ignore. Depuis près de vingt ans je les ai perdus de vue, et cependant dans toutes les occasions où j'ai vu le roi en péril j'ai songé à eux.

— Et ces hommes étaient vos amis ?

— L'un d'eux a tenu ma vie entre ses mains et me l'a rendue ; je ne sais pas s'il est resté mon ami, mais depuis ce temps au moins, moi, je suis demeuré le sien.

— Et ces hommes sont en France, milord ?

— Je le crois.

— Dites leurs noms ; peut-être les ai-je entendu nommer et pourrais-je vous aider dans votre recherche.

— L'un d'eux se nommait le chevalier d'Artagnan.

— Oh ! milord ! si je ne me trompe, ce chevalier d'Artagnan est lieutenant aux gardes, j'ai entendu prononcer son nom ; mais, faites-y attention, cet homme, j'en ai peur, est tout au cardinal.

— En ce cas, ce serait un dernier malheur, dit de Winter, et je commencerais à croire que nous sommes véritablement maudits.

— Mais les autres, dit la reine, qui s'accrochait à ce dernier espoir comme un naufragé aux débris de son vaisseau, les autres, milord !

— Le second, j'ai entendu son nom par hasard, car avant de se battre contre nous ces quatre gentilshommes nous avaient dit leurs noms, le second s'appelait le comte de La Fère. Quant aux deux autres, l'habitude que j'avais de les appeler de noms empruntés m'a fait oublier leurs noms véritables.

— Oh ! mon Dieu, il serait pourtant bien urgent de les retrouver, dit la reine, puisque vous pensez que ces dignes gentilshommes pourraient être si utiles au roi.

— Oh ! oui, dit de Winter, car ce sont les mêmes ; écoutez bien ceci, Madame, et rappelez tous vos souvenirs : n'avez-vous pas entendu raconter que la reine Anne d'Autriche avait été autrefois sauvée du plus grand danger que jamais reine ait couru ?

— Oui, lors de ses amours avec M. de Buckingham, et je ne sais à propos de quels ferrets de diamants.

— Eh bien ! c'est cela, Madame ; ces hommes, ce sont ceux qui la sauvèrent, et je souris de pitié en songeant que si les noms de ces gentilshommes ne vous sont pas connus, c'est que la reine les a oubliés, tandis qu'elle aurait dû les faire les premiers seigneurs du royaume.

— Eh bien ! milord, il faut les chercher ; mais que pourront faire quatre hommes, ou plutôt trois hommes ? car, je vous le dis, il ne faut pas compter sur M. d'Artagnan.

— Ce serait une vaillante épée de moins, Madame, mais il en resterait toujours trois autres sans compter la mienne ; or, quatre hommes dévoués autour du roi pour le garder de ses ennemis, l'entourer dans la bataille, l'aider dans le conseil, l'escorter dans sa fuite, ce serait assez, non pas pour faire le roi vainqueur, mais pour le sauver s'il était vaincu, pour l'aider à traverser la mer, et quoi qu'en dise Mazarin, une fois sur les côtes de France, votre royal époux y trouverait autant de retraites et d'asiles que l'oiseau de mer en trouve dans les tempêtes.

— Cherchez, milord, cherchez ces gentilshommes, et si vous les retrouvez, s'ils consentent à passer avec vous en Angleterre, je leur donnerai à chacun un duché le jour où nous remonterons sur le trône, et en outre autant d'or qu'il en faudrait pour paver le palais de White-Hall. Cherchez donc, milord, cherchez, je vous en conjure.

— Je chercherais bien, Madame, dit de Winter, et je les trouverais sans doute, mais le temps me manque : Votre Majesté oublie-t-elle que le roi attend sa réponse et l'attend avec angoisse ?

— Alors nous sommes donc perdus ! s'écria la reine avec l'expansion d'un cœur brisé.

En ce moment la porte s'ouvrit, la jeune Henriette parut, et la reine, avec cette sublime force qui est l'héroïsme des mères, renfonça ses larmes au fond de son cœur en faisant signe à de Winter de changer de conversation.

Mais cette réaction, si puissante qu'elle fût, n'échappa point aux yeux de la jeune princesse ; elle s'arrêta sur le seuil, poussa un soupir, et s'adressant à la reine :

— Pourquoi donc pleurez-vous toujours sans moi, ma mère ? lui dit-elle.

La reine sourit, et au lieu de lui répondre :

— Tenez, de Winter, lui dit-elle, j'ai au moins gagné une chose à n'être plus qu'à moitié reine, c'est que mes enfants m'appellent ma mère au lieu de m'appeler Madame.

Puis se tournant vers sa fille :

— Que voulez-vous, Henriette ? continua-t-elle.

— Ma mère, dit la jeune princesse, un cavalier vient d'entrer au Louvre et demande à présenter ses respects à Votre Majesté ; il arrive de l'armée, et a, dit-il, une lettre à vous remettre de la part du maréchal de Grammont, je crois.

— Ah ! dit la reine à de Winter, c'est un de mes fidèles ; mais ne remarquez-vous pas, mon cher lord, que nous sommes si pauvrement servis, que c'est ma fille qui fait les fonctions d'introductrice ?

— Madame, ayez pitié de moi, dit de Winter, vous me brisez l'âme.

— Et quel est ce cavalier, Henriette ? demanda la reine.

— Je l'ai vu par la fenêtre, Madame ; c'est un jeune homme qui paraît à peine seize ans et qu'on nomme le vicomte de Bragelonne.

La reine fit en souriant un signe de la tête, la jeune princesse rouvrit la porte et Raoul apparut sur le seuil.

Il fit trois pas vers la reine et s'agenouilla.

— Madame, dit-il, j'apporte à Votre Majesté une lettre de mon ami, M. le comte de Guiche, qui m'a dit avoir l'honneur d'être de vos serviteurs ; cette lettre contient une nouvelle importante et l'expression de ses respects.

Au nom du comte de Guiche, une rougeur se répandit sur les joues de la jeune princesse ; la reine la regarda avec une certaine sévérité.

— Mais vous m'aviez dit que la lettre était du maréchal de Grammont, Henriette ! dit la reine.

— Je le croyais, Madame… balbutia la jeune fille.

— C'est ma faute, Madame, dit Raoul, je me suis annoncé effectivement comme venant de la part du maréchal de Grammont ; mais blessé au bras droit, il n'a pu écrire, et c'est le comte de Guiche qui lui a servi de secrétaire.

— On s'est donc battu ? dit la reine faisant signe à Raoul de se relever.

— Oui, Madame, dit le jeune homme remettant la lettre à de Winter, qui s'était avancé pour la recevoir et qui la transmit à la reine.

À cette nouvelle d'une bataille livrée, la jeune princesse ouvrit la bouche pour faire une question qui l'intéressait sans doute ; mais sa bouche se referma sans avoir prononcé une parole, tandis que les roses de ses joues disparaissaient graduellement.

La reine vit tous ces mouvements, et sans doute son cœur maternel les traduisit ; car s'adressant de nouveau à Raoul :

— Et il n'est rien arrivé de mal au jeune comte de Guiche ? demanda-t-elle ; car non seulement il est de nos serviteurs, comme il vous l'a dit, monsieur, mais encore de nos amis.

— Non, Madame, répondit Raoul ; mais au contraire, il a gagné dans cette journée une grande gloire, et il a eu l'honneur d'être embrassé par M. le Prince sur le champ de bataille.

La jeune princesse frappa ses mains l'une contre l'autre, mais toute honteuse de s'être laissé entraîner à une pareille démonstration de joie, elle se tourna à demi et se pencha vers un vase plein de roses comme pour en respirer l'odeur.

— Voyons ce que nous dit le comte, dit la reine.

— J'ai eu l'honneur de dire à Votre Majesté qu'il écrivait au nom de son père.

— Oui, monsieur.

La reine décacheta la lettre et lut :

« *Madame et reine,*

Ne pouvant avoir l'honneur de vous écrire moi-même pour cause d'une blessure que j'ai reçue dans la main droite, je vous fais écrire par mon fils, M. le comte de Guiche, que vous savez être votre serviteur à l'égal de son père, pour vous dire que nous venons de gagner la bataille de Lens, et que cette victoire ne peut manquer de donner grand pouvoir au cardinal Mazarin et à la reine sur les affaires de l'Europe. Que Votre Majesté, si elle veut bien en croire mon conseil, profite donc de ce moment pour insister en faveur de son auguste époux auprès du gouvernement du roi. M. le vicomte de Bragelonne, qui aura l'honneur de vous remettre cette lettre, est l'ami de mon fils, auquel il a, selon toute probabilité, sauvé la vie ; c'est un gentilhomme auquel Votre Majesté peut entièrement se confier, dans le cas où elle aurait quelque ordre verbal ou écrit à me faire parvenir.

J'ai l'honneur d'être avec respect...

Maréchal DE GRAMMONT. »

Au moment où il avait été question du service qu'il avait rendu au comte, Raoul n'avait pu s'empêcher de tourner la tête vers la jeune princesse, et alors il avait vu passer dans ses yeux une expression de reconnaissance infinie pour Raoul ; il n'y avait plus de doute, la fille du roi Charles Ier aimait son ami.

— La bataille de Lens est gagnée ! dit la reine. Ils sont heureux ici, ils gagnent des batailles ! Oui, le maréchal de Grammont a raison, cela va changer la face de leurs affaires ; mais j'ai bien peur qu'elle ne fasse rien aux nôtres, si toutefois elle ne leur nuit pas. Cette nouvelle est récente, monsieur, continua la reine, je vous sais gré d'avoir mis cette diligence à me l'apporter ; sans vous, sans cette lettre, je ne l'eusse apprise que demain, après-demain peut-être, la dernière de tout Paris.

— Madame, dit Raoul, le Louvre est le second palais où cette nouvelle soit arrivée ; personne encore ne la connaît ; et j'avais juré à M. le comte de Guiche de remettre cette lettre à Votre Majesté avant même d'avoir embrassé mon tuteur.

— Votre tuteur est-il un Bragelonne comme vous ? demanda lord de Winter. J'ai connu autrefois un Bragelonne, vit-il toujours ?

— Non, monsieur, il est mort, et c'est de lui que mon tuteur, dont il était parent assez proche, je crois, a hérité cette terre dont il porte le nom.

— Et votre tuteur, monsieur, demanda la reine, qui ne pouvait s'empêcher de prendre intérêt à ce beau jeune homme, comment se nomme-t-il ?

— M. le comte de La Fère, Madame, répondit le jeune homme en s'inclinant.

De Winter fit un mouvement de surprise, la reine le regarda en éclatant de joie.

— Le comte de La Fère ! s'écria-t-elle ; n'est-ce point ce nom que vous m'avez dit ?

Quant à de Winter, il ne pouvait en croire ce qu'il avait entendu.

— M. le comte de La Fère ! s'écria-t-il à son tour. Oh ! monsieur, répondez-moi, je vous en supplie : le comte de La Fère n'est-il point un seigneur que j'ai connu beau et brave, qui fut mousquetaire de Louis XIII, et qui peut avoir maintenant quarante-sept à quarante-huit ans ?

— Oui, monsieur, c'est cela en tous points.

— Et qui servait sous un nom d'emprunt ?

— Sous le nom d'Athos. Dernièrement encore j'ai entendu son ami, M. d'Artagnan, lui donner ce nom.

— C'est cela, Madame, c'est cela. Dieu soit loué ! Et il est à Paris ? continua le comte en s'adressant à Raoul.

Puis revenant à la reine :

— Espérez encore, espérez, lui dit-il, la Providence se déclare pour nous, puisqu'elle fait que je retrouve ce brave gentilhomme d'une façon si miraculeuse. Et où loge-t-il, monsieur, je vous prie ?

— M. le comte de La Fère loge rue Guénégaud, hôtel du Grand-Roi-Charlemagne.

— Merci, monsieur. Prévenez ce digne ami afin qu'il reste chez lui, je vais aller l'embrasser tout à l'heure.

— Monsieur, j'obéis avec grand plaisir, si Sa Majesté veut me donner mon congé.

— Allez, monsieur le vicomte de Bragelonne, dit la reine, allez, et soyez assuré de notre affection.

Raoul s'inclina respectueusement devant les deux princesses, salua de Winter et partit.

De Winter et la reine continuèrent à s'entretenir quelque temps à voix basse pour que la jeune princesse ne les entendît pas ; mais cette précaution était inutile, celle-ci s'entretenait avec ses pensées.

Puis comme de Winter allait prendre congé :

— Écoutez, milord, dit la reine, j'avais conservé cette croix de diamants, qui vient de ma mère, et cette plaque de saint Michel, qui vient de mon époux ; ils valent à peu près cinquante mille livres. J'avais juré de mourir de faim près de ces gages précieux plutôt que de m'en défaire ; mais aujourd'hui que ces deux bijoux peuvent être utiles à lui ou à ses défenseurs, il faut sacrifier tout à cette espérance. Prenez-les ; et s'il est besoin d'argent pour votre expédition, vendez sans crainte, milord, vendez. Mais si vous trouvez moyen de les conserver, songez, milord, que je vous tiens comme m'ayant rendu le plus grand service qu'un gentilhomme puisse rendre à une reine, et qu'au jour de ma prospérité celui qui me rapportera cette plaque et cette croix sera béni par moi et mes enfants.

— Madame, dit de Winter, Votre Majesté sera servie par un homme dévoué. Je cours déposer en lieu sûr ces deux objets, que je n'accepterais pas s'il nous restait les ressources de notre ancienne fortune ; mais nos biens sont confisqués, notre argent comptant est tari, et nous sommes arrivés aussi à faire ressources de tout ce que nous possédons. Dans une heure je me rends chez le comte de La Fère, et demain Votre Majesté aura une réponse définitive.

La reine tendit la main à lord de Winter, qui la baisa respectueusement ; et se tournant vers sa fille :

— Milord, dit-elle, vous étiez chargé de remettre à cette enfant quelque chose de la part de son père.

De Winter demeura étonné ; il ne savait pas ce que la reine voulait dire.

La jeune Henriette s'avança alors souriant et rougissant, et tendit son front au gentilhomme.

— Dites à mon père que, roi ou fugitif, vainqueur ou vaincu, puissant ou pauvre, dit la jeune princesse, il a en moi la fille la plus soumise et la plus affectionnée.

— Je le sais, Madame, répondit de Winter, en touchant de ses lèvres le front d'Henriette.

Puis il partit, traversant, sans être reconduit, ces grands appartements déserts et obscurs, essuyant les larmes que, tout blasé qu'il était par cinquante années de vie de cour, il ne pouvait s'empêcher de verser à la vue de cette royale infortune, si digne et si profonde à la fois.

43

L'oncle et le neveu

Le cheval et le laquais de de Winter l'attendaient à la porte. Il s'achemina alors vers son logis tout pensif et regardant derrière lui de temps en temps pour contempler la façade silencieuse et noire du Louvre. Ce fut alors qu'il vit un cavalier se détacher pour ainsi dire de la muraille et le suivre à quelque distance ; il se rappela avoir vu, en sortant du Palais-Royal, une ombre à peu près pareille.

Le laquais de lord de Winter, qui le suivait à quelques pas, suivait aussi de l'œil ce cavalier avec inquiétude.

— Tony, dit le gentilhomme en faisant signe au valet de s'approcher.

— Me voici, Monseigneur.

Et le valet se plaça côte à côte avec son maître.

— Avez-vous remarqué cet homme qui nous suit ?

— Oui, milord.

— Qui est-il ?

— Je n'en sais rien ; seulement il suit Votre Grâce depuis le Palais-Royal, s'est arrêté au Louvre pour attendre sa sortie, et repart du Louvre avec elle.

— Quelque espion du cardinal, dit de Winter à part lui ; feignons de ne pas nous apercevoir de sa surveillance.

Et, piquant des deux, il s'enfonça dans le dédale des rues qui conduisaient à son hôtel situé du côté du Marais : ayant habité longtemps la place Royale, lord de Winter était revenu tout naturellement se loger près de son ancienne demeure.

L'inconnu mit son cheval au galop.

De Winter descendit à son hôtellerie et monta chez lui, se promettant de faire observer l'espion ; mais comme il déposait ses gants et son chapeau sur une table, il vit dans une glace qui se trouvait devant lui une figure qui se dessinait sur le seuil de la chambre.

Il se retourna, Mordaunt était devant lui.

De Winter pâlit et resta debout et immobile ; quant à Mordaunt, il se tenait sur la porte, froid, menaçant, et pareil à la statue du Commandeur.

Il y eut un instant de silence glacé entre ces deux hommes.

— Monsieur, dit de Winter, je croyais déjà vous avoir fait comprendre que cette persécution me fatiguait, retirez-vous donc ou je vais appeler pour vous faire chasser comme à Londres. Je ne suis pas votre oncle, je ne vous connais pas.

— Mon oncle, répliqua Mordaunt de sa voix rauque et railleuse, vous vous trompez ; vous ne me ferez pas chasser cette fois comme vous l'avez fait à Londres, vous n'oserez. Quant à nier que je suis votre neveu, vous y songerez à deux fois, maintenant que j'ai appris bien des choses que j'ignorais il y a un an.

— Et que m'importe ce que vous avez appris ! dit de Winter.

— Oh ! il vous importe beaucoup, mon oncle, j'en suis sûr, et vous allez être de mon avis tout à l'heure, ajouta-t-il avec un sourire qui fit passer un frisson dans les veines de celui auquel il s'adressait. Quand je me suis présenté chez vous la première fois, à Londres, c'était pour vous demander ce qu'était devenu mon bien ; quand je me suis présenté la seconde fois, c'était pour vous demander ce qui avait souillé mon nom. Cette fois je me présente devant vous pour vous faire une question bien autrement terrible que toutes ces questions, pour vous dire, comme Dieu dit au premier meurtrier : « Caïn, qu'as-tu fait de ton frère Abel ? » — Milord, qu'avez-vous fait de votre sœur, de votre sœur qui était ma mère ?

De Winter recula sous le feu de ces yeux ardents.

— De votre mère ? dit-il.

— Oui, de ma mère, milord, répondit le jeune homme en jetant la tête de haut en bas.

De Winter fit un effort violent sur lui-même, et, plongeant dans ses souvenirs pour y chercher une haine nouvelle, il s'écria :

— Cherchez ce qu'elle est devenue, malheureux, et demandez-le à l'enfer, peut-être que l'enfer vous répondra.

Le jeune homme s'avança alors dans la chambre jusqu'à ce qu'il se trouvât face à face avec lord de Winter, et croisant les bras :

— Je l'ai demandé au bourreau de Béthune, dit Mordaunt d'une voix sourde et le visage livide de douleur et de colère, et le bourreau de Béthune m'a répondu.

De Winter tomba sur une chaise comme si la foudre l'avait frappé, et tenta vainement de répondre.

— Oui, n'est-ce pas ? continua le jeune homme, avec ce mot tout s'explique, avec cette clef l'abîme s'ouvre. Ma mère avait hérité de son mari, et vous avez assassiné ma mère ! mon nom m'assurait le bien paternel, et vous m'avez dégradé de mon nom ; puis, quand vous m'avez eu dégradé de mon nom, vous m'avez dépouillé de ma fortune. Je ne m'étonne plus maintenant que vous ne me reconnaissiez pas ; je ne m'étonne plus que vous refusiez de me reconnaître. Il est malséant d'appeler son neveu, quand on est spoliateur, l'homme qu'on a fait pauvre ; quand on est meurtrier, l'homme qu'on a fait orphelin !

Ces paroles produisirent l'effet contraire qu'en attendait Mordaunt : de Winter se rappela quel monstre était Milady ; il se releva calme et grave, contenant par son regard sévère le regard exalté du jeune homme.

— Vous voulez pénétrer dans cet horrible secret, monsieur ? dit de Winter. Eh bien, soit !… Sachez donc quelle était cette femme dont vous venez aujourd'hui me demander compte ; cette femme avait, selon toute probabilité, empoisonné mon frère, et, pour hériter de moi, elle allait m'assassiner à mon tour ; j'en ai la preuve. Que direz-vous à cela ?

— Je dirai que c'était ma mère !

— Elle a fait poignarder, par un homme autrefois juste, bon et pur, le malheureux duc de Buckingham. Que direz-vous à ce crime, dont j'ai la preuve ?

— C'était ma mère !

— Revenue en France, elle a empoisonné dans le couvent des Augustines de Béthune une jeune femme qu'aimait un de ses ennemis. Ce crime vous persuadera-t-il de la justice du châtiment ? Ce crime, j'en ai la preuve !

— C'était ma mère ! s'écria le jeune homme, qui avait donné à ces trois exclamations une force toujours progressive.

— Enfin, chargée de meurtres, de débauches, odieuse à tous, menaçante encore comme une panthère altérée de sang, elle a succombé sous les coups d'hommes qu'elle avait désespérés et qui jamais ne lui avaient causé le moindre dommage ; elle a trouvé des juges que ses attentats hideux ont évoqués : et ce bourreau que vous avez vu, ce bourreau qui vous a tout raconté, prétendez-vous, ce bourreau, s'il vous a tout raconté, a dû vous dire qu'il avait tressailli de joie en vengeant sur elle la honte et le suicide de son frère. Fille pervertie, épouse adultère, sœur dénaturée, homicide, empoisonneuse, exécrable à tous les gens qui l'avaient connue, à toutes les nations qui l'avaient reçue dans leur sein, elle est morte maudite du ciel et de la terre ; voilà ce qu'était cette femme.

Un sanglot plus fort que la volonté de Mordaunt lui déchira la gorge et fit remonter le sang à son visage livide ; il crispa ses poings, et le visage ruisselant de sueur, les cheveux hérissés sur son front comme ceux d'Hamlet, il s'écria dévoré de fureur :

— Taisez-vous, monsieur ! c'était ma mère ! Ses désordres, je ne les connais pas ; ses vices, je ne les connais pas ; ses crimes, je ne les connais pas ! Mais ce que je sais, c'est que j'avais une mère, c'est que cinq hommes, ligués contre une femme, l'ont tuée clandestinement, nuitamment, silencieusement, comme des lâches ! Ce que je sais, c'est que vous en étiez, monsieur ; c'est que vous en étiez, mon oncle, et que vous avez dit comme les autres, et plus haut que les autres : *Il faut qu'elle meure !* Donc, je vous en préviens, écoutez bien ces paroles et qu'elles se gravent dans votre mémoire de manière que vous ne les oubliiez jamais : ce meurtre qui m'a tout ravi, ce meurtre qui m'a fait sans nom, ce meurtre qui m'a fait pauvre, ce meurtre qui m'a fait corrompu, méchant, implacable, j'en demanderai compte à vous d'abord, puis à ceux qui furent vos complices, quand je les connaîtrai.

La haine dans les yeux, l'écume à la bouche, le poing tendu, Mordaunt avait fait un pas de plus, un pas terrible et menaçant vers de Winter.

Celui-ci porta la main à son épée, et dit avec le sourire de l'homme qui depuis trente ans joue avec la mort :

— Voulez-vous m'assassiner, monsieur ? alors je vous reconnaîtrai pour mon neveu, car vous êtes bien le fils de votre mère.

— Non, répliqua Mordaunt en forçant toutes les fibres de son visage, tous les muscles de son corps à reprendre leur place et à s'effacer ; non, je ne vous tuerai pas, en ce moment du moins : car sans vous je ne découvrirais pas les autres. Mais quand je les connaîtrai, tremblez, monsieur ; j'ai poignardé le bourreau de Béthune, je l'ai poignardé sans pitié, sans miséricorde, et c'était le moins coupable de vous tous.

À ces mots, le jeune homme sortit, et descendit l'escalier avec assez de calme pour n'être pas remarqué ; puis sur le palier inférieur il passa devant Tony, penché sur la rampe et n'attendant qu'un cri de son maître pour monter près de lui.

Mais de Winter n'appela point : écrasé, défaillant, il resta debout et l'oreille tendue ; puis seulement lorsqu'il eut entendu le pas du cheval qui s'éloignait, il tomba sur une chaise en disant :

— Mon Dieu ! je vous remercie qu'il ne connaisse que moi.

44

Paternité

Pendant que cette scène terrible se passait chez lord de Winter, Athos, assis près de la fenêtre de sa chambre, le coude appuyé sur une table, la tête inclinée sur sa main, écoutait des yeux et des oreilles à la fois Raoul qui lui racontait les aventures de son voyage et les détails de la bataille.

La belle et noble figure du gentilhomme exprimait un indicible bonheur au récit de ces premières émotions si fraîches et si pures ; il aspirait les sons de cette voix juvénile qui se passionnait déjà aux beaux sentiments, comme on fait d'une musique harmonieuse. Il avait oublié ce qu'il y avait de sombre dans le passé, de nuageux dans l'avenir. On eût dit que le retour de cet enfant bien-aimé avait fait de ces craintes mêmes des espérances. Athos était heureux, heureux comme jamais il ne l'avait été.

— Et vous avez assisté et pris part à cette grande bataille, Bragelonne ? disait l'ancien mousquetaire.

— Oui, monsieur.

— Et elle a été rude, dites-vous ?

— M. le Prince a chargé onze fois en personne.

— C'est un grand homme de guerre, Bragelonne.

— C'est un héros, monsieur ; je ne l'ai pas perdu de vue un instant. Oh ! que c'est beau, monsieur, de s'appeler Condé… et de porter ainsi son nom !

— Calme et brillant, n'est-ce pas ?

— Calme comme à une parade, brillant comme dans une fête. Lorsque nous abordâmes l'ennemi, c'était au pas ; on nous avait défendu de tirer les premiers, et nous marchions aux Espagnols, qui se tenaient sur une hauteur, le mousqueton à la cuisse. Arrivé à trente pas d'eux, le prince se retourna vers les soldats : « Enfants, dit-il, vous allez avoir à souffrir une furieuse décharge ; mais, après, soyez tranquilles, vous aurez bon marché de tous ces gens. » Il se faisait un tel silence, qu'amis et ennemis entendirent ces paroles. Puis levant son épée : « Sonnez, trompettes ! » dit-il.

— Bien, bien !... Dans l'occasion, vous feriez ainsi, Raoul, n'est-ce pas ?

— J'en doute, monsieur, car j'ai trouvé cela bien beau et bien grand. Lorsque nous fûmes arrivés à vingt pas, nous vîmes tous ces mousquetons s'abaisser comme une ligne brillante ; car le soleil resplendissait sur les canons. « Au pas, enfants, au pas, dit le prince, voici le moment. »

— Eûtes-vous peur, Raoul ? demanda le comte.

— Oui, monsieur, répondit naïvement le jeune homme, je me sentis comme un grand froid au cœur, et au mot de : « Feu ! » qui retentit en espagnol dans les rangs ennemis, je fermai les yeux et je pensai à vous.

— Bien vrai, Raoul ? dit Athos en lui serrant la main.

— Oui, monsieur. Au même instant il se fit une telle détonation, qu'on eût dit que l'enfer s'ouvrait et ceux qui ne furent pas tués sentirent la chaleur de la flamme. Je rouvris les yeux, étonné de n'être pas mort, ou tout au moins blessé ; le tiers de l'escadron était couché à terre, mutilé et sanglant. En ce moment je rencontrai l'œil du prince ; je ne pensai plus qu'à une chose, c'est qu'il me regardait. Je piquai des deux et je me trouvai au milieu des rangs ennemis.

— Et le prince fut content de vous ?

— Il me le dit du moins, monsieur, lorsqu'il me chargea d'accompagner à Paris M. de Châtillon, qui est venu donner cette nouvelle à la reine et apporter les drapeaux pris. « Allez, me dit le prince, l'ennemi ne sera pas rallié de quinze jours. D'ici là je n'ai pas besoin de vous. Allez embrasser ceux que vous aimez et qui vous aiment, et dites à ma sœur de Longueville que je la remercie du cadeau qu'elle m'a fait en vous donnant à moi. » Et je suis venu, monsieur, ajouta Raoul en regardant le comte avec un sourire de profond amour, car j'ai pensé que vous seriez bien aise de me revoir.

Athos attira le jeune homme à lui et l'embrassa au front comme il eût fait à une jeune fille.

— Ainsi, dit-il, vous voilà lancé, Raoul ; vous avez des ducs pour amis, un maréchal de France pour parrain, un prince du sang pour capitaine, et dans une même journée de retour vous avez été reçu par deux reines : c'est beau pour un novice.

— Ah ! monsieur, dit Raoul tout à coup, vous me rappelez une chose que j'oubliais, dans mon empressement à vous raconter mes exploits : c'est qu'il se trouvait chez Sa Majesté la reine d'Angleterre un gentilhomme qui, lorsque j'ai prononcé votre nom, a poussé un cri de surprise et de joie ; il s'est dit de vos amis, m'a demandé votre adresse et va venir vous voir.

— Comment s'appelle-t-il ?

— Je n'ai pas osé le lui demander, monsieur ; mais quoiqu'il s'exprime élégamment, à son accent j'ai jugé qu'il était Anglais.

— Ah ! fit Athos.

Et sa tête se pencha comme pour chercher un souvenir. Puis, lorsqu'il releva son front, ses yeux furent frappés de la présence d'un homme qui se tenait debout devant la porte entrouverte et le regardait d'un air attendri.

— Lord de Winter ! s'écria le comte.

— Athos, mon ami !

Et les deux gentilshommes se tinrent un instant embrassés ; puis Athos, lui prenant les deux mains, lui dit en le regardant :

— Qu'avez-vous, milord ? vous paraissez aussi triste que je suis joyeux.

— Oui, cher ami, c'est vrai ; et je dirai même plus, c'est que votre vue redouble ma crainte.

Et de Winter regarda autour de lui comme pour chercher la solitude. Raoul comprit que les deux amis avaient à causer, et sortit sans affectation.

— Voyons, maintenant que nous voilà seuls, dit Athos, parlons de vous.

— Pendant que nous voilà seuls, parlons de nous, répondit lord de Winter. Il est ici.

— Qui ?

— Le fils de Milady.

Athos, encore une fois frappé par ce nom qui semblait le poursuivre comme un écho fatal, hésita un moment, fronça légèrement le sourcil, puis d'un ton calme :

— Je le sais, dit-il.

— Vous le savez ?

— Oui. Grimaud l'a rencontré entre Béthune et Arras, et est revenu à franc étrier pour me prévenir de sa présence.

— Grimaud le connaissait donc ?

— Non, mais il a assisté à son lit de mort un homme qui le connaissait.

— Le bourreau de Béthune ! s'écria de Winter.

— Vous savez cela ? dit Athos étonné.

— Il me quitte à l'instant, répondit de Winter, il m'a tout dit. Ah ! mon ami, quelle horrible scène ! que n'avons-nous étouffé l'enfant avec la mère !

Athos, comme toutes les nobles natures, ne rendait pas à autrui les impressions fâcheuses qu'il ressentait ; mais, au contraire, il les absorbait toujours en lui-même et renvoyait en leur place des espérances et des consolations. On eût dit que ses douleurs personnelles sortaient de son âme transformées en joies pour les autres.

— Que craignez-vous ? dit-il revenant par le raisonnement sur la terreur instinctive qu'il avait éprouvée d'abord, ne sommes-nous pas là pour nous défendre ? Ce jeune homme s'est-il fait assassin de profession, meurtrier de sang-froid ? Il a pu tuer le bourreau de Béthune dans un mouvement de rage, mais maintenant sa fureur est assouvie.

De Winter sourit tristement et secoua la tête.

— Vous ne connaissez donc plus ce sang ? dit-il.

— Bah ! dit Athos en essayant de sourire à son tour, il aura perdu de sa férocité à la deuxième génération. D'ailleurs, ami, la Providence nous a prévenus que nous nous mettions sur nos gardes. Nous ne pouvons rien autre chose qu'attendre. Attendons. Mais, comme je le disais d'abord, parlons de vous. Qui vous amène à Paris ?

— Quelques affaires d'importance que vous connaîtrez plus tard. Mais qu'ai-je ouï dire chez Sa Majesté la reine d'Angleterre, M. d'Artagnan est à Mazarin ! Pardonnez-moi ma franchise, mon ami, je ne hais ni ne blâme le cardinal, et vos opinions me seront toujours sacrées ; seriez-vous par hasard à cet homme ?

— M. d'Artagnan est au service, dit Athos, il est soldat, il obéit au pouvoir constitué. M. d'Artagnan n'est pas riche et a besoin pour vivre de son grade de lieutenant. Les millionnaires comme vous, milord, sont rares en France.

— Hélas ! dit de Winter, je suis aujourd'hui aussi pauvre et plus pauvre que lui. Mais revenons à vous.

— Eh bien ! vous voulez savoir si je suis mazarin ? Non, mille fois non. Pardonnez-moi aussi ma franchise, milord.

De Winter se leva et serra Athos dans ses bras.

— Merci, comte, dit-il, merci de cette heureuse nouvelle. Vous me voyez heureux et rajeuni. Ah ! vous n'êtes pas mazarin, vous ! à la bonne heure ! d'ailleurs, ce ne pouvait pas être. Mais, pardonnez encore, êtes-vous libre ?

— Qu'entendez-vous par libre ?

— Je vous demande si vous n'êtes point marié.

— Ah ! pour cela, non, dit Athos en souriant.

— C'est que ce jeune homme, si beau, si élégant, si gracieux…

— C'est un enfant que j'élève et qui ne connaît pas même son père.

— Fort bien ; vous êtes toujours le même, Athos, grand et généreux.

— Voyons, milord, que me demandez-vous ?

— Vous avez encore pour amis MM. Porthos et Aramis ?

— Et ajoutez d'Artagnan, milord. Nous sommes toujours quatre amis dévoués l'un à l'autre comme autrefois, mais lorsqu'il s'agit de servir le cardinal ou de le combattre, d'être mazarins ou frondeurs, nous ne sommes plus que deux.

— M. Aramis est avec d'Artagnan ? demanda lord de Winter.

— Non, dit Athos, M. Aramis me fait l'honneur de partager mes convictions.

— Pouvez-vous me mettre en relation avec cet ami si charmant et si spirituel ?

— Sans doute, dès que cela vous sera agréable.

— Est-il changé ?

— Il s'est fait abbé, voilà tout.

— Vous m'effrayez. Son état a dû le faire renoncer alors aux grandes entreprises.

— Au contraire, dit Athos en souriant, il n'a jamais été si mousquetaire que depuis qu'il est abbé, et vous retrouverez un véritable Galaor. Voulez-vous que je l'envoie chercher par Raoul ?

— Merci, comte, on pourrait ne pas le trouver à cette heure chez lui. Mais puisque vous croyez pouvoir répondre de lui…

— Comme de moi-même.

— Pouvez-vous vous engager à me l'amener demain à dix heures sur le pont du Louvre ?

— Ah ! ah ! dit Athos en souriant, vous avez un duel ?

— Oui, comte, et un beau duel, un duel dont vous serez, j'espère.

— Où irons-nous, milord ?

— Chez Sa Majesté la reine d'Angleterre, qui m'a chargé de vous présenter à elle, comte.

— Sa Majesté me connaît donc ?

— Je vous connais, moi.

— Énigme, dit Athos ; mais n'importe, du moment où vous en avez le mot, je n'en demande pas davantage. Me ferez-vous l'honneur de souper avec moi, milord ?

— Merci, comte, dit de Winter, la visite de ce jeune homme, je vous l'avoue, m'a ôté l'appétit et m'ôtera probablement le sommeil. Quelle entreprise vient-il accomplir à Paris ? Ce n'est pas pour m'y rencontrer qu'il est venu, car il ignorait mon voyage. Ce jeune homme m'épouvante, comte ; il y a en lui un avenir de sang.

— Que fait-il en Angleterre ?

— C'est un des sectateurs les plus ardents d'Olivier Cromwell.

— Qui l'a donc rallié à cette cause ? Sa mère et son père étaient catholiques, je crois ?

— La haine qu'il a contre le roi.

— Contre le roi ?

— Oui, le roi l'a déclaré bâtard, l'a dépouillé de ses biens, lui a défendu de porter le nom de de Winter.

— Et comment s'appelle-t-il maintenant ?

— Mordaunt.

— Puritain et déguisé en moine, voyageant seul sur les routes de France.

— En moine, dites-vous ?

— Oui, ne le saviez-vous pas ?

— Je ne sais rien que ce qu'il m'a dit.

— C'est ainsi et que par hasard, j'en demande pardon à Dieu si je blasphème, c'est ainsi qu'il a entendu la confession du bourreau de Béthune.

— Alors je devine tout : il vient envoyé par Cromwell.

— À qui ?

— À Mazarin ; et la reine avait deviné juste, nous avons été prévenus : tout s'explique pour moi maintenant. Adieu, comte, à demain.

— Mais la nuit est noire, dit Athos en voyant lord de Winter agité d'une inquiétude plus grande que celle qu'il voulait laisser paraître, et vous n'avez peut-être pas de laquais ?

— J'ai Tony, un bon, mais naïf garçon.

— Holà ! Olivain, Grimaud, Blaisois, qu'on prenne le mousqueton et qu'on appelle M. le vicomte.

Blaisois était ce grand garçon, moitié laquais, moitié paysan, que nous avons entrevu au château de Bragelonne, venant annoncer que le dîner était servi et qu'Athos avait baptisé du nom de sa province.

Cinq minutes après cet ordre donné, Raoul entra.

— Vicomte, dit-il, vous allez escorter milord jusqu'à son hôtellerie et ne le laisserez approcher par personne.

— Ah ! comte, dit de Winter, pour qui donc me prenez-vous ?

— Pour un étranger qui ne connaît point Paris, dit Athos, et à qui le vicomte montrera le chemin.

De Winter lui serra la main.

— Grimaud, dit Athos, mets-toi à la tête de la troupe, et gare au moine.

Grimaud tressaillit, puis il fit un signe de tête et attendit le départ en caressant avec une éloquence silencieuse la crosse de son mousqueton.

— À demain, comte, dit de Winter.

— Oui, milord.

La petite troupe s'achemina vers la rue Saint-Louis, Olivain tremblant comme Sosie à chaque reflet de lumière équivoque ; Blaisois assez ferme parce qu'il ignorait qu'on courût un danger quelconque ; Tony regardant à droite et à gauche, mais ne pouvant dire une parole, attendu qu'il ne parlait pas français.

De Winter et Raoul marchaient côte à côte et causaient ensemble.

Grimaud, qui, selon l'ordre d'Athos, avait précédé le cortège le flambeau d'une main et le mousqueton de l'autre, arriva devant l'hôtellerie de de Winter, frappa du poing à la porte, et, lorsqu'on fut venu ouvrir, salua milord sans rien dire.

Il en fut de même pour le retour ; les yeux perçants de Grimaud ne virent rien de suspect qu'une espèce d'ombre embusquée au coin de la rue Guénégaud et du quai ; il lui sembla qu'en passant il avait déjà remarqué ce guetteur de nuit qui attirait ses yeux. Il piqua vers lui ; mais, avant qu'il pût l'atteindre, l'ombre avait disparu dans une ruelle où Grimaud ne pensa point qu'il était prudent de s'engager.

On rendit compte à Athos du succès de l'expédition ; et comme il était dix heures du soir, chacun se retira dans son appartement.

Le lendemain, en ouvrant les yeux, ce fut le comte à son tour qui aperçut Raoul à son chevet. Le jeune homme était tout habillé et lisait un livre nouveau de M. Chapelain.

— Déjà levé, Raoul ? dit le comte.

— Oui, monsieur, répondit le jeune homme avec une légère hésitation, j'ai mal dormi.

— Vous, Raoul ! vous avez mal dormi ? quelque chose vous préoccupait donc ? demanda Athos.

— Monsieur, vous allez dire que j'ai bien grande hâte de vous quitter quand je viens d'arriver à peine, mais…

— Vous n'aviez donc que deux jours de congé, Raoul ?

— Au contraire, monsieur, j'en ai dix, aussi n'est-ce point au camp que je désirerais aller.

Athos sourit.

— Où donc, dit-il, à moins que ce ne soit un secret, vicomte ? Vous voilà presque un homme, puisque vous avez fait vos premières armes, et vous avez conquis le droit d'aller où vous voulez sans me le dire.

— Jamais, monsieur, dit Raoul, tant que j'aurai le bonheur de vous avoir pour protecteur, je ne croirai avoir le droit de m'affranchir d'une tutelle qui m'est si chère. J'aurais donc le désir d'aller passer un jour à Blois seulement. Vous me regardez et vous allez rire de moi ?

— Non, au contraire, dit Athos en étouffant un soupir, non, je ne ris pas, vicomte. Vous avez envie de revoir Blois, mais c'est tout naturel !

— Ainsi, vous me le permettez ? s'écria Raoul tout joyeux.

— Assurément, Raoul.

— Au fond du cœur, monsieur, vous n'êtes point fâché ?

— Pas du tout. Pourquoi serais-je fâché de ce qui vous fait plaisir ?

— Ah ! monsieur, que vous êtes bon ! s'écria le jeune homme faisant un mouvement pour sauter au cou d'Athos, mais le respect l'arrêta.

Athos lui ouvrit ses bras.

— Ainsi je puis partir tout de suite ?

— Quand vous voudrez, Raoul.

Raoul fit trois pas pour sortir.

— Monsieur, dit-il, j'ai pensé à une chose, c'est que c'est à madame la duchesse de Chevreuse, si bonne pour moi, que j'ai dû mon introduction près de M. le Prince.

— Et que vous lui devez un remerciement, n'est-ce pas, Raoul ?

— Mais il me semble, monsieur ; cependant c'est à vous de décider.

— Passez par l'hôtel de Luynes, Raoul, et faites demander si madame la duchesse peut vous recevoir. Je vois avec plaisir que vous n'oubliez pas les convenances. Vous prendrez Grimaud et Olivain.

— Tous deux, monsieur ? demanda Raoul avec étonnement.

Raoul salua et sortit.

En lui regardant fermer la porte et en l'écoutant appeler de sa voix joyeuse et vibrante Grimaud et Olivain, Athos soupira.

« C'est bien vite me quitter, pensa-t-il en secouant la tête ; mais il obéit à la loi commune. La nature est ainsi faite, elle regarde en avant. Décidément il aime cette enfant ; mais m'aimera-t-il moins pour en aimer d'autres ? »

Et Athos s'avoua qu'il ne s'attendait point à ce prompt départ ; mais Raoul était si heureux que tout s'effaça dans l'esprit d'Athos devant cette considération.

À dix heures tout était prêt pour le départ. Comme Athos regardait Raoul monter à cheval, un laquais le vint saluer de la part de madame de Chevreuse. Il était chargé de dire au comte de La Fère qu'elle avait appris le retour de son jeune protégé, ainsi que la conduite qu'il avait tenue à la bataille et qu'elle serait fort aise de lui faire ses félicitations.

— Dites à madame la duchesse, répondit Athos, que M. le vicomte montait à cheval pour se rendre à l'hôtel de Luynes.

Puis, après avoir fait de nouvelles recommandations à Grimaud, Athos fit de la main signe à Raoul qu'il pouvait partir.

Au reste, en y réfléchissant, Athos songeait qu'il n'y avait point de mal peut-être à ce que Raoul s'éloignât de Paris en ce moment.

45

Encore une reine qui demande secours

Athos avait envoyé prévenir Aramis dès le matin et avait donné sa lettre à Blaisois, seul serviteur qui lui fût resté. Blaisois trouva Bazin revêtant sa robe de bedeau, il était ce jour-là de service à Notre-Dame.

Athos avait recommandé à Blaisois de tâcher de parler à Aramis lui-même. Blaisois, grand et naïf garçon, qui ne connaissait que sa consigne, avait donc demandé l'abbé d'Herblay, et, malgré les assurances de Bazin qu'il n'était pas chez lui, il avait insisté de telle façon que Bazin s'était mis fort en colère. Blaisois, voyant Bazin en costume d'église, s'était peu inquiété de ses dénégations et avait voulu passer outre, croyant celui auquel il avait affaire doué de toutes les vertus de son habit, c'est-à-dire de la patience et de la charité chrétiennes.

Mais Bazin, toujours valet de mousquetaire lorsque le sang montait à ses gros yeux, saisit un manche à balai et rossa Blaisois en lui disant :

— Vous avez insulté l'Église ; mon ami, vous avez insulté l'Église.

En ce moment et à ce bruit inaccoutumé, Aramis était apparu entrouvrant avec précaution la porte de sa chambre à coucher.

Alors Bazin avait posé respectueusement son balai sur un des deux bouts, comme il avait vu à Notre-Dame le suisse faire de sa hallebarde ; et, Blaisois, avec un regard de reproche adressé au cerbère, avait tiré sa lettre de sa poche et l'avait présentée à Aramis.

— Du comte de La Fère ? dit Aramis, c'est bien.

Puis il était rentré sans même demander la cause de tout ce bruit.

Blaisois revint tristement à l'hôtel du Grand-Roi-Charlemagne. Athos lui demanda des nouvelles de sa commission. Blaisois raconta son aventure.

— Imbécile ! dit Athos en riant, tu n'as donc pas annoncé que tu venais de ma part ?

— Non, monsieur.

— Et qu'a dit Bazin quand il a su que vous étiez à moi ?

— Ah ! monsieur, il m'a fait toute sorte d'excuses et m'a forcé à boire deux verres d'un très bon vin muscat, dans lequel il m'a fait tremper trois ou quatre biscuits excellents ; mais c'est égal, il est brutal en diable. Un bedeau ! fi donc !

« Bon, pensa Athos, du moment où Aramis a reçu ma lettre, si empêché qu'il soit, Aramis viendra. »

À dix heures, Athos, avec son exactitude habituelle, se trouvait sur le pont du Louvre. Il y rencontra lord de Winter, qui arrivait à l'instant même.

Ils attendirent dix minutes à peu près.

Milord de Winter commençait à craindre qu'Aramis ne vînt pas.

— Patience, dit Athos, qui tenait ses yeux fixés dans la direction de la rue du Bac, patience, voici un abbé qui donne une gourmade à un homme et qui salue une femme, ce doit être Aramis.

C'était lui en effet : un jeune bourgeois qui bayait aux corneilles s'était trouvé sur son chemin, et d'un coup de poing Aramis, qu'il avait éclaboussé, l'avait envoyé à dix pas. En même temps une de ses pénitentes avait passé ; et comme elle était jeune et jolie, Aramis l'avait saluée de son plus gracieux sourire.

En un instant Aramis fut près d'eux.

Ce furent, comme on le comprend bien, de grandes embrassades entre lui et lord de Winter.

— Où allons-nous ? dit Aramis ; est-ce qu'on se bat par là, sacrebleu ? Je n'ai pas d'épée ce matin, et il faut que je repasse chez moi pour en prendre une.

— Non, dit de Winter, nous allons faire visite à Sa Majesté la reine d'Angleterre.

— Ah ! fort bien, dit Aramis ; et dans quel but cette visite ? continua-t-il en se penchant à l'oreille d'Athos.

— Ma foi, je n'en sais rien ; quelque témoignage qu'on réclame de nous, peut-être ?

— Ne serait-ce point pour cette maudite affaire ? dit Aramis. Dans ce cas je ne me soucierais pas trop d'y aller, car ce serait pour empocher quelque semonce ; et depuis que j'en donne aux autres, je n'aime pas à en recevoir.

— Si cela était ainsi, dit Athos, nous ne serions pas conduits à Sa Majesté par lord de Winter, car il en aurait sa part : il était des nôtres.

— Ah ! oui, c'est vrai. Allons donc.

Arrivés au Louvre, lord de Winter passa le premier ; au reste, un seul concierge tenait la porte. À la lumière du jour, Athos, Aramis et l'Anglais lui-même purent remarquer le dénuement affreux de l'habitation qu'une avare charité concédait à la malheureuse reine. De grandes salles toutes dépouillées de meubles, des murs dégradés sur lesquels reposaient par places d'anciennes moulures d'or qui avaient résisté à l'abandon, des fenêtres qui ne fermaient plus et qui manquaient de vitres ; pas de tapis, pas de gardes, pas de valets ; voilà ce qui frappa tout d'abord les yeux d'Athos, et ce qu'il fit silencieusement remarquer à son compagnon en le poussant du coude et en lui montrant cette misère des yeux.

— Mazarin est mieux logé, dit Aramis.

— Mazarin est presque roi, dit Athos, et Madame Henriette n'est presque plus reine.

— Si vous daigniez avoir de l'esprit, Athos, dit Aramis, je crois véritablement que vous en auriez plus que n'en avait ce pauvre M. de Voiture.

Athos sourit.

La reine paraissait attendre avec impatience car, au premier mouvement qu'elle entendit dans la salle qui précédait sa chambre, elle vint elle-même sur le seuil pour y recevoir les courtisans de son infortune.

— Entrez et soyez les bienvenus, messieurs, dit-elle.

Les gentilshommes entrèrent et demeurèrent d'abord debout ; mais sur un geste de la reine qui leur faisait signe de s'asseoir, Athos donna l'exemple de l'obéissance. Il était grave et calme ; mais Aramis était furieux : cette détresse royale l'avait exaspéré, ses yeux étudiaient chaque nouvelle trace de misère qu'il apercevait.

— Vous examinez mon luxe ? dit Madame Henriette avec un triste regard jeté autour d'elle.

— Madame, dit Aramis, j'en demande pardon à Votre Majesté, mais je ne saurais cacher mon indignation de voir qu'à la cour de France on traite ainsi la fille d'Henri IV.

— Monsieur n'est point cavalier ? dit la reine à lord de Winter.

— Monsieur est l'abbé d'Herblay, répondit celui-ci.

Aramis rougit.

— Madame, dit-il, je suis abbé, il est vrai, mais c'est contre mon gré ; jamais je n'eus de vocation pour le petit collet : ma soutane ne tient qu'à un bouton, et je suis toujours prêt à redevenir mousquetaire. Ce matin, ignorant que j'aurais l'honneur de voir Votre Majesté, je me suis affublé de ces habits, mais je n'en suis pas moins l'homme que Votre Majesté trouvera le plus dévoué à son service, quelque chose qu'elle veuille ordonner.

— Monsieur le chevalier d'Herblay, reprit de Winter, est l'un de ces vaillants mousquetaires de Sa Majesté le roi Louis XIII dont je vous ai parlé, Madame… Puis, se retournant vers Athos : Quant à monsieur, continua-t-il, c'est ce noble comte de La Fère dont la haute réputation est si bien connue de Votre Majesté.

— Messieurs, dit la reine, j'avais autour de moi, il y a quelques années, des gentilshommes, des trésors, des armées ; à un signe de ma main tout cela s'employait pour mon service. Aujourd'hui, regardez autour de moi, cela vous surprendra sans doute ; mais pour accomplir un dessein qui doit me sauver la vie, je n'ai que lord de Winter, un ami de vingt ans, et vous, messieurs, que je vois pour la première fois, et que je ne connais que comme mes compatriotes.

— C'est assez, Madame, dit Athos en saluant profondément, si la vie de trois hommes peut racheter la vôtre.

— Merci, messieurs. Mais écoutez-moi, poursuivit-elle, je suis non seulement la plus misérable des reines, mais la plus malheureuse des mères, la plus désespérée des épouses : mes enfants, deux du moins, le duc d'York et la princesse Charlotte, sont loin de moi, exposés aux coups des ambitieux et des ennemis ; le roi mon mari traîne en Angleterre une existence si douloureuse, que c'est peu dire en vous affirmant qu'il cherche la mort comme une chose désirable. Tenez, messieurs, voici la lettre qu'il me fit tenir par milord de Winter. Lisez.

Athos et Aramis s'excusèrent.

— Lisez, dit la reine.

Athos lut à haute voix la lettre que nous connaissons, et dans laquelle le roi Charles demandait si l'hospitalité lui serait accordée en France.

— Eh bien ? demanda Athos lorsqu'il eut fini cette lecture.

— Eh bien ! dit la reine, il a refusé.

Les deux amis échangèrent un sourire de mépris.

— Et maintenant, Madame, que faut-il faire ? dit Athos.

— Avez-vous quelque compassion pour tant de malheur ? dit la reine émue.

— J'ai eu l'honneur de demander à Votre Majesté ce qu'elle désirait que M. d'Herblay et moi fissions pour son service ; nous sommes prêts.

— Ah ! monsieur, vous êtes en effet un noble cœur ! s'écria la reine avec une explosion de voix reconnaissante, tandis que lord de Winter la regardait en ayant l'air de lui dire : Ne vous avais-je pas répondu d'eux ?

— Mais vous, monsieur ? demanda la reine à Aramis.

— Moi, Madame, répondit celui-ci, partout où va M. le comte, fût-ce à la mort, je le suis sans demander pourquoi ; mais quand il s'agit du service de Votre Majesté, ajouta-t-il en regardant la reine avec toute la grâce de sa jeunesse, alors je précède M. le comte.

— Eh bien ! messieurs, dit la reine, puisqu'il en est ainsi, puisque vous voulez bien vous dévouer au service d'une pauvre princesse que le monde entier abandonne, voici ce qu'il s'agit de faire pour moi. Le roi est seul avec quelques gentilshommes qu'il craint de perdre chaque jour, au milieu d'Écossais dont il se défie, quoiqu'il soit Écossais lui-même. Depuis que lord de Winter l'a quitté, je ne vis plus, messieurs. Eh bien ! je demande beaucoup trop peut-être, car je n'ai aucun titre pour demander ; passez en Angleterre, joignez le roi, soyez ses amis, soyez ses gardiens, marchez à ses côtés dans la bataille, marchez près de lui dans l'intérieur de sa maison, où des embûches se pressent chaque jour, bien plus périlleuses que tous les risques de la guerre ; et en échange de ce sacrifice que vous me ferez, messieurs, je vous promets, non de vous récompenser, je crois que ce mot vous blesserait, mais de vous aimer comme une sœur et de vous préférer à tout ce qui ne sera pas mon époux et mes enfants, je le jure devant Dieu !

Et la reine leva lentement et solennellement les yeux au ciel.

— Madame, dit Athos, quand faut-il partir ?

— Vous consentez donc ? s'écria la reine avec joie.

— Oui, Madame. Seulement Votre Majesté va trop loin, ce me semble, en s'engageant à nous combler d'une amitié si fort au-dessus de nos mérites. Nous servons Dieu, Madame, en servant un prince si malheureux et une reine si vertueuse. Madame, nous sommes à vous corps et âme.

— Ah ! messieurs, dit la reine attendrie jusqu'aux larmes, voici le premier instant de joie et d'espoir que j'ai éprouvé depuis cinq ans. Oui, vous servez Dieu, et comme mon pouvoir sera trop borné pour reconnaître un pareil sacrifice, c'est lui qui vous récompensera, lui qui lit dans mon cœur tout ce que j'ai de reconnaissance envers lui et envers vous. Sauvez mon époux, sauvez le roi ; et bien que vous ne soyez pas sensibles au prix qui peut vous revenir sur la terre pour cette belle action, laissez-moi l'espoir que je vous reverrai pour vous remercier moi-même. En attendant, je reste. Avez-vous quelque recommandation à me faire ? Je suis dès à présent votre amie ; et puisque vous faites mes affaires, je dois m'occuper des vôtres.

— Madame, dit Athos, je n'ai rien à demander à Votre Majesté que ses prières.

— Et moi, dit Aramis, je suis seul au monde et n'ai que Votre Majesté à servir.

La reine leur tendit sa main, qu'ils baisèrent, et elle dit tout bas à de Winter :

— Si vous manquez d'argent, milord, n'hésitez pas un instant, brisez les joyaux que je vous ai donnés, détachez-en les diamants et vendez-les à un juif : vous en tirerez cinquante à soixante mille livres ; dépensez-les s'il est nécessaire, mais que ces gentilshommes soient traités comme ils le méritent, c'est-à-dire en rois.

La reine avait préparé deux lettres : une écrite par elle, une écrite par la princesse Henriette sa fille. Toutes deux étaient adressées au roi Charles. Elle en donna une à Athos et une à Aramis, afin que si le hasard les séparait, ils pussent se faire reconnaître au roi ; puis ils se retirèrent.

Au bas de l'escalier, de Winter s'arrêta :

— Allez de votre côté et moi du mien, messieurs, dit-il, afin que nous n'éveillions point les soupçons, et ce soir, à neuf heures, trouvons-nous à la porte Saint-Denis. Nous irons avec mes chevaux tant qu'ils pourront aller, puis ensuite nous prendrons la poste. Encore une fois merci, mes chers amis, merci en mon nom, merci au nom de la reine.

Les trois gentilshommes se serrèrent la main ; le comte de Winter prit la rue Saint-Honoré, et Athos et Aramis demeurèrent ensemble.

— Eh bien ! dit Aramis quand ils furent seuls, que dites-vous de cette affaire, mon cher comte ?

— Mauvaise, répondit Athos, très mauvaise.

— Mais vous l'avez accueillie avec enthousiasme ?

— Comme j'accueillerai toujours la défense d'un grand principe, mon cher d'Herblay. Les rois ne peuvent être forts que par la noblesse, mais la noblesse ne peut être grande que par les rois. Soutenons donc les monarchies, c'est nous soutenir nous-mêmes.

— Nous allons nous faire assassiner là-bas, dit Aramis. Je hais les Anglais, ils sont grossiers comme tous les gens qui boivent de la bière.

— Valait-il donc mieux rester ici, dit Athos, et nous en aller faire un tour à la Bastille ou au donjon de Vincennes, comme ayant favorisé l'évasion de M. de Beaufort ? Ah ! ma foi, Aramis, croyez-moi, il n'y a point de regret à avoir. Nous évitons la prison et nous agissons en héros, le choix est facile.

— C'est vrai, mais, en toute chose, mon cher, il faut en revenir à cette première question, fort sotte, je le sais, mais fort nécessaire : Avez-vous de l'argent ?

— Quelque chose comme une centaine de pistoles, que mon fermier m'avait envoyées la veille de mon départ de Bragelonne ; mais là-dessus je dois en laisser une cinquantaine à Raoul : il faut qu'un jeune gentilhomme vive dignement. Je n'ai donc que cinquante pistoles à peu près : et vous ?

— Moi, je suis sûr qu'en retournant toutes mes poches et en ouvrant tous mes tiroirs je ne trouverai pas dix louis chez moi. Heureusement que lord de Winter est riche.

— Lord de Winter est momentanément ruiné, car c'est Cromwell qui touche ses revenus.

— Voilà où le baron Porthos serait bon, dit Aramis.

— Voilà où je regrette d'Artagnan, dit Athos.

— Quelle bourse ronde !

— Quelle fière épée !

— Débauchons-les.

— Ce secret n'est pas le nôtre, Aramis ; croyez-moi donc, ne mettons personne dans notre confidence. Puis, en faisant une pareille démarche, nous paraîtrions douter de nous-mêmes. Regrettons à part nous, mais ne parlons pas.

— Vous avez raison. Que ferez-vous d'ici à ce soir ? Moi je suis forcé de remettre deux choses.

— Est-ce choses qui puissent se remettre ?

— Dame ! il le faudra bien.

— Et quelles étaient-elles ?

— D'abord un coup d'épée au coadjuteur, que j'ai rencontré hier soir chez madame de Rambouillet, et que j'ai trouvé monté sur un singulier ton à mon égard.

— Fi donc ! une querelle entre prêtres ! un duel entre alliés !

— Que voulez-vous, mon cher ! il est ferrailleur, et moi aussi ; il court les ruelles, et moi aussi ; sa soutane lui pèse, et j'ai, je crois, assez de la mienne, je crois parfois qu'il est Aramis et que je suis le coadjuteur, tant nous avons d'analogie l'un avec l'autre. Cette espèce de Sosie m'ennuie et me fait ombre ; d'ailleurs, c'est un brouillon qui perdra notre parti. Je suis convaincu que si je lui donnais un soufflet, comme j'ai fait ce matin à ce petit bourgeois qui m'avait éclaboussé, cela changerait la face des affaires.

— Et moi, mon cher Aramis, répondit tranquillement Athos, je crois que cela ne changerait que la face de M. de Retz. Ainsi, croyez-moi, laissons les choses comme elles sont : d'ailleurs, vous ne vous appartenez plus ni l'un ni l'autre : vous êtes à la reine d'Angleterre et lui à la Fronde ; donc, si la seconde chose que vous regrettez de ne pouvoir accomplir n'est pas plus importante que la première…

— Oh ! celle-là était fort importante.

— Alors faites-la tout de suite.

— Malheureusement je ne suis pas libre de la faire à l'heure que je veux. C'était au soir, tout à fait au soir.

— Je comprends, dit Athos en souriant, à minuit ?

— À peu près.

— Que voulez-vous, mon cher, ce sont choses qui se remettent, que ces choses-là, et vous la remettrez, ayant surtout une pareille excuse à donner à votre retour…

— Oui, si je reviens.

— Si vous ne revenez pas, que vous importe ? Soyez donc un peu raisonnable. Voyons, Aramis, vous n'avez plus vingt ans, mon cher ami.

— À mon grand regret, mordieu ! Ah ! si je les avais !

— Oui, dit Athos, je crois que vous feriez de bonnes folies ! Mais il faut que nous nous quittions ; j'ai, moi, une ou deux visites à faire et une lettre à écrire ; revenez donc me prendre à huit heures, ou plutôt voulez-vous que je vous attende à souper à sept ?

— Fort bien ; j'ai, moi, dit Aramis, vingt visites à faire et autant de lettres à écrire.

Et sur ce ils se quittèrent. Athos alla faire une visite à madame de Vendôme, déposa son nom chez madame de Chevreuse, et écrivit à d'Artagnan la lettre suivante :

« Cher ami, je pars avec Aramis pour une affaire d'importance. Je voudrais vous faire mes adieux, mais le temps me manque. N'oubliez pas que je vous écris pour vous répéter combien je vous aime.

Raoul est allé à Blois, et il ignore mon départ ; veillez sur lui en mon absence du mieux qu'il vous sera possible, et si par hasard vous n'avez pas de mes nouvelles d'ici à trois mois, dites-lui qu'il ouvre un paquet cacheté à son adresse, qu'il trouvera à Blois dans ma cassette de bronze, dont je vous envoie la clef.

Embrassez Porthos pour Aramis et pour moi. Au revoir, peut-être adieu. »

Et il fit porter la lettre par Blaisois.

À l'heure convenue, Aramis arriva : il était en cavalier et avait au côté cette ancienne épée qu'il avait tirée si souvent et qu'il était plus que jamais prêt à tirer.

— Ah çà ! dit-il, je crois que décidément nous avons tort de partir ainsi, sans laisser un petit mot d'adieu à Porthos et à d'Artagnan.

— C'est chose faite, cher ami, dit Athos, et j'y ai pourvu ; je les ai embrassés tous deux pour vous et pour moi.

— Vous êtes un homme admirable, mon cher comte, dit Aramis, et vous pensez à tout.

— Eh bien ! avez-vous pris votre parti de ce voyage ?

— Tout à fait ; et maintenant que j'y ai réfléchi, je suis aise de quitter Paris en ce moment.

— Et moi aussi, répondit Athos ; seulement je regrette de ne pas avoir embrassé d'Artagnan, mais le démon est si fin qu'il eût deviné nos projets.

À la fin du souper, Blaisois rentra.

— Monsieur, voilà la réponse de M. d'Artagnan.

— Mais je ne t'ai pas dit qu'il y eût réponse, imbécile ! dit Athos.

— Aussi étais-je parti sans l'attendre, mais il m'a fait rappeler et il m'a donné ceci.

Et il présenta un petit sac de peau tout arrondi et tout sonnant.

Athos l'ouvrit et commença par en tirer un petit billet conçu en ces termes :

« *Mon cher comte,*

Quand on voyage, et surtout pour trois mois, on n'a jamais assez d'argent ; or, je me rappelle nos temps de détresse, et je vous envoie la moitié de ma bourse : c'est de l'argent que je suis parvenu à faire suer au Mazarin.

N'en faites donc pas un trop mauvais usage, je vous en supplie.

Quant à ce qui est de ne plus vous revoir, je n'en crois pas un mot ; quand on a votre cœur et votre épée, on passe partout.

Au revoir donc, et pas adieu.

Il va sans dire que du jour où j'ai vu Raoul je l'ai aimé comme mon enfant ; cependant croyez que je demande bien sincèrement à Dieu de ne pas devenir son père, quoique je fusse fier d'un fils comme lui.

Votre d'ARTAGNAN.

P.-S. — *Bien entendu que les cinquante louis que je vous envoie sont à vous comme à Aramis, à Aramis comme à vous.* »

Athos sourit, et son beau regard se voila d'une larme. D'Artagnan, qu'il avait toujours tendrement aimé, l'aimait donc toujours, tout mazarin qu'il était.

— Voilà, ma foi, les cinquante louis, dit Aramis en versant la bourse sur une table, tous à l'effigie du roi Louis XIII. Eh bien, que faites-vous de cet argent, comte, le gardez-vous ou le renvoyez-vous ?

— Je le garde, Aramis, et je n'en aurais pas besoin que je le garderais encore. Ce qui est offert de grand cœur doit être accepté de grand cœur. Prenez-en vingt-cinq, Aramis, et donnez-moi les vingt-cinq autres.

— À la bonne heure, je suis heureux de voir que vous êtes de mon avis. Là, maintenant, partons-nous ?

— Quand vous voudrez ; mais n'avez-vous donc point de laquais ?

— Non, cet imbécile de Bazin a eu la sottise de se faire bedeau, comme vous savez, de sorte qu'il ne peut pas quitter Notre-Dame.

— C'est bien, vous prendrez Blaisois, dont je ne saurais que faire, puisque j'ai déjà Grimaud.

— Volontiers, dit Aramis.

En ce moment, Grimaud parut sur le seuil.

— Prêts, dit-il avec son laconisme ordinaire.

— Partons donc, dit Athos.

En effet, les chevaux attendaient tout sellés. Les deux laquais en firent autant.

Au coin du quai ils rencontrèrent Bazin qui accourait tout essoufflé.

— Ah ! monsieur, dit Bazin, Dieu merci ! j'arrive à temps.

— Qu'y a-t-il ?

— M. Porthos sort de la maison et a laissé ceci pour vous en disant que la chose était fort pressée et devait vous être remise avant votre départ.

— Bon, dit Aramis en prenant une bourse que lui tendait Bazin, qu'est ceci ?

— Attendez, monsieur l'abbé, il y a une lettre.

— Tu sais que je t'ai déjà dit que si tu m'appelais autrement que chevalier, je te briserais les os. Voyons la lettre.

— Comment allez-vous lire ? demanda Athos, il fait noir comme dans un four.

— Attendez, dit Bazin.

Bazin battit le briquet et alluma une bougie roulée avec laquelle il allumait ses cierges. À la lueur de cette bougie, Aramis lut :

« Mon cher d'Herblay,

J'apprends par d'Artagnan, qui m'embrasse de votre part et de celle du comte de La Fère, que vous partez pour une expédition qui durera peut-être deux ou trois mois ; comme je sais que vous n'aimez pas demander à vos amis, moi je vous offre : voici deux cents pistoles dont vous pouvez disposer et que vous me rendrez quand l'occasion s'en présentera. Ne craignez pas de me gêner : si j'ai besoin d'argent, j'en ferai venir de l'un de mes châteaux ; rien qu'à Bracieux j'ai vingt mille livres en or. Aussi, si je ne vous envoie pas plus, c'est que je crains que vous n'acceptiez pas une somme trop forte.

Je m'adresse à vous parce que vous savez que le comte de La Fère m'impose toujours un peu malgré moi, quoique je l'aime de tout mon cœur ; mais il est bien entendu que ce que j'offre à vous, je l'offre en même temps à lui.

Je suis, comme vous n'en doutez pas, j'espère, votre bien dévoué.

DU VALLON DE BRACIEUX DE PIERREFONDS. »

— Eh bien ! dit Aramis, que dites-vous de cela ?

— Je dis, mon cher d'Herblay, que c'est presque un sacrilège de douter de la Providence quand on a de tels amis.

— Ainsi donc ?

— Ainsi donc nous partageons les pistoles de Porthos comme nous avons partagé les louis de d'Artagnan.

Le partage fait à la lueur du rat-de-cave de Bazin, les deux amis se remirent en route.

Un quart d'heure après, ils étaient à la porte Saint-Denis où de Winter les attendait.

46

Où il est prouvé que le premier mouvement est toujours le bon

Les trois gentilshommes prirent la route de Picardie, cette route si connue d'eux, et qui rappelait à Athos et à Aramis quelques-uns des souvenirs les plus pittoresques de leur jeunesse.

— Si Mousqueton était avec nous, dit Athos en arrivant à l'endroit où ils avaient eu dispute avec des paveurs, comme il frémirait en passant ici ; vous rappelez-vous, Aramis ? c'est ici que lui arriva cette fameuse balle.

— Ma foi, je le lui permettrais, dit Aramis, car moi je me sens frissonner à ce souvenir ; tenez, voici au-delà de cet arbre un petit endroit où j'ai bien cru que j'étais mort.

On continua le chemin. Bientôt ce fut à Grimaud à redescendre dans sa mémoire. Arrivés en face de l'auberge où son maître et lui avaient fait autrefois une si énorme ripaille, il s'approcha d'Athos, et, lui montrant le soupirail de la cave, il lui dit :

— Saucissons !

Athos se mit à rire, et cette folie de son jeune âge lui parut aussi amusante que si quelqu'un la lui eût racontée comme d'un autre.

Enfin, après deux jours et une nuit de marche, ils arrivèrent vers le soir, par un temps magnifique, à Boulogne, ville alors presque déserte, bâtie entièrement sur la hauteur ; ce qu'on appelle la basse ville n'existait pas. Boulogne était une position formidable.

En arrivant aux portes de la ville :

— Messieurs, dit de Winter, faisons ici comme à Paris : séparons-nous pour éviter les soupçons ; j'ai une auberge peu fréquentée, mais dont le patron m'est entièrement dévoué. Je vais y aller, car des lettres doivent m'y attendre ; vous, allez à la première hôtellerie de la ville, à l'Épée du Grand Henri, par exemple ; rafraîchissez-vous, et dans deux heures trouvez-vous sur la jetée, notre barque doit nous y attendre.

La chose fut arrêtée ainsi. Lord de Winter continua son chemin le long des boulevards extérieurs pour entrer par une autre porte tandis que les deux amis entrèrent par celle devant laquelle ils se trouvaient ; au bout de deux cents pas ils rencontrèrent l'hôtel indiqué.

On fit rafraîchir les chevaux, mais sans les desseller ; les laquais soupèrent, car il commençait à se faire tard, et les deux maîtres, fort impatients de s'embarquer, leur donnèrent rendez-vous sur la jetée, avec ordre de n'échanger aucune parole avec qui que ce fût. On comprend bien que cette recommandation ne regardait que Blaisois ; pour Grimaud, il y avait longtemps qu'elle était devenue inutile.

Athos et Aramis descendirent vers le port.

Par leurs habits couverts de poussière, par certain air dégagé qui fait toujours reconnaître un homme habitué aux voyages, les deux amis excitèrent l'attention de quelques promeneurs.

Ils en virent un surtout à qui leur arrivée avait produit une certaine impression. Cet homme, qu'ils avaient remarqué les premiers, par les mêmes causes qui les avaient fait, eux, remarquer des autres, allait et venait tristement sur la jetée. Dès qu'il les vit, il ne cessa de les regarder à son tour et parut brûler d'envie de leur adresser la parole.

Cet homme était jeune et pâle ; il avait les yeux d'un bleu si incertain, qu'ils paraissaient s'irriter comme ceux du tigre, selon les couleurs qu'ils reflétaient ; sa démarche, malgré la lenteur et l'incertitude de ses détours, était raide et hardie ; il était vêtu de noir et portait une longue épée avec assez de grâce.

Arrivés sur la jetée, Athos et Aramis s'arrêtèrent à regarder un petit bateau amarré à un pieu et tout équipé comme s'il attendait.

— C'est sans doute le nôtre, dit Athos.

— Oui, répondit Aramis, et le sloop qui appareille là-bas a bien l'air d'être celui qui doit nous conduire à notre destination ; maintenant, continua-t-il, pourvu que de Winter ne se fasse pas attendre. Ce n'est point amusant de demeurer ici : il n'y passe pas une seule femme.

— Chut ! dit Athos : on nous écoutait.

En effet, le promeneur, qui, pendant l'examen des deux amis, avait passé et repassé plusieurs fois derrière eux, s'était arrêté au nom de Winter, mais comme sa figure n'avait exprimé aucune émotion en entendant ce nom, ce pouvait être aussi bien le hasard qui l'avait fait s'arrêter.

— Messieurs, dit le jeune homme en saluant avec beaucoup d'aisance et de politesse, pardonnez à ma curiosité, mais je vois que vous venez de Paris, ou du moins que vous êtes étrangers à Boulogne.

— Nous venons de Paris, oui, monsieur, répondit Athos avec la même courtoisie, qu'y a-t-il pour votre service ?

— Monsieur, dit le jeune homme, seriez-vous assez bon pour me dire s'il est vrai que monsieur le cardinal Mazarin ne soit plus ministre ?

— Voilà une question étrange, dit Aramis.

— Il l'est et ne l'est pas, répondit Athos ; c'est-à-dire que la moitié de la France le chasse, et qu'à force d'intrigues et de promesses, il se fait maintenir par l'autre moitié : cela peut durer ainsi fort longtemps, comme vous voyez.

— Enfin, monsieur, dit l'étranger, il n'est pas en fuite ni en prison ?

— Non, monsieur, pas pour le moment du moins.

— Messieurs, agréez mes remerciements pour votre complaisance, dit le jeune homme en s'éloignant.

— Que dites-vous de ce questionneur ? dit Aramis.

— Je dis que c'est un provincial qui s'ennuie ou un espion qui s'informe.

— Et vous lui avez répondu ainsi ?

— Rien ne m'autorisait à lui répondre autrement. Il était poli avec moi, je l'ai été avec lui.

— Mais cependant si c'est un espion…

— Que voulez-vous que fasse un espion ? nous ne sommes plus au temps du cardinal de Richelieu, qui, sur un simple soupçon, faisait fermer les ports.

— N'importe, vous avez eu tort de lui répondre comme vous avez fait, dit Aramis, en suivant des yeux le jeune homme qui disparaissait derrière les dunes.

— Et vous, dit Athos, vous oubliez que vous avez commis une bien autre imprudence, c'était celle de prononcer le nom de lord de Winter. Oubliez-vous que c'est à ce nom que le jeune homme s'est arrêté ?

— Raison de plus, quand il vous a parlé, de l'inviter à passer son chemin.

— Une querelle, dit Athos.

— Et depuis quand une querelle vous fait-elle peur ?

— Une querelle me fait toujours peur lorsqu'on m'attend quelque part et que cette querelle peut m'empêcher d'arriver. D'ailleurs, voulez-vous que je vous avoue une chose ? moi aussi je suis curieux de voir ce jeune homme de près.

— Et pourquoi cela ?

— Aramis, vous allez vous moquer de moi ; Aramis, vous allez dire que je répète toujours la même chose ; vous allez m'appeler le plus peureux des visionnaires.

— Après ?

— À qui trouvez-vous que cet homme ressemble ?

— En laid ou en beau ? demanda en riant Aramis.

— En laid, et autant qu'un homme peut ressembler à une femme.

— Ah ! pardieu ! s'écria Aramis, vous m'y faites penser. Non, certes, vous n'êtes pas visionnaire, mon cher ami, et, à présent que je réfléchis, oui, vous avez ma foi raison : cette bouche fine et rentrée, ces yeux qui semblent toujours aux ordres de l'esprit et jamais à ceux du cœur. C'est quelque bâtard de Milady.

— Vous riez, Aramis !

— Par habitude, voilà tout ; car, je vous le jure, je n'aimerais pas plus que vous à rencontrer ce serpenteau sur mon chemin.

— Ah ! voici de Winter qui vient, dit Athos.

— Bon, il ne manquerait plus qu'une chose, dit Aramis, c'est que ce fussent maintenant nos laquais qui se fissent attendre.

— Non, dit Athos, je les aperçois, ils viennent à vingt pas derrière milord. Je reconnais Grimaud à sa tête raide et à ses longues jambes. Tony porte nos carabines.

— Alors nous allons nous embarquer de nuit ? demanda Aramis en jetant un coup d'œil sur l'occident, où le soleil ne laissait plus qu'un nuage d'or qui semblait s'éteindre peu à peu en se trempant dans la mer.

— C'est probable, dit Athos.

— Diable ! reprit Aramis, j'aime peu la mer le jour, mais encore moins la nuit ; le bruit des flots, le bruit des vents, le mouvement affreux du bâtiment, j'avoue que je préférerais le couvent de Noisy.

Athos sourit de son sourire triste, car il écoutait ce que lui disait son ami tout en pensant évidemment à autre chose, et s'achemina vers de Winter.

Aramis le suivit.

— Qu'a donc notre ami ? dit Aramis, il ressemble aux damnés de Dante, à qui Satan a disloqué le cou et qui regardent leurs talons. Que diable a-t-il donc à regarder ainsi derrière lui ?

En les apercevant à son tour, de Winter doubla le pas et vint à eux avec une rapidité surprenante.

— Qu'avez-vous donc, milord, dit Athos, et qui vous essouffle ainsi ?

— Rien, dit de Winter, rien. Cependant, en passant près des dunes, il m'a semblé…

Et il se retourna de nouveau.

Athos regarda Aramis.

— Mais partons, continua de Winter, partons, le bateau doit nous attendre, et voici notre sloop à l'ancre, le voyez-vous d'ici ? Je voudrais déjà être dessus.

Et il se retourna encore.

— Ah çà ! dit Aramis, vous oubliez donc quelque chose ?

— Non, c'est une préoccupation.

— Il l'a vu, dit tout bas Athos à Aramis.

On était arrivé à l'escalier qui conduisait à la barque. De Winter fit descendre les premiers les laquais qui portaient les armes, les crocheteurs qui portaient les malles, et commença à descendre après eux.

En ce moment, Athos aperçut un homme qui suivait le bord de la mer parallèle à la jetée, et qui hâtait sa marche comme pour assister de l'autre côté du port, séparé de vingt pas à peine, à leur embarquement.

Il crut, au milieu de l'ombre qui commençait à descendre, reconnaître le jeune homme qui les avait questionnés.

« Oh ! oh ! se dit-il, serait-ce décidément un espion et voudrait-il s'opposer à notre embarquement ? »

Mais comme, dans le cas où l'étranger aurait eu ce projet, il était déjà un peu tard pour qu'il fût mis à exécution, Athos, à son tour, descendit l'escalier, mais sans perdre de vue le jeune homme. Celui-ci, pour couper court, avait paru sur une écluse.

— Il nous en veut assurément, dit Athos, mais embarquons-nous toujours, et, une fois en pleine mer, qu'il y vienne.

Et Athos sauta dans la barque, qui se détacha aussitôt du rivage et qui commença de s'éloigner sous l'effort de quatre vigoureux rameurs.

Mais le jeune homme se mit à suivre ou plutôt à devancer la barque. Elle devait passer entre la pointe de la jetée, dominée par le fanal qui venait de s'allumer, et un rocher qui surplombait. On le vit de loin gravir le rocher de manière à dominer la barque lorsqu'elle passerait.

— Ah çà ! dit Aramis à Athos, ce jeune homme est décidément un espion.

— Quel est ce jeune homme ? demanda de Winter en se retournant.

— Mais celui qui nous a suivis, qui nous a parlé et qui nous a attendus là-bas : voyez.

De Winter se retourna et suivit la direction du doigt d'Aramis. Le phare inondait de clarté le petit détroit où l'on allait passer et le rocher où se tenait debout le jeune homme, qui attendait la tête nue et les bras croisés.

— C'est lui ! s'écria lord de Winter en saisissant le bras d'Athos, c'est lui ; j'avais bien cru le reconnaître et je ne m'étais pas trompé.

— Qui, lui ? demanda Aramis.

— Le fils de Milady, répondit Athos.

— Le moine ! s'écria Grimaud.

Le jeune homme entendit ces paroles ; on eût dit qu'il allait se précipiter, tant il se tenait à l'extrémité du rocher, penché sur la mer.

— Oui, c'est moi, mon oncle ; moi, le fils de Milady ; moi, le moine ; moi, le secrétaire et l'ami de Cromwell, et je vous connais, vous et vos compagnons.

Il y avait dans cette barque trois hommes qui étaient braves, certes, et desquels nul homme n'eût osé contester le courage ; eh bien, à cette voix, à cet accent, à ce geste, ils sentirent le frisson de la terreur courir dans leurs veines.

Quant à Grimaud, ses cheveux étaient hérissés sur sa tête, et la sueur lui coulait du front.

— Ah ! dit Aramis, c'est là le neveu, c'est le moine, c'est là le fils de Milady, comme il le dit lui-même ?

— Hélas ! oui, murmura de Winter.

— Alors, attendez ! dit Aramis.

Et il prit, avec le sang-froid terrible qu'il avait dans les suprêmes occasions, un des deux mousquets que tenait Tony, l'arma et coucha en joue cet homme qui se tenait debout sur ce rocher comme l'ange des malédictions.

— Feu ! cria Grimaud hors de lui.

Athos se jeta sur le canon de la carabine et arrêta le coup qui allait partir.

— Que le diable vous emporte ! s'écria Aramis, je le tenais si bien au bout de mon mousquet ; je lui eusse mis la balle en pleine poitrine.

— C'est bien assez d'avoir tué la mère, dit sourdement Athos.

— La mère était une scélérate, qui nous avait tous frappés en nous ou dans ceux qui nous étaient chers.

— Oui, mais le fils ne nous a rien fait, lui.

Grimaud, qui s'était soulevé pour voir l'effet du coup, retomba découragé en frappant des mains.

Le jeune homme éclata de rire.

— Ah ! c'est bien vous, dit-il, c'est bien vous, et je vous connais maintenant.

Son rire strident et ses paroles menaçantes passèrent au-dessus de la barque, emportés par la brise et allèrent se perdre dans les profondeurs de l'horizon.

Aramis frémit.

— Du calme, dit Athos. Que diable ! ne sommes-nous donc plus des hommes ?

— Si fait, dit Aramis ; mais celui-là est un démon. Et, tenez, demandez à l'oncle si j'avais tort de le débarrasser de son cher neveu.

De Winter ne répondit que par un soupir.

— Tout était fini, continua Aramis. Ah ! j'ai bien peur, Athos, que vous ne m'ayez fait faire une folie avec votre sagesse.

Athos prit la main de de Winter, et, essayant de détourner la conversation :

— Quand aborderons-nous en Angleterre ? demanda-t-il au gentilhomme.

Mais celui-ci n'entendit point ces paroles et ne répondit pas.

— Tenez, Athos, dit Aramis, peut-être serait-il encore temps. Voyez, il est toujours à la même place.

Athos se retourna avec effort, la vue de ce jeune homme lui était évidemment pénible.

En effet, il était toujours debout sur son rocher, le phare faisant autour de lui comme une auréole de lumière.

— Mais que fait-il à Boulogne ? demanda Athos, qui, étant la raison même, cherchait en tout la cause, peu soucieux de l'effet.

— Il me suivait, il me suivait, dit de Winter, qui, cette fois, avait entendu la voix d'Athos ; car la voix d'Athos correspondait à ses pensées.

— Pour vous suivre, mon ami, dit Athos, il aurait fallu qu'il sût notre départ ; et, d'ailleurs, selon toute probabilité, au contraire, il nous avait précédés.

— Alors je n'y comprends rien ! dit l'Anglais en secouant la tête comme un homme qui pense qu'il est inutile d'essayer de lutter contre une force surnaturelle.

— Décidément, Aramis, dit Athos, je crois que j'ai eu tort de ne pas vous laisser faire.

— Taisez-vous, répondit Aramis ; vous me feriez pleurer si je pouvais.

Grimaud poussa un grognement sourd qui ressemblait à un rugissement.

En ce moment, une voix les héla du sloop. Le pilote, qui était assis au gouvernail, répondit, et la barque aborda le bâtiment.

En un instant, hommes, valets et bagages furent à bord. Le patron n'attendait que les passagers pour partir ; et, à peine eurent-ils le pied sur le pont que l'on mit le cap vers Hastings où on devait débarquer.

En ce moment les trois amis, malgré eux, jetèrent un dernier regard vers le rocher, où se détachait visible encore l'ombre menaçante qui les poursuivait.

Puis une voix arriva jusqu'à eux, qui leur envoyait cette dernière menace :

— Au revoir, messieurs, en Angleterre !

47

Le Te Deum *de la victoire de Lens*

Tout ce mouvement que Madame Henriette avait remarqué et dont elle avait cherché vainement le motif était occasionné par la victoire de Lens, dont M. le Prince avait fait messager M. le duc de Châtillon, qui y avait eu une noble part ; il était, en outre, chargé de suspendre aux voûtes de Notre-Dame vingt-deux drapeaux, pris tant aux Lorrains qu'aux Espagnols.

Cette nouvelle était décisive : elle tranchait le procès entamé avec le parlement en faveur de la cour. Tous les impôts enregistrés sommairement, et auxquels le parlement faisait opposition, étaient toujours motivés sur la nécessité de soutenir l'honneur de la France et sur l'espérance hasardeuse de battre l'ennemi. Or, comme depuis Nordlingen on n'avait éprouvé que des revers, le parlement avait beau jeu pour interpeller M. de Mazarin sur les victoires toujours promises et toujours ajournées ; mais cette fois on en était enfin venu aux mains, il y avait eu triomphe et triomphe complet : aussi tout le monde avait-il compris qu'il y avait double victoire pour la cour, victoire à l'extérieur, victoire à l'intérieur, si bien qu'il n'y avait pas jusqu'au jeune roi, qui, en apprenant cette nouvelle, ne se fût écrié :

— Ah ! messieurs du parlement, nous allons voir ce que vous allez dire.

Sur quoi la reine avait pressé sur son cœur l'enfant royal, dont les sentiments hautains et indomptés s'harmonisaient si bien avec les siens. Un conseil eut lieu le même soir, auquel avaient été appelés le maréchal de La Meilleraie et M. de Villeroy, parce qu'ils étaient mazarins ; Chavigny et Séguier, parce qu'ils haïssaient le parlement, et Guitaut et Comminges, parce qu'ils étaient dévoués à la reine.

Rien ne transpira de ce qui avait été décidé dans ce conseil. On sut seulement que le dimanche suivant il y aurait un *Te Deum* chanté à Notre-Dame en l'honneur de la victoire de Lens.

Le dimanche suivant, les Parisiens s'éveillèrent donc dans l'allégresse : c'était une grande affaire, à cette époque, qu'un *Te Deum*. On n'avait pas encore fait abus de ce genre de cérémonie, et elle produisait son effet. Le soleil, qui, de son côté, semblait prendre part à la fête, s'était levé radieux et dorait les sombres tours de la métropole, déjà remplie d'une immense quantité de peuple ; les rues les plus obscures de la Cité avaient pris un air de fête, et tout le long des quais on voyait de longues files de bourgeois, d'artisans, de femmes et d'enfants se rendant à Notre-Dame, semblables à un fleuve qui remonterait vers sa source.

Les boutiques étaient désertes, les maisons fermées ; chacun avait voulu voir le jeune roi avec sa mère et le fameux cardinal de Mazarin, que l'on haïssait tant que personne ne voulait se priver de sa présence.

La plus grande liberté, au reste, régnait parmi ce peuple immense ; toutes les opinions s'exprimaient ouvertement et sonnaient, pour ainsi dire, l'émeute, comme les mille cloches de toutes les églises de Paris sonnaient le *Te Deum*. La police de la ville était faite par la ville elle-même, rien de menaçant ne venait troubler le concert de la haine générale et glacer les paroles dans ces bouches médisantes.

Cependant, dès huit heures du matin, le régiment des gardes de la reine, commandé par Guitaut, et en second par Comminges, son neveu, était venu, tambours et trompettes en tête, s'échelonner depuis le Palais-Royal jusqu'à Notre-Dame, manœuvre que les Parisiens avaient vue avec tranquillité, toujours curieux qu'ils sont de musique militaire et d'uniformes éclatants.

Friquet était endimanché, et sous prétexte d'une fluxion qu'il s'était momentanément procurée en introduisant un nombre infini de noyaux de cerise dans un des côtés de sa bouche, il avait obtenu de Bazin son supérieur un congé pour toute la journée.

Bazin avait commencé par refuser, car Bazin était de mauvaise humeur, d'abord du départ d'Aramis, qui était parti sans lui dire où il allait, ensuite de servir une messe dite en faveur d'une victoire qui n'était pas selon ses opinions, Bazin était frondeur, on se le rappelle ; et s'il y avait eu moyen que, dans une pareille solennité, le bedeau s'absentât comme un simple enfant de chœur, Bazin eût certainement adressé à l'archevêque la même demande que celle qu'on venait de lui faire. Il avait donc commencé par refuser, comme nous avons dit, tout congé ; mais en la présence même de Bazin la fluxion de Friquet avait tellement augmenté de volume, que pour l'honneur du corps des enfants de chœur, qui aurait été compromis par une pareille difformité, il avait fini par céder en grommelant. À la porte de l'église, Friquet avait craché sa fluxion et envoyé du côté de Bazin un de ces gestes qui assurent au gamin de Paris sa supériorité sur les autres gamins de l'univers ; et, quant à son hôtellerie, il s'en était naturellement débarrassé en disant qu'il servait la messe à Notre-Dame.

Friquet était donc libre, et, ainsi que nous l'avons vu, avait revêtu sa plus somptueuse toilette ; il avait surtout, comme ornement remarquable de sa personne, un de ces bonnets indescriptibles qui tiennent le milieu entre la barrette du Moyen Âge et le chapeau du temps de Louis XIII. Sa mère lui avait fabriqué ce curieux couvre-chef, et, soit caprice, soit manque d'étoffe uniforme, s'était montrée en le fabriquant peu soucieuse d'assortir les couleurs ; de sorte que le chef-d'œuvre de la chapellerie du dix-septième siècle était jaune et vert d'un côté, blanc et rouge de l'autre. Mais Friquet, qui avait toujours aimé la variété dans les tons, n'en était que plus fier et plus triomphant.

En sortant de chez Bazin, Friquet était parti tout courant pour le Palais-Royal ; il y arriva au moment où en sortait le régiment des gardes, et, comme il ne venait pas pour autre chose que pour jouir de sa vue et profiter de sa musique, il prit place en tête, battant le tambour avec deux ardoises, et passant de cet exercice à celui de la trompette, qu'il contrefaisait naturellement avec la bouche d'une façon qui lui avait plus d'une fois valu les éloges des amateurs de l'harmonie imitative.

Cet amusement dura de la barrière des Sergents jusqu'à la place Notre-Dame ; et Friquet y prit un véritable plaisir ; mais lorsque le régiment s'arrêta et que les compagnies, en se développant, pénétrèrent jusqu'au cœur de la Cité, se posant à l'extrémité de la rue Saint-Christophe, près de la rue Cocatrix, où demeurait Broussel, alors Friquet, se rappelant qu'il n'avait pas déjeuné, chercha de quel côté il pourrait tourner ses pas pour accomplir cet acte important de la journée, et après avoir mûrement réfléchi, décida que ce serait le conseiller Broussel qui ferait les frais de son repas.

En conséquence il prit son élan, arriva tout essoufflé devant la porte du conseiller et heurta rudement.

Sa mère, la vieille servante de Broussel, vint ouvrir.

— Que viens-tu faire ici, garnement, dit-elle, et pourquoi n'es-tu pas à Notre-Dame ?

— J'y étais, mère Nanette, dit Friquet, mais j'ai vu qu'il s'y passait des choses dont maître Broussel devait être averti, et avec la permission de M. Bazin, vous savez bien, mère Nanette, M. Bazin le bedeau ? je suis venu pour parler à M. Broussel.

— Et que veux-tu lui dire, magot, à M. Broussel ?

— Je veux lui parler à lui-même.

— Cela ne se peut pas, il travaille.

— Alors j'attendrai, dit Friquet, que cela arrangeait d'autant mieux qu'il trouverait bien moyen d'utiliser le temps.

Et il monta rapidement l'escalier, que dame Nanette monta plus lentement derrière lui.

— Mais enfin, dit-elle, que lui veux-tu, à M. Broussel ?

— Je veux lui dire, répondit Friquet en criant de toutes ses forces, qu'il y a le régiment des gardes tout entier qui vient de ce côté-ci. Or, comme j'ai entendu dire partout qu'il y avait à la cour de mauvaises dispositions contre lui, je viens le prévenir afin qu'il se tienne sur ses gardes.

Broussel entendit le cri du jeune drôle, et, charmé de son excès de zèle, descendit au premier étage ; car il travaillait en effet dans son cabinet au second.

— Eh ! dit-il, mon ami, que nous importe le régiment des gardes, et n'es-tu pas fou de faire un pareil esclandre ? Ne sais-tu pas que c'est l'usage d'agir comme ces messieurs le font, et que c'est l'habitude de ce régiment de se mettre en haie sur le passage du roi ?

Friquet contrefit l'étonné, et tournant son bonnet neuf entre ses doigts :

— Ce n'est pas étonnant que vous le sachiez, dit-il, vous, monsieur Broussel, qui savez tout ; mais moi, en vérité du bon Dieu, je ne le savais pas, et j'ai cru vous donner un bon avis. Il ne faut pas m'en vouloir pour cela, monsieur Broussel.

— Au contraire, mon garçon, au contraire, et ton zèle me plaît. Dame Nanette, voyez donc un peu à ces abricots que madame de Longueville nous a envoyés hier de Noisy ; et donnez-en donc une demi-douzaine à votre fils avec un croûton de pain tendre.

— Ah ! merci, monsieur Broussel, dit Friquet ; merci, j'aime justement beaucoup les abricots.

Broussel alors passa chez sa femme et demanda son déjeuner. Il était neuf heures et demie. Le conseiller se mit à la fenêtre. La rue était complètement déserte, mais au loin on entendait, comme le bruit d'une marée qui monte, l'immense mugissement des ondes populaires qui grossissaient déjà autour de Notre-Dame.

Ce bruit redoubla lorsque d'Artagnan vint avec une compagnie de mousquetaires se poster aux portes de Notre-Dame pour faire faire le service de l'église. Il avait dit à Porthos de profiter de l'occasion pour voir la cérémonie, et Porthos, en grande tenue, monta sur son plus beau cheval, faisant le mousquetaire honoraire, comme jadis si souvent d'Artagnan l'avait fait. Le sergent de cette compagnie, vieux soldat des guerres d'Espagne, avait reconnu Porthos, son ancien compagnon, et bientôt il avait mis au courant chacun de ceux qui servaient sous ses ordres des hauts faits de ce géant, l'honneur des anciens mousquetaires de Tréville. Porthos non seulement avait été bien accueilli dans la compagnie mais encore il y était regardé avec admiration.

À dix heures, le canon du Louvre annonça la sortie du roi. Un mouvement pareil à celui des arbres dont un vent d'orage courbe et tourmente les cimes courut dans la multitude, qui s'agita derrière les mousquets immobiles des gardes. Enfin le roi parut avec la reine dans un carrosse tout doré. Dix autres carrosses suivaient, renfermant les dames d'honneur, les officiers de la maison royale et toute la cour.

— Vive le roi ! cria-t-on de toutes parts.

Le jeune roi mit gravement la tête à la portière, fit une petite mine assez reconnaissante, et salua même légèrement, ce qui fit redoubler les cris de la multitude.

Le cortège s'avança lentement et mit près d'une demi-heure pour franchir l'intervalle qui sépare le Louvre de la place Notre-Dame. Arrivé là, il se rendit peu à peu sous la voûte immense de la sombre métropole, et le service divin commença.

Au moment où la cour prenait place, un carrosse aux armes de Comminges quitta la file des carrosses de la cour, et vint lentement se placer au bout de la rue Saint-Christophe, entièrement déserte. Arrivé là, quatre gardes et un exempt qui l'escortaient montèrent dans la lourde machine et en fermèrent les mantelets ; puis à travers un jour prudemment ménagé, l'exempt se mit à guetter le long de la rue Cocatrix, comme s'il attendait l'arrivée de quelqu'un.

Tout le monde était occupé de la cérémonie, de sorte que ni le carrosse ni les précautions dont s'entouraient ceux qui étaient dedans ne furent remarqués. Friquet, dont l'œil toujours au guet eût pu seul les pénétrer, s'en était allé savourer ses abricots sur l'entablement d'une maison du parvis Notre-Dame. De là il voyait le roi, la reine et M. de Mazarin et entendait la messe comme s'il l'avait servie.

Vers la fin de l'office, la reine, voyant que Comminges attendait debout auprès d'elle une confirmation de l'ordre qu'elle lui avait déjà donné avant de quitter le Louvre, dit à demi-voix :

— Allez, Comminges, et que Dieu vous assiste !

Comminges partit aussitôt, sortit de l'église, et entra dans la rue Saint-Christophe.

Friquet, qui vit ce bel officier marcher suivi de deux gardes, s'amusa à le suivre, et cela avec d'autant plus d'allégresse que la cérémonie finissait à l'instant même et que le roi remontait dans son carrosse.

À peine l'exempt vit-il apparaître Comminges au bout de la rue Cocatrix, qu'il dit un mot au cocher, lequel mit aussitôt sa machine en mouvement et la conduisit devant la porte de Broussel.

Comminges frappait à cette porte en même temps que la voiture s'y arrêtait.

Friquet attendait derrière Comminges que cette porte fût ouverte.

— Que fais-tu là, drôle ? demanda Comminges.

— J'attends pour entrer chez maître Broussel, monsieur l'officier ! dit Friquet de ce ton câlin que sait si bien prendre dans l'occasion le gamin de Paris.

— C'est donc bien là qu'il demeure ? demanda Comminges.

— Oui, monsieur.

— Et quel étage occupe-t-il ?

— Toute la maison, dit Friquet ; la maison est à lui.

— Mais où se tient-il ordinairement ?

— Pour travailler, il se tient au second, mais pour prendre ses repas, il descend au premier ; dans ce moment il doit dîner, car il est midi.

— Bien, dit Comminges.

En ce moment on ouvrit. L'officier interrogea le laquais, et apprit que maître Broussel était chez lui, et dînait effectivement. Comminges monta derrière le laquais, et Friquet monta derrière Comminges.

Broussel était assis à table avec sa famille, ayant devant lui sa femme, à ses côtés ses deux filles, et au bout de la table son fils, Louvières, que nous avons vu déjà apparaître lors de l'accident arrivé au conseiller, accident dont au reste il était parfaitement remis. Le bonhomme, revenu en pleine santé, goûtait donc les beaux fruits que lui avait envoyés madame de Longueville.

Comminges, qui avait arrêté le bras du laquais au moment où celui-ci allait ouvrir la porte pour l'annoncer, ouvrit la porte lui-même et se trouva en face de ce tableau de famille.

À la vue de l'officier, Broussel se sentit quelque peu ému ; mais, voyant qu'il saluait poliment, il se leva et salua aussi.

Cependant, malgré cette politesse réciproque, l'inquiétude se peignit sur le visage des femmes ; Louvières devint fort pâle et attendait impatiemment que l'officier s'expliquât.

— Monsieur, dit Comminges, je suis porteur d'un ordre du roi.

— Fort bien, monsieur, répondit Broussel. Quel est cet ordre ?

Et il tendit la main.

— J'ai commission de me saisir de votre personne, monsieur, dit Comminges, toujours sur le même ton, avec la même politesse, et si vous voulez bien m'en croire, vous vous épargnerez la peine de lire cette longue lettre et vous me suivrez.

La foudre tombée au milieu de ces bonnes gens si paisiblement assemblés n'eût pas produit un effet plus terrible. Broussel recula tout tremblant. C'était une terrible chose à cette époque que d'être emprisonné par l'inimitié du roi. Louvières fit un mouvement pour sauter sur son épée, qui était sur une chaise dans l'angle de la salle ; mais un coup d'œil du bonhomme Broussel, qui au milieu de tout cela ne perdait pas la tête, contint ce mouvement désespéré. Madame Broussel, séparée de son mari par la largeur de la table, fondait en larmes, les deux jeunes filles tenaient leur père embrassé.

— Allons, monsieur, dit Comminges, hâtons-nous, il faut obéir au roi.

— Monsieur, dit Broussel, je suis en mauvaise santé et ne puis me rendre prisonnier en cet état ; je demande du temps.

— C'est impossible, répondit Comminges, l'ordre est formel et doit être exécuté à l'instant même.

— Impossible ! dit Louvières ; monsieur, prenez garde de nous pousser au désespoir.

— Impossible ! dit une voix criarde au fond de la chambre.

Comminges se retourna et vit dame Nanette son balai à la main et dont les yeux brillaient de tous les feux de la colère.

— Ma bonne Nanette, tenez-vous tranquille, dit Broussel, je vous en prie.

— Moi, me tenir tranquille quand on arrête mon maître, le soutien, le libérateur, le père du pauvre peuple ! Ah bien oui ! vous me connaissez encore… Voulez-vous vous en aller ! dit-elle à Comminges.

Comminges sourit.

— Voyons, monsieur, dit-il en se retournant vers Broussel, faites-moi taire cette femme et suivez-moi.

— Me faire taire, moi ! moi ! dit Nanette ; ah bien oui ! il en faudrait encore un autre que vous, mon bel oiseau du roi ! Vous allez voir.

Et dame Nanette s'élança vers la fenêtre, l'ouvrit, et d'une voix si perçante qu'on put l'entendre du parvis Notre-Dame :

— Au secours ! cria-t-elle, on arrête mon maître ! on arrête le conseiller Broussel ! au secours !

— Monsieur, dit Comminges, déclarez-vous tout de suite : obéirez-vous ou comptez-vous faire rébellion au roi ?

— J'obéis, j'obéis, monsieur, s'écria Broussel essayant de se dégager de l'étreinte de ses deux filles et de contenir du regard son fils toujours prêt à lui échapper.

— En ce cas, dit Comminges, imposez silence à cette vieille.

— Ah ! vieille ! dit Nanette.

Et elle se mit à crier de plus belle en se cramponnant aux barres de la fenêtre :

— Au secours ! au secours ! pour maître Broussel, qu'on arrête parce qu'il a défendu le peuple ; au secours !

Comminges saisit la servante à bras-le-corps, et voulut l'arracher de son poste ; mais au même instant une autre voix, sortant d'une espèce d'entresol, hurla d'un ton de fausset :

— Au meurtre ! au feu ! à l'assassin ! On tue M. Broussel ! on égorge M. Broussel !

C'était la voix de Friquet. Dame Nanette, se sentant soutenue, reprit alors avec plus de force et fit chorus.

Déjà des têtes curieuses apparaissaient aux fenêtres. Le peuple, attiré au bout de la rue, accourait, des hommes, puis des groupes, puis une foule : on entendait les cris ; on voyait un carrosse, mais on ne comprenait pas. Friquet sauta de l'entresol sur l'impériale de la voiture.

— Ils veulent arrêter M. Broussel ! cria-t-il ; il y a des gardes dans le carrosse, et l'officier est là-haut.

La foule se mit à gronder et s'approcha des chevaux. Les deux gardes qui étaient restés dans l'allée montèrent au secours de Comminges ; ceux qui étaient dans le carrosse ouvrirent les portières et croisèrent la pique.

— Les voyez-vous ? criait Friquet. Les voyez-vous ? les voilà.

Le cocher se retourna et envoya à Friquet un coup de fouet qui le fit hurler de douleur.

— Ah ! cocher du diable ! s'écria Friquet, tu t'en mêles ? attends !

Et il regagna son entresol, d'où il accabla le cocher de tous les projectiles qu'il put trouver.

Malgré la démonstration hostile des gardes, et peut-être même à cause de cette démonstration, la foule se mit à gronder et s'approcha des chevaux. Les gardes firent reculer les plus mutins à grands coups de pique.

Cependant le tumulte allait toujours croissant ; la rue ne pouvait plus contenir les spectateurs qui affluaient de toutes parts ; la presse envahissait l'espace que formaient encore entre eux et le carrosse les redoutables piques des gardes. Les soldats, repoussés comme par des murailles vivantes, allaient être écrasés contre les moyeux des roues et les panneaux de la voiture. Les cris : « Au nom du roi ! » vingt fois répétés par l'exempt, ne pouvaient rien contre cette redoutable multitude, et semblaient l'exaspérer encore, quand, à ces cris : « Au nom du roi ! », un cavalier accourut, et, voyant des uniformes fort maltraités, s'élança dans la mêlée l'épée à la main et apporta un secours inespéré aux gardes.

Cc cavalier était un jeune homme de quinze à seize ans à peine, que la colère rendait pâle. Il mit pied à terre comme les autres gardes, s'adossa au timon de la voiture, se fit un rempart de son cheval, tira de ses fontes les pistolets, qu'il passa à sa ceinture et commença à espadonner en homme à qui le maniement de l'épée est chose familière.

Pendant dix minutes, à lui seul le jeune homme soutint l'effort de toute la foule.

Alors on vit paraître Comminges poussant Broussel devant lui.

— Rompons le carrosse ! criait le peuple.

— Au secours ! criait la vieille.

— Au meurtre ! criait Friquet en continuant de faire pleuvoir sur les gardes tout ce qui se trouvait sous sa main.

— Au nom du roi ! criait Comminges.

— Le premier qui avance est mort ! cria Raoul qui, se voyant pressé, fit sentir la pointe de son épée à une espèce de géant qui était prêt à l'écraser, et qui, se sentant blessé, recula en hurlant.

Car c'était Raoul qui, revenant de Blois, selon qu'il l'avait promis au comte de La Fère, après cinq jours d'absence, avait voulu jouir du coup d'œil de la cérémonie, et avait pris par les rues qui le conduiraient plus directement à Notre-Dame. Arrivé aux environs de la rue Cocatrix, il s'était trouvé entraîné par le flot du populaire, et à ce mot : « Au nom du roi ! » il s'était rappelé le mot d'Athos : « Servez le roi » et il était accouru combattre pour le roi, dont on maltraitait les gardes.

Comminges jeta pour ainsi dire Broussel dans le carrosse et s'élança derrière lui. En ce moment un coup d'arquebuse retentit, une balle traversa du haut en bas le chapeau de Comminges et cassa le bras d'un garde. Comminges releva la tête et vit, au milieu de la fumée, la figure menaçante de Louvières qui apparaissait à la fenêtre du second étage.

— C'est bien, monsieur, dit Comminges, vous entendrez parler de moi.

— Et vous aussi, monsieur, dit Louvières, et nous verrons lequel parlera plus haut.

Friquet et Nanette hurlaient toujours ; les cris, le bruit du coup, l'odeur de la poudre toujours si enivrante, faisaient leur effet.

— À mort l'officier ! à mort ! hurla la foule.

Et il se fit un grand mouvement.

— Un pas de plus, cria Comminges en abattant les mantelets pour qu'on pût bien voir dans la voiture et en appuyant son épée sur la poitrine de Broussel, un pas de plus, et je tue le prisonnier ; j'ai ordre de l'amener mort ou vif, je l'amènerai mort, voilà tout.

Un cri terrible retentit : la femme et les filles de Broussel tendaient au peuple des mains suppliantes.

Le peuple comprit que cet officier si pâle, mais qui paraissait si résolu, ferait comme il disait : on continua de menacer, mais on s'écarta.

Comminges fit monter avec lui dans la voiture le garde blessé, et ordonna aux autres de fermer la portière.

— Touche au palais, dit-il au cocher plus mort que vif.

Celui-ci fouetta ses animaux, qui ouvrirent un large chemin dans la foule ; mais en arrivant au quai, il fallut s'arrêter. Le carrosse versa, les chevaux étaient portés, étouffés, broyés par la foule. Raoul, à pied, car il n'avait pas eu le temps de remonter à cheval, las de distribuer des coups de plat d'épée, comme les gardes las de distribuer des coups de plat de lame, commençait à recourir à la pointe. Mais ce terrible et dernier recours ne faisait qu'exaspérer la multitude. On commençait de temps en temps à voir reluire aussi au milieu de la foule le canon d'un mousquet ou la lame d'une rapière ; quelques coups de feu retentissaient, tirés en l'air sans doute, mais dont l'écho ne faisait pas moins vibrer les cœurs ; les projectiles continuaient de pleuvoir des fenêtres. On entendait des voix que l'on n'entend que les jours d'émeute ; on voyait des visages qu'on ne voit que les jours sanglants. Les cris : « À mort ! à mort les gardes ! à la Seine l'officier ! » dominaient tout ce bruit, si immense qu'il fût. Raoul, son chapeau broyé, le visage sanglant, sentait que non seulement ses forces, mais encore sa raison, commençaient à l'abandonner ; ses yeux nageaient dans un brouillard rougeâtre, et à travers ce brouillard il voyait cent bras menaçants s'étendre sur lui, prêts à le saisir quand il tomberait. Comminges s'arrachait les cheveux de rage dans le carrosse renversé. Les gardes ne pouvaient porter secours à personne, occupés qu'ils étaient chacun à se défendre personnellement. Tout était fini : carrosse, chevaux, gardes, satellites et prisonnier peut-être, tout allait être dispersé par lambeaux, quand tout à coup une voix bien connue de Raoul retentit, quand soudain une large épée brilla en l'air ; au même instant la foule s'ouvrit, trouée, renversée, écrasée : un officier de mousquetaires, frappant et taillant de droite et de gauche, courut à Raoul et le prit dans ses bras au moment où il allait tomber.

— Sangdieu ! cria l'officier, l'ont-ils donc assassiné ? En ce cas, malheur à eux !

Et il se retourna si effrayant de vigueur, de colère et de menace, que les plus enragés rebelles se ruèrent les uns sur les autres pour s'enfuir et que quelques-uns roulèrent jusque dans la Seine.

— Monsieur d'Artagnan, murmura Raoul.

— Oui, sangdieu ! en personne, et heureusement pour vous, à ce qu'il paraît, mon jeune ami. Voyons ! ici, vous autres, s'écria-t-il en se redressant sur ses étriers et élevant son épée, appelant de la voix et du geste les mousquetaires qui n'avaient pu le suivre tant sa course avait été rapide. Voyons, balayez-moi tout cela ! Aux mousquets ! Portez armes ! Apprêtez armes ! En joue…

À cet ordre les montagnes du populaire s'affaissèrent si subitement, que d'Artagnan ne put retenir un éclat de rire homérique.

— Merci, d'Artagnan, dit Comminges, montrant la moitié de son corps par la portière du carrosse renversé ; merci, mon jeune gentilhomme ! Votre nom ? que je le dise à la reine.

Raoul allait répondre, lorsque d'Artagnan se pencha à son oreille :

— Taisez-vous, dit-il, et laissez-moi répondre.

Puis, se retournant vers Comminges :

— Ne perdez pas votre temps, Comminges, dit-il, sortez du carrosse si vous pouvez, et faites-en avancer un autre.

— Mais lequel ?

— Pardieu, le premier venu qui passera sur le Pont-Neuf, ceux qui le montent seront trop heureux, je l'espère, de prêter leur carrosse pour le service du roi.

— Mais, dit Comminges, je ne sais.

— Allez donc, ou, dans cinq minutes, tous les manants vont revenir avec des épées et des mousquets. Vous serez tué et votre prisonnier délivré. Allez. Et, tenez, voici justement un carrosse qui vient là-bas.

Puis se penchant de nouveau vers Raoul :

— Surtout ne dites pas votre nom, lui souffla-t-il.

Le jeune homme le regardait d'un air étonné.

— C'est bien, j'y cours, dit Comminges, et s'ils reviennent faites feu.

— Non pas, non pas, répondit d'Artagnan, que personne ne bouge, au contraire : un coup de feu tiré en ce moment serait payé trop cher demain.

Comminges prit ses quatre gardes et autant de mousquetaires et courut au carrosse. Il en fit descendre les gens qui s'y trouvaient et le ramena près du carrosse versé.

Mais lorsqu'il fallut transporter Broussel du char brisé dans l'autre, le peuple, qui aperçut celui qu'il appelait son libérateur, poussa des hurlements inimaginables et se rua de nouveau vers le carrosse.

— Partez, dit d'Artagnan. Voici dix mousquetaires pour vous accompagner, j'en garde vingt pour contenir le peuple ; partez et ne perdez pas une minute. Dix hommes pour monsieur de Comminges !

Dix hommes se séparèrent de la troupe, entourèrent le nouveau carrosse et partirent au galop.

Au départ du carrosse les cris redoublèrent ; plus de dix mille hommes se pressaient sur le quai, encombrant le Pont-Neuf et les rues adjacentes.

Quelques coups de feu partirent. Un mousquetaire fut blessé.

— En avant, cria d'Artagnan poussé à bout et mordant sa moustache.

Et il fit avec ses vingt hommes une charge sur tout ce peuple, qui se renversa épouvanté. Un seul homme demeura à sa place l'arquebuse à la main.

— Ah ! dit cet homme, c'est toi qui déjà as voulu l'assassiner ! attends !

Et il abaissa son arquebuse sur d'Artagnan, qui arrivait sur lui au triple galop.

D'Artagnan se pencha sur le cou de son cheval, le jeune homme fit feu ; la balle coupa la plume de son chapeau.

Le cheval emporté heurta l'imprudent qui, à lui seul, essayait d'arrêter une tempête, et l'envoya tomber contre la muraille.

D'Artagnan arrêta son cheval tout court, et tandis que ses mousquetaires continuaient de charger, il revint l'épée haute sur celui qu'il avait renversé.

— Ah ! monsieur, cria Raoul, qui reconnaissait le jeune homme pour l'avoir vu rue Cocatrix, monsieur, épargnez-le, c'est son fils.

D'Artagnan retint son bras prêt à frapper.

— Ah ! vous êtes son fils, dit-il ; c'est autre chose.

— Monsieur, je me rends ! dit Louvières tendant à l'officier son arquebuse déchargée.

— Eh non ! ne vous rendez pas, mordieu ! filez au contraire, et promptement ; si je vous prends, vous serez pendu.

Le jeune homme ne se le fit pas dire deux fois, il passa sous le cou du cheval et disparut au coin de la rue Guénégaud.

— Ma foi, dit d'Artagnan à Raoul, il était temps que vous m'arrêtiez la main, c'était un homme mort, et, ma foi, quand j'aurais su qui il était, j'eusse eu regret de l'avoir tué.

— Ah ! monsieur, dit Raoul, permettez qu'après vous avoir remercié pour ce pauvre garçon, je vous remercie pour moi ; moi aussi, monsieur, j'allais mourir quand vous êtes arrivé.

— Attendez, attendez, jeune homme, et ne vous fatiguez pas à parler.

Puis tirant d'une de ses fontes un flacon plein de vin d'Espagne :

— Buvez deux gorgées de ceci, dit-il.

Raoul but et voulut renouveler ses remerciements.

— Cher, dit d'Artagnan, nous parlerons de cela plus tard.

Puis, voyant que les mousquetaires avaient balayé le quai depuis le Pont-Neuf jusqu'au quai Saint-Michel et qu'ils revenaient, il leva son épée pour qu'ils doublassent le pas.

Les mousquetaires arrivèrent au trot ; en même temps, de l'autre côté du quai, arrivaient les dix hommes d'escorte que d'Artagnan avait donnés à Comminges.

— Holà ! dit d'Artagnan s'adressant à ceux-ci, est-il arrivé quelque chose de nouveau ?

— Eh, monsieur, dit le sergent, leur carrosse s'est encore brisé une fois ; c'est une véritable malédiction.

D'Artagnan haussa les épaules.

— Ce sont des maladroits, dit-il ; quand on choisit un carrosse, il faut qu'il soit solide : le carrosse avec lequel on arrête un Broussel doit pouvoir porter dix mille hommes.

— Qu'ordonnez-vous, mon lieutenant ?

— Prenez le détachement et conduisez-le au quartier.

— Mais vous vous retirez donc seul ?

— Certainement. Croyez-vous que j'aie besoin d'escorte ?

— Cependant…

— Allez donc.

Les mousquetaires partirent et d'Artagnan demeura seul avec Raoul.

— Maintenant, souffrez-vous ? lui dit-il.

— Oui, monsieur, j'ai la tête lourde et brûlante.

— Qu'y a-t-il donc à cette tête ? dit d'Artagnan levant le chapeau. Ah ! ah ! une contusion.

— Oui, j'ai reçu, je crois, un pot de fleurs sur la tête.

— Canaille ! dit d'Artagnan. Mais vous avez des éperons, étiez-vous donc à cheval ?

— Oui ; mais j'en suis descendu pour défendre M. de Comminges, et mon cheval a été pris. Et tenez, le voici.

En effet, en ce moment même le cheval de Raoul passait monté par Friquet, qui courait au galop, agitant son bonnet de quatre couleurs et criant :

— Broussel ! Broussel !

— Holà ! arrête, drôle ! cria d'Artagnan, amène ici ce cheval.

Friquet entendit bien ; mais il fit semblant de ne pas entendre, et essaya de continuer son chemin.

D'Artagnan eut un instant envie de courir après maître Friquet, mais il ne voulut point laisser Raoul seul ; il se contenta donc de prendre un pistolet dans ses fontes et de l'armer.

Friquet avait l'œil vif et l'oreille fine, il vit le mouvement de d'Artagnan, entendit le bruit du chien ; il arrêta son cheval tout court.

— Ah ! c'est vous, monsieur l'officier, s'écria-t-il en venant à d'Artagnan, et je suis en vérité bien aise de vous rencontrer.

D'Artagnan regarda Friquet avec attention et reconnut le petit garçon de la rue de la Calandre.

— Ah ! c'est toi, drôle, dit-il ; viens ici.

— Oui, c'est moi, monsieur l'officier, dit Friquet de son air câlin.

— Tu as donc changé de métier ? tu n'es donc plus enfant de chœur ? tu n'es donc plus garçon de taverne ? tu es donc voleur de chevaux ?

— Ah ! monsieur l'officier, peut-on dire ! s'écria Friquet, je cherchais le gentilhomme auquel appartient ce cheval, un beau cavalier brave comme un César… (Il fit semblant d'apercevoir Raoul pour la première fois.) Ah ! mais je ne me trompe pas, continua-t-il, le voici. Monsieur, vous n'oublierez pas le garçon, n'est-ce pas ?

Raoul mit la main à sa poche.

— Qu'allez-vous faire ? dit d'Artagnan.

— Donner dix livres à ce brave garçon, répondit Raoul en tirant une pistole de sa poche.

— Dix coups de pied dans le ventre, dit d'Artagnan. Va-t'en, drôle ! et n'oublie pas que j'ai ton adresse.

Friquet, qui ne s'attendait pas à en être quitte à si bon marché, ne fit qu'un bond du quai à la rue Dauphine, où il disparut. Raoul remonta sur son cheval, et tous deux marchant au pas, d'Artagnan gardant le jeune homme comme si c'était son fils, prirent le chemin de la rue Tiquetonne.

Tout le long de la route il y eut bien de sourds murmures et de lointaines menaces ; mais, à l'aspect de cet officier à la tournure si militaire, à la vue de cette puissante épée qui pendait à son poignet soutenue par sa dragonne, on s'écarta constamment, et aucune tentative sérieuse ne fut faite contre les deux cavaliers.

On arriva donc sans accident à l'hôte de la Chevrette.

La belle Madeleine annonça à d'Artagnan que Planchet était de retour et avait amené Mousqueton, lequel avait supporté héroïquement l'extraction de la balle et se trouvait aussi bien que le comportait son état.

D'Artagnan ordonna alors d'appeler Planchet ; mais, si bien qu'on l'appelât, Planchet ne répondit point : il avait disparu.

— Alors, du vin ! dit d'Artagnan.

Puis quand le vin fut apporté et que d'Artagnan fut seul avec Raoul :

— Vous êtes bien content de vous, n'est-ce pas ? dit-il en le regardant entre les deux yeux.

— Mais oui, dit Raoul ; il me semble que j'ai fait mon devoir. N'ai-je pas défendu le roi ?

— Et qui vous dit de défendre le roi ?

— Mais M. le comte de La Fère lui-même.

— Oui, le roi ; mais aujourd'hui vous n'avez pas défendu le roi, vous avez défendu Mazarin, ce qui n'est pas la même chose.

— Mais, monsieur…

— Vous avez fait une énormité, jeune homme, vous vous êtes mêlé de choses qui ne vous regardent pas.

— Cependant vous-même…

— Oh ! moi, c'est autre chose ; moi, j'ai dû obéir aux ordres de mon capitaine. Votre capitaine, à vous, c'est M. le Prince. Entendez bien cela, vous n'en avez pas d'autre. Mais a-t-on vu, continua d'Artagnan, cette mauvaise tête qui va se faire mazarin, et qui aide à arrêter Broussel ! Ne soufflez pas un mot de cela, au moins, ou M. le comte de La Fère serait furieux.

— Vous croyez que M. le comte de La Fère se fâcherait contre moi ?

— Si je le crois ! j'en suis sûr ; sans cela je vous remercierais, car enfin vous avez travaillé pour nous. Aussi je vous gronde en son lieu et place ; la tempête sera plus douce, croyez-moi. Puis, ajouta d'Artagnan, j'use, mon cher enfant, du privilège que votre tuteur m'a concédé.

— Je ne vous comprends pas, monsieur, dit Raoul.

D'Artagnan se leva, alla à son secrétaire, prit une lettre et la présenta à Raoul.

Dès que Raoul eut parcouru le papier, ses regards se troublèrent.

— Oh ! mon Dieu, dit-il en levant ses beaux yeux tout humides de larmes sur d'Artagnan, M. le comte a donc quitté Paris sans me voir ?

— Il est parti il y a quatre jours, dit d'Artagnan.

— Mais sa lettre semble indiquer qu'il court un danger de mort.

— Ah bien oui ; lui, courir un danger de mort ! soyez tranquille : non, il voyage pour affaire et va revenir bientôt ; vous n'avez pas de répugnance, je l'espère, à m'accepter pour tuteur par intérim ?

— Oh ! non, monsieur d'Artagnan, dit Raoul, vous êtes si brave gentilhomme et M. le comte de La Fère vous aime tant !

— Eh ! mon Dieu ! aimez-moi aussi ; je ne vous tourmenterai guère, mais à la condition que vous serez frondeur, mon jeune ami, et très frondeur même.

— Mais puis-je continuer de voir madame de Chevreuse ?

— Je le crois mordieu bien ! et M. le coadjuteur aussi, et madame de Longueville aussi ; et si le bonhomme Broussel était là, que vous avez si étourdiment contribué à faire arrêter, je vous dirais : Faites vos excuses bien vite à M. Broussel et embrassez-le sur les deux joues.

— Allons, monsieur, je vous obéirai, quoique je ne vous comprenne pas.

— C'est inutile que vous compreniez. Tenez, continua d'Artagnan en se tournant vers la porte qu'on venait d'ouvrir, voici M. du Vallon qui nous arrive avec ses habits tout déchirés.

— Oui, mais en échange, dit Porthos ruisselant de sueur et tout souillé de poussière, en échange j'ai déchiré bien des peaux. Ces croquants ne voulaient-ils pas m'ôter mon épée ! Peste ! quelle émotion populaire ! continua le géant avec son air tranquille ; mais j'en ai assommé plus de vingt avec le pommeau de Balizarde… Un doigt de vin, d'Artagnan.

— Oh ! je m'en rapporte à vous, dit le Gascon en remplissant le verre de Porthos jusqu'au bord ; mais quand vous aurez bu, dites-moi votre opinion.

Porthos avala le verre d'un trait ; puis, quand il l'eut posé sur la table et qu'il eut sucé sa moustache :

— Sur quoi ? dit-il.

— Tenez, reprit d'Artagnan, voici monsieur de Bragelonne qui voulait à toute force aider à l'arrestation de Broussel et que j'ai eu grand'peine à empêcher de défendre M. de Comminges !

— Peste ! dit Porthos ; et le tuteur, qu'aurait-il dit s'il eût appris cela ?

— Voyez-vous, interrompit d'Artagnan ; frondez, mon ami, frondez et songez que je remplace M. le comte en tout.

Et il fit sonner sa bourse.

Puis, se retournant vers son compagnon :

— Venez-vous, Porthos ? dit-il.

— Où cela ? demanda Porthos en se versant un second verre de vin.

— Présenter nos hommages au cardinal.

Porthos avala le second verre avec la même tranquillité qu'il avait bu le premier, reprit son feutre, qu'il avait déposé sur une chaise, et suivit d'Artagnan.

Quant à Raoul, il resta tout étourdi de ce qu'il voyait, d'Artagnan lui ayant défendu de quitter la chambre avant que toute cette émotion se fût calmée.

48

Le mendiant de Saint-Eustache

D'Artagnan avait calculé ce qu'il faisait en ne se rendant pas immédiatement au Palais-Royal : il avait donné le temps à Comminges de s'y rendre avant lui, et par conséquent de faire part au cardinal des services éminents que lui, d'Artagnan, et son ami avaient rendus dans cette matinée au parti de la reine.

Aussi tous deux furent-ils admirablement reçus par Mazarin, qui leur fit force compliments et qui leur annonça que chacun d'eux était à plus de moitié chemin de ce qu'il désirait : c'est-à-dire d'Artagnan de son capitanat, et Porthos de sa baronnie.

D'Artagnan aurait mieux aimé de l'argent que tout cela, car il savait que Mazarin promettait facilement et tenait avec grand'peine : il estimait donc les promesses du cardinal comme viandes creuses ; mais il ne parut pas moins très satisfait devant Porthos, qu'il ne voulait pas décourager.

Pendant que les deux amis étaient chez le cardinal, la reine le fit demander. Le cardinal pensa que c'était un moyen de redoubler le zèle de ses deux défenseurs, en leur procurant les remerciements de la reine elle-même ; il leur fit signe de le suivre. D'Artagnan et Porthos lui montrèrent leurs habits tout poudreux et tout déchirés, mais le cardinal secoua la tête.

— Ces costumes-là, dit-il, valent mieux que ceux de la plupart des courtisans que vous trouverez chez la reine, car ce sont des costumes de bataille.

D'Artagnan et Porthos obéirent.

La cour d'Anne d'Autriche était nombreuse et joyeusement bruyante, car, à tout prendre, après avoir remporté une victoire sur l'Espagnol, on venait de remporter une victoire sur le peuple. Broussel avait été conduit hors de Paris sans résistance et devait être à cette heure dans les prisons de Saint-Germain ; et Blancmesnil, qui avait été arrêté en même temps que lui, mais dont l'arrestation s'était opérée sans bruit et sans difficulté, était écroué au château de Vincennes.

Comminges était près de la reine, qui l'interrogeait sur les détails de son expédition ; et chacun écoutait son récit, lorsqu'il aperçut à la porte, derrière le cardinal qui entrait, d'Artagnan et Porthos.

— Eh ! Madame, dit-il courant à d'Artagnan, voici quelqu'un qui peut vous dire cela mieux que moi, car c'est mon sauveur. Sans lui, je serais probablement dans ce moment arrêté aux filets de Saint-Cloud ; car il ne s'agissait de rien de moins que de me jeter à la rivière. Parlez, d'Artagnan, parlez.

Depuis qu'il était lieutenant aux mousquetaires, d'Artagnan s'était trouvé cent fois peut-être dans le même appartement que la reine, mais jamais celle-ci ne lui avait parlé.

— Eh bien, monsieur, après m'avoir rendu un pareil service, vous vous taisez ? dit Anne d'Autriche.

— Madame, répondit d'Artagnan, je n'ai rien à dire, sinon que ma vie est au service de Votre Majesté, et que je ne serai heureux que le jour où je la perdrai pour elle.

— Je sais cela, monsieur, je sais cela, dit la reine, et depuis longtemps. Aussi suis-je charmée de pouvoir vous donner cette marque publique de mon estime et de ma reconnaissance.

— Permettez-moi, Madame, dit d'Artagnan, d'en reverser une part sur mon ami, ancien mousquetaire de la compagnie de Tréville, comme moi (il appuya sur ces mots), et qui a fait des merveilles, ajouta-t-il.

— Le nom de monsieur ? demanda la reine.

— Aux mousquetaires, dit d'Artagnan, il s'appelait Porthos (la reine tressaillit), mais son véritable nom est le chevalier du Vallon.

— De Bracieux de Pierrefonds, ajouta Porthos.

— Ces noms sont trop nombreux pour que je me les rappelle tous, et je ne veux me souvenir que du premier, dit gracieusement la reine.

Porthos salua. D'Artagnan fit deux pas en arrière.

En ce moment on annonça le coadjuteur.

Il y eut un cri de surprise dans la royale assemblée. Quoique M. le coadjuteur eût prêché le matin même, on savait qu'il penchait fort du côté de la Fronde ; et Mazarin, en demandant à M. l'archevêque de Paris de faire prêcher son neveu, avait eu évidemment l'intention de porter à M. de Retz une de ces bottes à l'italienne qui le réjouissaient si fort.

En effet, au sortir de Notre-Dame, le coadjuteur avait appris l'événement. Quoique à peu près engagé avec les principaux frondeurs, il ne l'était point assez pour qu'il ne pût faire retraite si la cour lui offrait les avantages qu'il ambitionnait et auxquels la coadjutorerie n'était qu'un acheminement. M. de Retz voulait être archevêque en remplacement de son oncle, et cardinal, comme Mazarin. Or, le parti populaire pouvait difficilement lui accorder ces faveurs toutes royales. Il se rendait donc au palais pour faire compliment à la reine sur la bataille de Lens, déterminé d'avance à agir pour ou contre la cour, selon que son compliment serait bien ou mal reçu.

Le coadjuteur fut donc annoncé ; il entra, et, à son aspect, toute cette cour triomphante redoubla de curiosité pour entendre ses paroles.

Le coadjuteur avait à lui seul à peu près autant d'esprit que tous ceux qui étaient réunis là pour se moquer de lui.

Aussi son discours fut-il si parfaitement habile, que, si bonne envie que les assistants eussent d'en rire, ils n'y trouvaient point prise. Il termina en disant qu'il mettait sa faible puissance au service de Sa Majesté.

La reine parut, tout le temps qu'elle dura, goûter fort la harangue de M. le coadjuteur ; mais cette harangue terminée par cette phrase, la seule qui donnât prise aux quolibets, Anne se retourna, et un coup d'œil décoché vers ses favoris leur annonça qu'elle leur livrait le coadjuteur. Aussitôt les plaisants de cour se lancèrent dans la mystification. Nogent-Bautru, le bouffon de la maison, s'écria que la reine était bien heureuse de trouver les secours de la religion dans un pareil moment.

Chacun éclata de rire.

Le comte de Villeroy dit qu'il ne savait pas comment on avait pu craindre un instant, quand on avait pour défendre la cour contre le parlement et les bourgeois de Paris M. le coadjuteur qui, d'un signe, pouvait lever une armée de curés, de suisses et de bedeaux.

Le maréchal de La Meilleraie ajouta que, le cas échéant où l'on en viendrait aux mains, et où M. le coadjuteur ferait le coup de feu, il était fâcheux seulement que M. le coadjuteur ne pût pas être reconnu à un chapeau rouge dans la mêlée, comme Henri IV l'avait été à sa plume blanche à la bataille d'Ivry.

Gondy, devant cet orage qu'il pouvait rendre mortel pour les railleurs, demeura calme et sévère. La reine lui demanda alors s'il avait quelque chose à ajouter au beau discours qu'il venait de lui faire.

— Oui, Madame, dit le coadjuteur, j'ai à vous prier d'y réfléchir à deux fois avant de mettre la guerre civile dans le royaume.

La reine tourna le dos et les rires recommencèrent.

Le coadjuteur salua et sortit du palais en lançant au cardinal, qui le regardait, un de ces regards qu'on comprend entre ennemis mortels. Ce regard était si acéré, qu'il pénétra jusqu'au fond du cœur de Mazarin, et que celui-ci, sentant que c'était une déclaration de guerre, saisit le bras de d'Artagnan et lui dit :

— Dans l'occasion, monsieur, vous reconnaîtrez bien cet homme, qui vient de sortir, n'est-ce pas ?

— Oui, Monseigneur, dit-il.

Puis, se tournant à son tour vers Porthos :

— Diable ! dit-il, cela se gâte ; je n'aime pas les querelles entre les gens d'Église.

Gondy se retira en semant les bénédictions sur son passage et en se donnant le malin plaisir de faire tomber à ses genoux jusqu'aux serviteurs de ses ennemis.

— Oh ! murmura-t-il en franchissant le seuil du palais, cour ingrate, cour perfide, cour lâche ! je t'apprendrai demain à rire, mais sur un autre ton.

Mais tandis que l'on faisait des extravagances de joie au Palais-Royal pour renchérir sur l'hilarité de la reine, Mazarin, homme de sens, et qui d'ailleurs avait toute la prévoyance de la peur, ne perdait pas son temps à de vaines et dangereuses plaisanteries : il était sorti derrière le coadjuteur, assurait ses comptes, serrait son or, et faisait, par des ouvriers de confiance, pratiquer des cachettes dans ses murailles.

En rentrant chez lui, le coadjuteur apprit qu'un jeune homme était venu après son départ et l'attendait ; il demanda le nom de ce jeune homme, et tressaillit de joie en apprenant qu'il s'appelait Louvières.

Il courut aussitôt à son cabinet ; en effet le fils de Broussel, encore tout furieux et tout sanglant de la lutte contre les gens du roi, était là. La seule précaution qu'il eût prise pour venir à l'archevêché avait été de déposer son arquebuse chez un ami.

Le coadjuteur alla à lui et lui tendit la main. Le jeune homme le regarda comme s'il eût voulu lire au fond de son cœur.

— Mon cher monsieur Louvières, dit le coadjuteur, croyez que je prends une part bien réelle au malheur qui vous arrive.

— Est-ce vrai et parlez-vous sérieusement ? dit Louvières.

— Du fond du cœur, dit Gondy.

— En ce cas, Monseigneur, le temps des paroles est passé, et l'heure d'agir est venue ; Monseigneur, si vous le voulez, mon père, dans trois jours, sera hors de prison, et dans six mois vous serez cardinal.

Le coadjuteur tressaillit.

— Oh ! parlons franc, dit Louvières, et jouons cartes sur table. On ne sème pas pour trente mille écus d'aumônes comme vous l'avez fait depuis six mois par pure charité chrétienne, ce serait trop beau. Vous êtes ambitieux, c'est tout simple : vous êtes homme de génie et vous sentez votre valeur. Moi je hais la cour et n'ai, en ce moment-ci, qu'un seul désir, la vengeance. Donnez-nous le clergé et le peuple, dont vous disposez ; moi, je vous donne la bourgeoisie et le parlement ; avec ces quatre éléments, dans huit jours Paris est à nous, et, croyez-moi, monsieur le coadjuteur, la cour donnera par crainte ce qu'elle ne donnerait pas par bienveillance.

Le coadjuteur regarda à son tour Louvières de son œil perçant.

— Mais, monsieur Louvières, savez-vous que c'est tout bonnement la guerre civile que vous me proposez là ?

— Vous la préparez depuis assez longtemps, Monseigneur, pour qu'elle soit la bienvenue de vous.

— N'importe, dit le coadjuteur, vous comprenez que cela demande réflexion ?

— Et combien d'heures demandez-vous ?

— Douze heures, monsieur. Est-ce trop ?

— Il est midi ; à minuit je serai chez vous.

— Si je n'étais pas rentré, attendez-moi.

— À merveille. À minuit, Monseigneur.

— À minuit, mon cher monsieur Louvières.

Resté seul, Gondy manda chez lui tous les curés avec lesquels il était en relations. Deux heures après, il avait réuni trente desservants des paroisses les plus populeuses et par conséquent les plus remuantes de Paris.

Gondy leur raconta l'insulte qu'on venait de lui faire au Palais-Royal, et rapporta les plaisanteries de Bautru, du comte de Villeroy et du maréchal de La Meilleraie. Les curés lui demandèrent ce qu'il y avait à faire.

— C'est tout simple, dit le coadjuteur ; vous dirigez les consciences, eh bien ! sapez-y ce misérable préjugé de la crainte et du respect des rois ; apprenez à vos ouailles que la reine est un tyran, et répétez, tant et si fort que chacun le sache, que les malheurs de la France viennent du Mazarin, son amant et son corrupteur ; commencez l'œuvre aujourd'hui, à l'instant même, et dans trois jours, je vous attends au résultat. En outre, si quelqu'un de vous a un bon conseil à me donner, qu'il reste, je l'écouterai avec plaisir.

Trois curés restèrent : celui de Saint-Merri, celui de Saint-Sulpice et celui de Saint-Eustache.

Les autres se retirèrent.

— Vous croyez donc pouvoir m'aider encore plus efficacement que vos confrères ? dit Gondy.

— Nous l'espérons, reprirent les curés.

— Voyons, monsieur le desservant de Saint-Merri, commencez.

— Monseigneur, j'ai dans mon quartier un homme qui pourrait vous être de la plus grande utilité.

— Quel est cet homme ?

— Un marchand de la rue des Lombards, qui a la plus grande influence sur le petit commerce de son quartier.

— Comment l'appelez-vous ?

— C'est un nommé Planchet : il avait fait à lui seul une émeute il y a six semaines à peu près ; mais, à la suite de cette émeute, comme on le cherchait pour le pendre, il a disparu.

— Et le retrouverez-vous ?

— Je l'espère, je ne crois pas qu'il ait été arrêté ; et comme je suis confesseur de sa femme, si elle sait où il est, je le saurai.

— Bien, monsieur le curé, cherchez-moi cet homme-là, et si vous me le trouvez, amenez-le-moi.

— À quelle heure, Monseigneur ?

— À six heures, voulez-vous ?

— Nous serons chez vous à six heures, Monseigneur.

— Allez, mon cher curé, allez, et que Dieu vous seconde !

Le curé sortit.

— Et vous, monsieur ? dit Gondy en se retournant vers le curé de Saint-Sulpice.

— Moi, Monseigneur, dit celui-ci, je connais un homme qui a rendu de grands services à un prince très populaire, qui ferait un excellent chef de révoltés et que je puis mettre à votre disposition.

— Comment nommez-vous cet homme ?

— M. le comte de Rochefort.

— Je le connais aussi ; malheureusement il n'est pas à Paris.

— Monseigneur, il est rue Cassette.

— Depuis quand ?

— Depuis trois jours déjà.

— Et pourquoi n'est-il pas venu me voir ?

— On lui a dit… Monseigneur me pardonnera…

— Sans doute ; dites.

— Que Monseigneur était en train de traiter avec la cour.

Gondy se mordit les lèvres.

— On l'a trompé ; amenez-le-moi à huit heures, monsieur le curé, et que Dieu vous bénisse comme je vous bénis !

Le second curé s'inclina et sortit.

— À votre tour, monsieur, dit le coadjuteur en se tournant vers le dernier restant. Avez-vous aussi bien à m'offrir que ces deux messieurs qui nous quittent ?

— Mieux, Monseigneur.

— Diable ! faites attention que vous prenez là un terrible engagement : l'un m'a offert un marchand, l'autre m'a offert un comte ; vous allez donc m'offrir un prince, vous ?

— Je vais vous offrir un mendiant, Monseigneur.

— Ah ! ah ! fit Gondy réfléchissant, vous avez raison, monsieur le curé ; quelqu'un qui soulèverait toute cette légion de pauvres qui encombrent les carrefours de Paris et qui saurait leur faire crier, assez haut pour que toute la France l'entendît, que c'est le Mazarin qui les a réduits à la besace.

— Justement j'ai votre homme.

— Bravo ! et quel est cet homme ?

— Un simple mendiant comme je vous l'ai dit, Monseigneur, qui demande l'aumône en donnant de l'eau bénite sur les marches de l'église Saint-Eustache depuis six ans à peu près.

— Et vous dites qu'il a une grande influence sur ses pareils ?

— Monseigneur sait-il que la mendicité est un corps organisé, une espèce d'association de ceux qui ne possèdent pas contre ceux qui possèdent, une association dans laquelle chacun apporte sa part, et qui relève d'un chef ?

— Oui, j'ai déjà entendu dire cela, reprit le coadjuteur.

— Eh bien ! cet homme que je vous offre est un syndic général.

— Et que savez-vous de cet homme ?

— Rien, Monseigneur, sinon qu'il me paraît tourmenté de quelque remords.

— Qui vous le fait croire ?

— Tous les 28 de chaque mois, il me fait dire une messe pour le repos de l'âme d'une personne morte de mort violente ; hier encore j'ai dit cette messe.

— Et vous l'appelez ?

— Maillard ; mais je ne pense pas que ce soit son véritable nom.

— Et croyez-vous qu'à cette heure nous le trouvions à son poste ?

— Parfaitement.

— Allons voir votre mendiant, monsieur le curé ; et s'il est tel que vous me le dites, vous avez raison, c'est vous qui aurez trouvé le véritable trésor.

Et Gondy s'habilla en cavalier, mit un large feutre avec une plume rouge, ceignit une longue épée, boucla des éperons à ses bottes, s'enveloppa d'un ample manteau et suivit le curé.

Le coadjuteur et son compagnon traversèrent toutes les rues qui séparent l'archevêché de l'église Saint-Eustache, examinant avec soin l'esprit du peuple. Le peuple était ému, mais, comme un essaim d'abeilles effarouchées, semblait ne savoir sur quelle place s'abattre, et il était évident que, si l'on ne trouvait des chefs à ce peuple, tout se passerait en bourdonnements.

En arrivant à la rue des Prouvaires, le curé étendit la main vers le parvis de l'église.

— Tenez, dit-il, le voilà, il est à son poste.

Gondy regarda du côté indiqué, et aperçut un pauvre assis sur une chaise et adossé à une des moulures ; il avait près de lui un petit seau et tenait un goupillon à la main.

— Est-ce par privilège, dit Gondy, qu'il se tient là ?

— Non, Monseigneur, dit le curé, il a traité avec son prédécesseur de la place de donneur d'eau bénite.

— Traité ?

— Oui, ces places s'achètent ; je crois que celui-ci a payé la sienne cent pistoles.

— Le drôle est donc riche ?

— Quelques-uns de ces hommes meurent en laissant parfois vingt mille, vingt-cinq mille, trente mille livres et même plus.

— Hum ! fit Gondy en riant, je ne croyais pas si bien placer mes aumônes.

Cependant on s'avançait vers le parvis ; au moment où le curé et le coadjuteur mettaient le pied sur la première marche de l'église, le mendiant se leva et tendit son goupillon.

C'était un homme de soixante-six à soixante-huit ans, petit, assez gros, aux cheveux gris, aux yeux fauves. Il y avait sur sa figure la lutte de deux principes opposés, une nature mauvaise domptée par la volonté, peut-être par le repentir.

En voyant le cavalier qui accompagnait le curé, il tressaillit légèrement et le regarda d'un air étonné.

Le curé et le coadjuteur touchèrent le goupillon du bout des doigts et firent le signe de la croix ; le coadjuteur jeta une pièce d'argent dans le chapeau qui était à terre.

— Maillard, dit le curé, nous sommes venus, monsieur et moi, pour causer un instant avec vous.

— Avec moi ! dit le mendiant ; c'est bien de l'honneur pour un pauvre donneur d'eau bénite.

Il y avait dans la voix du pauvre un accent d'ironie qu'il ne put dominer tout à fait et qui étonna le coadjuteur.

— Oui, continua le curé qui semblait habitué à cet accent, oui, nous avons voulu savoir ce que vous pensiez des événements d'aujourd'hui, et ce que vous en avez entendu dire aux personnes qui entrent à l'église et qui en sortent.

Le mendiant hocha la tête.

— Ce sont de tristes événements, monsieur le curé, qui, comme toujours, retombent sur le pauvre peuple. Quant à ce qu'on en dit, tout le monde est mécontent, tout le monde se plaint, mais qui dit tout le monde ne dit personne.

— Expliquez-vous, mon cher ami, dit le coadjuteur.

— Je dis que tous ces cris, toutes ces plaintes, toutes ces malédictions ne produiront qu'une tempête et des éclairs, voilà tout ; mais que le tonnerre ne tombera que lorsqu'il y aura un chef pour le diriger.

— Mon ami, dit Gondy, vous me paraissez un habile homme ; seriez-vous disposé à vous mêler d'une petite guerre civile dans le cas où nous en aurions une, et à mettre à la disposition de ce chef, si nous en trouvions un, votre pouvoir personnel et l'influence que vous avez acquise sur vos camarades ?

— Oui, monsieur, pourvu que cette guerre fût approuvée par l'Église, et par conséquent pût me conduire au but que je veux atteindre, c'est-à-dire à la rémission de mes péchés.

— Cette guerre sera non seulement approuvée, mais encore dirigée par elle. Quant à la rémission de vos péchés, nous avons M. l'archevêque de Paris qui tient de grands pouvoirs de la cour de Rome, et même M. le coadjuteur qui possède des indulgences plénières ; nous vous recommanderions à lui.

— Songez, Maillard, dit le curé, que c'est moi qui vous ai recommandé à monsieur qui est un seigneur tout-puissant, et qui en quelque sorte ai répondu de vous.

— Je sais, monsieur le curé, dit le mendiant, que vous avez toujours été excellent pour moi ; aussi, de mon côté, suis-je tout disposé à vous être agréable.

— Et croyez-vous votre pouvoir aussi grand sur vos confrères que me le disait tout à l'heure M. le curé ?

— Je crois qu'ils ont pour moi une certaine estime, dit le mendiant avec orgueil, et que non seulement ils feront tout ce que je leur ordonnerai, mais encore que partout où j'irai ils me suivront.

— Et pouvez-vous me répondre de cinquante hommes bien résolus, de bonnes âmes oisives et bien animées, de braillards capables de faire tomber les murs du Palais-Royal en criant : « À bas le Mazarin ! » comme tombaient autrefois ceux de Jéricho ?

— Je crois, dit le mendiant, que je puis être chargé de choses plus difficiles et plus importantes que cela.

— Ah ! ah ! dit Gondy, vous chargeriez-vous donc dans une nuit de faire une dizaine de barricades ?

— Je me chargerais d'en faire cinquante, et, le jour venu, de les défendre.

— Pardieu, dit Gondy, vous parlez avec une assurance qui me fait plaisir, et puisque M. le curé me répond de vous…

— J'en réponds, dit le curé.

— Voici un sac contenant cinq cents pistoles en or, faites toutes vos dispositions, et dites-moi où je puis vous retrouver ce soir à dix heures.

— Il faudrait que ce fût dans un endroit élevé, et d'où un signal fait pût être vu dans tous les quartiers de Paris.

— Voulez-vous que je vous donne un mot pour le vicaire de Saint-Jacques-la-Boucherie ? Il vous introduira dans une des chambres de la tour, dit le curé.

— À merveille, dit le mendiant.

— Donc, dit le coadjuteur, ce soir, à dix heures ; et si je suis content de vous, il y aura à votre disposition un autre sac de cinq cents pistoles.

Les yeux du mendiant brillèrent d'avidité, mais il réprima cette émotion.

— À ce soir, monsieur, répondit-il, tout sera prêt.

Et il reporta sa chaise dans l'église, rangea près de sa chaise son seau et son goupillon, alla prendre de l'eau bénite au bénitier, comme s'il n'avait pas confiance dans la sienne, et sortit de l'église.

49

La tour de Saint-Jacques-la-Boucherie

À six heures moins un quart, M. de Gondy avait fait toutes ses courses et était rentré à l'archevêché.

À six heures on annonça le curé de Saint-Merri.

Le coadjuteur jeta vivement les yeux derrière lui et vit qu'il était suivi d'un autre homme.

— Faites entrer, dit-il.

Le curé entra, et Planchet avec lui.

— Monseigneur, dit le curé de Saint-Merri, voici la personne dont j'ai eu l'honneur de vous parler.

Planchet salua de l'air d'un homme qui a fréquenté les bonnes maisons.

— Et vous êtes disposé à servir la cause du peuple ? demanda Gondy.

— Je crois bien, dit Planchet : je suis frondeur dans l'âme. Tel que vous me voyez, Monseigneur, je suis condamné à être pendu.

— Et à quelle occasion ?

— J'ai tiré des mains des sergents de Mazarin un noble seigneur qu'ils reconduisaient à la Bastille, où il était depuis cinq ans.

— Vous le nommez ?

— Oh ! Monseigneur le connaît bien : c'est le comte de Rochefort.

— Ah ! vraiment oui ! dit le coadjuteur, j'ai entendu parler de cette affaire : vous aviez soulevé tout le quartier, m'a-t-on dit ?

— À peu près, dit Planchet d'un air satisfait de lui-même.

— Et vous êtes de votre état ?...

— Confiseur, rue des Lombards.

— Expliquez-moi comment il se fait qu'exerçant un état si pacifique vous ayez des inclinations si belliqueuses ?

— Comment Monseigneur, étant d'Église, me reçoit-il maintenant en habit de cavalier, avec l'épée au côté et les éperons aux bottes ?

— Pas mal répondu, ma foi ! dit Gondy en riant ; mais, vous le savez, j'ai toujours eu, malgré mon rabat, des inclinations guerrières.

— Eh bien, Monseigneur, moi, avant d'être confiseur, j'ai été trois ans sergent au régiment de Piémont, et avant d'être trois ans au régiment de Piémont, j'ai été dix-huit mois laquais de M. d'Artagnan.

— Le lieutenant aux mousquetaires ? demanda Gondy.

— Lui-même, Monseigneur.

— Mais on le dit mazarin enragé ?

— Heu... fit Planchet.

— Que voulez-vous dire ?

— Rien, Monseigneur. M. d'Artagnan est au service ; M. d'Artagnan fait son état de défendre Mazarin, qui le paye, comme nous faisons, nous autres bourgeois, notre état d'attaquer le Mazarin, qui nous vole.

— Vous êtes un garçon intelligent, mon ami, peut-on compter sur vous ?

— Je croyais, dit Planchet, que M. le curé vous avait répondu pour moi.

— En effet ; mais j'aime à recevoir cette assurance de votre bouche.

— Vous pouvez compter sur moi, Monseigneur, pourvu qu'il s'agisse de faire un bouleversement par la ville.

— Il s'agit justement de cela. Combien d'hommes croyez-vous pouvoir rassembler dans la nuit ?

— Deux cents mousquets et cinq cents hallebardes.

— Qu'il y ait seulement un homme par chaque quartier qui en fasse autant, et demain nous aurons une assez forte armée.

— Mais oui.

— Seriez-vous disposé à obéir au comte de Rochefort ?

— Je le suivrais en enfer ; et ce n'est pas peu dire, car je le crois capable d'y descendre.

— Bravo !

— À quel signe pourra-t-on distinguer demain les amis des ennemis ?

— Tout frondeur peut mettre un nœud de paille à son chapeau.

— Bien. Donnez la consigne.

— Avez-vous besoin d'argent ?

— L'argent ne fait jamais de mal en aucune chose, Monseigneur. Si on n'en a pas, on s'en passera ; si on en a, les choses n'iront que plus vite et mieux.

Gondy alla à un coffre et tira un sac.

— Voici cinq cents pistoles, dit-il ; et si l'action va bien, comptez demain sur pareille somme.

— Je rendrai fidèlement compte à Monseigneur de cette somme, dit Planchet en mettant le sac sous son bras.

— C'est bien, je vous recommande le cardinal.

— Soyez tranquille, il est en bonnes mains.

Planchet sortit, le curé resta un peu en arrière.

— Êtes-vous content, Monseigneur ? dit-il.

— Oui, cet homme m'a l'air d'un gaillard résolu.

— Eh bien, il fera plus qu'il n'a promis.

— C'est merveilleux alors.

Et le curé rejoignit Planchet, qui l'attendait sur l'escalier. Dix minutes après on annonçait le curé de Saint-Sulpice.

Dès que la porte du cabinet de Gondy fut ouverte, un homme s'y précipita, c'était le comte de Rochefort.

— C'est donc vous, mon cher comte ! dit Gondy en lui tendant la main.

— Vous êtes donc enfin décidé, Monseigneur ? dit Rochefort.

— Je l'ai toujours été, dit Gondy.

— Ne parlons plus de cela, vous le dites, je vous crois ; nous allons donner le bal au Mazarin.

— Mais… je l'espère.

— Et quand commencera la danse ?

— Les invitations se font pour cette nuit, dit le coadjuteur, mais les violons ne commenceront à jouer que demain matin.

— Vous pouvez compter sur moi et sur cinquante soldats que m'a promis le chevalier d'Humières, dans l'occasion où j'en aurais besoin.

— Sur cinquante soldats ?

— Oui ; il fait des recrues et me les prête ; la fête finie, s'il en manque, je les remplacerai.

— Bien, mon cher Rochefort ; mais ce n'est pas tout.

— Qu'y a-t-il encore ? demanda Rochefort en souriant.

— M. de Beaufort, qu'en avez-vous fait ?

— Il est dans le Vendômois, où il attend que je lui écrive de revenir à Paris.

— Écrivez-lui, il est temps.

— Vous êtes donc sûr de votre affaire ?

— Oui, mais il faut qu'il se presse ; car à peine le peuple de Paris va-t-il être révolté, que nous aurons dix princes pour un qui voudront se mettre à sa tête : s'il tarde, il trouvera la place prise.

— Puis-je lui donner avis de votre part ?

— Oui, parfaitement.

— Puis-je lui dire qu'il doit compter sur vous ?

— À merveille.

— Et vous lui laisserez tout pouvoir ?

— Pour la guerre, oui ; quant à la politique…

— Vous savez que ce n'est pas son fort.

— Il me laissera négocier à ma guise mon chapeau de cardinal.

— Vous y tenez ?

— Puisqu'on me force de porter un chapeau d'une forme qui ne me convient pas, dit Gondy, je désire au moins que ce chapeau soit rouge.

— Il ne faut pas disputer des goûts et des couleurs, dit Rochefort en riant ; je réponds de son consentement.

— Et vous lui écrivez ce soir ?

— Je fais mieux que cela, je lui envoie un messager.

— Dans combien de jours peut-il être ici ?

— Dans cinq jours.

— Qu'il vienne, et il trouvera un changement.

— Je le désire.

— Je vous en réponds.

— Ainsi ?

— Allez rassembler vos cinquante hommes et tenez-vous prêt.

— À quoi ?

— À tout.

— Y a-t-il un signe de ralliement ?

— Un nœud de paille au chapeau.

— C'est bien. Adieu, Monseigneur.

— Adieu, mon cher Rochefort.

— Ah ! mons Mazarin, mons Mazarin ! dit Rochefort en entraînant son curé, qui n'avait pas trouvé moyen de placer un mot dans ce dialogue, vous verrez si je suis trop vieux pour être un homme d'action !

Il était neuf heures et demie, il fallait bien une demi-heure au coadjuteur pour se rendre de l'archevêché à la tour de Saint-Jacques-la-Boucherie.

Le coadjuteur remarqua qu'une lumière veillait à l'une des fenêtres les plus élevées de la tour.

— Bon, dit-il, notre syndic est à son poste.

Il frappa, on vint lui ouvrir. Le vicaire lui-même l'attendait et le conduisit en l'éclairant jusqu'au haut de la tour ; arrivé là, il lui montra une petite porte, posa la lumière dans un angle de la muraille pour que le coadjuteur pût la trouver en sortant, et descendit.

Quoique la clef fût à la porte, le coadjuteur frappa.

— Entrez, dit une voix que le coadjuteur reconnut pour celle du mendiant.

Gondy entra. C'était effectivement le donneur d'eau bénite du parvis Saint-Eustache. Il attendait couché sur une espèce de grabat.

En voyant entrer le coadjuteur il se leva.

Dix heures sonnèrent.

— Eh bien ! dit Gondy, m'as-tu tenu parole ?

— Pas tout à fait, dit le mendiant.

— Comment cela ?

— Vous m'avez demandé cinq cents hommes, n'est-ce pas ?

— Oui, eh bien ?

— Eh bien ! je vous en aurai deux mille.

— Tu ne te vantes pas ?

— Voulez-vous une preuve ?

— Oui.

Trois chandelles étaient allumées, chacune d'elles brûlant devant une fenêtre dont l'une donnait sur la Cité, l'autre sur le Palais-Royal, l'autre sur la rue Saint-Denis.

L'homme alla silencieusement à chacune des trois chandelles et les souffla l'une après l'autre.

Le coadjuteur se trouva dans l'obscurité, la chambre n'était plus éclairée que par le rayon incertain de la lune perdue dans les gros nuages noirs dont elle frangeait d'argent les extrémités.

— Qu'as-tu fait ? dit le coadjuteur.

— J'ai donné le signal.

— Lequel ?

— Celui des barricades.

— Ah ! ah !

— Quand vous sortirez d'ici vous verrez mes hommes à l'œuvre. Prenez seulement garde de vous casser les jambes en vous heurtant à quelque chaîne ou en vous laissant tomber dans quelque trou.

— Bien ! Voici la somme, la même que celle que tu as reçue. Maintenant souviens-toi que tu es un chef et ne va pas boire.

— Il y a vingt ans que je n'ai bu que de l'eau.

L'homme prit le sac des mains du coadjuteur, qui entendit le bruit que faisait la main en fouillant et en maniant les pièces d'or.

— Ah ! ah ! dit le coadjuteur, tu es avare, mon drôle.

Le mendiant poussa un soupir et rejeta le sac.

— Serai-je donc toujours le même, dit-il, et ne parviendrai-je jamais à dépouiller le vieil homme ? Ô misère, ô vanité !

— Tu le prends, cependant.

— Oui, mais je fais vœu devant vous d'employer ce qui me restera à des œuvres pies.

Son visage était pâle et contracté comme l'est celui d'un homme qui vient de subir une lutte intérieure.

— Singulier homme ! murmura Gondy.

Et il prit son chapeau pour s'en aller, mais en se retournant il vit le mendiant entre lui et la porte.

Son premier mouvement fut que cet homme lui voulait quelque mal.

Mais bientôt, au contraire, il lui vit joindre les deux mains et il tomba à genoux.

— Monseigneur, lui dit-il, avant de me quitter, votre bénédiction, je vous prie.

— Monseigneur ! s'écria Gondy ; mon ami, tu me prends pour un autre.

— Non, Monseigneur, je vous prends pour ce que vous êtes, c'est-à-dire pour M. le coadjuteur ; je vous ai reconnu du premier coup d'œil.

Gondy sourit.

— Et tu veux ma bénédiction ? dit-il.

— Oui, j'en ai besoin.

Le mendiant dit ces paroles avec un ton d'humilité si grande et de repentir si profond, que Gondy étendit sa main sur lui et lui donna sa bénédiction avec toute l'onction dont il était capable.

— Maintenant, dit le coadjuteur, il y a communion entre nous. Je t'ai béni et tu m'es sacré, comme à mon tour je le suis pour toi. Voyons, as-tu commis quelque crime que poursuive la justice humaine dont je puisse te garantir ?

Le mendiant secoua la tête.

— Le crime que j'ai commis, Monseigneur, ne relève point de la justice humaine, et vous ne pouvez m'en délivrer qu'en me bénissant souvent comme vous venez de le faire.

— Voyons, sois franc, dit le coadjuteur, tu n'as pas fait toute ta vie le métier que tu fais ?

— Non, Monseigneur, je ne le fais pas depuis six ans.

— Avant de le faire, où étais-tu ?

— À la Bastille.

— Et avant d'être à la Bastille ?

— Je vous le dirai, Monseigneur, le jour où vous voudrez bien m'entendre en confession.

— C'est bien. À quelque heure du jour ou de la nuit que tu te présentes, souviens-toi que je suis prêt à te donner l'absolution.

— Merci, Monseigneur, dit le mendiant d'une voix sourde, mais je ne suis pas encore prêt à la recevoir.

— C'est bien. Adieu.

— Adieu, Monseigneur, dit le mendiant en ouvrant la porte et en se courbant devant le prélat.

Le coadjuteur prit la chandelle, descendit et sortit tout rêveur.

50

L'émeute

Il était onze heures de la nuit à peu près. Gondy n'eut pas fait cent pas dans les rues de Paris qu'il s'aperçut du changement étrange qui s'était opéré.

Toute la ville semblait habitée d'êtres fantastiques ; on voyait des ombres silencieuses qui dépavaient les rues, d'autres qui traînaient et qui renversaient des charrettes, d'autres qui creusaient des fossés à engloutir des compagnies entières de cavaliers. Tous ces personnages si actifs allaient, venaient, couraient, pareils à des démons accomplissant quelque œuvre inconnue : c'étaient les mendiants de la cour des Miracles, c'étaient les agents du donneur d'eau bénite du parvis Saint-Eustache qui préparaient les barricades du lendemain.

Gondy regardait ces hommes de l'obscurité, ces travailleurs nocturnes, avec une certaine épouvante ; il se demandait si, après avoir fait sortir toutes ces créatures immondes de leurs repaires, il aurait le pouvoir de les y faire rentrer. Quand quelqu'un de ces êtres s'approchait de lui, il était prêt à faire le signe de la croix.

Il gagna la rue Saint-Honoré et la suivit en s'avançant vers la rue de la Ferronnerie. Là, l'aspect changea : c'étaient des marchands qui couraient de boutique en boutique ; les portes semblaient fermées comme les contrevents ; mais elles n'étaient que poussées, si bien qu'elles s'ouvraient et se refermaient aussitôt pour donner entrée à des hommes qui semblaient craindre de laisser voir ce qu'ils portaient ; ces hommes, c'étaient les boutiquiers qui ayant des armes en prêtaient à ceux qui n'en avaient pas.

Un individu allait de porte en porte, pliant sous le poids d'épées, d'arquebuses, de mousquetons, d'armes de toute espèce, qu'il déposait au fur et à mesure. À la lueur d'une lanterne, le coadjuteur reconnut Planchet.

Le coadjuteur regagna le quai par la rue de la Monnaie ; sur le quai, des groupes de bourgeois en manteaux noirs et gris, selon qu'ils appartenaient à la haute ou à la basse bourgeoisie, stationnaient immobiles, tandis que des hommes isolés passaient d'un groupe à l'autre. Tous ces manteaux gris ou noirs étaient relevés par-derrière par la pointe d'une épée, par-devant par le canon d'une arquebuse ou d'un mousqueton.

En arrivant sur le Pont-Neuf, le coadjuteur trouva ce pont gardé ; un homme s'approcha de lui.

— Qui êtes-vous ? demanda cet homme ; je ne vous reconnais pas pour être des nôtres.

— C'est que vous ne reconnaissez pas vos amis, mon cher monsieur Louvières, dit le coadjuteur en levant son chapeau.

Louvières le reconnut et s'inclina.

Gondy poursuivit sa route et descendit jusqu'à la tour de Nesle. Là, il vit une longue file de gens qui se glissaient le long des murs. On eût dit d'une procession de fantômes, car ils étaient tous enveloppés de manteaux blancs. Arrivés à un certain endroit, tous ces hommes semblaient s'anéantir l'un après l'autre comme si la terre eût manqué sous leurs pieds. Gondy s'accouda dans un angle et les vit disparaître depuis le premier jusqu'à l'avant-dernier.

Le dernier leva les yeux pour s'assurer sans doute que lui et ses compagnons n'étaient point épiés, et malgré l'obscurité il aperçut Gondy. Il marcha droit à lui et lui mit le pistolet sous la gorge.

— Holà ! monsieur de Rochefort, dit Gondy en riant, ne plaisantons pas avec les armes à feu.

Rochefort reconnut la voix.

— Ah ! c'est vous, Monseigneur ? dit-il.

— Moi-même. Quelles gens menez-vous ainsi dans les entrailles de la terre ?

— Mes cinquante recrues du chevalier d'Humières, qui sont destinées à entrer dans les chevau-légers, et qui ont pour tout équipement reçu leurs manteaux blancs.

— Et vous allez ?

— Chez un sculpteur de mes amis ; seulement nous descendons par la trappe où il introduit ses marbres.

— Très bien, dit Gondy.

Et il donna une poignée de main à Rochefort, qui descendit à son tour et referma la trappe derrière lui.

Le coadjuteur rentra chez lui. Il était une heure du matin. Il ouvrit la fenêtre et se pencha pour écouter.

Il se faisait par toute la ville une rumeur étrange, inouïe, inconnue ; on sentait qu'il se passait dans toutes ces rues, obscures comme des gouffres, quelque chose d'inusité et de terrible. De temps en temps un grondement pareil à celui d'une tempête qui s'amasse ou d'une houle qui monte se faisait entendre ; mais rien de clair, rien de distinct, rien d'explicable ne se présentait à l'esprit : on eût dit de ces bruits mystérieux et souterrains qui précèdent les tremblements de terre.

L'œuvre de révolte dura toute la nuit ainsi. Le lendemain, Paris en s'éveillant sembla tressaillir à son propre aspect. On eût dit d'une ville assiégée. Des hommes armés se tenaient sur les barricades l'œil menaçant, le mousquet à l'épaule ; des mots d'ordre, des patrouilles, des arrestations, des exécutions même, voilà ce que le passant trouvait à chaque pas. On arrêtait les chapeaux à plumes et les épées dorées pour leur faire crier : *Vive Broussel ! à bas le Mazarin !* et quiconque se refusait à cette cérémonie était hué, conspué et même battu. On ne tuait pas encore, mais on sentait que ce n'était pas l'envie qui en manquait.

Les barricades avaient été poussées jusqu'auprès du Palais-Royal. De la rue des Bons-Enfants à celle de la Ferronnerie, de la rue Saint-Thomas-du-Louvre au Pont-Neuf, de la rue Richelieu à la porte Saint-Honoré, il y avait plus de dix mille hommes armés, dont les plus avancés criaient des défis aux sentinelles impassibles du régiment des gardes placées en vedettes tout autour du Palais-Royal, dont les grilles étaient refermées derrière elles, précaution qui rendait leur situation précaire. Au milieu de tout cela circulaient, par bandes de cent, de cent cinquante, de deux cents, des hommes hâves, livides, déguenillés, portant des espèces d'étendards où étaient écrits ces mots : *Voyez la misère du peuple !* Partout où passaient ces gens, des cris frénétiques se faisaient entendre ; et il y avait tant de bandes semblables, que l'on criait partout.

L'étonnement d'Anne d'Autriche et de Mazarin fut grand à leur lever, quand on vint leur annoncer que la Cité, que la veille au soir ils avaient laissée tranquille, se réveillait fiévreuse et tout en émotion ; aussi ni l'un ni l'autre ne voulaient-ils croire les rapports qu'on leur faisait, disant qu'ils ne s'en rapporteraient de cela qu'à leurs yeux et à leurs oreilles. On leur ouvrit une fenêtre : ils virent, ils entendirent et ils furent convaincus.

Mazarin haussa les épaules et fit semblant de mépriser fort cette populace, mais il pâlit visiblement et, tout tremblant, courut à son cabinet, enfermant son or et ses bijoux dans ses cassettes, et passant à ses doigts ses plus beaux diamants. Quant à la reine, furieuse et abandonnée à sa seule volonté, elle fit venir le maréchal de La Meilleraie, lui ordonna de prendre autant d'hommes qu'il lui plairait et d'aller voir ce que c'était que cette *plaisanterie*.

Le maréchal était d'ordinaire fort aventureux et ne doutait de rien, ayant ce haut mépris de la populace que professaient pour elle les gens d'épée ; il prit cent cinquante hommes et voulut sortir par le pont du Louvre, mais là il rencontra Rochefort et ses cinquante chevau-légers accompagnés de plus de quinze cents personnes. Il n'y avait pas moyen de forcer une pareille barrière. Le maréchal ne l'essaya même point et remonta le quai.

Mais au Pont-Neuf il trouva Louvières et ses bourgeois. Cette fois le maréchal essaya de charger, mais il fut accueilli à coups de mousquet, tandis que les pierres tombaient comme grêle par toutes les fenêtres. Il y laissa trois hommes.

Il battit en retraite vers le quartier des Halles, mais il y trouva Planchet et ses hallebardiers. Les hallebardes se couchèrent menaçantes vers lui ; il voulut passer sur le ventre à tous ces manteaux gris, mais les manteaux gris tinrent bon, et le maréchal recula vers la rue Saint-Honoré, laissant sur le champ quatre de ses gardes qui avaient été tués tout doucement à l'arme blanche.

Alors il s'engagea dans la rue Saint-Honoré ; mais là il rencontra les barricades du mendiant de Saint-Eustache. Elles étaient gardées, non seulement par des hommes armés, mais encore par des femmes et des enfants. Maître Friquet, possesseur d'un pistolet et d'une épée que lui avait donnés Louvières, avait organisé une bande de drôles comme lui, et faisait un bruit à tout rompre.

Le maréchal crut ce point plus mal gardé que les autres et voulut le forcer. Il fit mettre pied à terre à vingt hommes pour forcer et ouvrir cette barricade, tandis que lui et le reste de sa troupe à cheval protégeraient les assaillants. Les vingt hommes marchèrent droit à l'obstacle ; mais, là, de derrière les poutres, d'entre les roues des charrettes, du haut des pierres, une fusillade terrible partit, et au bruit de cette fusillade, les hallebardiers de Planchet apparurent au coin du cimetière des Innocents, et les bourgeois de Louvières au coin de la rue de la Monnaie.

Le maréchal de La Meilleraie était pris entre deux feux.

Le maréchal de La Meilleraie était brave, aussi résolut-il de mourir où il était. Il rendit coups pour coups, et les hurlements de douleur commencèrent à retentir dans la foule. Les gardes, mieux exercés, tiraient plus juste, mais les bourgeois, plus nombreux, les écrasaient sous un véritable ouragan de fer. Les hommes tombaient autour de lui comme ils auraient pu tomber à Rocroy ou à Lérida. Fontrailles, son aide de camp, avait le bras cassé, son cheval avait reçu une balle dans le cou, et il avait grand'peine à le maîtriser, car la douleur le rendait presque fou. Enfin, il en était à ce moment suprême où le plus brave sent le frisson dans ses veines et la sueur sur son front, lorsque tout à coup la foule s'ouvrit du côté de la rue de l'Arbre-

Sec en criant : *Vive le coadjuteur !* et Gondy, en rochet et en camail, parut, passant tranquille au milieu de la fusillade, et distribuant à droite et à gauche ses bénédictions avec autant de calme que s'il conduisait la procession de la Fête-Dieu.

Tout le monde tomba à genoux.

Le maréchal le reconnut et courut à lui.

— Tirez-moi d'ici, au nom du ciel, dit-il, ou j'y laisserai ma peau et celle de tous mes hommes.

Il se faisait un tumulte au milieu duquel on n'eût pas entendu gronder le tonnerre du ciel. Gondy leva la main et réclama le silence. On se tut.

— Mes enfants, dit-il, voici M. le maréchal de La Meilleraie, aux intentions duquel vous vous êtes trompés, et qui s'engage, en rentrant au Louvre, à demander en votre nom, à la reine, la liberté de notre Broussel. Vous y engagez-vous, maréchal ? ajouta Gondy en se tournant vers La Meilleraie.

— Morbleu ! s'écria celui-ci, je le crois bien que je m'y engage ! Je n'espérais pas en être quitte à si bon marché.

— Il vous donne sa parole de gentilhomme, dit Gondy.

Le maréchal leva la main en signe d'assentiment.

« Vive le coadjuteur ! » cria la foule. Quelques voix ajoutèrent même : « Vive le maréchal ! » mais toutes reprirent en chœur : « À bas le Mazarin ! »

La foule s'ouvrit, le chemin de la rue Saint-Honoré était le plus court. On ouvrit les barricades, et le maréchal et le reste de sa troupe firent retraite, précédés par Friquet et ses bandits, les uns faisant semblant de battre du tambour, les autres imitant le son de la trompette.

Ce fut presque une marche triomphante ; seulement, derrière les gardes, les barricades se refermaient ; le maréchal rongeait ses poings.

Pendant ce temps, comme nous l'avons dit, Mazarin était dans son cabinet, mettant ordre à ses petites affaires. Il avait fait demander d'Artagnan ; mais, au milieu de tout ce tumulte, il n'espérait pas le voir, d'Artagnan n'étant pas de service. Au bout de dix minutes le lieutenant parut sur le seuil, suivi de son inséparable Porthos.

— Ah ! venez, venez, monsou d'Artagnan, s'écria le cardinal, et soyez le bienvenu, ainsi que votre ami. Mais que se passe-t-il donc dans ce damné Paris ?

— Ce qui se passe, Monseigneur ! rien de bon, dit d'Artagnan en hochant la tête ; la ville est en pleine révolte, et tout à l'heure, comme je traversais la rue Montorgueil avec M. du Vallon que voici et qui est bien votre serviteur, malgré mon uniforme et peut-être même à cause de mon uniforme, on a voulu nous faire crier : Vive Broussel ! et faut-il que je dise, Monseigneur, ce qu'on a voulu nous faire crier encore ?

— Dites, dites.

— Et : À bas Mazarin ! Ma foi, voilà le grand mot lâché.

Mazarin sourit, mais devint fort pâle.

— Et vous avez crié ? dit-il.

— Ma foi non, dit d'Artagnan, je n'étais pas en voix ; M. du Vallon est enrhumé et n'a pas crié non plus. Alors, Monseigneur…

— Alors quoi ? demanda Mazarin.

— Regardez mon chapeau et mon manteau.

Et d'Artagnan montra quatre trous de balle dans son manteau et deux dans son feutre. Quant à l'habit de Porthos, un coup de hallebarde l'avait ouvert sur le flanc, et un coup de pistolet avait coupé sa plume.

— Diavolo ! dit le cardinal pensif et en regardant les deux amis avec une naïve admiration, j'aurais crié, moi !

En ce moment le tumulte retentit plus rapproché.

Mazarin s'essuya le front en regardant autour de lui. Il avait bonne envie d'aller à la fenêtre, mais il n'osait.

— Voyez donc ce qui se passe, monsieur d'Artagnan, dit-il.

D'Artagnan alla à la fenêtre avec son insouciance habituelle.

— Oh ! oh ! dit-il, qu'est-ce que cela ? le maréchal de La Meilleraie qui revient sans chapeau, Fontrailles qui porte son bras en écharpe, des gardes blessés, des chevaux tout en sang… Eh ! mais… que font donc les sentinelles ! elles mettent en joue, elles vont tirer !

— On leur a donné la consigne de tirer sur le peuple, s'écria Mazarin, si le peuple approchait du Palais-Royal.

— Mais si elles font feu, tout est perdu ! s'écria d'Artagnan.

— Nous avons les grilles.

— Les grilles ! il y en a pour cinq minutes ; les grilles ! elles seront arrachées, tordues, broyées !… Ne tirez pas, mordieu ! s'écria d'Artagnan en ouvrant la fenêtre.

Malgré cette recommandation, qui, au milieu du tumulte, n'avait pu être entendue, trois ou quatre coups de mousquet retentirent, puis une fusillade terrible leur succéda ; on entendit cliqueter les balles sur la façade du Palais-Royal, une d'elles passa sous le bras de d'Artagnan et alla briser une glace dans laquelle Porthos se mirait avec complaisance.

— Ohimé ! s'écria le cardinal ; une glace de Venise !

— Oh ! Monseigneur, dit d'Artagnan en refermant tranquillement la fenêtre, ne pleurez pas encore, cela n'en vaut pas la peine, car il est probable que dans une heure il n'en restera pas une au Palais-Royal, de toutes vos glaces, qu'elles soient de Venise ou de Paris.

— Mais quel est donc votre avis, alors ? dit le cardinal tout tremblant.

— Eh morbleu ! de leur rendre Broussel, puisqu'ils vous le redemandent ! Que diable voulez-vous faire d'un conseiller au parlement ? ce n'est bon à rien !

— Et vous, monsieur du Vallon, est-ce votre avis ? Que feriez-vous ?

— Je rendrais Broussel, dit Porthos.

— Venez, venez, messieurs, s'écria Mazarin, je vais parler de la chose à la reine.

Au bout du corridor il s'arrêta.

— Je puis compter sur vous, n'est-ce pas, messieurs ? dit-il.

— Nous ne nous donnons pas deux fois, dit d'Artagnan, nous nous sommes donnés à vous, ordonnez, nous obéirons.

— Eh bien ! dit Mazarin, entrez dans ce cabinet, et attendez.

En faisant un détour, il rentra dans le salon par une autre porte.

51

L'émeute se fait révolte

Le cabinet où l'on avait fait entrer d'Artagnan et Porthos n'était séparé du salon où se trouvait la reine que par des portières de tapisserie. Le peu d'épaisseur de la séparation permettait donc d'entendre tout ce qui se passait, tandis que l'ouverture qui se trouvait entre les deux rideaux, si étroite qu'elle fût, permettait de voir.

La reine était debout dans ce salon, pâle de colère ; mais cependant sa puissance sur elle-même était si grande, qu'on eût dit qu'elle n'éprouvait aucune émotion. Derrière elle étaient Comminges, Villequier et Guitaut ; derrière les hommes, les femmes.

Devant elle, le chancelier Séguier, le même qui, vingt ans auparavant, l'avait si fort persécutée, racontait que son carrosse venait d'être brisé, qu'il avait été poursuivi, qu'il s'était jeté dans l'hôtel d'O, que l'hôtel avait été aussitôt envahi, pillé, dévasté ; heureusement il avait eu le temps de gagner un cabinet perdu dans la tapisserie, où une vieille femme l'avait enfermé avec son frère l'évêque de Meaux. Là, le danger avait été si réel, les forcenés s'étaient approchés de ce cabinet avec de telles menaces, que le chancelier avait cru que son heure était venue, et qu'il s'était confessé à son frère, afin d'être tout prêt à mourir s'il était découvert. Heureusement ne l'avait-il point été : le peuple, croyant qu'il s'était évadé par quelque porte de derrière, s'était retiré et lui avait laissé la retraite libre. Il s'était alors déguisé avec les habits du marquis d'O et il était sorti de l'hôtel, enjambant pardessus les corps de son exempt et de deux gardes qui avaient été tués en défendant la porte de la rue.

Pendant ce récit, Mazarin était entré, et sans bruit s'était glissé près de la reine et écoutait.

— Eh bien ! demanda la reine quand le chancelier eut fini, que pensez-vous de cela ?

— Je pense que la chose est fort grave, Madame.

— Mais quel conseil me proposez-vous ?

— J'en proposerais bien un à Votre Majesté, mais je n'ose.

— Osez, osez, monsieur, dit la reine avec un sourire amer, vous avez bien osé autre chose.

Le chancelier rougit et balbutia quelques mots.

— Il n'est pas question du passé, mais du présent, dit la reine. Vous avez dit que vous aviez un conseil à me donner, quel est-il ?

— Madame, dit le chancelier en hésitant, ce serait de relâcher Broussel.

La reine, quoique très pâle, pâlit visiblement encore et sa figure se contracta.

— Relâcher Broussel ! dit-elle, jamais !

En ce moment on entendit des pas dans la salle précédente, et, sans être annoncé, le maréchal de La Meilleraie parut sur le seuil de la porte.

— Ah ! vous voilà, maréchal ! s'écria Anne d'Autriche avec joie, vous avez mis toute cette canaille à la raison, j'espère ?

— Madame, dit le maréchal, j'ai laissé trois hommes au Pont-Neuf, quatre aux Halles, six au coin de la rue de l'Arbre-Sec et deux à la porte de votre palais, en tout quinze. Je ramène dix ou douze blessés. Mon chapeau est resté je ne sais où, emporté par une balle et, selon toute probabilité, je serais resté avec mon chapeau, sans M. le coadjuteur, qui est venu et qui m'a tiré d'affaire.

— Ah ! au fait, dit la reine, cela m'eût étonnée de ne pas voir ce basset à jambes torses mêlé dans tout cela.

— Madame, dit La Meilleraie en riant, n'en dites pas trop de mal devant moi, car le service qu'il m'a rendu est encore tout chaud.

— C'est bon, dit la reine, soyez-lui reconnaissant tant que vous voudrez ; mais cela ne m'engage pas, moi. Vous voilà sain et sauf, c'est tout ce que je désirais ; soyez non seulement le bienvenu, mais le bien revenu.

— Oui, Madame ; mais je suis le bien revenu à une condition, c'est que je vous transmettrai les volontés du peuple.

— Des volontés ! dit Anne d'Autriche en fronçant le sourcil. Oh ! oh ! monsieur le maréchal, il faut que vous vous soyez trouvé dans un bien grand danger, pour vous charger d'une ambassade si étrange !

Et ces mots furent prononcés avec un accent d'ironie qui n'échappa point au maréchal.

— Pardon, Madame, dit le maréchal, je ne suis pas avocat, je suis homme de guerre, et par conséquent peut-être je comprends mal la valeur des mots ; c'est le *désir* et non la volonté du peuple que j'aurais dû dire. Quant à ce que vous me faites l'honneur de me répondre, je crois que vous vouliez dire que j'ai eu peur.

La reine sourit.

— Eh bien ! oui, Madame, j'ai eu peur ; c'est la troisième fois de ma vie que cela m'arrive, et cependant je me suis trouvé à douze batailles rangées et je ne sais combien de combats et d'escarmouches : oui, j'ai eu peur, et j'aime mieux être en face de Votre Majesté, si menaçant que soit son sourire, qu'en face de ces démons d'enfer qui m'ont accompagné jusqu'ici et qui sortent je ne sais d'où.

— Bravo ! dit tout bas d'Artagnan à Porthos, bien répondu.

— Eh bien ! dit la reine se mordant les lèvres, tandis que les courtisans se regardaient avec étonnement, quel est ce désir de mon peuple ?

— Qu'on lui rende Broussel, Madame, dit le maréchal.

— Jamais ! dit la reine, jamais !

— Votre Majesté est la maîtresse, dit La Meilleraie saluant en faisant un pas en arrière.

— Où allez-vous, maréchal ? dit la reine.

— Je vais rendre la réponse de Votre Majesté à ceux qui l'attendent.

— Restez, maréchal, je ne veux pas avoir l'air de parlementer avec des rebelles.

— Madame, j'ai donné ma parole, dit le maréchal.

— Ce qui veut dire ?…

— Que si vous ne me faites pas arrêter, je suis forcé de descendre.

Les yeux d'Anne d'Autriche lancèrent deux éclairs.

— Oh ! qu'à cela ne tienne, monsieur, dit-elle, j'en ai fait arrêter de plus grands que vous ; Guitaut !

Mazarin s'élança.

— Madame, dit-il, si j'osais à mon tour vous donner un avis…

— Serait-ce aussi de rendre Broussel, monsieur ? En ce cas vous pouvez vous en dispenser.

— Non, dit Mazarin, quoique peut-être celui-là en vaille bien un autre.

— Que serait-ce, alors ?

— Ce serait d'appeler M. le coadjuteur.

— Le coadjuteur ! s'écria la reine, cet affreux brouillon ! C'est lui qui a fait toute cette révolte.

— Raison de plus, dit Mazarin ; s'il l'a faite, il peut la défaire.

— Et tenez, Madame, dit Comminges qui se tenait près d'une fenêtre par laquelle il regardait ; tenez, l'occasion est bonne, car le voici qui donne sa bénédiction sur la place du Palais-Royal.

La reine s'élança vers la fenêtre.

— C'est vrai, dit-elle, le maître hypocrite ! voyez !

— Je vois, dit Mazarin, que tout le monde s'agenouille devant lui, quoiqu'il ne soit que coadjuteur ; tandis que si j'étais à sa place on me mettrait en pièces, quoique je sois cardinal. Je persiste donc, Madame, dans mon *désir* (Mazarin appuya sur ce mot) que Votre Majesté reçoive le coadjuteur.

— Et pourquoi ne dites-vous pas, vous aussi, dans votre *volonté* ? répondit la reine à voix basse.

Mazarin s'inclina.

La reine demeura un instant pensive. Puis relevant la tête :

— Monsieur le maréchal, dit-elle, allez me chercher M. le coadjuteur, et me l'amenez.

— Et que dirai-je au peuple ? demanda le maréchal.

— Qu'il ait patience, dit Anne d'Autriche ; je l'ai bien, moi !

Il y avait dans la voix de la fière Espagnole un accent si impératif, que le maréchal ne fit aucune observation ; il s'inclina et sortit.

D'Artagnan se retourna vers Porthos :

— Comment cela va-t-il finir ? dit-il.

— Nous le verrons bien, dit Porthos avec son air tranquille.

Pendant ce temps Anne d'Autriche allait à Comminges et lui parlait tout bas.

Mazarin, inquiet, regardait du côté où étaient d'Artagnan et Porthos.

Les autres assistants échangeaient des paroles à voix basse.

La porte se rouvrit ; le maréchal parut, suivi du coadjuteur.

— Voici, Madame, dit-il, M. de Gondy qui s'empresse de se rendre aux ordres de Votre Majesté.

La reine fit quelques pas à sa rencontre et s'arrêta froide, sévère, immobile et la lèvre inférieure dédaigneusement avancée.

Gondy s'inclina respectueusement.

— Eh bien, monsieur, dit la reine, que dites-vous de cette émeute ?

— Que ce n'est déjà plus une émeute, Madame, répondit le coadjuteur, mais une révolte.

— La révolte est chez ceux qui pensent que mon peuple puisse se révolter ! s'écria Anne incapable de dissimuler devant le coadjuteur, qu'elle regardait à bon titre peut-être, comme le promoteur de toute cette émotion. La révolte, voilà comment appellent ceux qui la désirent le mouvement qu'ils ont fait eux-mêmes ; mais, attendez, attendez, l'autorité du roi y mettra bon ordre.

— Est-ce pour me dire cela, Madame, répondit froidement Gondy, que Votre Majesté m'a admis à l'honneur de sa présence ?

— Non, mon cher coadjuteur, dit Mazarin, c'était pour vous demander votre avis dans la conjoncture fâcheuse où nous nous trouvons.

— Est-il vrai, demanda Gondy en feignant l'air d'un homme étonné, que Sa Majesté m'ait fait appeler pour me demander un conseil ?

— Oui, dit la reine, on l'a voulu.

Le coadjuteur s'inclina.

— Sa Majesté désire donc…

— Que vous lui disiez ce que vous feriez à sa place, s'empressa de répondre Mazarin.

Le coadjuteur regarda la reine, qui fit un signe affirmatif.

— À la place de Sa Majesté, dit froidement Gondy, je n'hésiterais pas, je rendrais Broussel.

— Et si je ne le rends pas, s'écria la reine, que croyez-vous qu'il arrive ?

— Je crois qu'il n'y aura pas demain pierre sur pierre dans Paris, dit le maréchal.

— Ce n'est pas vous que j'interroge, dit la reine d'un ton sec et sans même se retourner, c'est M. de Gondy.

— Si c'est moi que Sa Majesté interroge, répondit le coadjuteur avec le même calme, je lui dirai que je suis en tout point de l'avis de monsieur le maréchal.

Le rouge monta au visage de la reine, ses beaux yeux bleus parurent prêts à lui sortir de la tête ; ses lèvres de carmin, comparées par tous les poètes du temps à des grenades en fleur, pâlirent et tremblèrent de rage : elle effraya presque Mazarin lui-même, qui pourtant était habitué aux fureurs domestiques de ce ménage tourmenté :

— Rendre Broussel ! s'écria-t-elle enfin avec un sourire effrayant : le beau conseil, par ma foi ! On voit bien qu'il vient d'un prêtre !

Gondy tint ferme. Les injures du jour semblaient glisser sur lui comme les sarcasmes de la veille ; mais la haine et la vengeance s'amassaient silencieusement et goutte à goutte au fond de son cœur. Il regarda froidement la reine, qui poussait Mazarin pour lui faire dire à son tour quelque chose.

Mazarin, selon son habitude, pensait beaucoup et parlait peu.

— Hé ! hé ! dit-il, bon conseil d'ami. Moi aussi je le rendrais, ce bon monsou Broussel, mort ou vif, et tout serait fini.

— Si vous le rendiez mort, tout serait fini, comme vous dites, Monseigneur, mais autrement que vous ne l'entendez.

— Ai-je dit mort ou vif ? reprit Mazarin : manière de parler ; vous savez que j'entends bien mal le français, que vous parlez et écrivez si bien, vous, monsou le coadjuteur.

— Voilà un conseil d'État, dit d'Artagnan à Porthos, mais nous en avons tenu de meilleurs à La Rochelle, avec Athos et Aramis.

— Au bastion Saint-Gervais, dit Porthos.

— Là, et ailleurs.

Le coadjuteur laissa passer l'averse, et reprit, toujours avec le même flegme :

— Madame, si Votre Majesté ne goûte pas l'avis que je lui soumets, c'est sans doute parce qu'elle en a de meilleurs à suivre ; je connais trop la sagesse de la reine et celle de ses conseillers pour supposer qu'on laissera longtemps la ville capitale dans un trouble qui peut amener une révolution.

— Ainsi donc, à votre avis, reprit en ricanant l'Espagnole qui se mordait les lèvres de colère, cette émeute d'hier, qui aujourd'hui est déjà une révolte, peut demain devenir une révolution ?

— Oui, Madame, dit gravement le coadjuteur.

— Mais, à vous entendre, monsieur, les peuples auraient donc oublié tout frein ?

— L'année est mauvaise pour les rois, dit Gondy en secouant la tête, regardez en Angleterre, Madame.

— Oui, mais heureusement nous n'avons point en France d'Olivier Cromwell, répondit la reine.

— Qui sait ? dit Gondy, ces hommes-là sont pareils à la foudre : on ne les connaît que lorsqu'ils frappent.

Chacun frissonna, et il se fit un moment de silence.

Pendant ce temps, la reine avait ses deux mains appuyées sur sa poitrine ; on voyait qu'elle comprimait les battements précipités de son cœur.

— Porthos, murmura d'Artagnan, regardez bien ce prêtre.

— Bon, je le vois, dit Porthos. Eh bien ?

— Eh bien ! c'est un homme.

Porthos regarda d'Artagnan d'un air étonné ; il était évident qu'il ne comprenait point parfaitement ce que son ami voulait dire.

— Votre Majesté, continua impitoyablement le coadjuteur, va donc prendre les mesures qui conviennent. Mais je les prévois terribles et de nature à irriter encore les mutins.

— Eh bien, alors, vous, monsieur le coadjuteur, qui avez tant de puissance sur eux et qui êtes notre ami, dit ironiquement la reine, vous les calmerez en leur donnant vos bénédictions.

— Peut-être sera-t-il trop tard, dit Gondy toujours de glace, et peut-être aurai-je perdu moi-même toute influence, tandis qu'en leur rendant leur Broussel, Votre Majesté coupe toute racine à la sédition et prend droit de châtier cruellement toute recrudescence de révolte.

— N'ai-je donc pas ce droit ? s'écria la reine.

— Si vous l'avez, usez-en, répondit Gondy.

— Peste ! dit d'Artagnan à Porthos, voilà un caractère comme je les aime ; que n'est-il ministre, et que ne suis-je son d'Artagnan, au lieu d'être à ce bélître de Mazarin ! Ah ! mordieu ! les beaux coups que nous ferions ensemble !

— Oui, dit Porthos.

La reine, d'un signe, congédia la cour, excepté Mazarin. Gondy s'inclina et voulut se retirer comme les autres.

— Restez, monsieur, dit la reine.

« Bon, dit Gondy en lui-même, elle va céder. »

— Elle va le faire tuer, dit d'Artagnan à Porthos ; mais, en tout cas, ce ne sera point par moi. Je jure Dieu, au contraire, que si l'on arrive sur lui, je tombe sur les arrivants.

— Moi aussi, dit Porthos.

— Bon ! murmura Mazarin en prenant un siège, nous allons voir du nouveau.

La reine suivait des yeux les personnes qui sortaient. Quand la dernière eut refermé la porte, elle se retourna. On voyait qu'elle faisait des efforts inouïs pour dompter sa colère ; elle s'éventait, elle respirait des cassolettes, elle allait et venait. Mazarin restait sur le siège où il s'était assis, paraissant réfléchir. Gondy, qui commençait à s'inquiéter, sondait des yeux toutes les tapisseries, tâtait la cuirasse qu'il portait sous sa longue robe, et de temps en temps cherchait sous son camail si le manche d'un bon poignard espagnol qu'il y avait caché était bien à la portée de sa main.

— Voyons, dit la reine en s'arrêtant enfin, voyons, maintenant que nous sommes seuls, répétez votre conseil, monsieur le coadjuteur.

— Le voici, Madame : feindre une réflexion, reconnaître publiquement une erreur, ce qui est la force des gouvernements forts, faire sortir Broussel de sa prison et le rendre au peuple.

— Oh ! s'écria Anne d'Autriche, m'humilier ainsi ! Suis-je oui ou non la reine ? Toute cette canaille qui hurle est-elle ou non la foule de mes sujets ? Ai-je des amis, des gardes ? Ah ! par Notre-Dame ! comme disait la reine Catherine, continua-t-elle en se montant à ses propres paroles, plutôt que de leur rendre cet infâme Broussel, je l'étranglerais de mes propres mains !

Et elle s'élança les poings crispés vers Gondy, que certes en ce moment elle détestait pour le moins autant que Broussel.

Gondy demeura immobile, pas un muscle de son visage ne bougea ; seulement son regard glacé se croisa comme un glaive avec le regard furieux de la reine.

— Voilà un homme mort, s'il y a encore quelque Vitry à la cour et que le Vitry entre en ce moment, dit le Gascon. Mais moi, avant qu'il arrive à ce bon prélat, je tue le Vitry, et net ! M. le cardinal de Mazarin m'en saura un gré infini.

— Chut ! dit Porthos ; écoutez donc.

— Madame ! s'écria le cardinal en saisissant Anne d'Autriche et en la tirant en arrière ; Madame, que faites-vous ?

Puis il ajouta en espagnol :

— Anne, êtes-vous folle ? vous faites ici des querelles de bourgeoise, vous, une reine ! et ne voyez-vous pas que vous avez devant vous, dans la personne de ce prêtre, tout le peuple de Paris, auquel il est dangereux de faire insulte en ce moment, et que, si ce prêtre le veut, dans une heure vous n'aurez plus de couronne ! Allons donc, plus tard, dans une autre occasion, vous tiendrez ferme et fort, mais aujourd'hui ce n'est pas l'heure ; aujourd'hui, flattez et caressez, ou vous n'êtes qu'une femme vulgaire.

Aux premiers mots de ce discours, d'Artagnan avait saisi le bras de Porthos et l'avait serré progressivement ; puis quand Mazarin se fut tu :

— Porthos, dit-il tout bas, ne dites jamais devant Mazarin que j'entends l'espagnol ou je suis un homme perdu et vous aussi.

— Bon, dit Porthos.

Cette rude semonce, empreinte d'une éloquence qui caractérisait Mazarin lorsqu'il parlait italien ou espagnol, et qu'il perdait entièrement lorsqu'il parlait français, fut prononcée avec un visage impénétrable qui ne laissa soupçonner à Gondy, si habile physionomiste qu'il fût, qu'un simple avertissement d'être plus modérée.

De son côté aussi, la reine rudoyée s'adoucit tout à coup ; elle laissa pour ainsi dire tomber de ses yeux le feu, de ses joues le sang, de ses lèvres la colère verbeuse. Elle s'assit, et d'une voix humide de pleurs, laissant tomber ses bras abattus à ses côtés :

— Pardonnez-moi, monsieur le coadjuteur, dit-elle, et attribuez cette violence à ce que je souffre. Femme, et par conséquent assujettie aux faiblesses de mon sexe, je m'effraie de la guerre civile ; reine et accoutumée à être obéie, je m'emporte aux premières résistances.

— Madame, dit Gondy en s'inclinant, Votre Majesté se trompe en qualifiant de résistance mes sincères avis. Votre Majesté n'a que des sujets soumis et respectueux. Ce n'est point à la reine que le peuple en veut, il appelle Broussel, et voilà tout, trop heureux de vivre sous les lois de Votre Majesté, si toutefois Votre Majesté lui rend Broussel, ajouta Gondy en souriant.

Mazarin qui, à ces mots : *Ce n'est pas à la reine que le peuple en veut*, avait déjà dressé l'oreille, croyant que le coadjuteur allait parler des cris : « À bas le Mazarin ! », sut gré à Gondy de cette suppression, et dit de sa voix la plus soyeuse et avec son visage le plus gracieux :

— Madame, croyez-en le coadjuteur, qui est l'un des plus habiles politiques que nous ayons ; le premier chapeau de cardinal qui vaquera semble fait pour sa noble tête.

« Ah ! que tu as besoin de moi, rusé coquin ! » se dit Gondy.

— Et que nous promettra-t-il à nous, dit d'Artagnan, le jour où on voudra le tuer ? Peste, s'il donne comme cela des chapeaux, apprêtons-nous, Porthos, et demandons chacun un régiment dès demain. Corbleu ! que la guerre civile dure une année seulement, et je ferai redorer pour moi l'épée de connétable !

— Et moi ? dit Porthos.

— Toi ! je te ferai donner le bâton de maréchal de M. de La Meilleraie, qui ne me paraît pas en grande faveur en ce moment.

— Ainsi, monsieur, dit la reine, sérieusement, vous craignez l'émotion populaire ?

— Sérieusement, Madame, reprit Gondy étonné de ne pas être plus avancé ; je crains, quand le torrent a rompu sa digue, qu'il ne cause de grands ravages.

— Et moi, dit la reine, je crois que dans ce cas, il lui faut opposer des digues nouvelles. Allez, je réfléchirai.

Gondy regarda Mazarin d'un air étonné. Mazarin s'approcha de la reine pour lui parler. En ce moment on entendit un tumulte effroyable sur la place du Palais-Royal.

Gondy sourit, le regard de la reine s'enflamma, Mazarin devint très pâle.

— Qu'est-ce encore ? dit-il.

En ce moment Comminges se précipita dans le salon.

— Pardon, Madame, dit Comminges à la reine en entrant, mais le peuple a broyé les sentinelles contre les grilles, et en ce moment il force les portes : qu'ordonnez-vous ?

— Écoutez, Madame, dit Gondy.

Le mugissement des flots, le bruit de la foudre, les rugissements d'un volcan, ne peuvent point se comparer à la tempête de cris qui s'éleva au ciel en ce moment.

— Ce que j'ordonne ? dit la reine.

— Oui, le temps presse.

— Combien d'hommes à peu près avez-vous au Palais-Royal ?

— Six cents hommes.

— Mettez cent hommes autour du roi, et avec le reste balayez-moi toute cette populace.

— Madame, dit Mazarin, que faites-vous ?

— Allez ! dit la reine.

Comminges sortit avec l'obéissance passive du soldat.

En ce moment un craquement horrible se fit entendre, une des portes commençait à céder.

— Eh ! Madame, dit Mazarin, vous nous perdez tous, le roi, vous et moi.

Anne d'Autriche, à ce cri parti de l'âme du cardinal effrayé, eut peur à son tour, elle rappela Comminges.

— Il est trop tard ! dit Mazarin en s'arrachant les cheveux, il est trop tard !

La porte céda, et l'on entendit les hurlements de joie de la populace. D'Artagnan mit l'épée à la main et fit signe à Porthos d'en faire autant.

— Sauvez la reine ! s'écria Mazarin en s'adressant au coadjuteur.

Gondy s'élança vers la fenêtre, qu'il ouvrit ; il reconnut Louvières à la tête d'une troupe de trois ou quatre mille hommes peut-être.

— Pas un pas de plus ! cria-t-il, la reine signe.

— Que dites-vous ? s'écria la reine.

— La vérité, Madame, dit Mazarin lui présentant une plume et un papier, il le faut. Puis il ajouta : Signez, Anne, je vous en prie, je le veux !

La reine tomba sur une chaise, prit la plume et signa.

Contenu par Louvières, le peuple n'avait pas fait un pas de plus ; mais ce murmure terrible qui indique la colère de la multitude continuait toujours.

La reine écrivit :

« Le concierge de la prison de Saint-Germain mettra en liberté le conseiller Broussel. » Et elle signa.

Le coadjuteur, qui dévorait des yeux ses moindres mouvements, saisit le papier aussitôt que la signature y fut déposée, revint à la fenêtre, et l'agitant avec la main :

— Voici l'ordre, dit-il.

Paris tout entier sembla pousser une grande clameur de joie ; puis les cris : « Vive Broussel ! Vive le coadjuteur ! » retentirent.

— Vive la reine ! dit le coadjuteur.

Quelques cris répondirent au sien, mais pauvres et rares.

Peut-être le coadjuteur n'avait-il poussé ce cri que pour faire sentir à Anne d'Autriche sa faiblesse.

— Et maintenant que vous avez ce que vous avez voulu, dit-elle, allez, monsieur de Gondy.

— Quand la reine aura besoin de moi, dit le coadjuteur en s'inclinant, Sa Majesté sait que je suis à ses ordres.

La reine fit un signe de tête, Gondy se retira.

— Ah ! prêtre maudit ! s'écria Anne d'Autriche en étendant la main vers la porte à peine fermée, je te ferai boire un jour le reste du fiel que tu m'as versé aujourd'hui.

Mazarin voulut s'approcher d'elle.

— Laissez-moi ! dit-elle ; vous n'êtes pas un homme !

Et elle sortit.

— C'est vous qui n'êtes pas une femme, murmura Mazarin.

Puis, après un instant de rêverie, il se souvint que d'Artagnan et Porthos devaient être là, et par conséquent avaient tout entendu. Il fronça le sourcil et alla droit à la tapisserie, qu'il souleva ; le cabinet était vide.

Au dernier mot de la reine, d'Artagnan avait pris Porthos par la main et l'avait entraîné vers la galerie.

Mazarin entra à son tour dans la galerie et trouva les deux amis qui se promenaient.

— Pourquoi avez-vous quitté le cabinet, monsieur d'Artagnan ? dit Mazarin.

— Parce que, dit d'Artagnan, la reine a ordonné à tout le monde de sortir et que j'ai pensé que cet ordre était pour nous comme pour les autres.

— Ainsi vous êtes ici depuis…

— Depuis un quart d'heure à peu près, dit d'Artagnan en regardant Porthos et en lui faisant signe de ne pas le démentir.

Mazarin surprit ce signe et demeura convaincu que d'Artagnan avait tout vu et tout entendu, mais il lui sut gré du mensonge.

— Décidément, monsieur d'Artagnan, vous êtes l'homme que je cherchais, et vous pouvez compter sur moi ainsi que votre ami.

Puis, saluant les deux amis de son plus charmant sourire, il rentra plus tranquille dans son cabinet, car à la sortie de Gondy, le tumulte avait cessé comme par enchantement.

52

Le malheur donne de la mémoire

Anne était rentrée furieuse dans son oratoire.

— Quoi ! s'écria-t-elle en tordant ses beaux bras, quoi, le peuple a vu M. de Condé, le premier prince du sang, arrêté par ma belle-mère, Marie de Médicis ; il a vu ma belle-mère, son ancienne régente, chassée par le cardinal ; il a vu M. de Vendôme, c'est-à-dire le fils d'Henri IV, prisonnier à Vincennes ; il n'a rien dit tandis qu'on insultait, qu'on incarcérait, qu'on menaçait ces grands personnages ! et pour un Broussel ! Jésus, qu'est donc devenue la royauté ?

Anne touchait sans y penser à la question brûlante. Le peuple n'avait rien dit pour les princes, le peuple se soulevait pour Broussel ; c'est qu'il s'agissait d'un plébéien, et qu'en défendant Broussel le peuple sentait instinctivement qu'il se défendait lui-même.

Pendant ce temps, Mazarin se promenait de long en large dans son cabinet, regardant de temps en temps sa belle glace de Venise tout étoilée.

— Eh ! disait-il, c'est triste, je le sais bien, d'être forcé de céder ainsi ; mais bah ! nous prendrons notre revanche : qu'importe Broussel ! c'est un nom, ce n'est pas une chose.

Si habile politique qu'il fût, Mazarin se trompait cette fois : Broussel était une chose et non pas un nom.

Aussi, lorsque le lendemain matin Broussel fit son entrée à Paris dans un grand carrosse, ayant son fils Louvières à côté de lui et Friquet derrière la voiture, tout le peuple en armes se précipita-t-il sur son passage, les cris de : « Vive Broussel ! Vive notre père ! » retentissaient de toutes parts et portaient la mort aux oreilles de Mazarin ; de tous les côtés les espions du cardinal et de la reine rapportaient de fâcheuses nouvelles, qui trouvaient le ministre fort agité et la reine fort tranquille. La reine paraissait mûrir dans sa tête une grande résolution, ce qui redoublait les inquiétudes de Mazarin. Il connaissait l'orgueilleuse princesse et craignait fort les résolutions d'Anne d'Autriche.

Le coadjuteur était rentré au parlement plus roi que le roi, la reine et le cardinal ne l'étaient à eux trois ensemble ; sur son avis, un édit du parlement avait invité les bourgeois à déposer leurs armes et à démolir les barricades : ils savaient maintenant qu'il ne fallait qu'une heure pour reprendre les armes et qu'une nuit pour refaire les barricades.

Planchet était rentré dans sa boutique ; la victoire amnistie : Planchet n'avait donc plus peur d'être pendu ; il était convaincu que, si l'on faisait seulement mine de l'arrêter, le peuple se soulèverait pour lui comme il venait de le faire pour Broussel.

Rochefort avait rendu ses chevau-légers au chevalier d'Humières : il en manquait bien deux à l'appel ; mais le chevalier, qui était frondeur dans l'âme, n'avait pas voulu entendre parler de dédommagement.

Le mendiant avait repris sa place au parvis Saint-Eustache, distribuant toujours son eau bénite d'une main et demandant l'aumône de l'autre ; et nul ne se doutait que ces deux mains-là venaient d'aider à tirer de l'édifice social la pierre fondamentale de la royauté.

Louvières était fier et content, il s'était vengé du Mazarin, qu'il détestait, et avait fort contribué à faire sortir son père de prison ; son nom avait été répété avec terreur au Palais-Royal, et il disait en riant au conseiller réintégré dans sa famille :

— Croyez-vous, mon père, que si maintenant je demandais une compagnie à la reine elle me la donnerait ?

D'Artagnan avait profité du moment de calme pour renvoyer Raoul, qu'il avait eu grand'peine à retenir enfermé pendant l'émeute, et qui voulait absolument tirer l'épée pour l'un ou l'autre parti. Raoul avait fait quelque difficulté d'abord, mais d'Artagnan avait parlé au nom du comte de La Fère. Raoul avait été faire une visite à madame de Chevreuse et était parti pour rejoindre l'armée.

Rochefort seul trouvait la chose assez mal terminée : il avait écrit à M. le duc de Beaufort de venir ; le duc allait arriver et trouverait Paris tranquille.

Il alla trouver le coadjuteur, pour lui demander s'il ne fallait pas donner avis au prince de s'arrêter en route ; mais Gondy y réfléchit un instant et dit :

— Laissez-le continuer son chemin.

— Mais ce n'est donc pas fini ? demanda Rochefort.

— Bon ! mon cher comte, nous ne sommes encore qu'au commencement.

— Qui vous fait croire cela ?

— La connaissance que j'ai du cœur de la reine : elle ne voudra pas demeurer battue.

— Prépare-t-elle donc quelque chose ?

— Je l'espère.

— Que savez-vous, voyons ?

— Je sais qu'elle a écrit à M. le Prince de revenir de l'armée en toute hâte.

— Ah ! ah ! dit Rochefort, vous avez raison, il faut laisser venir M. de Beaufort.

Le soir même de cette conversation, le bruit se répandit que M. le Prince était arrivé.

C'était une nouvelle bien simple et bien naturelle, et cependant elle eut un immense retentissement ; des indiscrétions, disait-on, avaient été commises par madame de Longueville, à qui M. le Prince, qu'on accusait d'avoir pour sa sœur une tendresse qui dépassait les bornes de l'amitié fraternelle, avait fait des confidences.

Ces confidences dévoilaient de sinistres projets de la part de la reine.

Le soir même de l'arrivée de M. le Prince, des bourgeois plus avancés que les autres, des échevins, des capitaines de quartier s'en allaient chez leurs connaissances, disant :

— Pourquoi ne prendrions-nous pas le roi et ne le mettrions-nous pas à l'Hôtel de Ville ? C'est un tort de le laisser élever par nos ennemis, qui lui donnent de mauvais conseils ; tandis que s'il était dirigé par M. le coadjuteur, par exemple, il sucerait des principes nationaux et aimerait le peuple.

La nuit fut sourdement agitée ; le lendemain on revit les manteaux gris et noirs, les patrouilles de marchands en armes et les bandes de mendiants.

La reine avait passé la nuit à conférer seule à seul avec M. le Prince ; à minuit il avait été introduit dans son oratoire et ne l'avait quittée qu'à cinq heures.

À cinq heures la reine se rendit au cabinet du cardinal. Si elle n'était pas encore couchée, elle, le cardinal était déjà levé.

Il rédigeait une réponse à Cromwell, six jours étaient déjà écoulés sur les dix qu'il avait demandés à Mordaunt.

— Bah ! disait-il, je l'aurai fait un peu attendre, mais M. Cromwell sait trop ce que c'est que les révolutions pour ne pas m'excuser.

Il relisait donc avec complaisance le premier paragraphe de son factum, lorsqu'on gratta doucement à la porte qui communiquait aux appartements de la reine. Anne d'Autriche pouvait seule venir par cette porte. Le cardinal se leva et alla ouvrir.

La reine était en négligé, mais le négligé lui allait encore, car, ainsi que Diane de Poitiers et Ninon, Anne d'Autriche conserva ce privilège de rester toujours belle : seulement ce matin-là elle était plus belle que de coutume, car ses yeux avaient tout le brillant que donne au regard une joie intérieure.

— Qu'avez-vous, Madame, dit Mazarin inquiet, vous avez l'air toute fière ?

— Oui, Giulio, dit-elle, fière et heureuse, car j'ai trouvé le moyen d'étouffer cette hydre.

— Vous êtes un grand politique, ma reine, dit Mazarin, voyons le moyen.

Et il cacha ce qu'il écrivait en glissant la lettre commencée sous du papier blanc.

— Ils veulent me prendre le roi, vous savez ? dit la reine.

— Hélas ! oui ! et me pendre, moi.

— Ils n'auront pas le roi.

— Et ils ne me pendront pas, *benone*.

— Écoutez : je veux leur enlever mon fils et moi-même, et vous avec moi ; je veux que cet événement, qui du jour au lendemain changera la face des choses, s'accomplisse sans que d'autres le sachent que vous, moi et une troisième personne.

— Et quelle est cette troisième personne ?

— M. le Prince.

— Il est donc arrivé, comme on me l'avait dit ?

— Hier soir.

— Et vous l'avez vu ?

— Je le quitte.

— Il prête les mains à ce projet ?

— Le conseil vient de lui.

— Et Paris ?

— Il l'affame et le force à se rendre à discrétion.

— Le projet ne manque pas de grandiose, mais je n'y vois qu'un empêchement.

— Lequel ?

— L'impossibilité.

— Parole vide de sens. Rien n'est impossible.

— En projet.

— En exécution. Avons-nous de l'argent ?

— Un peu, dit Mazarin tremblant qu'Anne d'Autriche ne demandât à puiser dans sa bourse.

— Avons-nous des troupes ?

— Cinq ou six mille hommes.

— Avons-nous du courage ?

— Beaucoup.

— Alors la chose est facile. Oh ! comprenez-vous, Giulio ? Paris, cet odieux Paris, se réveillant un matin sans reine et sans roi, cerné, assiégé, affamé, n'ayant plus pour toute ressource que son stupide parlement et son maigre coadjuteur aux jambes torses !

— Joli ! joli ! dit Mazarin : je comprends l'effet ; mais je ne vois pas le moyen d'y arriver.

— Je le trouverai, moi !

— Vous savez que c'est la guerre, la guerre civile, ardente, acharnée, implacable.

— Oh ! oui, oui, la guerre, dit Anne d'Autriche ; oui, je veux réduire cette ville rebelle en cendres ; je veux éteindre le feu dans le sang ; je veux qu'un exemple effroyable éternise le crime et le châtiment. Paris ! je le hais, je le déteste.

— Tout beau, Anne, vous voilà sanguinaire ! Prenez garde, nous ne sommes pas au temps des Malatesta et des Castruccio Castracani ; vous vous ferez décapiter, ma belle reine, et ce serait dommage.

— Vous riez.

— Je ris très peu, la guerre est dangereuse avec tout un peuple : voyez votre frère Charles Ier, il est mal, très mal.

— Nous sommes en France et je suis Espagnole.

— Tant pis, *per Baccho*, tant pis, j'aimerais mieux que vous fussiez Française, et moi aussi : on nous détesterait moins tous les deux.

— Cependant vous m'approuvez ?

— Oui, si je vois la chose possible.

— Elle l'est, c'est moi qui vous le dis ; faites vos préparatifs de départ.

— Moi ! je suis toujours prêt à partir ; seulement, vous le savez, je ne pars jamais… et cette fois probablement pas plus que les autres.

— Enfin, si je pars, partirez-vous ?

— J'essaierai.

— Vous me faites mourir, avec vos peurs, Giulio, et de quoi donc avez-vous peur ?

— De beaucoup de choses.

— Desquelles ?

La physionomie de Mazarin, de railleuse qu'elle était, devint sombre.

— Anne, dit-il, vous n'êtes qu'une femme, et, comme femme, vous pouvez insulter à votre aise les hommes, sûre que vous êtes de l'impunité : vous m'accusez d'avoir peur : je n'ai pas tant peur que vous, puisque je ne me sauve pas, moi. Contre qui crie-t-on ? Est-ce contre vous ou contre moi ? Qui veut-on pendre ? Est-ce vous ou moi ? Eh bien, je fais tête à l'orage, moi, cependant, que vous accusez d'avoir peur, non pas en bravache, ce n'est pas ma mode, mais je tiens. Imitez-moi, pas tant d'éclat, plus d'effet. Vous criez très haut, vous n'aboutissez à rien. Vous parlez de fuir !

Mazarin haussa les épaules, prit la main de la reine et la conduisit à la fenêtre :

— Regardez !

— Eh bien ? dit la reine aveuglée par son entêtement.

— Eh bien, que voyez-vous de cette fenêtre ? Ce sont, si je ne m'abuse, des bourgeois cuirassés, casqués, armés de bons mousquets, comme au temps de la Ligue, et qui regardent si bien la fenêtre d'où vous les regardez, vous, que vous allez être vue si vous soulevez si fort le rideau. Maintenant, venez à cette autre : que voyez-vous ? Des gens du peuple armés de hallebardes qui gardent vos portes. À chaque ouverture de ce palais où je vous conduirais, vous en verriez autant ; vos portes sont gardées, les soupiraux de vos caves sont gardés, et je vous dirai à mon tour ce que ce bon La Ramée me disait de M. de Beaufort : À moins d'être oiseau ou souris, vous ne sortirez pas.

— Il est cependant sorti, lui.

— Comptez-vous sortir de la même manière ?

— Je suis donc prisonnière alors ?

— Parbleu ! dit Mazarin, il y a une heure que je vous le prouve.

Et Mazarin reprit tranquillement sa dépêche commencée, à l'endroit où il l'avait interrompue.

Anne, tremblante de colère, rouge d'humiliation, sortit du cabinet en repoussant derrière elle la porte avec violence.

Mazarin ne tourna pas même la tête.

Rentrée dans ses appartements, la reine se laissa tomber sur un fauteuil et se mit à pleurer.

Puis tout à coup frappée d'une idée subite :

— Je suis sauvée, dit-elle en se levant. Oh ! oui, oui, je connais un homme qui saura me tirer de Paris, lui, un homme que j'ai trop longtemps oublié.

Et, rêveuse, quoique avec un sentiment de joie :

— Ingrate que je suis, dit-elle, j'ai vingt ans oublié cet homme, dont j'eusse dû faire un maréchal de France. Ma belle-mère a prodigué l'or, les dignités, les caresses à Concini, qui l'a perdue ; le roi a fait Vitry maréchal de France pour un assassinat, et moi j'ai laissé dans l'oubli, dans la misère, ce noble d'Artagnan qui m'a sauvée.

Et elle courut à une table sur laquelle étaient du papier et de l'encre, et se mit à écrire.

53

L'entrevue

Ce matin-là d'Artagnan était couché dans la chambre de Porthos. C'était une habitude que les deux amis avaient prise depuis les troubles. Sous leur chevet était leur épée, et sur leur table, à portée de la main, étaient leurs pistolets.

D'Artagnan dormait encore et rêvait que le ciel se couvrait d'un grand nuage jaune, que de ce nuage tombait une pluie d'or, et qu'il tendait son chapeau sous une gouttière.

Porthos rêvait de son côté que le panneau de son carrosse n'était pas assez large pour contenir les armoiries qu'il y faisait peindre.

Ils furent réveillés à sept heures par un valet sans livrée qui apportait une lettre à d'Artagnan.

— De quelle part ? demanda le Gascon.

— De la part de la reine, répondit la valet.

— Hein ! fit Porthos en se soulevant sur son lit, que dit-il donc ?

D'Artagnan pria le valet de passer dans une salle voisine, et dès qu'il eut refermé la porte, il sauta à bas de son lit et lut rapidement, pendant que Porthos le regardait les yeux écarquillés et sans oser lui adresser une question.

— Ami Porthos, dit d'Artagnan en lui tendant la lettre, voici pour cette fois ton titre de baron et mon brevet de capitaine. Tiens, lis et juge.

Porthos étendit la main, prit la lettre, et lut ces mots d'une voix tremblante :

« La reine veut parler à monsieur d'Artagnan, qu'il suive le porteur. »

— Eh bien ! dit Porthos, je ne vois rien là que d'ordinaire.

— J'y vois, moi, beaucoup d'extraordinaire, dit d'Artagnan. Si l'on m'appelle, c'est que les choses sont bien embrouillées. Songe un peu quel remue-ménage a dû se faire dans l'esprit de la reine, pour qu'après vingt ans mon souvenir remonte à la surface.

— C'est juste, dit Porthos.

— Aiguise ton épée, baron, charge tes pistolets, donne l'avoine aux chevaux, je te réponds qu'il y aura du nouveau avant demain ; et *motus* !

— Ah çà ! ce n'est point un piège qu'on nous tend pour se défaire de nous ? dit Porthos toujours préoccupé de la gêne que sa grandeur future devait causer à autrui.

— Si c'est un piège, reprit d'Artagnan, je le flairerai, sois tranquille. Si Mazarin est Italien, je suis Gascon, moi.

Et d'Artagnan s'habilla en un tour de main.

Comme Porthos, toujours couché, lui agrafait son manteau, on frappa une seconde fois à la porte.

— Entrez, dit d'Artagnan.

Un second valet entra.

— De la part de Son Éminence le cardinal Mazarin, dit-il.

D'Artagnan regarda Porthos.

— Voilà qui se complique, dit Porthos, par où commencer ?

— Cela tombe à merveille, dit d'Artagnan ; Son Éminence me donne rendez-vous dans une demi-heure.

— Bien.

— Mon ami, dit d'Artagnan se retournant vers le valet, dites à Son Éminence que dans une demi-heure je suis à ses ordres.

Le valet salua et sortit.

— C'est bien heureux qu'il n'ait pas vu l'autre, reprit d'Artagnan.

— Tu crois donc qu'ils ne t'envoient pas chercher tous deux pour la même chose ?

— Je ne le crois pas, j'en suis sûr.

— Allons, allons, d'Artagnan, alerte ! Songe que la reine t'attend ; après la reine, le cardinal ; et après le cardinal, moi.

D'Artagnan rappela le valet d'Anne d'Autriche.

— Me voilà, mon ami, dit-il, conduisez-moi.

Le valet le conduisit par la rue des Petits-Champs, et, tournant à gauche, le fit entrer par la petite porte du jardin qui donnait sur la rue Richelieu, puis on gagna un escalier dérobé, et d'Artagnan fut introduit dans l'oratoire.

Une certaine émotion dont il ne pouvait se rendre compte faisait battre le cœur du lieutenant ; il n'avait plus la confiance de la jeunesse, et l'expérience lui avait appris toute la gravité des événements passés. Il savait ce que c'était que la noblesse des princes et la majesté des rois, il s'était habitué à classer sa médiocrité après les illustrations de la fortune et de la naissance. Jadis il eût abordé Anne d'Autriche en jeune homme qui salue une femme.

Aujourd'hui c'était autre chose : il se rendait près d'elle comme un humble soldat près d'un illustre chef.

Un léger bruit troubla le silence de l'oratoire. D'Artagnan tressaillit et vit une blanche main soulever la tapisserie, et à sa forme, à sa blancheur, à sa beauté, il reconnut cette main royale qu'un jour on lui avait donnée à baiser.

La reine entra.

— C'est vous, monsieur d'Artagnan, dit-elle en arrêtant sur l'officier un regard plein d'affectueuse mélancolie, c'est vous et je vous reconnais bien. Regardez-moi à votre tour, je suis la reine ; me reconnaissez-vous ?

— Non, Madame, répondit d'Artagnan.

— Mais ne savez-vous donc plus, continua Anne d'Autriche avec cet accent délicieux qu'elle savait, lorsqu'elle le voulait, donner à sa voix, que la reine a eu besoin d'un jeune cavalier brave et dévoué, qu'elle a trouvé ce cavalier, et que, quoiqu'il ait pu croire qu'elle l'avait oublié, elle lui a gardé une place au fond de son cœur ?

— Non, Madame, j'ignore cela, dit le mousquetaire.

— Tant pis, monsieur, dit Anne d'Autriche, tant pis, pour la reine du moins, car la reine aujourd'hui a besoin de ce même courage et de ce même dévouement.

— Eh quoi ! dit d'Artagnan, la reine, entourée comme elle est de serviteurs si dévoués, de conseillers si sages, d'hommes si grands enfin par leur mérite ou leur position, daigne jeter les yeux sur un soldat obscur !

Anne comprit ce reproche voilé ; elle en fut émue plus qu'irritée. Tant d'abnégation et de désintéressement de la part du gentilhomme gascon l'avait maintes fois humiliée, elle s'était laissé vaincre en générosité.

— Tout ce que vous me dites de ceux qui m'entourent, monsieur d'Artagnan, est vrai peut-être, dit la reine : mais moi je n'ai de confiance qu'en vous seul. Je sais que vous êtes à M. le cardinal, mais soyez à moi aussi et je me charge de votre fortune. Voyons, feriez-vous pour moi aujourd'hui ce que fit jadis pour la reine ce gentilhomme que vous ne connaissez pas ?

— Je ferai tout ce qu'ordonnera Votre Majesté, dit d'Artagnan.

La reine réfléchit un moment; et, voyant l'attitude circonspecte du mousquetaire:

— Vous aimez peut-être le repos ? dit-elle.

— Je ne sais, car je ne me suis jamais reposé, Madame.

— Avez-vous des amis ?

— J'en avais trois: deux ont quitté Paris et j'ignore où ils sont allés. Un seul me reste, mais c'est un de ceux qui connaissaient, je crois, le cavalier dont Votre Majesté m'a fait l'honneur de me parler.

— C'est bien, dit la reine: vous et votre ami, vous valez une armée.

— Que faut-il que je fasse, Madame ?

— Revenez à cinq heures et je vous le dirai; mais ne parlez à âme qui vive, monsieur, du rendez-vous que je vous donne.

— Non, Madame.

— Jurez-le sur le Christ.

— Madame, je n'ai jamais menti à ma parole; quand je dis non, c'est non.

La reine, quoique étonnée de ce langage, auquel ses courtisans ne l'avaient pas habituée, en tira un heureux présage pour le zèle que d'Artagnan mettrait à la servir dans l'accomplissement de son projet. C'était un des artifices du Gascon de cacher parfois sa profonde subtilité sous les apparences d'une brutalité loyale.

— La reine n'a pas autre chose à m'ordonner pour le moment ? dit-il.

— Non, monsieur, répondit Anne d'Autriche, et vous pouvez vous retirer jusqu'au moment que je vous ai dit.

D'Artagnan salua et sortit.

— Diable ! dit-il lorsqu'il fut à la porte, il paraît qu'on a bien besoin de moi ici.

Puis, comme la demi-heure était écoulée, il traversa la galerie et alla heurter à la porte du cardinal.

Bernouin l'introduisit.

— Je me rends à vos ordres, Monseigneur, dit-il.

Et, selon son habitude, d'Artagnan jeta un coup d'œil rapide autour de lui, et remarqua que Mazarin avait devant lui une lettre cachetée. Seulement elle était posée sur le bureau du côté de l'écriture, de sorte qu'il était impossible de voir à qui elle était adressée.

— Vous venez de chez la reine ? dit Mazarin en regardant fixement d'Artagnan.

— Moi, Monseigneur ! qui vous a dit cela ?

— Personne ; mais je le sais.

— Je suis désespéré de dire à Monseigneur qu'il se trompe, répondit impudemment le Gascon, fort de la promesse qu'il venait de faire à Anne d'Autriche.

— J'ai ouvert moi-même l'antichambre, et je vous ai vu venir du bout de la galerie.

— C'est que j'ai été introduit par l'escalier dérobé.

— Comment cela ?

— Je l'ignore ; il y aura eu malentendu.

Mazarin savait qu'on ne faisait pas dire facilement à d'Artagnan ce qu'il voulait cacher ; aussi renonça-t-il à découvrir pour le moment le mystère que lui faisait le Gascon.

— Parlons de mes affaires, dit le cardinal, puisque vous ne voulez rien me dire des vôtres.

D'Artagnan s'inclina.

— Aimez-vous les voyages ? demanda le cardinal.

— J'ai passé ma vie sur les grands chemins.

— Quelque chose vous retiendrait-il à Paris ?

— Rien ne me retiendrait à Paris qu'un ordre supérieur.

— Bien. Voici une lettre qu'il s'agit de remettre à son adresse.

— À son adresse, Monseigneur ? mais il n'y en a pas.

En effet, le côté opposé au cachet était intact de toute écriture.

— C'est-à-dire, reprit Mazarin, qu'il y a une double enveloppe.

— Je comprends, et je dois déchirer la première, arrivé à un endroit donné seulement.

— À merveille. Prenez et partez. Vous avez un ami, M. du Vallon, je l'aime fort, vous l'emmènerez.

« Diable ! se dit d'Artagnan, il sait que nous avons entendu sa conversation d'hier, et il veut nous éloigner de Paris. »

— Hésiteriez-vous ? demanda Mazarin.

— Non, Monseigneur, et je pars sur-le-champ. Seulement je désirerais une chose...

— Laquelle ? dites.

— C'est que Votre Éminence passât chez la reine.

— Quand cela ?

— À l'instant même.

— Pour quoi faire ?

— Pour lui dire seulement ces mots : « J'envoie M. d'Artagnan quelque part, et je le fais partir tout de suite. »

— Vous voyez bien, dit Mazarin, que vous avez vu la reine.

— J'ai eu l'honneur de dire à Votre Éminence qu'il était possible qu'il y eût un malentendu.

— Que signifie cela ? demanda Mazarin.

— Oserais-je renouveler ma prière à Son Éminence ?

— C'est bien, j'y vais. Attendez-moi ici.

Mazarin regarda avec attention si aucune clef n'avait été oubliée aux armoires et sortit.

Dix minutes s'écoulèrent, pendant lesquelles d'Artagnan fit tout ce qu'il put pour lire à travers la première enveloppe ce qui était écrit sur la seconde ; mais il n'en put venir à bout.

Mazarin rentra pâle et vivement préoccupé ; il alla s'asseoir à son bureau. D'Artagnan l'examinait comme il venait d'examiner l'épître ; mais l'enveloppe de son visage était presque aussi impénétrable que l'enveloppe de la lettre.

« Eh, eh ! dit le Gascon, il a l'air fâché. Serait-ce contre moi ? Il médite ; est-ce de m'envoyer à la Bastille ? Tout beau, Monseigneur ! au premier mot que vous en dites, je vous étrangle et me fais frondeur. On me portera en triomphe comme M. Broussel, et Athos me proclamera le Brutus français. Ce serait drôle. »

Le Gascon, avec son imagination toujours galopante, avait déjà vu tout le parti qu'il pouvait tirer de la situation.

Mais Mazarin ne donna aucun ordre de ce genre et se mit au contraire à faire patte de velours à d'Artagnan :

— Vous aviez raison, lui dit-il, mon cher monsou d'Artagnan, et vous ne pouvez partir encore.

— Ah ! fit d'Artagnan.

— Rendez-moi donc cette dépêche, je vous prie.

D'Artagnan obéit. Mazarin s'assura que le cachet était bien intact.

— J'aurai besoin de vous ce soir, dit-il, revenez dans deux heures.

— Dans deux heures, Monseigneur, dit d'Artagnan, j'ai un rendez-vous auquel je ne puis manquer.

— Que cela ne vous inquiète pas, dit Mazarin, c'est le même.

« Bon ! pensa d'Artagnan, je m'en doutais. »

— Revenez donc à cinq heures et amenez-moi ce cher M. du Vallon ; seulement, laissez-le dans l'antichambre : je veux causer avec vous seul.

D'Artagnan s'inclina.

En s'inclinant il se disait :

« Tous deux le même ordre, tous deux à la même heure, tous deux au Palais-Royal ; je devine. Ah ! voilà un secret que M. de Gondy eût payé cent mille livres. »

— Vous réfléchissez ! dit Mazarin inquiet.

— Oui, je me demande si nous devons être armés ou non.

— Armés jusqu'aux dents, dit Mazarin.

— C'est bien, Monseigneur, on le sera.

D'Artagnan salua, sortit et courut répéter à son ami les promesses flatteuses de Mazarin, lesquelles donnèrent à Porthos une allégresse inconcevable.

54
La fuite

Le Palais-Royal, malgré les signes d'agitation que donnait la ville, présentait, lorsque d'Artagnan s'y rendit vers les cinq heures du soir, un spectacle des plus réjouissants. Ce n'était pas étonnant : la reine avait rendu Broussel et Blancmesnil au peuple. La reine n'avait réellement donc rien à craindre, puisque le peuple n'avait plus rien à demander. Son émotion était un reste d'agitation auquel il fallait laisser le temps de se calmer, comme après une tempête il faut quelquefois plusieurs journées pour affaisser la houle.

Il y avait eu un grand festin, dont le retour du vainqueur de Lens était le prétexte. Les princes, les princesses étaient invités, les carrosses encombraient les cours depuis midi. Après le dîner, il devait y avoir jeu chez la reine.

Anne d'Autriche était charmante, ce jour-là, de grâce et d'esprit, jamais on ne l'avait vue de plus joyeuse humeur. La vengeance en fleurs brillait dans ses yeux et épanouissait ses lèvres.

Au moment où l'on se leva de table, Mazarin s'éclipsa. D'Artagnan était déjà à son poste et l'attendait dans l'antichambre. Le cardinal parut l'air riant, le prit par la main et l'introduisit dans son cabinet.

— Mon cher monsou d'Artagnan, dit le ministre en s'asseyant, je vais vous donner la plus grande marque de confiance qu'un ministre puisse donner à un officier.

D'Artagnan s'inclina.

— J'espère, dit-il, que Monseigneur me la donne sans arrière-pensée et avec cette conviction que j'en suis digne.

— Le plus digne de tous, mon cher ami, puisque c'est à vous que je m'adresse.

— Eh bien ! dit d'Artagnan, je vous l'avouerai, Monseigneur, il y a longtemps que j'attends une occasion pareille. Ainsi, dites-moi vite ce que vous avez à me dire.

— Vous allez, mon cher monsou d'Artagnan, reprit Mazarin, avoir ce soir entre les mains le salut de l'État.

Il s'arrêta.

— Expliquez-vous, Monseigneur, j'attends.

— La reine a résolu de faire avec le roi un petit voyage à Saint-Germain.

— Ah ! ah ! dit d'Artagnan, c'est-à-dire que la reine veut quitter Paris.

— Vous comprenez, caprice de femme.

— Oui, je comprends très bien, dit d'Artagnan.

— C'était pour cela qu'elle vous avait fait venir ce matin, et qu'elle vous a dit de revenir à cinq heures.

— C'était bien la peine de vouloir me faire jurer que je ne parlerais de ce rendez-vous à personne ! murmura d'Artagnan ; oh ! les femmes ! fussent-elles reines, elles sont toujours femmes.

— Désapprouveriez-vous ce petit voyage, mon cher monsou d'Artagnan ? demanda Mazarin avec inquiétude.

— Moi, Monseigneur ! dit d'Artagnan, et pourquoi cela ?

— C'est que vous haussez les épaules.

— C'est une façon de me parler à moi-même, Monseigneur.

— Ainsi, vous approuvez ce voyage ?

— Je n'approuve pas plus que je ne désapprouve, Monseigneur, j'attends vos ordres.

— Bien. C'est donc sur vous que j'ai jeté les yeux pour porter le roi et la reine à Saint-Germain.

« Double fourbe », dit en lui-même d'Artagnan.

— Vous voyez bien, reprit Mazarin voyant l'impassibilité de d'Artagnan, que, comme je vous le disais, le salut de l'État va reposer entre vos mains.

— Oui, Monseigneur, et je sens toute la responsabilité d'une pareille charge.

— Vous acceptez, cependant ?

— J'accepte toujours.

— Vous croyez la chose possible ?

— Tout l'est.

— Serez-vous attaqué en chemin ?

— C'est probable.

— Mais comment ferez-vous en ce cas ?

— Je passerai à travers ceux qui m'attaqueront.

— Et si vous ne passez pas à travers ?

— Alors, tant pis pour eux, je passerai dessus.

— Et vous rendrez le roi et la reine sains et saufs à Saint-Germain ?

— Oui.

— Sur votre vie ?

— Sur ma vie.

— Vous êtes un héros, mon cher ! dit Mazarin en regardant le mousquetaire avec admiration.

D'Artagnan sourit.

— Et moi ? dit Mazarin après un moment de silence et en regardant fixement d'Artagnan.

— Comment et vous, Monseigneur ?

— Et moi, si je veux partir ?

— Ce sera plus difficile.

— Comment cela ?

— Votre Éminence peut être reconnue.

— Même sous ce déguisement ? dit Mazarin.

Et il leva un manteau qui couvrait un fauteuil sur lequel était un habit complet de cavalier gris perle et grenat tout passementé d'argent.

— Si Votre Éminence se déguise, cela devient plus facile.

— Ah ! fit Mazarin en respirant.

— Mais il faudra faire ce que Votre Éminence disait l'autre jour qu'elle eût fait à notre place.

— Que faudra-t-il faire ?

— Crier : À bas Mazarin !

— Je crierai.

— En français, en bon français, Monseigneur, prenez garde à l'accent ; on nous a tué six mille Angevins en

Sicile parce qu'ils prononçaient mal l'italien. Prenez garde que les Français ne prennent sur vous leur revanche des Vêpres siciliennes.

— Je ferai de mon mieux.

— Il y a bien des gens armés dans les rues, continua d'Artagnan ; êtes-vous sûr que personne ne connaît le projet de la reine ?

Mazarin réfléchit.

— Ce serait une belle affaire pour un traître, Monseigneur, que l'affaire que vous me proposez là ; les hasards d'une attaque excuseraient tout.

Mazarin frissonna ; mais il réfléchit qu'un homme qui aurait l'intention de trahir ne préviendrait pas.

— Aussi, dit-il vivement, je ne me fie pas à tout le monde, et la preuve, c'est que je vous ai choisi pour m'escorter.

— Ne partez-vous pas avec la reine ?

— Non, dit Mazarin.

— Alors, vous partez après la reine ?

— Non, fit encore Mazarin.

— Ah ! dit d'Artagnan qui commençait à comprendre.

— Oui, j'ai mes plans, continua le cardinal : avec la reine, je double ses mauvaises chances : après la reine, son départ double les miennes ; puis, la cour une fois sauvée, on peut m'oublier : les grands sont ingrats.

— C'est vrai, dit d'Artagnan en jetant malgré lui les yeux sur le diamant de la reine que Mazarin avait à son doigt.

Mazarin suivit la direction de ce regard et tourna doucement le chaton de sa bague en dedans.

— Je veux donc, dit Mazarin avec son fin sourire, les empêcher d'être ingrats envers moi.

— C'est de charité chrétienne, dit d'Artagnan, que de ne pas induire son prochain en tentation.

— C'est justement pour cela, dit Mazarin, que je veux partir avant eux.

D'Artagnan sourit ; il était homme à très bien comprendre cette astuce italienne.

Mazarin le vit sourire et profita du moment.

— Vous commencerez donc par me faire sortir de Paris d'abord, n'est-ce pas, mon cher monsou d'Artagnan ?

— Rude commission, Monseigneur ! dit d'Artagnan en reprenant son air grave.

— Mais, dit Mazarin en le regardant attentivement pour que pas une des expressions de sa physionomie ne lui échappât, mais vous n'avez pas fait toutes ces observations pour le roi et pour la reine ?

— Le roi et la reine sont ma reine et mon roi, Monseigneur, répondit le mousquetaire ; ma vie est à eux, je la leur dois. Ils me la demandent, je n'ai rien à dire.

— C'est juste, murmura tout bas Mazarin ; mais comme ta vie n'est pas à moi, il faut que je te l'achète, n'est-ce pas ?

Et tout en poussant un profond soupir, il commença de retourner le chaton de sa bague en dehors.

D'Artagnan sourit.

Ces deux hommes se touchaient par un point, par l'astuce. S'ils se fussent touchés de même par le courage, l'un eût fait faire à l'autre de grandes choses.

— Mais aussi, dit Mazarin, vous comprenez, si je vous demande ce service, c'est avec l'intention d'en être reconnaissant.

— Monseigneur n'en est-il encore qu'à l'intention ? demanda d'Artagnan.

— Tenez, dit Mazarin en tirant la bague de son doigt, mon cher monsou d'Artagnan, voici un diamant qui vous a appartenu jadis, il est juste qu'il vous revienne ; prenez-le, je vous en supplie.

D'Artagnan ne donna point à Mazarin la peine d'insister, il le prit, regarda si la pierre était bien la même, et, après s'être assuré de la pureté de son eau, il le passa à son doigt avec un plaisir indicible.

— J'y tenais beaucoup, dit Mazarin en l'accompagnant d'un dernier regard ; mais n'importe, je vous le donne avec grand plaisir.

— Et moi, Monseigneur, dit d'Artagnan, je le reçois comme il m'est donné. Voyons, parlons donc de vos petites affaires. Vous voulez partir avant tout le monde ?

— Oui, j'y tiens.

— À quelle heure ?

— À dix heures.

— Et la reine, à quelle heure part-elle ?

— À minuit.

— Alors c'est possible : je vous fais sortir d'abord, je vous laisse hors de la barrière, et je reviens la chercher.

— À merveille, mais comment me conduire hors de Paris ?

— Oh ! pour cela, il faut me laisser faire.

— Je vous donne plein pouvoir, prenez une escorte aussi considérable que vous le voudrez.

D'Artagnan secoua la tête.

— Il me semble cependant que c'est le moyen le plus sûr, dit Mazarin.

— Oui, pour vous, Monseigneur, mais pas pour la reine.

Mazarin se mordit les lèvres.

— Alors, dit-il, comment opérerons-nous ?

— Il faut me laisser faire, Monseigneur.

— Hum ! fit Mazarin.

— Et il faut me donner la direction entière de cette entreprise.

— Cependant…

— Ou en chercher un autre, dit d'Artagnan en tournant le dos.

— Eh ! fit tout bas Mazarin, je crois qu'il s'en va avec le diamant.

Et il le rappela.

— Monsou d'Artagnan, mon cher monsou d'Artagnan, dit-il d'une voix caressante.

— Monseigneur ?

— Me répondez-vous de tout ?

— Je ne réponds de rien, je ferai de mon mieux.

— De votre mieux ?

— Oui.

— Eh bien ! allons, je me fie à vous.

« C'est bien heureux », se dit d'Artagnan à lui-même.

— Vous serez donc ici à neuf heures et demie.

— Et je trouverai Votre Éminence prête ?

— Certainement, toute prête.

— C'est chose convenue, alors. Maintenant, Monseigneur veut-il me faire voir la reine ?

— À quoi bon ?

— Je désirerais prendre les ordres de Sa Majesté de sa propre bouche.

— Elle m'a chargé de vous les donner.

— Elle pourrait avoir oublié quelque chose.

— Vous tenez à la voir ?

— C'est indispensable, Monseigneur.

Mazarin hésita un instant, d'Artagnan demeura impassible dans sa volonté.

— Allons donc, dit Mazarin, je vais vous conduire, mais pas un mot de notre conversation.

— Ce qui a été dit entre nous ne regarde que nous, Monseigneur, dit d'Artagnan.

— Vous jurez d'être muet ?

— Je ne jure jamais, Monseigneur. Je dis oui ou je dis non ; et comme je suis gentilhomme, je tiens ma parole.

— Allons, je vois qu'il faut me fier à vous sans restriction.

— C'est ce qu'il y a de mieux, croyez-moi, Monseigneur.

— Venez, dit Mazarin.

Mazarin fit entrer d'Artagnan dans l'oratoire de la reine et lui dit d'attendre.

D'Artagnan n'attendit pas longtemps. Cinq minutes après qu'il était dans l'oratoire, la reine arriva en costume de grand gala. Parée ainsi, elle paraissait trente-cinq ans à peine et était toujours belle.

— C'est vous, monsieur d'Artagnan, dit-elle en souriant gracieusement, je vous remercie d'avoir insisté pour me voir.

— J'en demande pardon à Votre Majesté, dit d'Artagnan, mais j'ai voulu prendre ses ordres de sa bouche même.

— Vous savez de quoi il s'agit ?

— Oui, Madame.

— Vous acceptez la mission que je vous confie ?

— Avec reconnaissance.

— C'est bien ; soyez ici à minuit.

— J'y serai.

— Monsieur d'Artagnan, dit la reine, je connais trop votre désintéressement pour vous parler de ma reconnaissance dans ce moment-ci, mais je vous jure que je n'oublierai pas ce second service comme j'ai oublié le premier.

— Votre Majesté est libre de se souvenir et d'oublier, et je ne sais pas ce qu'elle veut dire.

Et d'Artagnan s'inclina.

— Allez, monsieur, dit la reine avec son plus charmant sourire, allez et revenez à minuit.

Elle lui fit de la main un signe d'adieu, et d'Artagnan se retira ; mais en se retirant il jeta les yeux sur la portière par laquelle était entrée la reine, et au bas de la tapisserie il aperçut le bout d'un soulier de velours.

— Bon, dit-il, le Mazarin écoutait pour voir si je ne le trahissais pas. En vérité, ce pantin d'Italie ne mérite pas d'être servi par un honnête homme.

D'Artagnan n'en fut pas moins exact au rendez-vous ; à neuf heures et demie, il entrait dans l'antichambre.

Bernouin attendait et l'introduisit.

Il trouva le cardinal habillé en cavalier. Il avait fort bonne mine sous ce costume, qu'il portait, nous l'avons dit, avec élégance ; seulement il était fort pâle et tremblait quelque peu.

— Tout seul ? dit Mazarin.

— Oui, Monseigneur.

— Et ce bon M. du Vallon, ne jouirons-nous pas de sa compagnie ?

— Si fait, Monseigneur, il attend dans son carrosse.

— Où cela ?

— À la porte du jardin du Palais-Royal.

— C'est donc dans son carrosse que nous partons ?

— Oui, Monseigneur.

— Et sans autre escorte que vous deux ?

— N'est-ce donc pas assez ? un des deux suffirait !

— En vérité, mon cher monsieur d'Artagnan, dit Mazarin, vous m'épouvantez avec votre sang-froid.

— J'aurais cru, au contraire, qu'il devait vous inspirer de la confiance.

— Et Bernouin, est-ce que je ne l'emmène pas ?

— Il n'y a point de place pour lui, il viendra rejoindre Votre Éminence.

— Allons, dit Mazarin, puisqu'il faut faire en tout comme vous le voulez.

— Monseigneur, il est encore temps de reculer, dit d'Artagnan, et Votre Éminence est parfaitement libre.

— Non pas, non pas, dit Mazarin, partons.

Et tous deux descendirent par l'escalier dérobé, Mazarin appuyant au bras de d'Artagnan son bras que le mousquetaire sentait trembler sur le sien.

Ils traversèrent les cours du Palais-Royal, où stationnaient encore quelques carrosses de convives attardés, gagnèrent le jardin et atteignirent la petite porte.

Mazarin essaya de l'ouvrir à l'aide d'une clef qu'il tira de sa poche, mais la main lui tremblait tellement qu'il ne put trouver le trou de la serrure.

— Donnez, dit d'Artagnan.

Mazarin lui donna la clef, d'Artagnan ouvrit et remit la clef dans sa poche ; il comptait rentrer par là.

Le marchepied était abaissé, la porte ouverte ; Mousqueton se tenait à la portière, Porthos était au fond de la voiture.

— Montez, Monseigneur, dit d'Artagnan.

Mazarin ne se le fit pas dire à deux fois et il s'élança dans le carrosse.

D'Artagnan monta derrière lui, Mousqueton referma la portière et se hissa avec force gémissements derrière la voiture. Il avait fait quelques difficultés pour partir sous prétexte que sa blessure le faisait encore souffrir, mais d'Artagnan lui avait dit :

— Restez si vous voulez, mon cher monsieur Mouston, mais je vous préviens que Paris sera brûlé cette nuit.

Sur quoi Mousqueton n'en avait pas demandé davantage et avait déclaré qu'il était prêt à suivre son maître et M. d'Artagnan au bout du monde.

La voiture partit à un trot raisonnable et qui ne dénonçait pas le moins du monde qu'elle renfermât des gens pressés. Le cardinal s'essuya le front avec son mouchoir et regarda autour de lui.

Il avait à sa gauche Porthos et à sa droite d'Artagnan ; chacun gardait une portière, chacun lui servait de rempart.

En face, sur la banquette de devant, étaient deux paires de pistolets, une paire devant Porthos, une paire devant d'Artagnan ; les deux amis avaient en outre chacun son épée au côté.

À cent pas du Palais-Royal une patrouille arrêta le carrosse.

— Qui vive ? dit le chef.

— Mazarin ! répondit d'Artagnan en éclatant de rire.

Le cardinal sentit ses cheveux se dresser sur sa tête.

La plaisanterie parut excellente aux bourgeois, qui, voyant ce carrosse sans armes et sans escorte, n'eussent jamais cru à la réalité d'une pareille imprudence.

— Bon voyage ! crièrent-ils.

Et ils laissèrent passer.

— Hein ! dit d'Artagnan, que pense Monseigneur de cette réponse ?

— Homme d'esprit ! s'écria Mazarin.

— Au fait, dit Porthos, je comprends…

Vers le milieu de la rue des Petits-Champs, une seconde patrouille arrêta le carrosse.

— Qui vive ? cria le chef de la patrouille.

— Rangez-vous, Monseigneur, dit d'Artagnan.

Et Mazarin s'enfonça tellement entre les deux amis, qu'il disparut complètement caché par eux.

— Qui vive ? reprit la même voix avec impatience.

Et d'Artagnan sentit qu'on se jetait à la tête des chevaux.

Il sortit la moitié du corps du carrosse.

— Eh ! Planchet, dit-il.

Le chef s'approcha : c'était effectivement Planchet. D'Artagnan avait reconnu la voix de son ancien laquais.

— Comment ! monsieur, dit Planchet, c'est vous ?

— Eh ! mon Dieu, oui, mon cher ami. Ce cher Porthos vient de recevoir un coup d'épée, et je le reconduis à sa maison de campagne de Saint-Cloud.

— Oh ! vraiment ? dit Planchet.

— Porthos, reprit d'Artagnan, si vous pouvez encore parler, mon cher Porthos, dites donc un mot à ce bon Planchet.

— Planchet, mon ami, dit Porthos d'une voix dolente, je suis bien malade, et si tu rencontres un médecin, tu me feras plaisir de me l'envoyer.

— Ah ! grand Dieu ! dit Planchet, quel malheur ! Et comment cela est-il arrivé ?

— Je te conterai cela, dit Mousqueton.

Porthos poussa un profond gémissement.

— Fais-nous faire place, Planchet, dit tout bas d'Artagnan, ou il n'arrivera pas vivant : les poumons sont offensés, mon ami.

Planchet secoua la tête de l'air d'un homme qui dit : En ce cas, la chose va mal.

Puis, se retournant vers ses hommes :

— Laissez passer, dit-il, ce sont des amis.

La voiture reprit sa marche, et Mazarin, qui avait retenu son haleine, se hasarda à respirer.

— *Bricconi !* murmura-t-il.

Quelques pas avant la porte Saint-Honoré, on rencontra une troisième troupe ; celle-ci était composée de gens de mauvaise mine et qui ressemblaient plutôt à des bandits qu'à autre chose : c'étaient les hommes du mendiant de Saint-Eustache.

— Attention, Porthos ! dit d'Artagnan.

Porthos allongea la main vers ses pistolets.

— Qu'y a-t-il ? dit Mazarin.

— Monseigneur, je crois que nous sommes en mauvaise compagnie.

Un homme s'avança à la portière avec une espèce de faux à la main.

— Qui vive ? demanda cet homme.

— Eh ! drôle, dit d'Artagnan, ne connaissez-vous pas le carrosse de M. le Prince ?

— Prince ou non, dit cet homme, ouvrez ! nous avons la garde de la porte, et personne ne passera que nous ne sachions qui passe.

— Que faut-il faire ? demanda Porthos.

— Pardieu ! passer, dit d'Artagnan.

— Mais comment passer ? dit Mazarin.

— À travers ou dessus. Cocher, au galop.

Le cocher leva son fouet.

— Pas un pas de plus, dit l'homme qui paraissait le chef, ou je coupe le jarret à vos chevaux.

— Peste ! dit Porthos, ce serait dommage, des bêtes qui me coûtent cent pistoles pièce.

— Je vous les paierai deux cents, dit Mazarin.

— Oui ; mais quand ils auront les jarrets coupés, on nous coupera le cou, à nous.

— Il en vient un de mon côté, dit Porthos ; faut-il que je le tue ?

— Oui ; d'un coup de poing, si vous pouvez : ne faisons feu qu'à la dernière extrémité.

— Je le puis, dit Porthos.

— Venez ouvrir alors, dit d'Artagnan à l'homme à la faux, en prenant un de ses pistolets par le canon et en s'apprêtant à frapper de la crosse.

Celui-ci s'approcha.

À mesure qu'il s'approchait, d'Artagnan, pour être plus libre de ses mouvements, sortait à demi par la portière ; ses yeux s'arrêtèrent sur ceux du mendiant, qu'éclairait la lueur d'une lanterne.

Sans doute il reconnut le mousquetaire, car il devint fort pâle ; sans doute d'Artagnan le reconnut, car ses cheveux se dressèrent sur sa tête.

— Monsieur d'Artagnan ! s'écria-t-il en reculant d'un pas, monsieur d'Artagnan ! laissez passer !

Peut-être d'Artagnan allait-il répondre de son côté, lorsqu'un coup pareil à celui d'une masse qui tombe sur la tête d'un bœuf retentit : c'était Porthos qui venait d'assommer son homme.

D'Artagnan se retourna et vit le malheureux gisant à quatre pas de là.

— Ventre à terre, maintenant ! cria-t-il au cocher ; pique ! pique.

Le cocher enveloppa ses chevaux d'un large coup de fouet, les nobles animaux bondirent. On entendit des cris comme ceux d'hommes qui sont renversés. Puis on sentit une double secousse : deux des roues venaient de passer sur un corps flexible et rond.

Il se fit un moment de silence. La voiture franchit la porte.

— Au Cours-la-Reine ! cria d'Artagnan au cocher.

Puis se retournant vers Mazarin :

— Maintenant, Monseigneur, lui dit-il, vous pouvez dire cinq *Pater* et cinq *Ave* pour remercier Dieu de votre délivrance ; vous êtes sauvé, vous êtes libre !

Mazarin ne répondit que par une espèce de gémissement, il ne pouvait croire à un pareil miracle.

Cinq minutes après, la voiture s'arrêta, elle était arrivée au Cours-la-Reine.

— Monseigneur est-il content dc son escorte ? demanda le mousquetaire.

— Enchanté, monsou, dit Mazarin en hasardant sa tête à l'une des portières ; maintenant faites-en autant pour la reine.

— Ce sera moins difficile, dit d'Artagnan en sautant à terre. Monsieur du Vallon, je vous recommande Son Éminence.

— Soyez tranquille, dit Porthos en étendant la main.

D'Artagnan prit la main de Porthos et la secoua.

— Aïe ! fit Porthos.

D'Artagnan regarda son ami avec étonnement.

— Qu'avez-vous donc ? demanda-t-il.

— Je crois que j'ai le poignet foulé, dit Porthos.

— Que diable, aussi, vous frappez comme un sourd.

— Il le fallait bien, mon homme allait me lâcher un coup de pistolet ; mais vous, comment vous êtes-vous débarrassé du vôtre ?

— Oh ! le mien, dit d'Artagnan, ce n'était pas un homme.

— Qu'était-ce donc ?

— C'était un spectre.

— Et…

— Et je l'ai conjuré.

Sans autre explication, d'Artagnan prit les pistolets qui étaient sur la banquette de devant, les passa à sa ceinture, s'enveloppa dans son manteau, et, ne voulant pas rentrer par la même barrière qu'il était sorti, il s'achemina vers la porte Richelieu.

55

Le carrosse de M. le coadjuteur

Au lieu de rentrer par la porte Saint-Honoré, d'Artagnan, qui avait du temps devant lui, fit le tour et rentra par la porte Richelieu. On vint le reconnaître, et, quand on vit à son chapeau à plumes et à son manteau galonné qu'il était officier des mousquetaires, on l'entoura avec l'intention de lui faire crier : « À bas le Mazarin ! » Cette première démonstration ne laissa pas que de l'inquiéter d'abord ; mais quand il sut de quoi il était question, il cria d'une si belle voix que les plus difficiles furent satisfaits.

Il suivait la rue Richelieu, rêvant à la façon dont il emmènerait à son tour la reine, car de l'emmener dans un carrosse aux armes de France il n'y fallait pas songer, lorsqu'à la porte de l'hôtel de madame de Guéménée il aperçut un équipage.

Une idée subite l'illumina.

— Ah ! pardieu, dit-il, ce serait de bonne guerre.

Et il s'approcha du carrosse, regarda les armes qui étaient sur les panneaux et la livrée du cocher qui était sur le siège.

Cet examen lui était d'autant plus facile que le cocher dormait les poings fermés.

— C'est bien le carrosse de M. le coadjuteur, dit-il ; sur ma parole, je commence à croire que la Providence est pour nous.

Il monta doucement dans le carrosse, et tirant le fil de soie qui correspondait au petit doigt du cocher :

— Au Palais-Royal ! dit-il.

Le cocher, réveillé en sursaut, se dirigea vers le point désigné sans se douter que l'ordre vînt d'un autre que de son maître. Le suisse allait fermer les grilles ; mais en voyant ce magnifique équipage il ne douta pas que ce ne fût une visite d'importance, et laissa passer le carrosse, qui s'arrêta sous le péristyle.

Là seulement le cocher s'aperçut que les laquais n'étaient pas derrière la voiture.

Il crut que M. le coadjuteur en avait disposé, sauta à bas du siège sans lâcher les rênes et vint ouvrir.

D'Artagnan sauta à son tour à terre, et, au moment où le cocher, effrayé en ne reconnaissant pas son maître, faisait un pas en arrière, il le saisit au collet de la main gauche, et de la droite lui mit un pistolet sur la gorge :

— Essaie de prononcer un seul mot, dit d'Artagnan, et tu es mort !

Le cocher vit à l'expression du visage de celui qui lui parlait qu'il était tombé dans un guet-apens, et il resta la bouche béante et les yeux démesurément ouverts.

Deux mousquetaires se promenaient dans la cour, d'Artagnan les appela par leur nom.

— Monsieur de Bellière, dit-il à l'un, faites-moi le plaisir de prendre les rênes des mains de ce brave homme, de monter sur le siège de la voiture, de la conduire à la porte de l'escalier dérobé et de m'attendre là ; c'est pour affaire d'importance et qui tient au service du roi.

Le mousquetaire, qui savait son lieutenant incapable de faire une mauvaise plaisanterie à l'endroit du service, obéit sans dire un mot, quoique l'ordre lui parût singulier.

Alors, se retournant vers le second mousquetaire :

— Monsieur du Verger, dit-il, aidez-moi à conduire cet homme en lieu de sûreté.

Le mousquetaire crut que son lieutenant venait d'arrêter quelque prince déguisé, s'inclina et, tirant son épée, fit signe qu'il était prêt.

D'Artagnan monta l'escalier suivi de son prisonnier, qui était suivi lui-même du mousquetaire, traversa le vestibule et entra dans l'antichambre de Mazarin.

Bernouin attendait avec impatience des nouvelles de son maître.

— Eh bien ! monsieur ? dit-il.

— Tout va à merveille, mon cher monsieur Bernouin ; mais voici, s'il vous plaît, un homme qu'il vous faudrait mettre en lieu de sûreté…

— Où cela, monsieur ?

— Où vous voudrez, pourvu que l'endroit que vous choisirez ait des volets qui ferment au cadenas et une porte qui ferme à la clef.

— Nous avons cela, monsieur, dit Bernouin.

Et l'on conduisit le pauvre cocher dans un cabinet dont les fenêtres étaient grillées et qui ressemblait fort à une prison.

— Maintenant, mon cher ami, je vous invite, dit d'Artagnan, à vous défaire en ma faveur de votre chapeau et de votre manteau.

Le cocher, comme on le comprend bien, ne fit aucune résistance ; d'ailleurs il était si étonné de ce qui lui arrivait qu'il chancelait et balbutiait comme un homme ivre : d'Artagnan mit le tout sous le bras du valet de chambre.

— Maintenant, monsieur du Verger, dit d'Artagnan, enfermez-vous avec cet homme jusqu'à ce que M. Bernouin vienne ouvrir la porte ; la faction sera passablement longue et fort peu amusante, je le sais, mais vous comprenez, ajouta-t-il gravement, service du roi.

— À vos ordres, mon lieutenant, répondit le mousquetaire, qui vit qu'il s'agissait de choses sérieuses.

— À propos, dit d'Artagnan ; si cet homme essaie de fuir ou de crier, passez-lui votre épée au travers du corps.

Le mousquetaire fit un signe de tête qui voulait dire qu'il obéirait ponctuellement à la consigne.

D'Artagnan sortit emmenant Bernouin avec lui.

Minuit sonnait.

— Menez-moi dans l'oratoire de la reine, dit-il ; prévenez-la que j'y suis, et allez me mettre ce paquet-là, avec un mousqueton bien chargé, sur le siège de la voiture qui attend au bas de l'escalier dérobé.

Bernouin introduisit d'Artagnan dans l'oratoire où il s'assit tout pensif.

Tout avait été au Palais-Royal comme d'habitude. À dix heures, ainsi que nous l'avons dit, presque tous les convives étaient retirés ; ceux qui devaient fuir avec la cour eurent le mot d'ordre ; et chacun fut invité à se trouver de minuit à une heure au Cours-la-Reine.

À dix heures, Anne d'Autriche passa chez le roi. On venait de coucher Monsieur ; et le jeune Louis, resté le dernier, s'amusait à mettre en bataille des soldats de plomb, exercice qui le récréait fort. Deux enfants d'honneur jouaient avec lui.

— Laporte, dit la reine, il serait temps de coucher Sa Majesté.

Le roi demanda à rester encore debout, n'ayant aucune envie de dormir, disait-il ; mais la reine insista.

— Ne devez-vous pas aller demain matin à six heures vous baigner à Conflans, Louis ? C'est vous-même qui l'avez demandé, ce me semble.

— Vous avez raison, Madame, dit le roi, et je suis prêt à me retirer dans mon appartement quand vous aurez bien voulu m'embrasser. Laporte, donnez le bougeoir à M. le chevalier de Coislin.

La reine posa ses lèvres sur le front blanc et poli que l'auguste enfant lui tendait avec une gravité qui sentait déjà l'étiquette.

— Endormez-vous bien vite, Louis, dit la reine, car vous serez réveillé de bonne heure.

— Je ferai de mon mieux pour vous obéir, Madame, dit le jeune Louis, mais je n'ai aucune envie de dormir.

— Laporte, dit tout bas Anne d'Autriche, cherchez quelque livre bien ennuyeux à lire à Sa Majesté, mais ne vous déshabillez pas.

Le roi sortit accompagné du chevalier de Coislin, qui lui portait le bougeoir. L'autre enfant d'honneur fut reconduit chez lui.

Alors la reine rentra dans son appartement. Ses femmes, c'est-à-dire madame de Brégy, mademoiselle de Beaumont, madame de Motteville et Socratine sa sœur, que l'on appelait ainsi à cause de sa sagesse, venaient de lui apporter dans la garde-robe des restes du dîner, avec lesquels elle soupait, selon son habitude.

La reine alors donna ses ordres, parla d'un repas que lui offrait le surlendemain le marquis de Villequier, désigna les personnes qu'elle admettait à l'honneur d'en être, annonça pour le lendemain encore une visite au Val-de-Grâce, où elle avait l'intention de faire ses dévotions, et donna à Béringhen, son premier valet de chambre, ses ordres pour qu'il l'accompagnât.

Le souper des dames fini, la reine feignit une grande fatigue et passa dans sa chambre à coucher. Madame de Motteville, qui était de service particulier ce soir-là, l'y suivit, puis l'aida à se dévêtir. La reine alors se mit au lit, lui parla affectueusement pendant quelques minutes et la congédia.

C'était en ce moment que d'Artagnan entrait dans la cour du Palais-Royal avec la voiture du coadjuteur.

Un instant après, les carrosses des dames d'honneur en sortaient et la grille se refermait derrière eux.

Minuit sonnait.

Cinq minutes après, Bernouin frappait à la chambre à coucher de la reine, venant par le passage secret du cardinal.

Anne d'Autriche alla ouvrir elle-même.

Elle était déjà habillée, c'est-à-dire qu'elle avait remis ses bas et s'était enveloppée d'un long peignoir.

— C'est vous, Bernouin, dit-elle, M. d'Artagnan est-il là ?

— Oui, Madame, dans votre oratoire, il attend que Votre Majesté soit prête.

— Je le suis. Allez dire à Laporte d'éveiller et d'habiller le roi, puis de là passez chez le maréchal de Villeroy et prévenez-le de ma part.

Bernouin s'inclina et sortit.

La reine entra dans son oratoire, qu'éclairait une simple lampe en verroterie de Venise. Elle vit d'Artagnan debout et qui l'attendait.

— C'est vous ? lui dit-elle.

— Oui, Madame.

— Vous êtes prêt ?

— Je le suis.

— Et M. le cardinal ?

— Est sorti sans accident. Il attend Votre Majesté au Cours-la-Reine.

— Mais dans quelle voiture partons-nous ?

— J'ai tout prévu, un carrosse attend en bas Votre Majesté.

— Passons chez le roi.

D'Artagnan s'inclina et suivit la reine.

Le jeune Louis était déjà habillé, à l'exception des souliers et du pourpoint, il se laissait faire d'un air étonné, en accablant de questions Laporte, qui ne lui répondait que ces paroles :

— Sire, c'est par l'ordre de la reine.

Le lit était découvert, et l'on voyait les draps du roi tellement usés qu'en certains endroits il y avait des trous.

C'était encore un des effets de la lésinerie de Mazarin.

La reine entra, et d'Artagnan se tint sur le seuil. L'enfant, en apercevant la reine, s'échappa des mains de Laporte et courut à elle.

La reine fit signe à d'Artagnan de s'approcher.

D'Artagnan obéit.

— Mon fils, dit Anne d'Autriche, en lui montrant le mousquetaire calme, debout et découvert, voici M. d'Artagnan, qui est brave comme un de ces anciens preux dont vous aimez tant que mes femmes vous racontent l'histoire. Rappelez-vous bien son nom, et regardez-le bien, pour ne pas oublier son visage, car ce soir il nous rendra un grand service.

Le jeune roi regarda l'officier de son grand œil fier et répéta :

— M. d'Artagnan ?

— C'est cela, mon fils.

Le jeune roi leva lentement sa petite main et la tendit au mousquetaire ; celui-ci mit un genou en terre et la baisa.

— M. d'Artagnan, répéta Louis, c'est bien, Madame.

À ce moment on entendit comme une rumeur qui s'approchait.

— Qu'est-ce que cela ? dit la reine.

— Oh ! oh ! répondit d'Artagnan en tendant tout à la fois son oreille fine et son regard intelligent, c'est le bruit du peuple qui s'émeut.

— Il faut fuir, dit la reine.

— Votre Majesté m'a donné la direction de cette affaire, il faut rester et savoir ce qu'il veut.

— Monsieur d'Artagnan !

— Je réponds de tout.

Rien ne se communique plus rapidement que la confiance. La reine, pleine de force et de courage, sentait au plus haut degré ces deux vertus chez les autres.

— Faites, dit-elle, je m'en rapporte à vous.

— Votre Majesté veut-elle me permettre dans toute cette affaire de donner des ordres en son nom ?

— Ordonnez, monsieur.

— Que veut donc encore ce peuple ? dit le roi.

— Nous allons le savoir, sire, dit d'Artagnan.

Et il sortit rapidement de la chambre.

Le tumulte allait croissant, il semblait envelopper le Palais-Royal tout entier. On entendait de l'intérieur des cris dont on ne pouvait comprendre le sens. Il était évident qu'il y avait clameur et sédition. Le roi, à moitié habillé, la reine et Laporte restèrent chacun dans l'état et presque à la place où ils étaient, écoutant et attendant.

Comminges, qui était de garde cette nuit-là au Palais-Royal, accourut ; il avait deux cents hommes à peu près dans les cours et dans les écuries, il les mettait à la disposition de la reine.

— Eh bien ! demanda Anne d'Autriche en voyant reparaître d'Artagnan, qu'y a-t-il ?

— Il y a, Madame, que le bruit s'est répandu que la reine avait quitté le Palais-Royal, enlevant le roi, et que le peuple demande à avoir la preuve du contraire, ou menace de démolir le Palais-Royal.

— Oh ! cette fois, c'est trop fort, dit la reine, et je leur prouverai que je ne suis point partie.

D'Artagnan vit, à l'expression du visage de la reine, qu'elle allait donner quelque ordre violent. Il s'approcha d'elle et lui dit tout bas :

— Votre Majesté a-t-elle toujours confiance en moi ?

Cette voix la fit tressaillir.

— Oui, monsieur, toute confiance… dit-elle. Dites.

— La reine daigne-t-elle se conduire d'après mes avis ?

— Dites.

— Que Votre Majesté veuille renvoyer M. de Comminges, en lui ordonnant de se renfermer, lui et ses hommes, dans le corps de garde et les écuries.

Comminges regarda d'Artagnan de ce regard envieux avec lequel tout courtisan voit poindre une fortune nouvelle.

— Vous avez entendu, Comminges ? dit la reine.

D'Artagnan alla à lui, il avait reconnu avec sa sagacité ordinaire ce coup d'œil inquiet.

— Monsieur de Comminges, lui dit-il, pardonnez-moi : nous sommes tous deux serviteurs de la reine, n'est-ce pas ? c'est mon tour de lui être utile, ne m'enviez donc pas ce bonheur.

Comminges s'inclina et sortit.

« Allons, se dit d'Artagnan, me voilà avec un ennemi de plus ! »

— Et maintenant, dit la reine en s'adressant à d'Artagnan, que faut-il faire ? car, vous l'entendez, au lieu de se calmer le bruit redouble.

— Madame, répondit d'Artagnan, le peuple veut voir le roi, il faut qu'il le voie.

— Comment, qu'il le voie ! où cela ! sur le balcon ?

— Non pas, Madame, mais ici, dans son lit, dormant.

— Oh ! Votre Majesté, M. d'Artagnan a toute raison ! s'écria Laporte.

La reine réfléchit et sourit en femme à qui la duplicité n'est pas étrangère.

— Au fait, murmura-t-elle.

— Monsieur Laporte, dit d'Artagnan, allez à travers les grilles du Palais-Royal annoncer au peuple qu'il va être satisfait et que, dans cinq minutes, non seulement il verra le roi, mais encore qu'il le verra dans son lit ; ajoutez que le roi dort et que la reine prie que l'on fasse silence pour ne point le réveiller.

— Mais pas tout le monde, une députation de deux ou quatre personnes ?

— Tout le monde, Madame.

— Mais ils nous tiendront jusqu'au jour, songez-y.

— Nous en aurons pour un quart d'heure. Je réponds de tout, Madame ; croyez-moi, je connais le peuple, c'est un grand enfant qu'il ne s'agit que de caresser. Devant le roi endormi, il sera muet, doux et timide comme un agneau.

— Allez, Laporte, dit la reine.

Le jeune roi se rapprocha de sa mère.

— Pourquoi faire ce que ces gens demandent ? dit-il.

— Il le faut, mon fils, dit Anne d'Autriche.

— Mais alors, si on me dit *il le faut*, je ne suis donc plus roi ?

La reine resta muette.

— Sire, dit d'Artagnan, Votre Majesté me permettra-t-elle de lui faire une question ?

Louis XIV se retourna, étonné qu'on osât lui adresser la parole ; la reine serra la main de l'enfant.

— Oui, monsieur, dit-il.

— Votre Majesté se rappelle-t-elle avoir, lorsqu'elle jouait dans le parc de Fontainebleau ou dans les cours du palais de Versailles, vu tout à coup le ciel se couvrir et entendu le bruit du tonnerre ?

— Oui, sans doute.

— Eh bien ! ce bruit du tonnerre, si bonne envie que Votre Majesté eût encore de jouer, lui disait : « Rentrez, sire, il le faut. »

— Sans doute, monsieur ; mais aussi l'on m'a dit que le bruit du tonnerre, c'était la voix de Dieu.

— Eh bien ! sire, dit d'Artagnan, écoutez le bruit du peuple, et vous verrez que cela ressemble beaucoup à celui du tonnerre.

En effet, en ce moment une rumeur terrible passait emportée par la brise de la nuit.

Tout à coup elle cessa.

— Tenez, sire, dit d'Artagnan, on vient de dire au peuple que vous dormiez ; vous voyez bien que vous êtes toujours roi.

La reine regardait avec étonnement cet homme étrange que son courage éclatant faisait l'égal des plus braves, que son esprit fin et rusé faisait l'égal de tous.

Laporte entra.

— Eh bien, Laporte ? demanda la reine.

— Madame, répondit-il, la prédiction de M. d'Artagnan s'est accomplie, ils se sont calmés comme par enchantement. On va leur ouvrir les portes, et dans cinq minutes ils seront ici.

— Laporte, dit la reine, si vous mettiez un de vos fils à la place du roi, nous partirions pendant ce temps.

— Si Sa Majesté l'ordonne, dit Laporte, mes fils, comme moi, sont au service de la reine.

— Non pas, dit d'Artagnan, car si l'un d'eux connaissait Votre Majesté et s'apercevait du subterfuge, tout serait perdu.

— Vous avez raison, monsieur, toujours raison, dit Anne d'Autriche. Laporte, couchez le roi.

Laporte posa le roi tout vêtu comme il était dans son lit, puis il le recouvrit jusqu'aux épaules avec le drap.

La reine se courba sur lui et l'embrassa au front.

— Faites semblant de dormir, Louis, dit-elle.

— Oui, dit le roi, mais je ne veux pas qu'un seul de ces hommes me touche.

— Sire, je suis là, dit d'Artagnan, et je vous réponds que si un seul avait cette audace, il la payerait de sa vie.

— Maintenant, que faut-il faire ? demanda la reine, car je les entends.

— Monsieur Laporte, allez au-devant d'eux, et leur recommandez de nouveau le silence. Madame, attendez là à la porte. Moi je suis au chevet du roi, tout prêt à mourir pour lui.

Laporte sortit, la reine se tint debout près de la tapisserie, d'Artagnan se glissa derrière les rideaux.

Puis on entendit la marche sourde et contenue d'une grande multitude d'hommes ; la reine souleva elle-même la tapisserie en mettant un doigt sur sa bouche.

En voyant la reine, ces hommes s'arrêtèrent dans l'attitude du respect.

— Entrez, messieurs, entrez, dit la reine.

Il y eut alors parmi tout ce peuple un mouvement d'hésitation qui ressemblait à de la honte : il s'attendait à la résistance, il s'attendait à être contrarié, à forcer les grilles et à renverser les gardes ; les grilles s'étaient ouvertes toutes seules, et le roi, ostensiblement du moins, n'avait à son chevet d'autre garde que sa mère.

Ceux qui étaient en tête balbutièrent et essayèrent de reculer.

— Entrez donc, messieurs, dit Laporte, puisque la reine le permet.

Alors un plus hardi que les autres se hasardant dépassa le seuil de la porte et s'avança sur la pointe du pied. Tous les autres l'imitèrent, et la chambre s'emplit silencieusement, comme si tous ces hommes eussent été les courtisans les plus humbles et les plus dévoués. Bien au-delà de la porte on apercevait les têtes de ceux qui, n'ayant pu entrer, se haussaient sur la pointe des pieds. D'Artagnan voyait tout à travers une ouverture qu'il avait faite au rideau ; dans l'homme qui entra le premier il reconnut Planchet.

— Monsieur, lui dit la reine, qui comprit qu'il était le chef de toute cette bande, vous avez désiré voir le roi et j'ai voulu le montrer moi-même. Approchez, regardez-le et dites si nous avons l'air de gens qui veulent s'échapper.

— Non certes, répondit Planchet un peu étonné de l'honneur inattendu qu'il recevait.

— Vous direz donc à mes bons et fidèles Parisiens, reprit Anne d'Autriche avec un sourire à l'expression duquel d'Artagnan ne se trompa point, que vous avez vu le roi couché et dormant, ainsi que la reine prête à se mettre au lit à son tour.

— Je le dirai, Madame, et ceux qui m'accompagnent le diront tous ainsi que moi, mais…

— Mais quoi ? demanda Anne d'Autriche.

— Que Votre Majesté me pardonne, dit Planchet, mais est-ce bien le roi qui est couché dans ce lit ?

Anne d'Autriche tressaillit.

— S'il y a quelqu'un parmi vous tous qui connaisse le roi, dit-elle, qu'il s'approche et qu'il dise si c'est bien Sa Majesté qui est là.

Un homme enveloppé d'un manteau, dont en se drapant il se cachait le visage, s'approcha, se pencha sur le lit et regarda.

Un instant d'Artagnan crut que cet homme avait un mauvais dessein, et il porta la main à son épée ; mais dans le mouvement que fit en se baissant l'homme au manteau, il découvrit une portion de son visage, et d'Artagnan reconnut le coadjuteur.

— C'est bien le roi, dit cet homme en se relevant. Dieu bénisse Sa Majesté !

— Oui, dit à demi-voix le chef, oui, Dieu bénisse Sa Majesté !

Et tous ces hommes, qui étaient entrés furieux, passant de la colère à la pitié, bénirent à leur tour l'enfant royal.

— Maintenant, dit Planchet, remercions la reine, mes amis, et retirons-nous.

Tous s'inclinèrent et sortirent peu à peu et sans bruit, comme ils étaient entrés. Planchet, entré le premier, sortait le dernier.

La reine l'arrêta.

— Comment vous nommez-vous, mon ami ? lui dit-elle.

Planchet se retourna fort étonné de la question.

— Oui, dit la reine, je me tiens tout aussi honorée de vous avoir reçu ce soir que si vous étiez un prince, et je désire savoir votre nom.

« Oui, pensa Planchet, pour me traiter comme un prince, merci ! »

D'Artagnan frémit que Planchet, séduit comme le corbeau de la fable, ne dît son nom, et que la reine, sachant son nom, ne sût que Planchet lui avait appartenu.

— Madame, répondit respectueusement Planchet, je m'appelle Dulaurier pour vous servir.

— Merci, monsieur Dulaurier, dit la reine, et que faites-vous ?

— Madame, je suis marchand drapier dans la rue des Bourdonnais.

— Voilà tout ce que je voulais savoir, dit la reine ; bien obligée, mon cher monsieur Dulaurier, vous entendrez parler de moi.

— Allons, allons, murmura d'Artagnan en sortant de derrière son rideau, décidément maître Planchet n'est point un sot, et l'on voit bien qu'il a été élevé à bonne école.

Les différents acteurs de cette scène étrange restèrent un instant en face les uns des autres sans dire une seule parole, la reine debout près de la porte, d'Artagnan à moitié sorti de sa cachette, le roi soulevé sur son coude et prêt à retomber sur son lit au moindre bruit qui indiquerait le retour de toute cette multitude ; mais, au lieu de se rapprocher, le bruit s'éloigna de plus en plus et finit par s'éteindre tout à fait.

La reine respira ; d'Artagnan essuya son front humide ; le roi se laissa glisser en bas de son lit en disant :

— Partons.

En ce moment Laporte reparut.

— Eh bien ? demanda la reine.

— Eh bien, Madame, répondit le valet de chambre, je les ai suivis jusqu'aux grilles ; ils ont annoncé à tous leurs camarades qu'ils ont vu le roi et que la reine leur a parlé, de sorte qu'ils s'éloignent tout fiers et tout glorieux.

— Oh ! les misérables ! murmura la reine, ils paieront cher leur hardiesse, c'est moi qui le leur promets !

Puis, se retournant vers d'Artagnan :

— Monsieur, dit-elle, vous m'avez donné ce soir les meilleurs conseils que j'aie reçus de ma vie. Continuez : que devons-nous faire maintenant ?

— Monsieur Laporte, dit d'Artagnan, achevez d'habiller Sa Majesté.

— Nous pouvons partir alors ? demanda la reine.

— Quand Votre Majesté voudra ; elle n'a qu'à descendre par l'escalier dérobé, elle me trouvera à la porte.

— Allez, monsieur, dit la reine, je vous suis.

D'Artagnan descendit, le carrosse était à son poste, le mousquetaire se tenait sur le siège.

D'Artagnan prit le paquet qu'il avait chargé Bernouin de mettre aux pieds du mousquetaire. C'était, on se le rappelle, le chapeau et le manteau du cocher de M. de Gondy.

Il mit le manteau sur ses épaules et le chapeau sur sa tête.

Le mousquetaire descendit du siège.

— Monsieur, dit d'Artagnan, vous allez rendre la liberté à votre compagnon qui garde le cocher. Vous monterez sur vos chevaux, vous irez prendre, rue Tiquetonne, hôtel de la Chevrette, mon cheval et celui de M. du Vallon, que vous sellerez et harnacherez en guerre, puis vous sortirez de Paris en les conduisant en main, et vous vous rendrez au Cours-la-Reine. Si au Cours-la-Reine vous ne trouviez plus personne, vous pousseriez jusqu'à Saint-Germain. Service du roi.

Le mousquetaire porta la main à son chapeau et s'éloigna pour accomplir les ordres qu'il venait de recevoir.

D'Artagnan monta sur le siège.

Il avait une paire de pistolets à sa ceinture, un mousqueton sous ses pieds, son épée nue derrière lui.

La reine parut ; derrière elle venaient le roi et M. le duc d'Anjou, son frère.

— Le carrosse de M. le coadjuteur ! s'écria-t-elle en reculant d'un pas.

— Oui, madame, dit d'Artagnan, mais montez hardiment ; c'est moi qui le conduis.

La reine poussa un cri de surprise et monta dans le carrosse. Le roi et Monsieur montèrent après elle et s'assirent à ses côtés.

— Venez, Laporte, dit la reine.

— Comment, Madame ! dit le valet de chambre, dans le même carrosse que Vos Majestés ?

— Il ne s'agit pas ce soir de l'étiquette royale, mais du salut du roi. Montez, Laporte !

Laporte obéit.

— Fermez les mantelets, dit d'Artagnan.

— Mais cela n'inspirera-t-il pas de la défiance, monsieur ? demanda la reine.

— Que Votre Majesté soit tranquille, dit d'Artagnan, j'ai ma réponse prête.

On ferma les mantelets et on partit au galop par la rue de Richelieu. En arrivant à la porte, le chef du poste s'avança à la tête d'une douzaine d'hommes et tenant une lanterne à la main.

D'Artagnan lui fit signe d'approcher.

— Reconnaissez-vous la voiture ? dit-il au sergent.

— Non, répondit celui-ci.

— Regardez les armes.

Le sergent approcha sa lanterne du panneau.

— Ce sont celles de M. le coadjuteur ! dit-il.

— Chut ! il est en bonne fortune avec madame de Guéménée.

Le sergent se mit à rire.

— Ouvrez la porte, dit-il, je sais ce que c'est.

Puis, s'approchant du mantelet baissé :

— Bien du plaisir, Monseigneur ! dit-il.

— Indiscret ! cria d'Artagnan, vous me ferez chasser.

La barrière cria sur ses gonds ; et d'Artagnan, voyant le chemin ouvert, fouetta vigoureusement ses chevaux qui partirent au grand trot.

Cinq minutes après on avait rejoint le carrosse du cardinal.

— Mousqueton, cria d'Artagnan, relevez les mantelets du carrosse de Sa Majesté.

— C'est lui, dit Porthos.

— En cocher ! s'écria Mazarin.

— Et avec le carrosse du coadjuteur ! dit la reine.

— *Corpo di Dio!* monsou d'Artagnan, dit Mazarin, vous valez votre pesant d'or !

56
Comment d'Artagnan et Porthos gagnèrent, l'un deux cent dix-neuf, et l'autre deux cent quinze louis, à vendre de la paille

Mazarin voulait partir à l'instant même pour Saint-Germain, mais la reine déclara qu'elle attendrait les personnes auxquelles elle avait donné rendez-vous. Seulement, elle offrit au cardinal la place de Laporte. Le cardinal accepta et passa d'une voiture dans l'autre.

Ce n'était pas sans raison que le bruit s'était répandu que le roi devait quitter Paris dans la nuit : dix ou douze personnes étaient dans le secret de cette fuite depuis six heures du soir, et, si discrètes qu'elles eussent été, elles n'avaient pu donner leurs ordres de départ sans que la chose transpirât quelque peu. D'ailleurs, chacune de ces personnes en avait une ou deux autres auxquelles elle s'intéressait ; et comme on ne doutait point que la reine ne quittât Paris avec de terribles projets de vengeance, chacun avait averti ses amis ou ses parents ; de sorte que la rumeur de ce départ courut comme une traînée de poudre par les rues de la ville.

Le premier carrosse qui arriva après celui de la reine fut le carrosse de M. le Prince ; il contenait M. de Condé, madame la princesse et madame la princesse douairière. Toutes deux avaient été réveillées au milieu de la nuit et ne savaient pas de quoi il était question.

Le second contenait M. le duc d'Orléans, madame la duchesse, la Grande Mademoiselle et l'abbé de La Rivière, favori inséparable et conseiller intime du prince.

Le troisième contenait M. de Longueville et M. le prince de Conti, frère et beau-frère de M. le Prince. Ils mirent pied à terre, s'approchèrent du carrosse du roi et de la reine, et présentèrent leurs hommages à Sa Majesté.

La reine plongea son regard jusqu'au fond du carrosse, dont la portière était restée ouverte, et vit qu'il était vide.

— Mais où est donc madame de Longueville ? dit-elle.

— En effet, où est donc ma sœur ? demanda M. le Prince.

— Madame de Longueville est souffrante, Madame, répondit le duc, et elle m'a chargé de l'excuser près de Votre Majesté.

Anne lança un coup d'œil rapide à Mazarin, qui répondit par un signe imperceptible de tête.

— Qu'en dites-vous ? demanda la reine.

— Je dis que c'est un otage pour les Parisiens, répondit le cardinal.

— Pourquoi n'est-elle pas venue ? demanda tout bas M. le Prince à son frère.

— Silence ! répondit celui-ci ; sans doute elle a ses raisons.

— Elle nous perd, murmura le prince.

— Elle nous sauve, dit Conti.

Les voitures arrivaient en foule. Le maréchal de La Meilleraie, le maréchal de Villeroy, Guitaut, Villequier, Comminges, vinrent à la file ; les deux mousquetaires arrivèrent à leur tour, tenant les chevaux de d'Artagnan et de Porthos en main. D'Artagnan et Porthos se mirent en selle. Le cocher de Porthos remplaça d'Artagnan sur le siège du carrosse royal, Mousqueton remplaça le cocher, conduisant debout, pour raison à lui connue, et pareil à l'Automédon antique.

La reine, bien qu'occupée de mille détails, cherchait des yeux d'Artagnan, mais le Gascon s'était déjà replongé dans la foule avec sa prudence accoutumée.

— Faisons l'avant-garde, dit-il à Porthos, et ménageons-nous de bons logements à Saint-Germain, car personne ne songera à nous. Je me sens fort fatigué.

— Moi, dit Porthos, je tombe véritablement de sommeil. Dire que nous n'avons pas eu la moindre bataille. Décidément les Parisiens sont bien sots.

— Ne serait-ce pas plutôt que nous sommes bien habiles ? dit d'Artagnan.

— Peut-être.

— Et votre poignet, comment va-t-il ?

— Mieux ; mais croyez-vous que nous les tenons cette fois-ci ?

— Quoi ?

— Vous, votre grade ; et moi, mon titre ?

— Ma foi ! oui, je parierais presque. D'ailleurs, s'ils ne se souviennent pas, je les ferai souvenir.

— On entend la voix de la reine, dit Porthos. Je crois qu'elle demande à monter à cheval.

— Oh ! elle le voudrait bien, elle ; mais…

— Mais quoi ?

— Mais le cardinal ne veut pas, lui. Messieurs, continua d'Artagnan s'adressant aux deux mousquetaires, accompagnez le carrosse de la reine, et ne quittez pas les portières. Nous allons faire préparer les logis.

Et d'Artagnan piqua vers Saint-Germain accompagné de Porthos.

— Partons, messieurs ! dit la reine.

Et le carrosse royal se mit en route, suivi de tous les autres carrosses et de plus de cinquante cavaliers.

On arriva à Saint-Germain sans accident ; en descendant du marchepied, la reine trouva M. le Prince qui attendait debout et découvert pour lui offrir la main.

— Quel réveil pour les Parisiens ! dit Anne d'Autriche radieuse.

— C'est la guerre, dit le prince.

— Eh bien ! la guerre, soit. N'avons-nous pas avec nous le vainqueur de Rocroy, de Nordlingen et de Lens ?

Le prince s'inclina en signe de remerciement.

Il était trois heures du matin. La reine entra la première dans le château ; tout le monde la suivit : deux cents personnes à peu près l'avaient accompagnée dans sa fuite.

— Messieurs, dit la reine en riant, logez-vous dans le château, il est vaste et la place ne vous manquera point ;

mais, comme on ne comptait pas y venir, on me prévient qu'il n'y a en tout que trois lits, un pour le roi, un pour moi…

— Et un pour Mazarin, dit tout bas M. le Prince.

— Et moi, je coucherai donc sur le plancher ? dit Gaston d'Orléans avec un sourire très inquiet.

— Non, Monseigneur, dit Mazarin, car le troisième lit est destiné à Votre Altesse.

— Mais vous ? demanda le prince.

— Moi, je ne me coucherai pas, dit Mazarin, j'ai à travailler.

Gaston se fit indiquer la chambre où était le lit, sans s'inquiéter de quelle façon se logeraient sa femme et sa fille.

— Eh bien, moi, je me coucherai, dit d'Artagnan. Venez avec moi, Porthos.

Porthos suivit d'Artagnan avec cette profonde confiance qu'il avait dans l'intellect de son ami.

Ils marchaient l'un à côté de l'autre sur la place du château, Porthos regardant avec des yeux ébahis d'Artagnan, qui calculait sur ses doigts.

— Quatre cents à une pistole la pièce, quatre cents pistoles.

— Oui, disait Porthos, quatre cents pistoles ; mais qu'est-ce qui fait quatre cents pistoles ?

— Une pistole n'est pas assez, continua d'Artagnan ; cela vaut un louis.

— Qu'est-ce qui vaut un louis ?

— Quatre cents, à un louis, font quatre cents louis.

— Quatre cents ? dit Porthos.

— Oui, ils sont deux cents ; et il en faut au moins deux par personne. À deux par personne, cela fait quatre cents.

— Mais quatre cents quoi ?

— Écoutez, dit d'Artagnan.

Et comme il y avait là toutes sortes de gens qui regardaient dans l'ébahissement l'arrivée de la cour, il acheva sa phrase tout bas à l'oreille de Porthos.

— Je comprends, dit Porthos, je comprends à merveille, par ma foi ! Deux cents louis chacun, c'est joli ; mais que dira-t-on ?

— On dira ce qu'on voudra ; d'ailleurs saura-t-on que c'est nous ?

— Mais qui se chargera de la distribution ?

— Mousqueton n'est-il pas là ?

— Et ma livrée ! dit Porthos, on reconnaîtra ma livrée.

— Il retournera son habit.

— Vous avez toujours raison, mon cher, s'écria Porthos, mais où diable puisez-vous donc toutes les idées que vous avez ?

D'Artagnan sourit.

Les deux amis prirent la première rue qu'ils rencontrèrent ; Porthos frappa à la porte de la maison de droite, tandis que d'Artagnan frappait à la porte de la maison de gauche.

— De la paille ! dirent-ils.

— Monsieur, nous n'en avons pas, répondirent les gens qui vinrent ouvrir, mais adressez-vous au marchand de fourrages.

— Et où est-il, le marchand de fourrages ?

— La dernière grand-porte de la rue.

— À droite ou à gauche ?

— À gauche.

— Et y a-t-il encore à Saint-Germain d'autres gens chez lesquels on en pourrait trouver ?

— Il y a l'aubergiste du Mouton-Couronné, et Gros-Louis le fermier.

— Où demeurent-ils ?

— Rue des Ursulines.

— Tous deux ?

— Oui.

— Très bien.

Les deux amis se firent indiquer la seconde et la troisième adresse aussi exactement qu'ils s'étaient fait indiquer la première ; puis d'Artagnan se rendit chez le marchand de fourrages et traita avec lui de cent cinquante bottes de paille qu'il possédait, moyennant la somme de trois pistoles. Il se rendit ensuite chez l'aubergiste, où il trouva Porthos qui venait de traiter de deux cents bottes pour une somme à peu près pareille. Enfin le fermier Louis en mit cent quatre-vingts à leur disposition. Cela faisait un total de quatre cent trente.

Saint-Germain n'en avait pas davantage.

Toute cette rafle ne leur prit pas plus d'une demi-heure. Mousqueton, dûment éduqué, fut mis à la tête de ce commerce improvisé. On lui recommanda de ne pas laisser sortir de ses mains un fétu de paille au-dessous d'un louis la botte ; on lui en confiait pour quatre cent trente louis.

Mousqueton secouait la tête et ne comprenait rien à la spéculation des deux amis.

D'Artagnan, portant trois bottes de paille, s'en retourna au château, où chacun, grelottant de froid et tombant de sommeil, regardait envieusement le roi, la reine et Monsieur sur leurs lits de camp.

L'entrée de d'Artagnan dans la grande salle produisit un éclat de rire universel ; mais d'Artagnan n'eut pas même l'air de s'apercevoir qu'il était l'objet de l'attention générale et se mit à disposer avec tant d'habileté, d'adresse et de gaieté sa couche de paille que l'eau en venait à la bouche à tous ces pauvres endormis qui ne pouvaient dormir.

— De la paille ! s'écrièrent-ils, de la paille ! où trouve-t-on de la paille ?

— Je vais vous conduire, dit Porthos.

Et il conduisit les amateurs à Mousqueton, qui distribuait généreusement les bottes à un louis la pièce. On trouva bien que c'était un peu cher ; mais quand on a bien envie de dormir, qui est-ce qui ne paierait pas deux ou trois louis quelques heures de bon sommeil ?

D'Artagnan cédait à chacun son lit, qu'il recommença dix fois de suite ; et comme il était censé avoir payé comme les autres sa botte de paille un louis, il empocha ainsi une trentaine de louis en moins d'une demi-heure. À cinq heures du matin, la paille valait quatre-vingts livres la botte, et encore n'en trouvait-on plus.

D'Artagnan avait eu le soin d'en mettre quatre bottes de côté pour lui. Il prit dans sa poche la clef du cabinet où il les avait cachées, et, accompagné de Porthos, s'en retourna compter avec Mousqueton, qui, naïvement et comme un digne intendant qu'il était, leur remit quatre cent trente louis et garda encore cent louis pour lui.

Mousqueton, qui ne savait rien de ce qui s'était passé au château, ne comprenait pas comment l'idée de vendre de la paille ne lui était pas venue plus tôt.

D'Artagnan mit l'or dans son chapeau, et tout en revenant fit son compte avec Porthos. Il leur revenait à chacun deux cent quinze louis.

Porthos alors seulement s'aperçut qu'il n'avait pas de paille pour son compte, il retourna auprès de Mousqueton ; mais Mousqueton avait vendu jusqu'à son dernier fétu, ne gardant rien pour lui-même.

Il revint alors trouver d'Artagnan, lequel, grâce à ses quatre bottes de paille, était en train de confectionner, et en le savourant d'avance avec délices, un lit si moelleux, si bien rembourré à la tête, si bien couvert au pied, que ce lit eût fait envie au roi lui-même, si le roi n'eût si bien dormi dans le sien.

D'Artagnan, à aucun prix, ne voulut déranger son lit pour Porthos ; mais moyennant quatre louis que celui-ci lui compta, il consentit à ce que Porthos couchât avec lui.

Il rangea son épée à son chevet, posa ses pistolets à son côté, étendit son manteau à ses pieds, plaça son feutre sur son manteau, et s'étendit voluptueusement sur la paille qui craquait. Déjà il caressait les doux rêves qu'engendre la possession de deux cent dix-neuf louis gagnés en un quart d'heure, quand une voix retentit à la porte de la salle et le fit bondir.

— Monsieur d'Artagnan ! criait-elle, monsieur d'Artagnan !

— Ici, dit Porthos, ici !

Porthos comprenait que si d'Artagnan s'en allait, le lit lui resterait à lui tout seul.

Un officier s'approcha.

D'Artagnan se souleva sur son coude.

— C'est vous qui êtes monsieur d'Artagnan ? dit-il.

— Oui, monsieur ; que me voulez-vous ?

— Je viens vous chercher.

— De quelle part ?

— De la part de Son Éminence.

— Dites à Monseigneur que je vais dormir et que je lui conseille en ami d'en faire autant.

— Son Éminence ne s'est pas couchée et ne se couchera pas, et elle vous demande à l'instant même.

— La peste étouffe le Mazarin, qui ne sait pas dormir à propos ! murmura d'Artagnan. Que me veut-il ? Est-ce pour me faire capitaine ? En ce cas je lui pardonne.

Et le mousquetaire se leva tout en grommelant, prit son épée, son chapeau, ses pistolets et son manteau, puis suivit l'officier, tandis que Porthos, resté seul unique possesseur du lit, essayait d'imiter les belles dispositions de son ami.

— Monsou d'Artagnan, dit le cardinal en apercevant celui qu'il venait d'envoyer chercher si mal à propos, je n'ai point oublié avec quel zèle vous m'avez servi, et je vais vous en donner une preuve.

« Bon ! pensa d'Artagnan, cela s'annonce bien. »

Mazarin regardait le mousquetaire et vit sa figure s'épanouir.

— Ah ! Monseigneur...

— Monsieur d'Artagnan, dit-il, avez-vous bien envie d'être capitaine ?

— Oui, Monseigneur.

— Et votre ami désire-t-il toujours être baron ?

— En ce moment-ci, Monseigneur, il rêve qu'il l'est !

— Alors, dit Mazarin, tirant d'un portefeuille la lettre qu'il avait déjà montrée à d'Artagnan, prenez cette dépêche et portez-la en Angleterre.

D'Artagnan regarda l'enveloppe : il n'y avait point d'adresse.

— Ne puis-je savoir à qui je dois la remettre ?

— En arrivant à Londres, vous le saurez ; à Londres seulement vous déchirerez la double enveloppe.

— Et quelles sont mes instructions ?

— D'obéir en tout point à celui à qui cette lettre est adressée.

D'Artagnan allait faire de nouvelles questions, lorsque Mazarin ajouta :

— Vous partez pour Boulogne ; vous trouverez, aux Armes d'Angleterre, un jeune gentilhomme nommé M. Mordaunt.

— Oui, Monseigneur, et que dois-je faire de ce gentilhomme ?

— Le suivre jusqu'où il vous mènera.

D'Artagnan regarda le cardinal d'un air stupéfait.

— Vous voilà renseigné, dit Mazarin ; allez !

— Allez ! c'est bien facile à dire, reprit d'Artagnan ; mais pour aller il faut de l'argent et je n'en ai pas.

— Ah ! dit Mazarin en se grattant l'oreille, vous dites que vous n'avez pas d'argent ?

— Non, Monseigneur.

— Mais ce diamant que je vous donnai hier soir ?

— Je désire le conserver comme un souvenir de Votre Éminence.

Mazarin soupira.

— Il fait cher vivre en Angleterre, Monseigneur, et surtout comme envoyé extraordinaire.

— Hein ! fit Mazarin, c'est un pays fort sobre et qui vit de simplicité depuis la révolution ; mais n'importe.

Il ouvrit un tiroir et prit une bourse.

— Que dites-vous de ces mille écus ?

D'Artagnan avança la lèvre inférieure d'une façon démesurée.

— Je dis, Monseigneur, que c'est peu, car je ne partirai certainement pas seul.

— J'y compte bien, répondit Mazarin, M. du Vallon vous accompagnera, le digne gentilhomme ; car, après vous, mon cher monsou d'Artagnan, c'est bien certainement l'homme de France que j'aime et estime le plus.

— Alors, Monseigneur, dit d'Artagnan en montrant la bourse que Mazarin n'avait point lâchée ; alors, si vous l'aimez et l'estimez tant, vous comprenez...

— Soit ! à sa considération, j'ajouterai deux cents écus.

— Ladre ! murmura d'Artagnan... Mais à notre retour, au moins, ajouta-t-il tout haut, nous pourrons compter, n'est-ce pas, M. Porthos sur sa baronnie et moi sur mon grade ?

— Foi de Mazarin !

— J'aimerais mieux un autre serment, se dit tout bas d'Artagnan ; puis tout haut : Ne puis-je, dit-il, présenter mes respects à Sa Majesté la reine ?

— Sa Majesté dort, répondit vivement Mazarin, et il faut que vous partiez sans délai ; allez donc, monsieur.

— Encore un mot, Monseigneur : si on se bat où je vais, me battrai-je ?

— Vous ferez ce que vous ordonnera la personne à laquelle je vous adresse.

— C'est bien, Monseigneur, dit d'Artagnan en allongeant la main pour recevoir le sac, et je vous présente tous mes respects.

D'Artagnan mit lentement le sac dans sa large poche et, se retournant vers l'officier :

— Monsieur, lui dit-il, voulez-vous bien aller réveiller à son tour M. du Vallon de la part de Son Éminence et lui dire que je l'attends aux écuries ?

L'officier partit aussitôt avec un empressement qui parut à d'Artagnan avoir quelque chose d'intéressé.

Porthos venait de s'étendre à son tour dans son lit, et il commençait à ronfler harmonieusement, selon son habitude, lorsqu'il sentit qu'on lui frappait sur l'épaule.

Il crut que c'était d'Artagnan et ne bougea point.

— De la part du cardinal, dit l'officier.

— Hein ! dit Porthos en ouvrant de grands yeux, que dites-vous ?

— Je dis que Son Éminence vous envoie en Angleterre, et que M. d'Artagnan vous attend aux écuries.

Porthos poussa un profond soupir, se leva, prit son feutre, ses pistolets, son épée et son manteau, et sortit en jetant un regard de regret sur le lit dans lequel il s'était promis de si bien dormir.

À peine avait-il tourné le dos que l'officier y était installé, et il n'avait point passé le seuil de la porte que son successeur, à son tour, ronflait à tout rompre. C'était bien naturel, il était seul dans toute cette assemblée, avec le roi, la reine et Monseigneur Gaston d'Orléans, qui dormît gratis.

57

On a des nouvelles d'Aramis

D'Artagnan s'était rendu droit aux écuries. Le jour venait de paraître ; il reconnut son cheval et celui de Porthos attachés au râtelier, mais au râtelier vide. Il eut pitié de ces pauvres animaux, et s'achemina vers un coin de l'écurie où il voyait reluire un peu de paille échappée sans doute à la razzia de la nuit ; mais en rassemblant cette paille avec le pied, le bout de sa botte rencontra un corps rond qui, touché sans doute à un endroit sensible, poussa un cri et se releva sur ses genoux en se frottant les yeux. C'était Mousqueton, qui, n'ayant plus de paille pour lui-même, s'était accommodé de celle des chevaux.

— Mousqueton, dit d'Artagnan, allons, en route ! en route !

Mousqueton, en reconnaissant la voix de l'ami de son maître, se leva précipitamment, et en se levant laissa choir quelques-uns des louis gagnés illégalement pendant la nuit.

— Oh ! oh ! dit d'Artagnan en ramassant un louis et en le flairant, voilà de l'or qui a une drôle d'odeur, il sent la paille.

Mousqueton rougit si honnêtement et parut si fort embarrassé, que le Gascon se mit à rire et lui dit :

— Porthos se mettrait en colère, mon cher monsieur Mousqueton, mais moi je vous pardonne ; seulement rappelons-nous que cet or doit nous servir de topique pour notre blessure, et soyons gai, allons !

Mousqueton prit à l'instant même une figure des plus hilares, sella avec activité le cheval de son maître et monta sur le sien sans trop faire de grimaces.

Sur ces entrefaites, Porthos arriva avec une figure fort maussade, et fut on ne peut plus étonné de trouver d'Artagnan résigné et Mousqueton presque joyeux.

— Ah çà, dit-il, nous avons donc, vous votre grade, et moi ma baronnie ?

— Nous allons en chercher les brevets, dit d'Artagnan, et à notre retour maître Mazarini les signera.

— Et où allons-nous ? demanda Porthos.

— À Paris d'abord, répondit d'Artagnan ; j'y veux régler quelques affaires.

— Allons à Paris, dit Porthos.

Et tous deux partirent pour Paris.

En arrivant aux portes ils furent étonnés de voir l'attitude menaçante de la capitale. Autour d'un carrosse brisé en morceaux le peuple vociférait des imprécations, tandis que les personnes qui avaient voulu fuir étaient prisonnières, c'est-à-dire un vieillard et deux femmes.

Lorsque au contraire d'Artagnan et Porthos demandèrent l'entrée, il n'est sortes de caresses qu'on ne leur fît. On les prenait pour des déserteurs du parti royaliste, et on voulait se les attacher.

— Que fait le roi ? demanda-t-on.

— Il dort.

— Et l'Espagnole ?

— Elle rêve.

— Et l'Italien maudit ?

— Il veille. Ainsi tenez-vous fermes ; car s'ils sont partis, c'est bien certainement pour quelque chose. Mais comme, au bout du compte, vous êtes les plus forts, continua d'Artagnan, ne vous acharnez pas après des femmes et des vieillards, et prenez-vous-en aux causes véritables.

Le peuple entendit ces paroles avec plaisir et laissa aller les dames, qui remercièrent d'Artagnan par un éloquent regard.

— Maintenant, en avant ! dit d'Artagnan.

Et ils continuèrent leur chemin, traversant les barricades, enjambant les chaînes, poussés, interrogés, interrogeant.

À la place du Palais-Royal, d'Artagnan vit un sergent qui faisait faire l'exercice à cinq ou six cents bourgeois : c'était Planchet qui utilisait au profit de la milice urbaine ses souvenirs du régiment de Piémont.

En passant devant d'Artagnan, il reconnut son ancien maître.

— Bonjour, monsieur d'Artagnan, dit Planchet d'un air fier.

— Bonjour, monsieur Dulaurier, répondit d'Artagnan.

Planchet s'arrêta court, fixant sur d'Artagnan de grands yeux ébahis ; le premier rang, voyant son chef s'arrêter, s'arrêta à son tour, ainsi de suite jusqu'au dernier.

— Ces bourgeois sont affreusement ridicules, dit d'Artagnan à Porthos.

Et il continua son chemin.

Cinq minutes après, il mettait pied à terre à l'hôtel de la Chevrette.

La belle Madeleine se précipita au-devant de d'Artagnan.

— Ma chère madame Turquaine, dit d'Artagnan, si vous avez de l'argent, enfouissez-le vite, si vous avez des bijoux, cachez-les promptement, si vous avez des débiteurs, faites-vous payer ; si vous avez des créanciers, ne les payez pas.

— Pourquoi cela ? demanda Madeleine.

— Parce que Paris va être réduit en cendres ni plus ni moins que Babylone, dont vous avez sans doute entendu parler.

— Et vous me quittez dans un pareil moment ?

— À l'instant même, dit d'Artagnan.

— Et où allez-vous ?

— Ah ! si vous pouvez me le dire, vous me rendrez un véritable service.

— Ah ! mon Dieu ! mon Dieu !

— Avez-vous des lettres pour moi ? demanda d'Artagnan en faisant signe de la main à son hôtesse qu'elle devait s'épargner les lamentations, attendu que les lamentations seraient superflues.

— Il y en a une qui vient justement d'arriver.

Et elle donna la lettre à d'Artagnan.

— D'Athos ! s'écria d'Artagnan en reconnaissant l'écriture ferme et allongée de leur ami.

— Ah ! fit Porthos, voyons un peu quelles choses il dit.

D'Artagnan ouvrit la lettre et lut :

« *Cher d'Artagnan, cher du Vallon, mes bons amis, peut-être recevez-vous de mes nouvelles pour la dernière fois. Aramis et moi nous sommes bien malheureux ; mais Dieu, notre courage et le souvenir de notre amitié nous soutiennent. Pensez bien à Raoul. Je vous recommande les papiers qui sont à Blois, et dans deux mois et demi, si vous n'avez pas reçu de nos nouvelles, prenez-en connaissance. Embrassez le vicomte de tout votre cœur pour votre ami dévoué,*

ATHOS. »

— Je le crois pardieu bien, que je l'embrasserai, dit d'Artagnan, avec cela qu'il est sur notre route, et s'il a le malheur de perdre notre pauvre Athos, de ce jour, il devient mon fils.

— Et moi, dit Porthos, je le fais mon légataire universel.

— Voyons, que dit encore Athos ?

« Si vous rencontrez par les routes un M. Mordaunt, défiez-vous-en. Je ne puis vous en dire davantage dans ma lettre. »

— M. Mordaunt ! dit avec surprise d'Artagnan.

— M. Mordaunt, c'est bon, dit Porthos, on s'en souviendra. Mais voyez donc, il y a un post-scriptum d'Aramis.

— En effet, dit d'Artagnan.

Et il lut :

« Nous vous cachons le lieu de notre séjour, chers amis, connaissant votre dévouement fraternel, et sachant bien que vous viendriez mourir avec nous. »

— Sacrebleu ! interrompit Porthos avec une explosion de colère qui fit bondir Mousqueton à l'autre bout de la chambre, sont-ils donc en danger de mort ?

D'Artagnan continua :

« Athos vous lègue Raoul, et moi je vous lègue une vengeance. Si vous mettez par bonheur la main sur un certain Mordaunt, dites à Porthos de l'emmener dans un coin et de lui tordre le cou. Je n'ose vous en dire davantage dans une lettre.

ARAMIS. »

— Si ce n'est que cela, dit Porthos, c'est facile à faire.

— Au contraire, dit d'Artagnan d'un air sombre, c'est impossible.

— Et pourquoi cela ?

— C'est justement ce M. Mordaunt que nous allons rejoindre à Boulogne et avec lequel nous passons en Angleterre.

— Eh bien ! si au lieu d'aller rejoindre ce M. Mordaunt, nous allions rejoindre nos amis ? dit Porthos avec un geste capable d'épouvanter une armée.

— J'y ai bien pensé, dit d'Artagnan ; mais la lettre n'a ni date ni timbre.

— C'est juste, dit Porthos.

Et il se mit à errer dans la chambre comme un homme égaré, gesticulant et tirant à tout moment son épée au tiers du fourreau.

Quant à d'Artagnan, il restait debout comme un homme consterné, et la plus profonde affliction se peignait sur son visage.

— Ah ! c'est mal, disait-il ; Athos nous insulte ; il veut mourir seul, c'est mal.

Mousqueton, voyant ces deux grands désespoirs, fondait en larmes dans son coin.

— Allons, dit d'Artagnan, tout cela ne mène à rien. Partons, allons embrasser Raoul comme nous avons dit, et peut-être aura-t-il reçu des nouvelles d'Athos.

— Tiens, c'est une idée, dit Porthos ; en vérité, mon cher d'Artagnan, je ne sais pas comment vous faites, mais vous êtes plein d'idées. Allons embrasser Raoul.

— Gare à celui qui regarderait mon maître de travers en ce moment, dit Mousqueton, je ne donnerais pas un denier de sa peau.

On monta à cheval et l'on partit. En arrivant à la rue Saint-Denis, les amis trouvèrent un grand concours de peuple. C'était M. de Beaufort qui venait d'arriver du Vendômois et que le coadjuteur montrait aux Parisiens émerveillés et joyeux.

Avec M. de Beaufort, ils se regardaient désormais comme invincibles.

Les deux amis prirent par une petite rue pour ne pas rencontrer le prince et gagnèrent la barrière Saint-Denis.

— Est-il vrai, dirent les gardes aux deux cavaliers, que M. de Beaufort est arrivé dans Paris ?

— Rien de plus vrai, dit d'Artagnan, et la preuve, c'est qu'il nous envoie au-devant de M. de Vendôme, son père, qui va arriver à son tour.

— Vive M. de Beaufort ! crièrent les gardes.

Et ils s'écartèrent respectueusement pour laisser passer les envoyés du grand prince.

Une fois hors barrière, la route fut dévorée par ces gens qui ne connaissaient ni fatigue ni découragement ; leurs chevaux volaient, et eux ne cessaient de parler d'Athos et d'Aramis.

Mousqueton souffrait tous les tourments imaginables, mais l'excellent serviteur se consolait en pensant que ses deux maîtres éprouvaient bien d'autres souffrances. Car il était arrivé à regarder d'Artagnan comme son second maître et lui obéissait même plus promptement et plus correctement qu'à Porthos.

Le camp était entre Saint-Omer et Lambres ; les deux amis firent un crochet jusqu'au camp et apprirent en détail à l'armée la nouvelle de la fuite du roi et de la reine, qui était arrivée sourdement jusque-là. Ils trouvèrent Raoul près de sa tente, couché sur une botte de foin dont son cheval tirait quelques bribes à la dérobée. Le jeune homme avait les yeux rouges et semblait abattu. Le maréchal de Grammont et le comte de Guiche étaient revenus à Paris, et le pauvre enfant se trouvait isolé.

Au bout d'un instant Raoul leva les yeux et vit les deux cavaliers qui le regardaient ; il les reconnut et courut à eux les bras ouverts.

— Oh ! c'est vous, chers amis ! s'écria-t-il, me venez-vous chercher ? m'emmenez-vous avec vous ? m'apportez-vous des nouvelles de mon tuteur ?

— N'en avez-vous donc point reçu ? demanda d'Artagnan au jeune homme.

— Hélas ! non, monsieur, et je ne sais en vérité ce qu'il est devenu. De sorte, oh ! de sorte que je suis inquiet à en pleurer.

Et effectivement deux grosses larmes roulaient sur les joues brunies du jeune homme.

Porthos détourna la tête pour ne pas laisser voir sur sa bonne grosse figure ce qui se passait dans son cœur.

— Que diable ! dit d'Artagnan plus remué qu'il ne l'avait été depuis bien longtemps, ne vous désespérez point, mon ami ; si vous n'avez point reçu de lettres du comte, nous avons reçu, nous… une…

— Oh ! vraiment ? s'écria Raoul.

— Et bien rassurante même, dit d'Artagnan en voyant la joie que cette nouvelle causait au jeune homme.

— L'avez-vous ? demanda Raoul.

— Oui ; c'est-à-dire je l'avais, dit d'Artagnan en faisant semblant de chercher ; attendez, elle doit être là, dans ma poche ; il me parle de son retour, n'est-ce pas, Porthos ?

Tout Gascon qu'il était, d'Artagnan ne voulait pas prendre à lui seul le fardeau de ce mensonge.

— Oui, dit Porthos en toussant.

— Oh ! donnez-la-moi, dit le jeune homme.

— Eh ! je la lisais encore tantôt. Est-ce que je l'aurai perdue ! Ah ! pécaïre, ma poche est percée.

— Oh ! oui, monsieur Raoul, dit Mousqueton, et la lettre était même très consolante ; ces messieurs me l'ont lue et j'en ai pleuré de joie.

— Mais au moins, monsieur d'Artagnan, vous savez où il est ? demanda Raoul à moitié rasséréné.

— Ah ! voilà, dit d'Artagnan, certainement que je le sais, pardieu ! mais c'est un mystère.

— Pas pour moi, je l'espère.

— Non, pas pour vous, aussi je vais vous dire où il est.

Porthos regardait d'Artagnan avec ses gros yeux étonnés.

— Où diable vais-je dire qu'il est pour qu'il n'essaie pas d'aller le rejoindre ? murmurait d'Artagnan.

— Eh bien ! où est-il, monsieur ? demanda Raoul de sa voix douce et caressante.

— Il est à Constantinople !

— Chez les Turcs ! s'écria Raoul effrayé. Bon Dieu ! que me dites-vous là ?

— Eh bien ! cela vous fait peur ? dit d'Artagnan. Bah ! qu'est-ce que les Turcs pour des hommes comme le comte de La Fère et l'abbé d'Herblay ?

— Ah ! son ami est avec lui ? dit Raoul, cela me rassure un peu.

— A-t-il de l'esprit, ce démon de d'Artagnan ! disait Porthos tout émerveillé de la ruse de son ami.

— Maintenant, dit d'Artagnan pressé de changer le sujet de la conversation, voilà cinquante pistoles que M. le comte vous envoyait par le même courrier. Je présume que vous n'avez plus d'argent et qu'elles sont les bienvenues.

— J'ai encore vingt pistoles, monsieur.

— Eh bien ! prenez toujours, cela vous en fera soixante-dix.

— Et si vous en voulez davantage… dit Porthos mettant la main à son gousset.

— Merci, dit Raoul en rougissant, merci mille fois, monsieur.

En ce moment, Olivain parut à l'horizon.

— À propos, dit d'Artagnan de manière que le laquais l'entendît, êtes-vous content d'Olivain ?

— Oui, assez comme cela.

Olivain fit semblant de n'avoir rien entendu et entra dans la tente.

— Que lui reprochez-vous, à ce drôle-là ?

— Il est gourmand, dit Raoul.

— Oh ! monsieur ! dit Olivain reparaissant à cette accusation.

— Il est un peu voleur.

— Oh ! monsieur, oh !

— Et surtout il est fort poltron.

— Oh ! oh ! oh ! monsieur, vous me déshonorez, dit Olivain.

— Peste ! dit d'Artagnan, apprenez, maître Olivain, que des gens tels que nous ne se font pas servir par des poltrons. Volez votre maître, mangez ses confitures et buvez son vin, mais, cap de Diou ! ne soyez pas poltron, ou je vous coupe les oreilles. Regardez monsieur Mousqueton, dites-lui de vous montrer les blessures honorables qu'il a reçues, et voyez ce que sa bravoure habituelle a mis de dignité sur son visage.

Mousqueton était au troisième ciel et eût embrassé d'Artagnan s'il l'eût osé ; en attendant, il se promettait de se faire tuer pour lui si l'occasion s'en présentait jamais.

— Renvoyez ce drôle, Raoul, dit d'Artagnan, car s'il est poltron, il se déshonorera quelque jour.

— Monsieur dit que je suis poltron, s'écria Olivain, parce qu'il a voulu se battre l'autre jour avec un cornette du régiment de Grammont, et que j'ai refusé de l'accompagner.

— Monsieur Olivain, un laquais ne doit jamais désobéir, dit sévèrement d'Artagnan.

Et le tirant à l'écart :

— Tu as bien fait, dit-il, si ton maître avait tort, et voici un écu pour toi ; mais s'il est jamais insulté et que tu ne te fasses pas couper en quartiers près de lui, je te coupe la langue et je t'en balaye la figure. Retiens bien ceci.

Olivain s'inclina et mit l'écu dans sa poche.

— Et maintenant, ami Raoul, dit d'Artagnan, nous partons, M. du Vallon et moi, comme ambassadeurs. Je ne puis vous dire dans quel but, je n'en sais rien moi-même ; mais si vous avez besoin de quelque chose, écrivez à madame Madelon Turquaine, à la Chevrette, rue Tiquetonne, et tirez sur cette caisse comme sur celle d'un banquier : avec ménagement toutefois, car je vous préviens qu'elle n'est pas tout à fait si bien garnie que celle de M. d'Émery.

Et ayant embrassé son pupille par intérim, il le passa aux robustes bras de Porthos, qui l'enlevèrent de terre et le tinrent un moment suspendu sur le noble cœur du redoutable géant.

— Allons, dit d'Artagnan, en route.

Et ils repartirent pour Boulogne, où vers le soir ils arrêtèrent leurs chevaux trempés de sueur et blancs d'écume.

À dix pas de l'endroit où ils faisaient halte avant d'entrer en ville, était un jeune homme vêtu de noir qui paraissait attendre quelqu'un, et qui, du moment où il les avait vus paraître, n'avait point cessé d'avoir les yeux fixés sur eux.

D'Artagnan s'approcha de lui, et voyant que son regard ne le quittait pas :

— Hé ! dit-il, l'ami, je n'aime pas qu'on me toise.

— Monsieur, dit le jeune homme sans répondre à l'interpellation de d'Artagnan, ne venez-vous pas de Paris, s'il vous plaît ?

D'Artagnan pensa que c'était un curieux qui désirait avoir des nouvelles de la capitale.

— Oui, monsieur, dit-il d'un ton plus radouci.

— Ne devez-vous pas loger aux Armes d'Angleterre ?

— Oui, monsieur.

— N'êtes-vous pas chargé d'une mission de la part de Son Éminence M. le cardinal de Mazarin ?

— Oui, monsieur.

— En ce cas, dit le jeune homme, c'est à moi que vous avez affaire, je suis M. Mordaunt.

— Ah ! dit tout bas d'Artagnan, celui dont Athos me dit de me méfier.

— Ah ! murmura Porthos, celui qu'Aramis veut que j'étrangle.

Tous deux regardèrent attentivement le jeune homme.

Celui-ci se trompa à l'expression de leur regard.

— Douteriez-vous de ma parole ? dit-il ; en ce cas je suis prêt à vous donner toute preuve.

— Non, monsieur, dit d'Artagnan, et nous nous mettons à votre disposition.

— Eh bien ! messieurs, dit Mordaunt, nous partirons sans retard ; car c'est aujourd'hui le dernier jour de délai que m'avait demandé le cardinal. Mon bâtiment est prêt ; et, si vous n'étiez venus, j'allais partir sans vous, car le général Olivier Cromwell doit attendre mon retour avec impatience.

— Ah ! ah ! dit d'Artagnan, c'est donc au général Olivier Cromwell que nous sommes dépêchés ?

— N'avez-vous donc pas une lettre pour lui ? demanda le jeune homme.

— J'ai une lettre dont je ne devais rompre la double enveloppe qu'à Londres ; mais puisque vous me dites à qui elle est adressée, il est inutile que j'attende jusque-là.

D'Artagnan déchira l'enveloppe de la lettre.

Elle était en effet adressée :

« À monsieur Olivier Cromwell, général des troupes de la nation anglaise. »

— Ah ! fit d'Artagnan, singulière commission !

— Qu'est-ce que ce M. Olivier Cromwell ? demanda tout bas Porthos.

— Un ancien brasseur, répondit d'Artagnan.

— Est-ce que le Mazarin voudrait faire une spéculation sur la bière comme nous en avons fait sur la paille ? demanda Porthos.

— Allons, allons, messieurs, dit Mordaunt impatient, partons.

— Oh ! oh ! dit Porthos, sans souper ? Est-ce que M. Cromwell ne peut pas bien attendre un peu ?

— Oui, mais moi ? dit Mordaunt.

— Eh bien ! vous, dit Porthos, après ?

— Moi, je suis pressé.

— Oh ! si c'est pour vous, dit Porthos, la chose ne me regarde pas, et je souperai avec votre permission ou sans votre permission.

Le regard vague du jeune homme s'enflamma et parut prêt à jeter un éclair, mais il se contint.

— Monsieur, continua d'Artagnan, il faut excuser des voyageurs affamés. D'ailleurs notre souper ne vous retardera pas beaucoup, nous allons piquer jusqu'à l'auberge. Allez à pied jusqu'au port, nous mangeons un morceau et nous y sommes en même temps que vous.

— Tout ce qu'il vous plaira, messieurs, pourvu que nous partions, dit Mordaunt.

— C'cst bien heureux, murmura Porthos.

— Le nom du bâtiment ? demanda d'Artagnan.

— Le *Standard*.

— C'est bien. Dans une demi-heure nous serons à bord.

Et tous deux, donnant de l'éperon à leurs chevaux, piquèrent vers l'hôtel des Armes d'Angleterre.

— Que dites-vous de ce jeune homme ? demanda d'Artagnan tout en courant.

— Je dis qu'il ne me revient pas du tout, dit Porthos, et que je me suis senti une rude démangeaison de suivre le conseil d'Aramis.

— Gardez-vous-en, mon cher Porthos, cet homme est un envoyé du général Cromwell, et ce serait une façon de nous faire pauvrement recevoir, je crois, que de lui annoncer que nous avons tordu le cou à son confident.

— C'est égal, dit Porthos, j'ai toujours remarqué qu'Aramis était homme de bon conseil.

— Écoutez, dit d'Artagnan, quand notre ambassade sera finie…

— Après ?

— S'il nous reconduit en France…

— Eh bien ?

— Eh bien ! nous verrons.

Les deux amis arrivèrent sur ce à l'hôtel des Armes d'Angleterre, où ils soupèrent de grand appétit ; puis, incontinent, ils se rendirent sur le port. Un brick était prêt à mettre à la voile ; et, sur le pont de ce brick, ils reconnurent Mordaunt, qui se promenait avec impatience.

— C'est incroyable, disait d'Artagnan, tandis que la barque le conduisait à bord du *Standard*, c'est étonnant comme ce jeune homme ressemble à quelqu'un que j'ai connu, mais je ne puis dire à qui.

Ils arrivèrent à l'escalier, et, un instant après, ils furent embarqués.

Mais l'embarquement des chevaux fut plus long que celui des hommes, et le brick ne put lever l'ancre qu'à huit heures du soir.

Le jeune homme trépignait d'impatience et commandait que l'on couvrît les mâts de voiles.

Porthos, éreinté de trois nuits sans sommeil et d'une route de soixante-dix lieues faite à cheval, s'était retiré dans sa cabine et dormait.

D'Artagnan, surmontant sa répugnance pour Mordaunt, se promenait avec lui sur le pont et faisait cent contes pour le forcer à parler.

Mousqueton avait le mal de mer.

58

L'Écossais, parjure à sa foi,
Pour un denier vendit son roi.

Et, maintenant, il faut que nos lecteurs laissent voguer tranquillement le *Standard*, non pas vers Londres, où d'Artagnan et Porthos croient aller, mais vers Durham, où des lettres reçues d'Angleterre pendant son séjour à Boulogne avaient ordonné à Mordaunt de se rendre, et nous suivent au camp royaliste, situé en deçà de la Tyne, auprès de la ville de Newcastle.

C'est là, placées entre deux rivières, sur la frontière d'Écosse, mais sur le sol d'Angleterre, que s'étalent les tentes d'une petite armée. Il est minuit. Des hommes qu'on peut reconnaître à leurs jambes nues, à leurs jupes courtes, à leurs plaids bariolés et à la plume qui décore leur bonnet pour des highlanders, veillent nonchalamment. La lune, qui glisse entre deux gros nuages, éclaire à chaque intervalle qu'elle trouve sur sa route les mousquets des sentinelles et découpe en vigueur les murailles, les toits et les clochers de la ville que Charles Ier vient de rendre aux troupes du parlement ainsi qu'Oxford et Newark, qui tenaient encore pour lui, dans l'espoir d'un accommodement.

À l'une des extrémités du camp, près d'une tente immense, pleine d'officiers écossais tenant une espèce de conseil présidé par le vieux comte de Loewen, leur chef, un homme, vêtu en cavalier, dort couché sur le gazon et la main droite étendue sur son épée.

À cinquante pas de là, un autre homme, vêtu aussi en cavalier, cause avec une sentinelle écossaise ; et grâce à l'habitude qu'il paraît avoir, quoique étranger, de la langue anglaise, il parvient à comprendre les réponses que son interlocuteur lui fait dans le patois du comté de Perth.

Comme une heure du matin sonnait à la ville de Newcastle, le dormeur s'éveilla ; et après avoir fait tous les gestes d'un homme qui ouvre les yeux après un profond sommeil, il regarda attentivement autour de lui : voyant qu'il était seul il se leva, et, faisant un détour, alla passer près du cavalier qui causait avec la sentinelle. Celui-ci avait sans doute fini ses interrogations, car après un instant il prit congé de cet homme et suivit sans affectation la même route que le premier cavalier que nous avons vu passer.

À l'ombre d'une tente placée sur le chemin, l'autre l'attendait.

— Eh bien, mon cher ami ? lui dit-il dans le plus pur français qui ait jamais été parlé de Rouen à Tours.

— Eh bien, mon ami, il n'y a pas de temps à perdre, et il faut prévenir le roi.

— Que se passe-t-il donc ?

— Ce serait trop long à vous dire ; d'ailleurs, vous l'entendrez tout à l'heure. Puis le moindre mot prononcé ici peut tout perdre. Allons trouver milord de Winter.

Et tous deux s'acheminèrent vers l'extrémité opposée du camp ; mais comme le camp ne couvrait pas une surface de plus de cinq cents pas carrés, ils furent bientôt arrivés à la tente de celui qu'ils cherchaient.

— Votre maître dort-il, Tony ? dit en anglais l'un des deux cavaliers à un domestique couché dans un premier compartiment qui servait d'antichambre.

— Non, monsieur le comte, répondit le laquais, je ne crois pas, ou ce serait depuis bien peu de temps, car il a marché pendant plus de deux heures après avoir quitté le roi et le bruit de ses pas a cessé à peine depuis dix minutes ; d'ailleurs, ajouta le laquais en levant la portière de la tente, vous pouvez le voir.

En effet, de Winter était assis devant une ouverture, pratiquée comme une fenêtre, qui laissait pénétrer l'air de la nuit, et à travers laquelle il suivait mélancoliquement des yeux la lune, perdue, comme nous l'avons dit tout à l'heure, au milieu de gros nuages noirs.

Les deux amis s'approchèrent de de Winter, qui, la tête appuyée sur sa main, regardait le ciel ; il ne les entendit pas venir et resta dans la même attitude, jusqu'au moment où il sentit qu'on lui posait la main sur l'épaule. Alors il se retourna, reconnut Athos et Aramis, et leur tendit la main.

— Avez-vous remarqué, leur dit-il, comme la lune est ce soir couleur de sang ?

— Non, dit Athos, elle m'a semblé comme à l'ordinaire.

— Regardez, chevalier, dit de Winter.

— Je vous avoue, dit Aramis, que je suis comme le comte de La Fère, et que je n'y vois rien de particulier.

— Comte, dit Athos, dans une position aussi précaire que la nôtre, c'est la terre qu'il faut examiner, et non le ciel. Avez-vous étudié nos Écossais et en êtes-vous sûr ?

— Les Écossais ? demanda de Winter ; quels Écossais ?

— Eh ! les nôtres, pardieu ! dit Athos ; ceux auxquels le roi s'est confié, les Écossais du comte de Loewen.

— Non, dit de Winter. Puis il ajouta : Ainsi, dites-moi, vous ne voyez pas comme moi cette teinte rougeâtre qui couvre le ciel ?

— Pas le moins du monde, dirent ensemble Athos et Aramis.

— Dites-moi, continua de Winter toujours préoccupé de la même idée, n'est-ce pas une tradition en France, que, la veille du jour où il fut assassiné, Henri IV, qui jouait aux échecs avec M. de Bassompierre, vit des taches de sang sur l'échiquier ?

— Oui, dit Athos, et le maréchal me l'a raconté maintes fois à moi-même.

— C'est cela, murmura de Winter, et le lendemain Henri IV fut tué.

— Mais quel rapport cette vision d'Henri IV a-t-elle avec vous, comte ? demanda Aramis.

— Aucune, messieurs, et en vérité je suis fou de vous entretenir de pareilles choses, quand votre entrée à cette heure dans ma tente m'annonce que vous êtes porteurs de quelque nouvelle importante.

— Oui, milord, dit Athos, je voudrais parler au roi.

— Au roi ? mais le roi dort.

— J'ai à lui révéler des choses de conséquence.

— Ces choses ne peuvent-elles être remises à demain ?

— Il faut qu'il les sache à l'instant même, et peut-être est-il déjà trop tard.

— Entrons, messieurs, dit de Winter.

La tente de de Winter était posée à côté de la tente royale, une espèce de corridor communiquait de l'une à l'autre. Ce corridor était gardé non par une sentinelle, mais par un valet de confiance de Charles Ier, afin qu'en cas urgent le roi pût à l'instant même communiquer avec son fidèle serviteur.

— Ces messieurs sont avec moi, dit de Winter.

Le laquais s'inclina et laissa passer.

En effet, sur un lit de camp, vêtu de son pourpoint noir, chaussé de ses bottes longues, la ceinture lâche et son feutre près de lui, le roi Charles, cédant à un besoin irrésistible de sommeil, s'était endormi. Les hommes s'avancèrent, et Athos, qui marchait le premier, considéra un instant en silence cette noble figure si pâle, encadrée de ses longs cheveux noirs que collait à ses tempes la sueur d'un mauvais sommeil et que marbraient de grosses veines bleues, qui semblaient gonflées de larmes sous ses yeux fatigués.

Athos poussa un profond soupir ; ce soupir réveilla le roi, tant il dormait d'un faible sommeil.

Il ouvrit les yeux.

— Ah ? dit-il en se soulevant sur son coude, c'est vous, comte de La Fère ?

— Oui, sire, répondit Athos.

— Vous veillez tandis que je dors, et vous venez m'apporter quelque nouvelle ?

— Hélas ! sire, répondit Athos, Votre Majesté a deviné juste.

— Alors, la nouvelle est mauvaise ? dit le roi en souriant avec mélancolie.

— Oui, sire.

— N'importe, le messager est le bienvenu, et vous ne pouvez entrer chez moi sans me faire toujours plaisir. Vous dont le dévouement ne connaît ni patrie, ni malheur, vous m'êtes envoyé par Henriette ; quelle que soit la nouvelle que vous m'apportez, parlez donc avec assurance.

— Sire, M. Cromwell est arrivé cette nuit à Newcastle.

— Ah ! fit le roi, pour me combattre ?

— Non, sire, pour vous acheter.

— Que dites-vous ?

— Je dis, sire, qu'il est dû à l'armée écossaise quatre cent mille livres sterling.

— Pour solde arriérée ; oui, je le sais. Depuis près d'un an mes braves et fidèles Écossais se battent pour l'honneur.

Athos sourit.

— Eh bien ! sire, quoique l'honneur soit une belle chose, ils se sont lassés de se battre pour lui, et, cette nuit, ils vous ont vendu pour deux cent mille livres, c'est-à-dire pour la moitié de ce qui leur était dû.

— Impossible ! s'écria le roi, les Écossais vendre leur roi pour deux cent mille livres !

— Les Juifs ont bien vendu leur Dieu pour trente deniers.

— Et quel est le Judas qui a fait ce marché infâme ?

— Le comte de Loewen.

— En êtes-vous sûr, monsieur ?

— Je l'ai entendu de mes propres oreilles.

Le roi poussa un soupir profond, comme si son cœur se brisait, et laissa tomber sa tête entre ses mains.

— Oh ! les Écossais ! dit-il, les Écossais ! que j'appelais mes fidèles ; les Écossais ! à qui je m'étais confié, quand je pouvais fuir à Oxford ; les Écossais ! mes compatriotes ; les Écossais ! mes frères ! Mais en êtes-vous bien sûr, monsieur ?

— Couché derrière la tente du comte de Loewen, dont j'avais soulevé la toile, j'ai tout vu, tout entendu.

— Et quand doit se consommer cet odieux marché ?

— Aujourd'hui, dans la matinée. Comme le voit Votre Majesté, il n'y a pas de temps à perdre.

— Pour quoi faire, puisque vous dites que je suis vendu ?

— Pour traverser la Tyne, pour gagner l'Écosse, pour rejoindre lord Montrose, qui ne vous vendra pas, lui.

— Et que ferais-je en Écosse ? une guerre de partisans ? une pareille guerre est indigne d'un roi.

— L'exemple de Robert Bruce est là pour vous absoudre, sire.

— Non, non ! il y a trop longtemps que je lutte ; s'ils m'ont vendu, qu'ils me livrent, et que la honte éternelle de leur trahison retombe sur eux.

— Sire, dit Athos, peut-être est-ce ainsi que doit agir un roi, mais ce n'est point ainsi que doit agir un époux et un père. Je suis venu au nom de votre femme et de votre fille, et, au nom de votre femme et de votre fille et des deux autres enfants que vous avez encore à Londres, je vous dis : Vivez, sire, Dieu le veut !

Le roi se leva, resserra sa ceinture, ceignit son épée, et essuyant d'un mouchoir son front mouillé de sueur :

— Eh bien ! dit-il, que faut-il faire ?

— Sire, avez-vous dans toute l'armée un régiment sur lequel vous puissiez compter ?

— De Winter, dit le roi, croyez-vous à la fidélité du vôtre ?

— Sire, ce ne sont que des hommes, et les hommes sont devenus bien faibles ou bien méchants. Je crois à leur fidélité, mais je n'en réponds pas ; je leur confierais ma vie, mais j'hésite à leur confier celle de Votre Majesté.

— Eh bien ! dit Athos, à défaut de régiment, nous sommes trois hommes dévoués, nous suffirons. Que Votre Majesté monte à cheval, qu'elle se place au milieu de nous, nous traversons la Tyne, nous gagnons l'Écosse, et nous sommes sauvés.

— Est-ce votre avis, de Winter ? demanda le roi.

— Oui, sire.

— Est-ce le vôtre, monsieur d'Herblay ?

— Oui, sire.

— Qu'il soit donc fait ainsi que vous le voulez. De Winter, donnez les ordres.

De Winter sortit ; pendant ce temps, le roi acheva sa toilette. Les premiers rayons du jour commençaient à filtrer à travers les ouvertures de la tente lorsque de Winter entra.

— Tout est prêt, sire, dit-il.

— Et nous ? demanda Athos.

— Grimaud et Blaisois vous tiennent vos chevaux tout sellés.

— En ce cas, dit Athos, ne perdons pas un instant et partons.

— Partons, dit le roi.

— Sire, dit Aramis, Votre Majesté ne prévient-elle pas ses amis ?

— Mes amis, dit Charles Ier en secouant tristement la tête, je n'en ai plus d'autres que vous trois. Un ami de vingt ans qui ne m'a jamais oublié ; deux amis de huit jours que je n'oublierai jamais. Venez, messieurs, venez.

Le roi sortit de sa tente et trouva effectivement son cheval prêt. C'était un cheval isabelle qu'il montait depuis trois ans et qu'il affectionnait beaucoup.

Le cheval en le voyant hennit de plaisir.

— Ah ! dit le roi, j'étais injuste, et voilà encore, sinon un ami, du moins un être qui m'aime. Toi, tu me seras fidèle, n'est-ce pas, Arthus ?

Et comme s'il eût entendu ces paroles, le cheval approcha ses naseaux fumants du visage du roi, en relevant ses lèvres et en montrant joyeusement ses dents blanches.

— Oui, oui, dit le roi en le flattant de la main ; oui, c'est bien, Arthus, et je suis content de toi.

Et avec cette légèreté qui faisait du roi un des meilleurs cavaliers de l'Europe, Charles se mit en selle, et, se retournant vers Athos, Aramis et de Winter :

— Eh bien ! messieurs, dit-il, je vous attends.

Mais Athos était debout, immobile, les yeux fixés et la main tendue vers une ligne noire, qui suivait le rivage de la Tyne et qui s'étendait sur une longueur double de celle du camp.

— Qu'est-ce que cette ligne ? dit Athos, auquel les dernières ténèbres de la nuit, luttant avec les premiers rayons du jour, ne permettaient pas bien de distinguer encore. Qu'est-ce que cette ligne ? je ne l'ai pas vue hier.

— C'est sans doute le brouillard qui s'élève de la rivière, dit le roi.

— Sire, c'est quelque chose de plus compact qu'une vapeur.

— En effet, je vois comme une barrière rougeâtre, dit de Winter.

— C'est l'ennemi qui sort de Newcastle et qui nous enveloppe, s'écria Athos.

— L'ennemi ! dit le roi.

— Oui, l'ennemi. Il est trop tard. Tenez ! tenez ! sous ce rayon de soleil, là, du côté de la ville, voyez-vous reluire les côtes de fer ?

On appelait ainsi les cuirassiers dont Cromwell avait fait ses gardes.

— Ah ! dit le roi, nous allons savoir s'il est vrai que mes Écossais me trahissent.

— Qu'allez-vous faire ? s'écria Athos.

— Leur donner l'ordre de charger et passer avec eux sur le ventre de ces misérables rebelles.

Et le roi, piquant son cheval, s'élança vers la tente du comte de Loewen.

— Suivons-le, dit Athos.

— Allons, dit Aramis.

— Est-ce que le roi serait blessé ? dit de Winter. Je vois à terre des taches de sang.

Et il s'élança sur la trace des deux amis. Athos l'arrêta.

— Allez rassembler votre régiment, dit-il, je prévois que nous en aurons besoin tout à l'heure.

De Winter tourna bride, et les deux amis continuèrent leur route. En deux secondes le roi était arrivé à la tente du général en chef de l'armée écossaise. Il sauta à terre et entra.

Le général était au milieu des principaux chefs.

— Le roi ! s'écrièrent-ils en se levant et en se regardant avec stupéfaction.

En effet, Charles était debout devant eux, le chapeau sur la tête, les sourcils froncés, et fouettant sa botte avec la cravache.

— Oui, messieurs, dit-il, le roi en personne ; le roi qui vient vous demander compte de ce qui se passe.

— Qu'y a-t-il donc, sire ? demanda le comte de Loewen.

— Il y a, monsieur, dit le roi, se laissant emporter par la colère, que le général Cromwell est arrivé cette nuit à Newcastle ; que vous le savez et que je n'en suis pas averti ; il y a que l'ennemi sort de la ville et nous ferme le passage de la Tyne, que vos sentinelles ont dû voir ce mouvement, et que je n'en suis pas averti ; il y a que vous m'avez, par un infâme traité, vendu deux cent mille livres sterling au parlement, mais que de ce traité au moins j'en suis averti. Voici ce qu'il y a, messieurs ; répondez ou disculpez-vous, car je vous accuse.

— Sire, balbutia le comte de Loewen, sire, Votre Majesté aura été trompée par quelque faux rapport.

— J'ai vu de mes yeux l'armée ennemie s'étendre entre moi et l'Écosse, dit Charles, et je puis presque dire : J'ai entendu de mes propres oreilles débattre les clauses du marché.

Les chefs écossais se regardèrent en fronçant le sourcil à leur tour.

— Sire, murmura le comte de Loewen courbé sous le poids de la honte, sire, nous sommes prêts à vous donner toutes preuves.

— Je n'en demande qu'une seule, dit le roi. Mettez l'armée en bataille et marchons à l'ennemi.

— Cela ne se peut pas, sire, dit le comte.

— Comment ! cela ne se peut pas ! et qui empêche que cela se puisse ? s'écria Charles Ier.

— Votre Majesté sait bien qu'il y a trêve entre nous et l'armée anglaise, répondit le comte.

— S'il y a trêve, l'armée anglaise l'a rompue en sortant de la ville, contre les conventions qui l'y tenaient enfermée ; or, je vous le dis, il faut passer avec moi à travers cette armée et rentrer en Écosse, et si vous ne le faites pas, eh bien ! choisissez entre les deux noms qui font les hommes en mépris et en exécration aux autres hommes : ou vous êtes des lâches, ou vous êtes des traîtres !

Les yeux des Écossais flamboyèrent, et, comme cela arrive souvent en pareille occasion, ils passèrent de l'extrême honte à l'extrême impudence, et deux chefs de clan s'avançant de chaque côté du roi :

— Eh bien, oui, dirent-ils, nous avons promis de délivrer l'Écosse et l'Angleterre de celui qui depuis vingt-cinq ans boit le sang et l'or de l'Angleterre et de l'Écosse. Nous avons promis, et nous tenons nos promesses. Roi Charles Stuart, vous êtes notre prisonnier.

Et tous deux étendirent en même temps la main pour saisir le roi ; mais avant que le bout de leurs doigts touchât sa personne, tous deux étaient tombés, l'un évanoui et l'autre mort.

Athos avait assommé l'un avec le pommeau de son pistolet, et Aramis avait passé son épée au travers du corps de l'autre.

Puis, comme le comte de Loewen et les autres chefs reculaient devant ce secours inattendu qui semblait tomber du ciel à celui qu'ils croyaient déjà leur prisonnier, Athos et Aramis entraînèrent le roi hors de la tente parjure, où il s'était si imprudemment aventuré, et sautant sur les chevaux que les laquais tenaient préparés, tous trois reprirent au galop le chemin de la tente royale.

En passant ils aperçurent de Winter qui accourait à la tête de son régiment. Le roi lui fit signe de les accompagner.

59
Le vengeur

Tous quatre entrèrent dans la tente ; il n'y avait point de plan de fait, il fallait en arrêter un.

Le roi se laissa tomber sur un fauteuil.

— Je suis perdu, dit-il.

— Non, sire, répondit Athos, vous êtes seulement trahi.

Le roi poussa un profond soupir.

— Trahi, trahi par les Écossais, au milieu desquels je suis né, que j'ai toujours préférés aux Anglais ! Oh ! les misérables !

— Sire, dit Athos, ce n'est point l'heure des récriminations, mais le moment de montrer que vous êtes roi et gentilhomme. Debout, sire, debout ! car vous avez du moins ici trois hommes qui ne vous trahiront pas, vous pouvez être tranquille. Ah ! si seulement nous étions cinq ! murmura Athos en pensant à d'Artagnan et à Porthos.

— Que dites-vous ? demanda Charles en se levant.

— Je dis, sire, qu'il n'y a plus qu'un moyen. Milord de Winter répond de son régiment ou à peu près, ne chicanons pas sur les mots : il se met à la tête de ses hommes ; nous nous mettons, nous, aux côtés de Sa Majesté, nous faisons une trouée dans l'armée de Cromwell et nous gagnons l'Écosse.

— Il y a encore un moyen, dit Aramis, c'est que l'un de nous prenne le costume et le cheval du roi : tandis qu'on s'acharnerait après celui-là, le roi passerait peut-être.

— L'avis est bon, dit Athos, et si Sa Majesté veut faire à l'un de nous cet honneur, nous lui en serons bien reconnaissants.

— Que pensez-vous de ce conseil, de Winter ? dit le roi, regardant avec admiration ces deux hommes, dont l'unique préoccupation était d'amasser sur leur tête les dangers qui le menaçaient.

— Je pense, sire, que s'il y a un moyen de sauver Votre Majesté, monsieur d'Herblay vient de le proposer. Je supplie donc bien humblement Votre Majesté de faire promptement son choix, car nous n'avons pas de temps à perdre.

— Mais si j'accepte, c'est la mort, c'est tout au moins la prison pour celui qui prendra ma place.

— C'est l'honneur d'avoir sauvé son roi ! s'écria de Winter.

Le roi regarda son vieil ami les larmes aux yeux, détacha le cordon du Saint-Esprit, qu'il portait pour faire honneur aux deux Français qui l'accompagnaient, et le passa au cou de de Winter, qui reçut à genoux cette terrible marque de l'amitié et de la confiance de son souverain.

— C'est juste, dit Athos : il y a plus longtemps qu'il sert que nous.

Le roi entendit ces mots et se retourna les larmes aux yeux.

— Messieurs, dit-il, attendez un instant, j'ai aussi un cordon à donner à chacun de vous.

Puis il alla à une armoire où étaient renfermés ses propres ordres, et prit deux cordons de la Jarretière.

— Ces ordres ne peuvent être pour nous, dit Athos.

— Et pourquoi cela, monsieur ? demanda Charles.

— Ces ordres sont presque royaux, et nous ne sommes que de simples gentilshommes.

— Passez-moi en revue tous les trônes de la terre, dit le roi, et trouvez-moi de plus grands cœurs que les vôtres. Non, non, vous ne vous rendez pas justice, messieurs, mais je suis là pour vous la rendre, moi. À genoux, comte.

Athos s'agenouilla, le roi lui passa le cordon de gauche à droite comme d'habitude, et levant son épée, au lieu de la formule habituelle : « Je vous fais chevalier, soyez brave, fidèle et loyal », il dit :

— Vous êtes brave, fidèle et loyal, je vous fais chevalier, monsieur le comte.

Puis se retournant vers Aramis :

— À votre tour, monsieur le chevalier, dit-il.

Et la même cérémonie recommença avec les mêmes paroles, tandis que de Winter, aidé des écuyers, détachait sa cuirasse de cuivre pour être mieux pris pour le roi.

Puis, lorsque Charles en eut fini avec Aramis comme il avait fini avec Athos, il les embrassa tous deux.

— Sire, dit de Winter, qui, en face d'un grand dévouement, avait repris toute sa force et tout son courage, nous sommes prêts.

Le roi regarda les trois gentilshommes.

— Ainsi donc il faut fuir ? dit-il.

— Fuir à travers une armée, sire, dit Athos, dans tous les pays du monde s'appelle charger.

— Je mourrai donc l'épée à la main, dit Charles. Monsieur le comte, monsieur le chevalier, si jamais je suis roi…

— Sire, vous nous avez déjà honorés plus qu'il n'appartenait à de simples gentilshommes ; ainsi la reconnaissance vient de nous. Mais ne perdons pas de temps, car nous n'en avons déjà que trop perdu.

Le roi leur tendit une dernière fois la main à tous les trois, échangea son chapeau avec celui de de Winter et sortit.

Le régiment de de Winter était rangé sur une plateforme qui dominait le camp ; le roi, suivi des trois amis, se dirigea vers la plate-forme.

Le camp écossais semblait être éveillé enfin ; les hommes étaient sortis de leurs tentes et avaient pris leur rang comme pour la bataille.

— Voyez-vous, dit le roi, peut-être se repentent-ils et sont-ils prêts à marcher.

— S'ils se repentent, sire, répondit Athos, ils nous suivront.

— Bien ! dit le roi, que faisons-nous ?

— Examinons l'armée ennemie, dit Athos.

Les yeux du petit groupe se fixèrent à l'instant même sur cette ligne qu'à l'aube du jour on avait prise pour du brouillard, et que les premiers rayons du soleil dénonçaient maintenant pour une armée rangée en bataille.

L'air était pur et limpide comme il est d'ordinaire à cette heure de la matinée. On distinguait parfaitement les régiments, les étendards et jusqu'à la couleur des uniformes et des chevaux.

Alors on vit sur une petite colline, un peu en avant du front ennemi, apparaître un homme petit, trapu et lourd ; cet homme était entouré de quelques officiers. Il dirigea une lunette sur le groupe dont le roi faisait partie.

— Cet homme connaît-il personnellement Votre Majesté ? demanda Aramis.

Charles sourit.

— Cet homme, c'est Cromwell, dit-il.

— Alors, abaissez votre chapeau, sire, qu'il ne s'aperçoive pas de la substitution.

— Ah ! dit Athos, nous avons perdu bien du temps.

— Alors, dit le roi, l'ordre, et partons.

— Le donnez-vous, sire ? demanda Athos.

— Non, je vous nomme mon lieutenant général, dit le roi.

— Écoutez alors, milord de Winter, dit Athos ; éloignez-vous, sire, je vous prie ; ce que nous allons dire ne regarde pas Votre Majesté.

Le roi fit en souriant trois pas en arrière.

— Voici ce que je propose, continua Athos. Nous divisons notre régiment en deux escadrons ; vous vous mettez à la tête du premier ; Sa Majesté et nous à la tête du second ; si rien ne vient nous barrer le passage, nous chargeons tous ensemble pour forcer la ligne ennemie et nous jeter dans la Tyne, que nous traversons, soit à gué, soit à la nage ; si au contraire on nous pousse quelque obstacle sur le chemin, vous et vos hommes vous vous faites tuer jusqu'au dernier, nous et le roi nous continuons notre route : une fois arrivés au bord de la rivière, fussent-ils sur trois rangs d'épaisseur, si votre escadron fait son devoir, cela nous regarde.

— À cheval ! dit de Winter.

— À cheval ! dit Athos, tout est prévu et décidé.

— Alors, messieurs, dit le roi, en avant ! rallions-nous à l'ancien cri de France : Montjoie et Saint-Denis ! Le cri de l'Angleterre est répété maintenant par trop de traîtres.

On monta à cheval, le roi sur le cheval de de Winter, de Winter sur le cheval du roi ; puis de Winter se mit au premier rang du premier escadron, et le roi, ayant Athos à sa droite et Aramis à sa gauche, au premier rang du second.

Toute l'armée écossaise regardait ces préparatifs avec l'immobilité et le silence de la honte.

On vit quelques chefs sortir des rangs et briser leurs épées.

— Allons, dit le roi, cela me console, ils ne sont pas tous des traîtres.

En ce moment la voix de de Winter retentit :

— En avant ! criait-il.

Le premier escadron s'ébranla, le second le suivit et descendit de la plate-forme. Un régiment de cuirassiers à peu près égal en nombre se développait derrière la colline et venait ventre à terre au-devant de lui.

Le roi montra à Athos et à Aramis ce qui se passait.

— Sire, dit Athos, le cas est prévu, et si les hommes de de Winter font leur devoir, cet événement nous sauve au lieu de nous perdre.

En ce moment on entendit, par-dessus tout le bruit que faisaient les chevaux en galopant et hennissant, de Winter qui criait :

— Sabre en main !

Tous les sabres à ce commandement sortirent du fourreau et parurent comme des éclairs.

— Allons, messieurs, cria le roi à son tour, enivré par le bruit et par la vue, allons, messieurs, sabre en main !

Mais à ce commandement, dont le roi donna l'exemple, Athos et Aramis seuls obéirent.

— Nous sommes trahis, dit tout bas le roi.

— Attendons encore, dit Athos, peut-être n'ont-ils pas reconnu la voix de Votre Majesté, et attendent-ils l'ordre de leur chef d'escadron.

— N'ont-ils pas entendu celui de leur colonel ! Mais voyez ! s'écria le roi, arrêtant son cheval d'une secousse qui le fit plier sur ses jarrets, et saisissant la bride du cheval d'Athos.

— Ah ! lâches ! ah ! misérables ! ah ! traîtres ! criait de Winter, dont on entendait la voix, tandis que ses hommes, quittant leurs rangs, s'éparpillaient dans la plaine.

Une quinzaine d'hommes à peine étaient groupés autour de lui et attendaient la charge des cuirassiers de Cromwell.

— Allons mourir avec eux ! dit le roi.

— Allons mourir ! dirent Athos et Aramis.

— À moi tous les cœurs fidèles ! cria de Winter.

Cette voix arriva jusqu'aux deux amis, qui partirent au galop.

— Pas de quartier ! cria en français, et répondant à la voix de de Winter, une voix qui les fit tressaillir.

Quant à de Winter, au son de cette voix il demeura pâle et comme pétrifié.

Cette voix, c'était celle d'un cavalier monté sur un magnifique cheval noir, et qui chargeait en tête du régiment anglais que, dans son ardeur, il devançait de dix pas.

— C'est lui ! murmura de Winter les yeux fixes et laissant pendre son épée à ses côtés.

— Le roi ! le roi ! crièrent plusieurs voix se trompant au cordon bleu et au cheval isabelle de de Winter ; prenez-le vivant !

— Non, ce n'est pas le roi ! s'écria le cavalier ; ne vous y trompez pas. N'est-ce pas, milord de Winter, que vous n'êtes pas le roi ? n'est-ce pas que vous êtes mon oncle ?

Et en même temps, Mordaunt, car c'était lui, dirigea le canon d'un pistolet contre de Winter. Le coup partit ; la balle traversa la poitrine du vieux gentilhomme, qui fit un bond sur sa selle et retomba entre les bras d'Athos en murmurant :

— Le vengeur !

— Souviens-toi de ma mère, hurla Mordaunt en passant outre, emporté qu'il était par le galop furieux de son cheval.

— Misérable ! cria Aramis en lui lâchant un coup de pistolet presque à bout portant et comme il passait à côté de lui ; mais l'amorce seule prit feu et le coup ne partit point.

En ce moment le régiment tout entier tomba sur les quelques hommes qui avaient tenu, et les deux Français furent entourés, pressés, enveloppés. Athos, après s'être assuré que de Winter était mort, lâcha le cadavre, et tirant son épée :

— Allons, Aramis, pour l'honneur de la France.

Et les deux Anglais qui se trouvaient les plus proches des deux gentilshommes tombèrent tous deux frappés mortellement.

Au même instant un hourra terrible retentit et trente lames étincelèrent au-dessus de leurs têtes.

Tout à coup un homme s'élance du milieu des rangs anglais, qu'il bouleverse, bondit sur Athos, l'enlace de ses bras nerveux, lui arrache son épée en lui disant à l'oreille :

— Silence ! rendez-vous. Vous rendre à moi, ce n'est pas vous rendre.

Un géant a aussi saisi les deux poignets d'Aramis, qui essaie en vain de se soustraire à sa formidable étreinte.

— Rendez-vous, lui dit-il en le regardant fixement.

Aramis lève la tête, Athos se retourne.

— D'Art..., s'écria Athos dont le Gascon ferma la bouche avec la main.

— Je me rends, dit Aramis en tendant son épée à Porthos.

— Feu ! feu ! criait Mordaunt en revenant sur le groupe où étaient les deux amis.

— Et pourquoi feu ? dit le colonel, tout le monde s'est rendu.

— C'est le fils de Milady, dit Athos à d'Artagnan.

— Je l'ai reconnu.

— C'est le moine, dit Porthos à Aramis.

— Je le sais.

En même temps les rangs commencèrent à s'ouvrir. D'Artagnan tenait la bride du cheval d'Athos, Porthos celle du cheval d'Aramis. Chacun d'eux essayait d'entraîner son prisonnier loin du champ de bataille.

Ce mouvement découvrit l'endroit où était tombé le corps de de Winter. Avec l'instinct de la haine, Mordaunt l'avait retrouvé, et le regardait, penché sur son cheval, avec un sourire hideux.

Athos, tout calme qu'il était, mit la main à ses fontes encore garnies de pistolets.

— Que faites-vous ? dit d'Artagnan.

— Laissez-moi le tuer.

— Pas un geste qui puisse faire croire que vous le connaissez, ou nous sommes perdus tous quatre.

Puis se retournant vers le jeune homme :

— Bonne prise ! s'écria-t-il, bonne prise ! ami Mordaunt. Nous avons chacun le nôtre, M. du Vallon et moi : des chevaliers de la Jarretière, rien que cela.

— Mais, s'écria Mordaunt, regardant Athos et Aramis avec des yeux sanglants, mais ce sont des Français, ce me semble ?

— Je n'en sais ma foi rien. Êtes-vous Français, monsieur ? demanda-t-il à Athos.

— Je le suis, répondit gravement celui-ci.

— Eh bien ! mon cher monsieur, vous voilà prisonnier d'un compatriote.

— Mais le roi ? dit Athos avec angoisse, le roi ?

D'Artagnan serra vigoureusement la main de son prisonnier et lui dit :

— Eh ! nous le tenons, le roi !

— Oui, dit Aramis, par une trahison infâme.

Porthos broya le poignet de son ami et lui dit avec un sourire :

— Eh ! monsieur ! la guerre se fait autant par l'adresse que par la force : regardez !

En effet on vit en ce moment l'escadron qui devait protéger la retraite de Charles s'avancer à la rencontre du régiment anglais, enveloppant le roi, qui marchait seul à pied dans un grand espace vide. Le prince était calme en apparence, mais on voyait ce qu'il devait souffrir pour paraître calme ; ainsi la sueur coulait de son front, et il s'essuyait les tempes et les lèvres avec un mouchoir qui chaque fois s'éloignait de sa bouche teint de sang.

— Voilà Nabuchodonosor, s'écria un des cuirassiers de Cromwell, vieux puritain, dont les yeux s'enflammèrent à l'aspect de celui qu'on appelait le tyran.

— Que dites-vous donc, Nabuchodonosor ? dit Mordaunt avec un sourire effrayant. Non, c'est le roi Charles Ier, le bon roi Charles qui dépouille ses sujets pour en hériter.

Charles leva les yeux vers l'insolent qui parlait ainsi, mais il ne le reconnut point. Cependant la majesté calme et religieuse de son visage fit baisser le regard de Mordaunt.

— Bonjour, messieurs, dit le roi aux deux gentilshommes qu'il vit, l'un aux mains de d'Artagnan, l'autre aux mains de Porthos. La journée a été malheureuse, mais ce n'est point votre faute, Dieu merci ! Où est mon vieux de Winter !

Les deux gentilshommes tournèrent la tête et gardèrent le silence.

— Cherche où est Strafford, dit la voix stridente de Mordaunt.

Charles tressaillit : le démon avait frappé juste. Strafford, c'était son remords éternel, l'ombre de ses jours, le fantôme de ses nuits.

Le roi regarda autour de lui et vit un cadavre à ses pieds. C'était celui de de Winter.

Charles ne jeta pas un cri, ne versa pas une larme, seulement une pâleur plus livide s'étendit sur son visage ; il mit un genou en terre, souleva la tête de de Winter, l'embrassa au front, et reprenant le cordon du Saint-Esprit qu'il lui avait passé au cou, il le mit religieusement sur sa poitrine.

— De Winter est donc tué ? demanda d'Artagnan en fixant ses yeux sur le cadavre.

— Oui, dit Athos, et par son neveu.

— Allons ! c'est le premier de nous qui s'en va, murmura d'Artagnan ; qu'il dorme en paix, c'était un brave.

— Charles Stuart, dit alors le colonel du régiment anglais en s'avançant vers le roi qui venait de reprendre les insignes de la royauté, vous rendez-vous notre prisonnier ?

— Colonel Thomlison, dit Charles, le roi ne se rend point ; l'homme cède à la force, voilà tout.

— Votre épée.

Le roi tira son épée et la brisa sur son genou.

En ce moment un cheval sans cavalier, ruisselant d'écume, l'œil en flamme, les naseaux ouverts, accourut, et reconnaissant son maître, s'arrêta près de lui en hennissant de joie : c'était Arthus.

Le roi sourit, le flatta de la main et se mit légèrement en selle.

— Allons, messieurs, dit-il, conduisez-moi où vous voudrez.

Puis se retournant vivement :

— Attendez, dit-il ; il m'a semblé voir remuer de Winter ; s'il vit encore, par ce que vous avez de plus sacré, n'abandonnez pas ce noble gentilhomme.

— Oh ! soyez tranquille, roi Charles, dit Mordaunt, la balle a traversé le cœur.

— Ne soufflez pas un mot, ne faites pas un geste, ne risquez pas un regard pour moi ni pour Porthos, dit d'Artagnan à Athos et à Aramis, car Milady n'est pas morte, et son âme vit dans le corps de ce démon !

Et le détachement s'achemina vers la ville, emmenant sa royale capture ; mais à moitié chemin, un aide de camp du général Cromwell apporta l'ordre au colonel Thomlison de conduire le roi à Holdenby-Castle.

En même temps les courriers partaient dans toutes les directions pour annoncer à l'Angleterre et à toute l'Europe que le roi Charles Stuart était prisonnier du général Olivier Cromwell.

60
Olivier Cromwell

— Venez-vous chez le général ? dit Mordaunt à d'Artagnan et à Porthos, vous savez qu'il vous a mandés après l'action.

— Nous allons d'abord mettre nos prisonniers en lieu de sûreté, dit d'Artagnan à Mordaunt. Savez-vous, monsieur, que ces gentilshommes valent chacun quinze cents pistoles ?

— Oh ! soyez tranquilles, dit Mordaunt en les regardant d'un œil dont il essayait en vain de réprimer la férocité, mes cavaliers les garderont, et les garderont bien ; je vous réponds d'eux.

— Je les garderai encore mieux moi-même, reprit d'Artagnan ; d'ailleurs, que faut-il ? une bonne chambre avec des sentinelles, ou leur simple parole qu'ils ne chercheront pas à fuir. Je vais mettre ordre à cela, puis nous aurons l'honneur de nous présenter chez le général et de lui demander ses ordres pour Son Éminence.

— Vous comptez donc partir bientôt ? demanda Mordaunt.

— Notre mission est finie et rien ne nous arrête plus en Angleterre que le bon plaisir du grand homme près duquel nous avons été envoyés.

Le jeune homme se mordit les lèvres, et se penchant à l'oreille du sergent :

— Vous suivrez ces hommes, lui dit-il, vous ne les perdrez pas de vue ; et quand vous saurez où ils sont logés, vous reviendrez m'attendre à la porte de la ville.

Le sergent fit signe qu'il serait obéi.

Alors, au lieu de suivre le gros des prisonniers qu'on ramenait dans la ville, Mordaunt se dirigea vers la colline d'où Cromwell avait regardé la bataille et où il venait de faire dresser sa tente.

Cromwell avait défendu qu'on laissât pénétrer personne près de lui, mais la sentinelle, qui connaissait Mordaunt pour un des confidents les plus intimes du général, pensa que la défense ne regardait point le jeune homme.

Mordaunt écarta donc la toile de la tente et vit Cromwell assis devant une table, la tête cachée entre ses deux mains ; en outre, il lui tournait le dos.

Soit qu'il entendît ou non le bruit que fit Mordaunt en entrant, Cromwell ne se retourna point.

Mordaunt resta debout près de la porte.

Enfin, au bout d'un instant, Cromwell releva son front appesanti, et, comme s'il eût senti instinctivement que quelqu'un était là, il tourna lentement la tête.

— J'avais dit que je voulais être seul ! s'écria-t-il en voyant le jeune homme.

— On n'a pas cru que cette défense me regardât, monsieur, dit Mordaunt ; cependant, si vous l'ordonnez, je suis prêt à sortir.

— Ah ! c'est vous, Mordaunt ! dit Cromwell, éclaircissant, comme par la force de sa volonté, le voile qui couvrait ses yeux ; puisque vous voilà, c'est bien, restez.

— Je vous apporte mes félicitations.

— Vos félicitations ! et de quoi ?

— De la prise de Charles Stuart. Vous êtes le maître de l'Angleterre maintenant.

— Je l'étais bien mieux il y a deux heures, dit Cromwell.

— Comment cela, général ?

— L'Angleterre avait besoin de moi pour prendre le tyran, maintenant le tyran est pris. L'avez-vous vu ?

— Oui, monsieur, dit Mordaunt.

— Quelle attitude a-t-il ?

Mordaunt hésita, mais la vérité sembla sortir de force de ses lèvres.

— Calme et digne, dit-il.

— Qu'a-t-il dit ?

— Quelques paroles d'adieu à ses amis.

— À ses amis ! murmura Cromwell ; il a donc des amis, lui ?

Puis tout haut :

— S'est-il défendu ?

— Non, monsieur, il a été abandonné de tous, excepté de trois ou quatre hommes ; il n'y avait donc pas moyen de se défendre.

— À qui a-t-il rendu son épée ?

— Il ne l'a pas rendue, il l'a brisée.

— Il a bien fait ; mais au lieu de la briser il eût mieux fait encore de s'en servir avec plus d'avantage.

Il y eut un instant de silence.

— Le colonel du régiment qui servait d'escorte au roi, à Charles, a été tué, ce me semble ? dit Cromwell en regardant fixement Mordaunt.

— Oui, monsieur.

— Par qui ? demanda Cromwell.

— Par moi.

— Comment se nommait-il ?

— Lord de Winter.

— Votre oncle ? s'écria Cromwell.

— Mon oncle ! reprit Mordaunt ; les traîtres à l'Angleterre ne sont pas de ma famille.

Cromwell resta un instant pensif, regardant ce jeune homme ; puis, avec cette profonde mélancolie que peint si bien Shakespeare :

— Mordaunt, lui dit-il, vous êtes un terrible serviteur.

— Quand le Seigneur ordonne, dit Mordaunt, il n'y a pas à marchander avec ses ordres. Abraham a levé le couteau sur Isaac, et Isaac était son fils.

— Oui, dit Cromwell, mais le Seigneur n'a pas laissé s'accomplir le sacrifice.

— J'ai regardé autour de moi, dit Mordaunt, et je n'ai vu ni bouc ni chevreau arrêté dans les buissons de la plaine.

Cromwell s'inclina.

— Vous êtes fort parmi les forts, Mordaunt, dit-il. Et les Français, comment se sont-ils conduits ?

— En gens de cœur, monsieur, dit Mordaunt.

— Oui, oui, murmura Cromwell, les Français se battent bien ; et, en effet, si ma lunette est bonne, il me semble que je les ai vus au premier rang.

— Ils y étaient, dit Mordaunt.

— Après vous, cependant, dit Cromwell.

— C'est la faute de leurs chevaux et non la leur.

Il se fit encore un moment de silence.

— Et les Écossais ? demanda Cromwell.

— Ils ont tenu leur parole, dit Mordaunt, et n'ont pas bougé.

— Les misérables ! murmura Cromwell.

— Leurs officiers demandent à vous voir, monsieur.

— Je n'ai pas le temps. Les a-t-on payés ?

— Cette nuit.

— Qu'ils partent alors, qu'ils retournent dans leurs montagnes, qu'ils y cachent leur honte, si leurs montagnes sont assez hautes pour cela ; je n'ai plus affaire à eux, ni eux à moi. Et maintenant, allez, Mordaunt.

— Avant de m'en aller, dit Mordaunt, j'ai quelques questions à vous adresser, monsieur, et une demande à vous faire, mon maître.

— À moi ?

Mordaunt s'inclina :

— Je viens à vous, mon héros, mon protecteur, mon père, et je vous dis : Maître, êtes-vous content de moi ?

Cromwell le regarda avec étonnement.

Le jeune homme demeura impassible.

— Oui, dit Cromwell ; vous avez fait, depuis que je vous connais, non seulement votre devoir, mais encore plus que votre devoir, vous avez été fidèle ami, adroit négociateur, bon soldat.

— Avez-vous souvenir, monsieur, que c'est moi qui ai eu la première idée de traiter avec les Écossais de l'abandon de leur roi ?

— Oui, la pensée vient de vous, c'est vrai ; je ne poussais pas encore le mépris des hommes jusque-là.

— Ai-je été bon ambassadeur en France ?

— Oui, et vous avez obtenu de Mazarin ce que je demandais.

— Ai-je combattu toujours ardemment pour votre gloire et vos intérêts ?

— Trop ardemment peut-être, c'est ce que je vous reprochais tout à l'heure. Mais où voulez-vous en venir avec toutes vos questions ?

— À vous dire, milord, que le moment est venu où vous pouvez d'un mot récompenser tous mes services.

— Ah ! fit Olivier avec un léger mouvement de dédain ; c'est vrai, j'oubliais que tout service mérite sa récompense, que vous m'avez servi et que vous n'êtes pas encore récompensé.

— Monsieur, je puis l'être à l'instant même et au-delà de mes souhaits.

— Comment cela ?

— J'ai le prix sous la main et je le tiens presque.

— Et quel est ce prix ? demanda Cromwell. Vous a-t-on offert de l'or ? Demandez-vous un grade ? Désirez-vous un gouvernement ?

— Monsieur, m'accorderez-vous ma demande ?

— Voyons ce qu'elle est d'abord.

— Monsieur, lorsque vous m'avez dit : Vous allez accomplir un ordre, vous ai-je jamais répondu : Voyons cet ordre ?

— Si cependant votre désir était impossible à réaliser.

— Lorsque vous avez eu un désir et que vous m'avez chargé de son accomplissement, vous ai-je jamais répondu : C'est impossible ?

— Mais une demande formulée avec tant de préparation…

— Ah ! soyez tranquille, monsieur, dit Mordaunt avec une simple expression, elle ne vous ruinera pas.

— Eh bien donc, dit Cromwell, je vous promets de faire droit à votre demande autant que la chose sera en mon pouvoir ; demandez.

— Monsieur, répondit Mordaunt, on a fait ce matin deux prisonniers, je vous les demande.

— Ils ont donc offert une rançon considérable ? dit Cromwell.

— Je les crois pauvres, au contraire, monsieur.

— Mais ce sont donc des amis à vous ?

— Oui, monsieur, s'écria Mordaunt, ce sont des amis à moi, de chers amis, et je donnerais ma vie pour la leur.

— Bien, Mordaunt, dit Cromwell, reprenant, avec un certain mouvement de joie, une meilleure opinion du jeune homme ; bien, je te les donne, je ne veux même pas savoir qui ils sont ; fais-en ce que tu voudras.

— Merci, monsieur, s'écria Mordaunt, merci ! ma vie est désormais à vous, et en la perdant je vous serai encore redevable ; merci, vous venez de me payer magnifiquement de mes services.

Et il se jeta aux genoux de Cromwell, et, malgré les efforts du général puritain, qui ne voulait pas ou qui faisait semblant de ne pas vouloir se laisser rendre cet hommage presque royal, il prit sa main qu'il baisa.

— Quoi ! dit Cromwell, l'arrêtant à son tour au moment où il se relevait, pas d'autres récompenses ? Pas d'or ? Pas de grade ?

— Vous m'avez donné tout ce que vous pouviez me donner, milord, et de ce jour je vous tiens quitte du reste.

Et Mordaunt s'élança hors de la tente du général avec une joie qui débordait de son cœur et de ses yeux.

Cromwell le suivit du regard.

— Il a tué son oncle ! murmura-t-il ; hélas ! quels sont donc mes serviteurs ? Peut-être celui-ci, qui ne me réclame rien ou qui semble ne rien réclamer, a-t-il plus demandé devant Dieu que ceux qui viendront réclamer l'or des provinces et le pain des malheureux ; personne ne me sert pour rien. Charles, qui est mon prisonnier, a peut-être encore des amis, et moi je n'en ai pas.

Et il reprit en soupirant sa rêverie interrompue par Mordaunt.

61
Les gentilshommes

Pendant que Mordaunt s'acheminait vers la tente de Cromwell, d'Artagnan et Porthos ramenaient leurs prisonniers dans la maison qui leur avait été assignée pour logement à Newcastle.

La recommandation faite par Mordaunt au sergent n'avait point échappé au Gascon ; aussi avait-il recommandé de l'œil à Athos et à Aramis la plus sévère prudence. Aramis et Athos avaient en conséquence marché silencieux près de leurs vainqueurs ; ce qui ne leur avait pas été difficile, chacun ayant assez à faire de répondre à ses propres pensées.

Si jamais homme fut étonné, ce fut Mousqueton, lorsque du seuil de la porte il vit s'avancer les quatre amis suivis du sergent et d'une dizaine d'hommes. Il se frotta les yeux, ne pouvant se décider à reconnaître Athos et Aramis, mais enfin force lui fut de se rendre à l'évidence. Aussi allait-il se confondre en exclamations, lorsque Porthos lui imposa silence d'un de ces coups d'œil qui n'admettent pas de discussion.

Mousqueton resta collé le long de la porte, attendant l'explication d'une chose si étrange ; ce qui le bouleversait surtout, c'est que les quatre amis avaient l'air de ne plus se reconnaître.

La maison dans laquelle d'Artagnan et Porthos conduisirent Athos et Aramis était celle qu'ils habitaient depuis la veille et qui leur avait été donnée par le général Cromwell : elle faisait l'angle d'une rue, avait une espèce de jardin et des écuries en retour sur la rue voisine.

Les fenêtres du rez-de-chaussée, comme cela arrive souvent dans les petites villes de province, étaient grillées, de sorte qu'elles ressemblaient fort à celles d'une prison.

Les deux amis firent entrer les prisonniers devant eux et se tinrent sur le seuil après avoir ordonné à Mousqueton de conduire les quatre chevaux à l'écurie.

— Pourquoi n'entrons-nous pas avec eux ? dit Porthos.

— Parce que, auparavant, répondit d'Artagnan, il faut voir ce que nous veulent ce sergent et les huit ou dix hommes qui l'accompagnent.

Le sergent et les huit ou dix hommes s'établirent dans le petit jardin.

D'Artagnan leur demanda ce qu'ils désiraient et pourquoi ils se tenaient là.

— Nous avons reçu l'ordre, dit le sergent, de vous aider à garder vos prisonniers.

Il n'y avait rien à dire à cela, c'était au contraire une attention délicate dont il fallait avoir l'air de savoir gré à celui qui l'avait eue. D'Artagnan remercia le sergent et lui donna une couronne pour boire à la santé du général Cromwell.

Le sergent répondit que les puritains ne buvaient point et mit la couronne dans sa poche.

— Ah ! dit Porthos, quelle affreuse journée, mon cher d'Artagnan !

— Que dites-vous là, Porthos, vous appelez une affreuse journée celle dans laquelle nous avons retrouvé nos amis !

— Oui, mais dans quelle circonstance !

— Il est vrai que la conjoncture est embarrassante, dit d'Artagnan ; mais n'importe, entrons chez eux, et tâchons de voir clair un peu dans notre position.

— Elle est fort embrouillée, dit Porthos, et je comprends maintenant pourquoi Aramis me recommandait si fort d'étrangler cet affreux Mordaunt.

— Silence donc ! dit d'Artagnan, ne prononcez pas ce nom.

— Mais, dit Porthos, puisque je parle français et qu'ils sont anglais !

D'Artagnan regarda Porthos avec cet air d'admiration qu'un homme raisonnable ne peut refuser aux énormités de tout genre.

Puis, comme Porthos de son côté le regardait sans rien comprendre à son étonnement, d'Artagnan le poussa en lui disant :

— Entrons.

Porthos entra le premier, d'Artagnan le second ; d'Artagnan referma soigneusement la porte et serra successivement les deux amis dans ses bras.

Athos était d'une tristesse mortelle. Aramis regardait successivement Porthos et d'Artagnan sans rien dire, mais son regard était si expressif, que d'Artagnan le comprit.

— Vous voulez savoir comment il se fait que nous sommes ici ? Eh ! mon Dieu ! c'est bien facile à deviner, Mazarin nous a chargés d'apporter une lettre au général Cromwell.

— Mais comment vous trouvez-vous à côté de Mordaunt ? dit Athos, de Mordaunt, dont je vous avais dit de vous défier, d'Artagnan.

— Et que je vous avais recommandé d'étrangler, Porthos, dit Aramis.

— Toujours Mazarin. Cromwell l'avait envoyé à Mazarin ; Mazarin nous a envoyés à Cromwell. Il y a de la fatalité dans tout cela.

— Oui, vous avez raison, d'Artagnan, une fatalité qui nous divise et qui nous perd. Ainsi, mon cher Aramis, n'en parlons plus et préparons-nous à subir notre sort.

— Sang-Diou ! parlons-en, au contraire, car il a été convenu une fois pour toutes, que nous sommes toujours ensemble, quoique dans des causes opposées.

— Oh ! oui, bien opposées, dit en souriant Athos ; car ici, je vous le demande, quelle cause servez-vous ? Ah ! d'Artagnan, voyez à quoi le misérable Mazarin vous emploie. Savez-vous de quel crime vous vous êtes rendu coupable aujourd'hui ? De la prise du roi, de son ignominie, de sa mort.

— Oh ! oh ! dit Porthos, croyez-vous ?

— Vous exagérez, Athos, dit d'Artagnan, nous n'en sommes pas là.

— Eh, mon Dieu ! nous y touchons, au contraire. Pourquoi arrête-t-on un roi ? Quand on veut le respecter comme un maître, on ne l'achète pas comme un esclave. Croyez-vous que ce soit pour le remettre sur le trône que Cromwell l'a payé deux cent mille livres sterling ? Amis, ils le tueront, soyez-en sûrs, et c'est encore le moindre crime qu'ils puissent commettre. Mieux vaut décapiter que souffleter un roi.

— Je ne vous dis pas non, et c'est possible après tout, dit d'Artagnan ; mais que nous fait tout cela ? Je suis ici, moi, parce que je suis soldat, parce que je sers mes maîtres, c'est-à-dire ceux qui me payent ma solde. J'ai fait serment d'obéir et j'obéis ; mais vous qui n'avez pas fait de serment, pourquoi êtes-vous ici, et quelle cause y servez-vous ?

— La cause la plus sacrée qu'il y ait au monde, dit Athos ; celle du malheur, de la royauté et de la religion. Un ami, une épouse, une fille, nous ont fait l'honneur de nous appeler à leur aide. Nous les avons servis selon nos faibles moyens, et Dieu nous tiendra compte de la volonté à défaut du pouvoir. Vous pouvez penser d'une autre façon, d'Artagnan, envisager les choses d'une autre manière, mon ami ; je ne vous en détourne pas, mais je vous blâme.

— Oh ! oh ! dit d'Artagnan, et que me fait au bout du compte que M. Cromwell, qui est Anglais, se révolte contre son roi, qui est Écossais ? Je suis Français, moi, toutes ces choses ne me regardent pas. Pourquoi donc voudriez-vous m'en rendre responsable ?

— Au fait, dit Porthos.

— Parce que tous les gentilshommes sont frères, parce que vous êtes gentilhomme, parce que les rois de tous les pays sont les premiers entre les gentilshommes, parce que la plèbe aveugle, ingrate et bête prend toujours plaisir à abaisser ce qui lui est supérieur ; et c'est vous, vous, d'Artagnan, l'homme de la vieille seigneurie, l'homme au beau nom, l'homme à la bonne épée, qui avez contribué à livrer un roi à des marchands de bière, à des tailleurs, à des charretiers ! Ah ! d'Artagnan, comme soldat, peut-être avez-vous fait votre devoir, mais comme gentilhomme, vous êtes coupable, je vous le dis.

D'Artagnan mâchonnait une tige de fleur, ne répondait pas et se sentait mal à l'aise ; car lorsqu'il détournait son regard de celui d'Athos, il rencontrait celui d'Aramis.

— Et vous, Porthos, continua le comte comme s'il eût eu pitié de l'embarras de d'Artagnan ; vous, le meilleur cœur, le meilleur ami, le meilleur soldat que je connaisse ; vous que votre âme faisait digne de naître sur les degrés d'un trône, et qui tôt ou tard serez récompensé par un roi intelligent ; vous, mon cher Porthos, vous, gentilhomme par les mœurs, par les goûts et par le courage, vous êtes aussi coupable que d'Artagnan.

Porthos rougit, mais de plaisir plutôt que de confusion, et cependant, baissant la tête comme s'il était humilié :

— Oui, oui, dit-il, je crois que vous avez raison, mon cher comte.

Athos se leva.

— Allons, dit-il en marchant à d'Artagnan et en lui tendant la main ; allons, ne bougez pas, mon cher fils, car tout ce que je vous ai dit, je vous l'ai dit sinon avec la voix, du moins avec le cœur d'un père. Il m'eût été plus facile, croyez-moi, de vous remercier de m'avoir sauvé la vie et de ne pas vous toucher un seul mot de mes sentiments.

— Sans doute, sans doute, Athos, répondit d'Artagnan en lui serrant la main à son tour ; mais c'est qu'aussi vous avez de diables de sentiments que tout le monde ne peut avoir. Qui va s'imaginer qu'un homme raisonnable va quitter sa maison, la France, son pupille, un jeune homme charmant, car nous l'avons vu au camp, pour courir où ? Au secours d'une royauté pourrie et vermoulue qui va crouler un de ces matins comme une vieille baraque. Le sentiment que vous dites est beau, sans doute, si beau qu'il est surhumain.

— Quel qu'il soit, d'Artagnan, répondit Athos sans donner dans le piège qu'avec son adresse gasconne son ami tendait à son affection paternelle pour Raoul, quel qu'il soit, vous savez bien au fond du cœur qu'il est juste ; mais j'ai tort de discuter avec mon maître. D'Artagnan, je suis votre prisonnier, traitez-moi donc comme tel.

— Ah ! pardieu ! dit d'Artagnan, vous savez bien que vous ne le serez pas longtemps, mon prisonnier.

— Non, dit Aramis, on nous traitera sans doute comme ceux qui furent faits à Philiphaugh.

— Et comment les a-t-on traités ? demanda d'Artagnan.

— Mais, dit Aramis, on en a pendu une moitié et l'on a fusillé l'autre.

— Eh bien ! moi, dit d'Artagnan, je vous réponds que tant qu'il me restera une goutte de sang dans les veines, vous ne serez ni pendus ni fusillés. Sang-Diou ! qu'ils y viennent ! D'ailleurs, voyez-vous cette porte, Athos ?

— Eh bien ?

— Eh bien ! vous passerez par cette porte quand vous voudrez ; car, à partir de ce moment, vous et Aramis, vous êtes libres comme l'air.

— Je vous reconnais bien là, mon brave d'Artagnan, répondit Athos, mais vous n'êtes plus maîtres de nous : cette porte est gardée, d'Artagnan, vous le savez bien.

— Eh bien, vous la forcerez, dit Porthos. Qu'y a-t-il là ? dix hommes tout au plus.

— Ce ne serait rien pour nous quatre, c'est trop pour nous deux. Non, tenez, divisés comme nous sommes maintenant, il faut que nous périssions. Voyez l'exemple fatal : sur la route du Vendômois, d'Artagnan, vous si brave, Porthos, vous si vaillant et si fort, vous avez été battus ; aujourd'hui Aramis et moi nous le sommes, c'est notre tour. Or, jamais cela ne nous était arrivé lorsque nous étions tous quatre réunis ; mourons donc comme est mort de Winter ; quant à moi, je le déclare, je ne consens à fuir que tous quatre ensemble.

— Impossible, dit d'Artagnan, nous sommes sous les ordres de Mazarin.

— Je le sais, et ne vous presse point davantage ; mes raisonnements n'ont rien produit ; sans doute ils étaient mauvais, puisqu'ils n'ont point eu d'empire sur des esprits aussi justes que les vôtres.

— D'ailleurs eussent-ils fait effet, dit Aramis, le meilleur est de ne pas compromettre deux excellents amis comme sont d'Artagnan et Porthos. Soyez tranquilles, messieurs, nous vous ferons honneur en mourant ; quant à moi, je me sens tout fier d'aller au-devant des balles et même de la corde avec vous, Athos, car vous ne m'avez jamais paru si grand qu'aujourd'hui.

D'Artagnan ne disait rien, mais, après avoir rongé la tige de sa fleur, il se rongeait les doigts.

— Vous figurez-vous, reprit-il enfin, que l'on va vous tuer ? Et pour quoi faire ? Qui a intérêt à votre mort ? D'ailleurs, vous êtes nos prisonniers.

— Fou, triple fou ! dit Aramis, ne connais-tu donc pas Mordaunt ? Eh bien ! moi, je n'ai échangé qu'un regard avec lui, et j'ai vu dans ce regard que nous étions condamnés.

— Le fait est que je suis fâché de ne pas l'avoir étranglé comme vous me l'aviez dit, Aramis, reprit Porthos.

— Eh ! je me moque pas mal de Mordaunt ! s'écria d'Artagnan ; cap de Diou ! s'il me chatouille de trop près, je l'écraserai, cet insecte ! Ne vous sauvez donc pas, c'est inutile, car, je vous le jure, vous êtes ici aussi en sûreté que vous l'étiez il y a vingt ans, vous, Athos, dans la rue Férou, et vous, Aramis, rue de Vaugirard.

— Tenez, dit Athos en étendant la main vers une des deux fenêtres grillées qui éclairaient la chambre, vous saurez tout à l'heure à quoi vous en tenir, car le voilà qui accourt.

— Qui ?

— Mordaunt.

En effet, en suivant la direction qu'indiquait la main d'Athos, d'Artagnan vit un cavalier qui accourait au galop.

C'était en effet Mordaunt.

D'Artagnan s'élança hors de la chambre.

Porthos voulut le suivre.

— Restez, dit d'Artagnan, et ne venez que lorsque vous m'entendrez battre le tambour avec les doigts contre la porte.

62

Jésus Seigneur

Lorsque Mordaunt arriva en face de la maison, il vit d'Artagnan sur le seuil et les soldats couchés çà et là avec leurs armes, sur le gazon du jardin.

— Holà ! cria-t-il d'une voix étranglée par la précipitation de sa course, les prisonniers sont-ils toujours là ?

— Oui, monsieur, dit le sergent en se levant vivement ainsi que ses hommes, qui portèrent vivement comme lui la main à leur chapeau.

— Bien. Quatre hommes pour les prendre et les mener à l'instant même à mon logement.

Quatre hommes s'apprêtèrent.

— Plaît-il ? dit d'Artagnan avec cet air goguenard que nos lecteurs ont dû lui voir bien des fois depuis qu'ils le connaissent. Qu'y a-t-il, s'il vous plaît ?

— Il y a, monsieur, dit Mordaunt, que j'ordonnais à quatre hommes de prendre les prisonniers que nous avons faits ce matin et de les conduire à mon logement.

— Et pourquoi cela ? demanda d'Artagnan. Pardon de la curiosité ; mais vous comprenez que je désire être édifié à ce sujet.

— Parce que les prisonniers sont à moi maintenant, répondit Mordaunt avec hauteur, et que j'en dispose à ma fantaisie.

— Permettez, permettez, mon jeune monsieur, dit d'Artagnan, vous faites erreur, ce me semble ; les prisonniers sont d'habitude à ceux qui les ont pris et non à ceux qui les ont regardé prendre. Vous pouviez prendre milord de Winter, qui était votre oncle, à ce que l'on dit ; vous avez préféré le tuer, c'est bien ; nous pouvions, M. du Vallon et moi, tuer ces deux gentilshommes, nous avons préféré les prendre, chacun son goût.

Les lèvres de Mordaunt devinrent blanches.

D'Artagnan comprit que les choses ne tarderaient pas à se gâter, et se mit à tambouriner la marche des gardes sur la porte.

À la première mesure, Porthos sortit et vint se placer de l'autre côté de la porte, dont ses pieds touchaient le seuil et son front le faîte.

La manœuvre n'échappa point à Mordaunt.

— Monsieur, dit-il avec une colère qui commençait à poindre, vous feriez une résistance inutile, ces prisonniers viennent de m'être donnés à l'instant même par le général en chef mon illustre patron, par M. Olivier Cromwell.

D'Artagnan fut frappé de ces paroles comme d'un coup de foudre. Le sang lui monta aux tempes, un nuage passa devant ses yeux, il comprit l'espérance féroce du jeune homme ; et sa main descendit par un mouvement instinctif à la garde de son épée.

Quant à Porthos, il regardait d'Artagnan pour savoir ce qu'il devait faire et régler ses mouvements sur les siens.

Ce regard de Porthos inquiéta plus qu'il ne rassura d'Artagnan, et il commença à se reprocher d'avoir appelé la force brutale de Porthos dans une affaire qui lui semblait surtout devoir être menée par la ruse.

« La violence, se disait-il tout bas, nous perdrait tous ; d'Artagnan, mon ami, prouve à ce jeune serpenteau que tu es non seulement plus fort, mais encore plus fin que lui. »

— Ah ! dit-il en faisant un profond salut, que ne commenciez-vous par dire cela, monsieur Mordaunt ! Comment ! vous venez de la part de M. Olivier Cromwell, le plus illustre capitaine de ces temps-ci ?

— Je le quitte, monsieur, dit Mordaunt en mettant pied à terre et en donnant son cheval à tenir à l'un de ses soldats, je le quitte à l'instant même.

— Que ne disiez-vous donc cela tout de suite, mon cher monsieur ! continua d'Artagnan ; toute l'Angleterre est à M. Cromwell, et puisque vous venez me demander mes prisonniers en son nom, je m'incline, monsieur, ils sont à vous, prenez-les.

Mordaunt s'avança radieux, et Porthos, anéanti et regardant d'Artagnan avec une stupeur profonde, ouvrait la bouche pour parler.

D'Artagnan marcha sur la botte de Porthos, qui comprit alors que c'était un jeu que son ami jouait.

Mordaunt posa le pied sur le premier degré de la porte, et le chapeau à la main s'apprêta à passer entre les deux amis, en faisant signe à ses quatre hommes de le suivre.

— Mais, pardon, dit d'Artagnan avec le plus charmant sourire et en posant la main sur l'épaule du jeune homme, si l'illustre général Olivier Cromwell a disposé de nos prisonniers en votre faveur, il vous a sans doute fait par écrit cet acte de donation.

Mordaunt s'arrêta court.

— Il vous a donné quelque petite lettre pour moi, le moindre chiffon de papier, enfin, qui atteste que vous venez en son nom. Veuillez me confier ce chiffon pour que j'excuse au moins par un prétexte l'abandon de mes compatriotes. Autrement, vous comprenez, quoique je sois sûr que le général Olivier Cromwell ne peut leur vouloir de mal, ce serait d'un mauvais effet.

Mordaunt recula, et sentant le coup, lança un terrible regard à d'Artagnan ; mais celui-ci répondit par la mine la plus aimable et la plus amicale qui ait jamais épanoui un visage.

— Lorsque je vous dis une chose, monsieur, dit Mordaunt, me faites-vous l'injure d'en douter ?

— Moi ! s'écria d'Artagnan, moi ! douter de ce que vous dites ! Dieu m'en préserve, mon cher monsieur Mordaunt ! je vous tiens au contraire pour un digne et accompli gentilhomme, suivant les apparences ; et puis, monsieur, voulez-vous que je vous parle franc ? continua d'Artagnan avec sa mine ouverte.

— Parlez, monsieur, dit Mordaunt.

— Monsieur du Vallon que voilà est riche, il a quarante mille livres de rente, et par conséquent ne tient point à l'argent; je ne parle donc pas pour lui, mais pour moi.

— Après, monsieur?

— Eh bien, moi, je ne suis pas riche; en Gascogne ce n'est pas un déshonneur, monsieur; personne ne l'est, et Henri IV, de glorieuse mémoire, qui était le roi des Gascons, comme Sa Majesté Philippe IV est le roi de toutes les Espagnes, n'avait jamais le sou dans sa poche.

— Achevez, monsieur, dit Mordaunt; je vois où vous voulez en venir, et si c'est ce que je pense qui vous retient, on pourra lever cette difficulté-là.

— Ah! je savais bien, dit d'Artagnan, que vous étiez un garçon d'esprit. Eh bien! voilà le fait, voilà où le bât me blesse, comme nous disons, nous autres Français; je suis un officier de fortune, pas autre chose; je n'ai que ce que me rapporte mon épée, c'est-à-dire plus de coups que de bank-notes. Or, en prenant ce matin deux Français qui me paraissent de grande naissance, deux chevaliers de la Jarretière, enfin, je me disais: Ma fortune est faite. Je dis deux, parce que, en pareille circonstance, M. du Vallon, qui est riche, me cède toujours ses prisonniers.

Mordaunt, complètement abusé par la verbeuse bonhomie de d'Artagnan, sourit en homme qui comprend à merveille les raisons qu'on lui donne, et répondit avec douceur:

— J'aurai l'ordre signé tout à l'heure, monsieur, et avec cet ordre deux mille pistoles; mais en attendant, monsieur, laissez-moi emmener ces hommes.

— Non, dit d'Artagnan; que vous importe un retard d'une demi-heure? je suis homme d'ordre, monsieur, faisons les choses dans les règles.

— Cependant, reprit Mordaunt, je pourrais vous forcer, monsieur, je commande ici.

— Ah! monsieur, dit d'Artagnan en souriant agréablement, on voit bien que, quoique nous ayons eu l'honneur de voyager, M. du Vallon et moi, en votre compagnie, vous ne nous connaissez pas. Nous sommes gentilshommes, nous sommes capables, à nous deux, de vous tuer, vous et vos huit hommes. Pour Dieu ! monsieur Mordaunt, ne faites pas l'obstiné, car lorsque l'on s'obstine je m'obstine aussi, et alors je deviens d'un entêtement féroce ; et voilà monsieur, continua d'Artagnan, qui, dans ce cas-là, est bien plus entêté encore et bien plus féroce que moi : sans compter que nous sommes envoyés par M. le cardinal Mazarin, lequel représente le roi de France. Il en résulte que, dans ce moment-ci nous représentons le roi et le cardinal, ce qui fait qu'en notre qualité d'ambassadeurs nous sommes inviolables, chose que M. Olivier Cromwell, aussi grand politique certainement qu'il est grand général, est tout à fait homme à comprendre. Demandez-lui donc l'ordre écrit. Qu'est-ce que cela vous coûte, mon cher monsieur Mordaunt ?

— Oui, l'ordre écrit, dit Porthos, qui commençait à comprendre l'intention de d'Artagnan ; on ne vous demande que cela.

Si bonne envie que Mordaunt eût d'avoir recours à la violence, il était homme à très bien reconnaître pour bonnes les raisons que lui donnait d'Artagnan. D'ailleurs sa réputation lui imposait, et, ce qu'il lui avait vu faire le matin venant en aide à sa réputation, il réfléchit. Puis, ignorant complètement les relations de profonde amitié qui existaient entre les quatre Français, toutes ses inquiétudes avaient disparu devant le motif, fort plausible d'ailleurs, de la rançon.

Il résolut donc d'aller non seulement chercher l'ordre, mais encore les deux mille pistoles auxquelles il avait estimé lui-même les deux prisonniers.

Mordaunt remonta donc à cheval, et, après avoir recommandé au sergent de faire bonne garde, il tourna bride et disparut.

— Bon ! dit d'Artagnan, un quart d'heure pour aller à la tente, un quart d'heure pour revenir, c'est plus qu'il ne nous en faut.

Puis, revenant à Porthos, sans que son visage exprimât le moindre changement, de sorte que ceux qui l'épiaient eussent pu croire qu'il continuait la même conversation :

— Ami Porthos, lui dit-il en le regardant en face, écoutez bien ceci… D'abord, pas un seul mot à nos amis de ce que vous venez d'entendre ; il est inutile qu'ils sachent le service que nous leur rendons.

— Bien, dit Porthos, je comprends.

— Allez-vous-en à l'écurie, vous y trouverez Mousqueton, vous sellerez les chevaux, vous leur mettrez les pistolets dans les fontes, vous les ferez sortir, et vous les conduirez dans la rue d'en bas, afin qu'il n'y ait plus qu'à monter dessus ; le reste me regarde.

Porthos ne fit pas la moindre observation, et obéit avec cette sublime confiance qu'il avait en son ami.

— J'y vais, dit-il ; seulement, entrerai-je dans la chambre où sont ces messieurs ?

— Non, c'est inutile.

— Eh bien ! faites-moi le plaisir d'y prendre ma bourse que j'ai laissée sur la cheminée.

— Soyez tranquille.

Porthos s'achemina de son pas calme et tranquille vers l'écurie, et passa au milieu des soldats qui ne purent, tout Français qu'il était, s'empêcher d'admirer sa haute taille et ses membres vigoureux. À l'angle de la rue, il rencontra Mousqueton, qu'il emmena avec lui.

Alors d'Artagnan rentra tout en sifflotant un petit air qu'il avait commencé au départ de Porthos.

— Mon cher Athos, je viens de réfléchir à vos raisonnements, et ils m'ont convaincu ; décidément je regrette de m'être trouvé à toute cette affaire. Vous l'avez dit, Mazarin est un cuistre. Je suis donc résolu de fuir avec vous. Pas de réflexions, tenez-vous prêts ; vos deux épées sont dans le coin, ne les oubliez pas, c'est un outil qui, dans les circonstances où nous nous trouvons, peut être fort utile ; cela me rappelle la bourse de Porthos. Bon ! la voilà.

Et d'Artagnan mit la bourse dans sa poche. Les deux amis le regardaient faire avec stupéfaction.

— Eh bien ! qu'y a-t-il donc d'étonnant ? dit d'Artagnan, je vous le demande. J'étais aveugle : Athos m'a fait voir clair, voilà tout. Venez ici.

Les deux amis s'approchèrent.

— Voyez-vous cette rue ? dit d'Artagnan, c'est là que seront les chevaux ; vous sortirez par la porte, vous tournerez à gauche, vous sauterez en selle, et tout sera dit ; ne vous inquiétez de rien que de bien écouter le signal. Ce signal sera quand je crierai : « Jésus Seigneur ! »

— Mais, vous, votre parole que vous viendrez, d'Artagnan ! dit Athos.

— Sur Dieu, je vous le jure !

— C'est dit, s'écria Aramis. Au cri de : « Jésus Seigneur ! » nous sortons, nous renversons tout ce qui s'oppose à notre passage, nous courons à nos chevaux, nous sautons en selle, et nous piquons ; est-ce cela ?

— À merveille !

— Voyez, Aramis, dit Athos, je vous le dis toujours, d'Artagnan est le meilleur de nous tous.

— Bon ! dit d'Artagnan, des compliments, je me sauve. Adieu.

— Et vous fuyez avec nous, n'est-ce pas ?

— Je le crois bien. N'oubliez pas le signal : « Jésus Seigneur ! »

Et il sortit du même pas qu'il était entré, en reprenant l'air qu'il sifflotait en entrant à l'endroit où il l'avait interrompu.

Les soldats jouaient ou dormaient ; deux chantaient faux dans un coin le psaume : *Super flumina Babylonis*.

D'Artagnan appela le sergent.

— Mon cher monsieur, lui dit-il, le général Cromwell m'a fait demander par M. Mordaunt ; veillez bien, je vous prie, sur les prisonniers.

Le sergent fit signe qu'il ne comprenait pas le français.

Alors d'Artagnan essaya de lui faire comprendre par gestes ce qu'il n'avait pu comprendre par paroles.

Le sergent fit signe que c'était bien.

D'Artagnan descendit vers l'écurie : il trouva les cinq chevaux sellés, le sien comme les autres.

— Prenez chacun un cheval en main, dit-il à Porthos et à Mousqueton, tournez à gauche de façon qu'Athos et Aramis vous voient bien de leur fenêtre.

— Ils vont venir alors ? dit Porthos.

— Dans un instant.

— Vous n'avez pas oublié ma bourse ?

— Non, soyez tranquille.

— Bon.

Et Porthos et Mousqueton, tenant chacun un cheval en main, se rendirent à leur poste.

Alors d'Artagnan, resté seul, battit le briquet, alluma un morceau d'amadou deux fois grand comme une lentille, monta à cheval, et vint s'arrêter tout au milieu des soldats, en face de la porte.

Là, tout en flattant l'animal de la main, il lui introduisit le petit morceau d'amadou dans l'oreille.

Il fallait être aussi bon cavalier que l'était d'Artagnan pour risquer un pareil moyen, car à peine l'animal eut-il senti la brûlure ardente qu'il jeta un cri de douleur, se cabra et bondit comme s'il devenait fou.

Les soldats, qu'il menaçait d'écraser, s'éloignèrent précipitamment.

— À moi ! à moi ! criait d'Artagnan. Arrêtez ! arrêtez ! mon cheval a le vertige.

En effet, en un instant, le sang parut lui sortir des yeux et il devint blanc d'écume.

— À moi ! criait toujours d'Artagnan sans que les soldats osassent venir à son aide. À moi ! me laisserez-vous tuer ? Jésus Seigneur !

À peine d'Artagnan avait-il poussé ce cri, que la porte s'ouvrit, et qu'Athos et Aramis l'épée à la main s'élancèrent. Mais grâce à la ruse de d'Artagnan, le chemin était libre.

— Les prisonniers qui se sauvent ! les prisonniers qui se sauvent ! cria le sergent.

— Arrête ! arrête ! cria d'Artagnan en lâchant la bride à son cheval furieux, qui s'élança renversant deux ou trois hommes.

— *Stop ! stop !* crièrent les soldats en courant à leurs armes.

Mais les prisonniers étaient déjà en selle, et une fois en selle ils ne perdirent pas de temps, s'élançant vers la porte la plus prochaine. Au milieu de la rue ils aperçurent Grimaud et Blaisois, qui revenaient cherchant leurs maîtres.

D'un signe Athos fit tout comprendre à Grimaud, lequel se mit à la suite de la petite troupe, qui semblait un tourbillon et que d'Artagnan, qui venait par-derrière, aiguillonnait encore de la voix. Ils passèrent sous la porte comme des ombres, sans que les gardiens songeassent seulement à les arrêter, et se trouvèrent en rase campagne.

Pendant ce temps, les soldats criaient toujours : *Stop ! stop !* et le sergent, qui commençait à s'apercevoir qu'il avait été dupe d'une ruse, s'arrachait les cheveux.

Sur ces entrefaites, on vit arriver un cavalier au galop et tenant un papier à la main.

C'était Mordaunt, qui revenait avec l'ordre.

— Les prisonniers ? cria-t-il en sautant à bas de son cheval.

Le sergent n'eut pas la force de lui répondre, il lui montra la porte béante et la chambre vide. Mordaunt s'élança vers les degrés, comprit tout, poussa un cri comme si on lui eût déchiré les entrailles, et tomba évanoui sur la pierre.

63

Où il est prouvé que dans les positions les plus difficiles les grands cœurs ne perdent jamais le courage, ni les bons estomacs l'appétit

La petite troupe, sans échanger une parole, sans regarder en arrière, courut ainsi au grand galop, traversant une petite rivière, dont personne ne savait le nom, et laissant à sa gauche une ville qu'Athos prétendit être Durham.

Enfin on aperçut un petit bois, et l'on donna un dernier coup d'éperon aux chevaux en les dirigeant de ce côté.

Dès qu'ils eurent disparu derrière un rideau de verdure assez épais pour les dérober aux regards de ceux qui pouvaient les poursuivre, ils s'arrêtèrent pour tenir conseil ; on donna les chevaux à deux laquais, afin qu'ils soufflassent sans être dessellés ni débridés, et l'on plaça Grimaud en sentinelle.

— Venez d'abord, que je vous embrasse, mon ami, dit Athos à d'Artagnan, vous notre sauveur, vous qui êtes le vrai héros parmi nous !

— Athos a raison et je vous admire, dit à son tour Aramis en le serrant dans ses bras ; à quoi ne devriez-vous pas prétendre avec un maître intelligent, œil infaillible, bras d'acier, esprit vainqueur !

— Maintenant, dit le Gascon, ça va bien, j'accepte tout pour moi et pour Porthos, embrassades et remerciements : nous avons du temps à perdre, allez, allez.

Les deux amis, rappelés par d'Artagnan à ce qu'ils devaient aussi à Porthos, lui serrèrent à son tour la main.

— Maintenant, dit Athos, il s'agirait de ne point courir au hasard et comme des insensés, mais d'arrêter un plan. Qu'allons-nous faire ?

— Ce que nous allons faire, mordious ! Ce n'est point difficile à dire.

— Dites donc alors, d'Artagnan.

— Nous allons gagner le port de mer le plus proche, réunir toutes nos petites ressources, fréter un bâtiment et passer en France. Quant à moi, j'y mettrai jusqu'à mon dernier sou. Le premier trésor, c'est la vie, et la nôtre, il faut le dire, ne tient qu'à un fil.

— Qu'en dites-vous, du Vallon ? demanda Athos.

— Moi, dit Porthos, je suis absolument de l'avis de d'Artagnan ; c'est un vilain pays que cette Angleterre.

— Vous êtes bien décidé à la quitter, alors ? demanda Athos à d'Artagnan.

— Sang-Diou, dit d'Artagnan, je ne vois pas ce qui m'y retiendrait.

Athos échangea un regard avec Aramis.

— Allez donc, mes amis, dit-il en soupirant.

— Comment ! allez ? dit d'Artagnan. Allons, ce me semble !

— Non, mon ami, dit Athos ; il faut nous quitter.

— Vous quitter ! dit d'Artagnan tout étourdi de cette nouvelle inattendue.

— Bah ! fit Porthos ; pourquoi donc nous quitter, puisque nous sommes ensemble ?

— Parce que votre mission est remplie, à vous, et que vous pouvez, et que vous devez même retourner en France, mais la nôtre ne l'est pas, à nous.

— Votre mission n'est pas accomplie ? dit d'Artagnan en regardant Athos avec surprise.

— Non, mon ami, répondit Athos de sa voix si douce et si ferme à la fois. Nous sommes venus ici pour défendre le roi Charles, nous l'avons mal défendu, il nous reste à le sauver.

— Sauver le roi ! fit d'Artagnan en regardant Aramis comme il avait regardé Athos.

Aramis se contenta de faire un signe de tête.

Le visage de d'Artagnan prit un air de profonde compassion ; il commença à croire qu'il avait affaire à deux insensés.

— Il ne se peut pas que vous parliez sérieusement, Athos, dit d'Artagnan ; le roi est au milieu d'une armée qui le conduit à Londres. Cette armée est commandée par un boucher, ou un fils de boucher, peu importe, le colonel Harrison. Le procès de Sa Majesté va être fait à son arrivée à Londres, je vous en réponds ; j'en ai entendu sortir assez sur ce sujet de la bouche de M. Olivier Cromwell pour savoir à quoi m'en tenir.

Athos et Aramis échangèrent un second regard.

— Et son procès fait, le jugement ne tardera pas à être mis à exécution, continua d'Artagnan. Oh ! ce sont des gens qui vont vite en besogne que messieurs les puritains.

— Et à quelle peine pensez-vous que le roi soit condamné ? demanda Athos.

— Je crains bien que ce ne soit à la peine de mort ; ils en ont trop fait contre lui pour qu'il leur pardonne, ils n'ont plus qu'un moyen : c'est de le tuer. Ne connaissez-vous donc pas le mot de M. Olivier Cromwell quand il est venu à Paris et qu'on lui a montré le donjon de Vincennes, où était enfermé M. de Vendôme ?

— Quel est ce mot ? demanda Porthos.

— Il ne faut toucher les princes qu'à la tête.

— Je le connaissais, dit Athos.

— Et vous croyez qu'il ne mettra point sa maxime à exécution, maintenant qu'il tient le roi ?

— Si fait, j'en suis sûr même, mais raison de plus pour ne point abandonner l'auguste tête menacée.

— Athos, vous devenez fou.

— Non, mon ami, répondit doucement le gentilhomme, mais de Winter est venu nous chercher en France, il nous a conduits à Madame Henriette ; Sa Majesté nous a fait l'honneur, à M. d'Herblay et à moi, de nous demander notre aide pour son époux ; nous lui avons engagé notre parole, notre parole renfermait tout. C'était notre force, c'était notre intelligence, c'était notre vie, enfin, que nous lui engagions ; il nous reste à tenir notre parole. Est-ce votre avis, d'Herblay ?

— Oui, dit Aramis, nous avons promis.

— Puis, continua Athos, nous avons une autre raison, et la voici ; écoutez bien. Tout est pauvre et mesquin en

France en ce moment. Nous avons un roi de dix ans qui ne sait pas encore ce qu'il veut ; nous avons une reine qu'une passion tardive rend aveugle ; nous avons un ministre qui régit la France comme il ferait d'une vaste ferme, c'est-à-dire ne se préoccupant que de ce qu'il peut y pousser d'or en la labourant avec l'intrigue et l'astuce italiennes ; nous avons des princes qui font de l'opposition personnelle et égoïste, qui n'arriveront à rien qu'à tirer des mains de Mazarin quelques lingots d'or, quelques bribes de puissance. Je les ai servis, non par enthousiasme, Dieu sait que je les estime à ce qu'ils valent, et qu'ils ne sont pas bien haut dans mon estime, mais par principe. Aujourd'hui c'est autre chose ; aujourd'hui je rencontre sur ma route une haute infortune, une infortune royale, une infortune européenne, je m'y attache. Si nous parvenons à sauver le roi, ce sera beau ; si nous mourons pour lui, ce sera grand !

— Ainsi, d'avance, vous savez que vous y périrez, dit d'Artagnan.

— Nous le craignons, et notre seule douleur est de mourir loin de vous.

— Qu'allez-vous faire dans un pays étranger, ennemi ?

— Jeune, j'ai voyagé en Angleterre, je parle anglais comme un Anglais, et de son côté Aramis a quelque connaissance de la langue. Ah ! si nous vous avions, mes amis ! Avec vous, d'Artagnan, avec vous, Porthos, tous quatre, et réunis pour la première fois depuis vingt ans, nous tiendrions tête non seulement à l'Angleterre, mais aux trois royaumes !

— Et avez-vous promis à cette reine, reprit d'Artagnan avec humeur, de forcer la Tour de Londres, de tuer cent mille soldats, de lutter victorieusement contre le vœu d'une nation et l'ambition d'un homme, quand cet homme s'appelle Cromwell ? Vous ne l'avez pas vu, cet homme, vous, Athos, vous, Aramis. Eh bien ! c'est un homme de génie, qui m'a fort rappelé notre cardinal, l'autre, le grand ! vous savez bien. Ne vous exagérez donc pas vos devoirs. Au nom du ciel, mon cher Athos, ne faites pas du dévouement inutile ! Quand je vous regarde, en vérité, il me semble que je vois un homme raisonnable ; quand vous me répondez, il me semble que j'ai affaire à un fou. Voyons, Porthos, joignez-vous donc à moi. Que pensez-vous de cette affaire, dites franchement ?

— Rien de bon, répondit Porthos.

— Voyons, continua d'Artagnan, impatienté de ce qu'au lieu de l'écouter Athos semblait écouter une voix qui parlait en lui-même, jamais vous ne vous êtes mal trouvé de mes conseils ; eh bien ! croyez-moi, Athos, votre mission est terminée, terminée noblement ; revenez en France avec nous.

— Ami, dit Athos, notre résolution est inébranlable.

— Mais vous avez quelque autre motif que nous ne connaissons pas ?

Athos sourit.

D'Artagnan frappa sur sa cuisse avec colère et murmura les raisons les plus convaincantes qu'il put trouver ; mais à toutes ces raisons, Athos se contenta de répondre par un sourire calme et doux, et Aramis par des signes de tête.

— Eh bien ! s'écria enfin d'Artagnan furieux, eh bien ! puisque vous le voulez, laissons donc nos os dans ce gredin de pays, où il fait froid toujours, où le beau temps est du brouillard, le brouillard de la pluie, la pluie du déluge ; où le soleil ressemble à la lune, et la lune à un fromage à la crème. Au fait, mourir là ou mourir ailleurs, puisqu'il faut mourir, peu nous importe.

— Seulement, songez-y, dit Athos, cher ami, c'est mourir plus tôt.

— Bah ! un peu plus tôt, un peu plus tard, cela ne vaut pas la peine de chicaner.

— Si je m'étonne de quelque chose, dit sentencieusement Porthos, c'est que ce ne soit pas déjà fait.

— Oh ! cela se fera, soyez tranquille, Porthos, dit d'Artagnan. Ainsi, c'est convenu, continua le Gascon, et si Porthos ne s'y oppose pas…

— Moi, dit Porthos, je ferai ce que vous voudrez. D'ailleurs je trouve très beau ce qu'a dit tout à l'heure le comte de La Fère.

— Mais votre avenir, d'Artagnan ? vos ambitions, Porthos ?

— Notre avenir, nos ambitions ! dit d'Artagnan avec une volubilité fiévreuse ; avons-nous besoin de nous occuper de cela, puisque nous sauvons le roi ? Le roi sauvé, nous rassemblons ses amis, nous battons les puritains, nous reconquérons l'Angleterre, nous rentrons dans Londres avec lui, nous le reposons bien carrément sur son trône…

— Et il nous fait ducs et pairs, dit Porthos, dont les yeux étincelaient de joie, même en voyant cet avenir à travers une fable.

— Ou il nous oublie, dit d'Artagnan.

— Oh ! fit Porthos.

— Dame ! cela s'est vu, ami Porthos ; et il me semble que nous avons autrefois rendu à la reine Anne d'Autriche un service qui ne le cédait pas de beaucoup à celui que nous voulons rendre aujourd'hui à Charles Ier, ce qui n'a point empêché la reine Anne d'Autriche de nous oublier pendant près de vingt ans.

— Eh bien, malgré cela, d'Artagnan, dit Athos, êtes-vous fâché de lui avoir rendu service ?

— Non, ma foi, dit d'Artagnan, et j'avoue même que dans mes moments de plus mauvaise humeur, eh bien ! j'ai trouvé une consolation dans ce souvenir.

— Vous voyez bien, d'Artagnan, que les princes sont ingrats souvent, mais que Dieu ne l'est jamais.

— Tenez, Athos, dit d'Artagnan, je crois que si vous rencontriez le diable sur la terre, vous feriez si bien, que vous le ramèneriez avec vous au ciel.

— Ainsi donc ? dit Athos en tendant la main à d'Artagnan.

— Ainsi donc, c'est convenu, dit d'Artagnan, je trouve l'Angleterre un pays charmant, et j'y reste, mais à une condition.

— Laquelle ?

— C'est qu'on ne me forcera pas d'apprendre l'anglais.

— Eh bien, maintenant, dit Athos triomphant, je vous le jure, mon ami, par ce Dieu qui nous entend, par mon nom que je crois sans tache, je crois qu'il y a une puissance qui veille sur nous, et j'ai l'espoir que nous reverrons tous quatre la France.

— Soit, dit d'Artagnan ; mais moi j'avoue que j'ai la conviction toute contraire.

— Ce cher d'Artagnan ! dit Aramis, il représente au milieu de nous l'opposition des parlements, qui disent toujours *non* et qui font toujours *oui*.

— Oui, mais qui, en attendant, sauvent la patrie, dit Athos.

— Eh bien ! maintenant que tout est arrêté, dit Porthos en se frottant les mains, si nous pensions à dîner ! il me semble que, dans les situations les plus critiques de notre vie, nous avons dîné toujours.

— Ah ! oui, parlez donc de dîner dans un pays où l'on mange pour tout festin du mouton cuit à l'eau, et où, pour tout régal, on boit de la bière ! Comment diable êtes-vous venu dans un pays pareil, Athos ? Ah ! pardon, ajouta-t-il en souriant, j'oubliais que vous n'êtes plus Athos. Mais, n'importe, voyons votre plan pour dîner, Porthos.

— Mon plan !

— Oui, avez-vous un plan ?

— Non, j'ai faim, voilà tout.

— Pardieu ! si ce n'est que cela, moi aussi j'ai faim ; mais ce n'est pas le tout que d'avoir faim, il faut trouver à manger, et à moins que de brouter l'herbe comme nos chevaux…

— Ah ! fit Aramis, qui n'était pas tout à fait si détaché des choses de la terre qu'Athos, quand nous étions au Parpaillot, vous rappelez-vous les belles huîtres que nous mangions ?

— Et ces gigots de mouton des marais salants ! fit Porthos en passant sa langue sur ses lèvres.

— Mais, dit d'Artagnan, n'avons-nous pas notre ami Mousqueton, qui vous faisait si bien vivre à Chantilly, Porthos ?

— En effet, dit Porthos, nous avons Mousqueton, mais depuis qu'il est intendant, il s'est fort alourdi ; n'importe, appelons-le.

Et pour être sûr qu'il répondît agréablement :

— Eh ! Mouston ! fit Porthos.

Mouston parut ; il avait la figure fort piteuse.

— Qu'avez-vous donc, mon cher monsieur Mouston ? dit d'Artagnan ; seriez-vous malade ?

— Monsieur, j'ai très faim, répondit Mousqueton.

— Eh bien ! c'est justement pour cela que nous vous faisons venir, mon cher monsieur Mouston. Ne pourriez-vous donc pas vous procurer au collet quelques-uns de ces gentils lapins et quelques-unes de ces charmantes perdrix dont vous faisiez des gibelottes et des salmis à l'hôtel de… ma foi, je ne me rappelle plus le nom de l'hôtel ?

— À l'hôtel de… dit Porthos. Ma foi, je ne me rappelle pas non plus.

— Peu importe ; et au lasso quelques-unes de ces bouteilles de vieux vin de Bourgogne qui ont si vivement guéri votre maître de sa foulure.

— Hélas ! monsieur, dit Mousqueton, je crains bien que tout ce que vous me demandez là ne soit fort rare dans cet affreux pays, et je crois que nous ferons mieux d'aller demander l'hospitalité au maître d'une petite maison que l'on aperçoit de la lisière du bois.

— Comment ! il y a une maison aux environs ? demanda d'Artagnan.

— Oui, monsieur, répondit Mousqueton.

— Eh bien ! comme vous le dites, mon ami, allons demander à dîner au maître de cette maison. Messieurs, qu'en pensez-vous, et le conseil de M. Mouston ne vous paraît-il pas plein de sens ?

— Eh ! eh ! dit Aramis, si le maître est puritain ?…

— Tant mieux, mordioux ! dit d'Artagnan : s'il est puritain, nous lui apprendrons la prise du roi, et en l'honneur de cette nouvelle, il nous donnera ses poules blanches.

— Mais s'il est cavalier ? dit Porthos.

— Dans ce cas, nous prendrons un air de deuil, et nous plumerons ses poules noires.

— Vous êtes bien heureux, dit Athos en souriant malgré lui de la saillie de l'indomptable Gascon, car vous voyez toute chose en riant.

— Que voulez-vous ? dit d'Artagnan, je suis d'un pays où il n'y a pas un nuage au ciel.

— Ce n'est pas comme dans celui-ci, dit Porthos en étendant la main pour s'assurer si un sentiment de fraîcheur qu'il venait de ressentir sur la joue était bien réellement causé par une goutte de pluie.

— Allons, allons, dit d'Artagnan, raison de plus pour nous mettre en route… Holà, Grimaud !

Grimaud apparut.

— Eh bien, Grimaud, mon ami, avez-vous vu quelque chose ? demanda d'Artagnan.

— Rien, répondit Grimaud.

— Ces imbéciles, dit Porthos, ils ne nous ont même pas poursuivis. Oh ! si nous eussions été à leur place !

— Eh ! ils ont eu tort, dit d'Artagnan ; je dirais volontiers deux mots au Mordaunt dans cette petite Thébaïde. Voyez la jolie place pour coucher proprement un homme à terre.

— Décidément, dit Aramis, je crois, messieurs, que le fils n'est pas de la force de la mère.

— Eh ! cher ami, répondit Athos, attendez donc, nous le quittons depuis deux heures à peine, il ne sait pas encore de quel côté nous nous dirigeons, il ignore où nous sommes. Nous dirons qu'il est moins fort que sa mère en mettant le pied sur la terre de France, si d'ici là nous ne sommes ni tués, ni empoisonnés.

— Dînons toujours en attendant, dit Porthos.

— Ma foi, oui, dit Athos, car j'ai grand'faim.

— Gare aux poules noires ! dit Aramis.

Et les quatre amis, conduits par Mousqueton, s'acheminèrent vers la maison, déjà presque rendus à leur insouciance première, car ils étaient maintenant tous les quatre unis et d'accord, comme l'avait dit Athos.

64

Salut à la majesté tombée

À mesure qu'ils approchaient de la maison, nos fugitifs voyaient la terre écorchée comme si une troupe considérable de cavaliers les eût précédés ; devant la porte les traces étaient encore plus visibles ; cette troupe, quelle qu'elle fût, avait fait là une halte.

— Pardieu ! dit d'Artagnan, la chose est claire, le roi et son escorte ont passé par ici.

— Diable ! dit Porthos, en ce cas ils auront tout dévoré.

— Bah ! dit d'Artagnan, ils auront bien laissé une poule.

Et il sauta à bas de son cheval et frappa à la porte ; mais personne ne répondit.

Il poussa la porte qui n'était pas fermée, et vit que la première chambre était vide et déserte.

— Eh bien ? demanda Porthos.

— Je ne vois personne, dit d'Artagnan. Ah ! ah !

— Quoi ?

— Du sang !

À ce mot, les trois amis sautèrent à bas de leurs chevaux et entrèrent dans la première chambre ; mais d'Artagnan avait déjà poussé la porte de la seconde, et à l'expression de son visage, il était clair qu'il y voyait quelque objet extraordinaire.

Les trois amis s'approchèrent et aperçurent un homme encore jeune étendu à terre et baigné dans une mare de sang.

On voyait qu'il avait voulu gagner son lit, mais il n'en avait pas eu la force, il était tombé auparavant.

Athos fut le premier qui se rapprocha de ce malheureux : il avait cru lui voir faire un mouvement.

— Eh bien ? demanda d'Artagnan.

— Eh bien ! dit Athos, s'il est mort, il n'y a pas longtemps, car il est chaud encore. Mais non, son cœur bat. Eh ! mon ami !

Le blessé poussa un soupir ; d'Artagnan prit de l'eau dans le creux de sa main et la lui jeta au visage.

L'homme rouvrit les yeux, fit un mouvement pour relever sa tête et retomba.

Athos alors essaya de la lui porter sur son genou, mais il s'aperçut que la blessure était un peu au-dessus du cervelet et lui fendait le crâne ; le sang s'en échappait avec abondance.

Aramis trempa une serviette dans l'eau et l'appliqua sur la plaie ; la fraîcheur rappela le blessé à lui, il rouvrit une seconde fois les yeux.

Il regarda avec étonnement ces hommes qui paraissaient le plaindre, et qui, autant qu'il était en leur pouvoir, essayaient de lui porter secours.

— Vous êtes avec des amis, dit Athos en anglais, rassurez-vous donc, et, si vous en avez la force, racontez-nous ce qui est arrivé.

— Le roi, murmura le blessé, le roi est prisonnier.

— Vous l'avez vu ? demanda Aramis dans la même langue.

L'homme ne répondit pas.

— Soyez tranquille, reprit Athos, nous sommes de fidèles serviteurs de Sa Majesté.

— Est-ce vrai ce que vous me dites là ? demanda le blessé.

— Sur notre honneur de gentilshommes.

— Alors je puis donc vous dire ?

— Dites.

— Je suis le frère de Parry, le valet de chambre de Sa Majesté.

Athos et Aramis se rappelèrent que c'était de ce nom que de Winter avait appelé le laquais qu'ils avaient trouvé dans le corridor de la tente royale.

— Nous le connaissons, dit Athos ; il ne quittait jamais le roi !

— Oui, c'est cela, dit le blessé. Eh bien ! voyant le roi pris, il songea à moi ; on passait devant la maison, il demanda au nom du roi qu'on s'y arrêtât. La demande fut accordée. Le roi, disait-on, avait faim ; on le fit entrer dans la chambre où je suis, afin qu'il y prît son repas, et l'on plaça des sentinelles aux portes et aux fenêtres. Parry connaissait cette chambre, car plusieurs fois, tandis que Sa Majesté était à Newcastle, il était venu me voir. Il savait que dans cette chambre il y avait une trappe, que cette trappe conduisait à la cave, et que de cette cave on pouvait gagner le verger. Il me fit un signe. Je le compris. Mais sans doute ce signe fut intercepté par les gardiens du roi et les mit en défiance. Ignorant qu'on se doutait de quelque chose, je n'eus plus qu'un désir, celui de sauver Sa Majesté. Je fis donc semblant de sortir pour aller chercher du bois, en pensant qu'il n'y avait pas de temps à perdre. J'entrai dans le passage souterrain qui conduisait à la cave à laquelle cette trappe correspondait. Je levai la planche avec ma tête ; et tandis que Parry poussait doucement le verrou de la porte, je fis signe au roi de me suivre. Hélas ! il ne le voulait pas ; on eût dit que cette fuite lui répugnait. Mais Parry joignit les mains en le suppliant ; je l'implorai aussi de mon côté pour qu'il ne perdît pas une pareille occasion. Enfin il se décida à me suivre. Je marchai devant par bonheur ; le roi venait à quelques pas derrière moi, lorsque tout à coup, dans le passage souterrain, je vis se dresser comme une grande ombre. Je voulus crier pour avertir le roi, mais je n'en eus pas le temps. Je sentis un coup comme si la maison s'écroulait sur ma tête, et je tombai évanoui.

— Bon et loyal Anglais ! fidèle serviteur ! dit Athos.

— Quand je revins à moi, j'étais étendu à la même place. Je me traînai jusque dans la cour ; le roi et son escorte étaient partis. Je mis une heure peut-être à venir de la cour ici ; mais les forces me manquèrent, et je m'évanouis pour la seconde fois.

— Et à cette heure, comment vous sentez-vous ?

— Bien mal, dit le blessé.

— Pouvons-nous quelque chose pour vous ? demanda Athos.

— Aidez-moi à me mettre sur le lit ; cela me soulagera, il me semble.

— Aurez-vous quelqu'un qui vous porte secours ?

— Ma femme est à Durham, et va revenir d'un moment à l'autre. Mais vous-mêmes, n'avez-vous besoin de rien, ne désirez-vous rien ?

— Nous étions venus dans l'intention de vous demander à manger.

— Hélas ! ils ont tout pris, il ne reste pas un morceau de pain dans la maison.

— Vous entendez, d'Artagnan ? dit Athos, il nous faut aller chercher notre dîner ailleurs.

— Cela m'est bien égal, maintenant, dit d'Artagnan ; je n'ai plus faim.

— Ma foi, ni moi non plus, dit Porthos.

Et ils transportèrent l'homme sur son lit. On fit venir Grimaud, qui pansa sa blessure. Grimaud avait, au service des quatre amis, eu tant de fois l'occasion de faire de la charpie et des compresses, qu'il avait pris une certaine teinte de chirurgie.

Pendant ce temps, les fugitifs étaient revenus dans la première chambre et tenaient conseil.

— Maintenant, dit Aramis, nous savons à quoi nous en tenir : c'est bien le roi et son escorte qui sont passés par ici ; il faut prendre du côté opposé. Est-ce votre avis, Athos ?

Athos ne répondit pas, il réfléchissait.

— Oui, dit Porthos, prenons du côté opposé. Si nous suivons l'escorte, nous trouverons tout dévoré et nous finirons par mourir de faim ; quel maudit pays que cette Angleterre ! c'est la première fois que j'aurai manqué à dîner. Le dîner est mon meilleur repas, à moi.

— Que pensez-vous, d'Artagnan ? dit Athos, êtes-vous de l'avis d'Aramis ?

— Non point, dit d'Artagnan, je suis au contraire de l'avis tout opposé.

— Comment ! vous voulez suivre l'escorte ? dit Porthos effrayé.

— Non, mais faire route avec elle.

Les yeux d'Athos brillèrent de joie.

— Faire route avec l'escorte ! s'écria Aramis.

— Laissez dire d'Artagnan, vous savez que c'est l'homme aux bons conseils, dit Athos.

— Sans doute, dit d'Artagnan, il faut aller où l'on ne nous cherchera pas. Or, on se gardera bien de nous chercher parmi les puritains ; allons donc parmi les puritains.

— Bien, ami, bien ! excellent conseil, dit Athos, j'allais le donner quand vous m'avez devancé.

— C'est donc aussi votre avis ? demanda Aramis.

— Oui. On croira que nous voulons quitter l'Angleterre, on nous cherchera dans les ports ; pendant ce temps nous arriverons à Londres avec le roi ; une fois à Londres, nous sommes introuvables ; au milieu d'un million d'hommes, il n'est pas difficile de se cacher ; sans compter, continua Athos en jetant un regard à Aramis, les chances que nous offre ce voyage.

— Oui, dit Aramis, je comprends.

— Moi, je ne comprends pas, dit Porthos, mais n'importe ; puisque cet avis est à la fois celui de d'Artagnan et d'Athos, ce doit être le meilleur.

— Mais, dit Aramis, ne paraîtrons-nous point suspects au colonel Harrison ?

— Eh ! mordioux ! dit d'Artagnan, c'est justement sur lui que je compte ; le colonel Harrison est de nos amis ; nous l'avons vu deux fois chez le général Cromwell ; il sait que nous lui avons été envoyés de France par mons Mazarini : il nous regardera comme des frères. D'ailleurs, n'est-ce pas le fils d'un boucher ? Oui, n'est-ce pas ? Eh bien ! Porthos lui montrera comment on assomme un bœuf d'un coup de poing, et moi comment on renverse un taureau en le prenant par les cornes ; cela captera sa confiance.

Athos sourit.

— Vous êtes le meilleur compagnon que je connaisse, d'Artagnan, dit-il en tendant la main au Gascon, et je suis bien heureux de vous avoir retrouvé, mon cher fils.

C'était, comme on le sait, le nom qu'Athos donnait à d'Artagnan dans ses grandes effusions de cœur.

En ce moment Grimaud sortit de la chambre. Le blessé était pansé et se trouvait mieux.

Les quatre amis prirent congé de lui et lui demandèrent s'il n'avait pas quelque commission à leur donner pour son frère.

— Dites-lui, répondit le brave homme, qu'il fasse savoir au roi qu'ils ne m'ont pas tué tout à fait ; si peu que je sois, je suis sûr que Sa Majesté me regrette et se reproche ma mort.

— Soyez tranquille, dit d'Artagnan, il le saura avant ce soir.

La petite troupe se remit en marche ; il n'y avait point à se tromper de chemin ; celui qu'il voulait suivre était visiblement tracé à travers la plaine.

Au bout de deux heures de marche silencieuse, d'Artagnan, qui tenait la tête, s'arrêta au tournant d'un chemin.

— Ah ! ah ! dit-il, voici nos gens.

En effet, une troupe considérable de cavaliers apparaissait à une demi-lieue de là environ.

— Mes chers amis, dit d'Artagnan, donnez vos épées à M. Mouston, qui vous les remettra en temps et lieu, et n'oubliez point que vous êtes nos prisonniers.

Puis on mit au trot les chevaux qui commençaient à se fatiguer, et l'on eut bientôt rejoint l'escorte.

Le roi, placé en tête, entouré d'une partie du régiment du colonel Harrison, cheminait impassible, toujours digne et avec une sorte de bonne volonté.

En apercevant Athos et Aramis, auxquels on ne lui avait pas même laissé le temps de dire adieu, et en lisant dans les regards de ces deux gentilshommes qu'il avait encore des amis à quelques pas de lui, quoiqu'il crût ces amis prisonniers, une rougeur de plaisir monta aux joues pâlies du roi.

D'Artagnan gagna la tête de la colonne, et, laissant ses amis sous la garde de Porthos, il alla droit à Harrison, qui le reconnut effectivement pour l'avoir vu chez Cromwell, et qui l'accueillit aussi poliment qu'un homme de cette condition et de ce caractère pouvait accueillir quelqu'un. Ce qu'avait prévu d'Artagnan arriva : le colonel n'avait et ne pouvait avoir aucun soupçon.

On s'arrêta : c'était à cette halte que devait dîner le roi. Seulement cette fois les précautions furent prises pour qu'il ne tentât pas de s'échapper. Dans la grande chambre de l'hôtellerie, une petite table fut placée pour lui, et une grande table pour les officiers.

— Dînez-vous avec moi ? demanda Harrison à d'Artagnan.

— Diable ! dit d'Artagnan, cela me ferait grand plaisir, mais j'ai mon compagnon, M. du Vallon, et mes deux prisonniers que je ne puis quitter et qui encombreraient votre table. Mais faisons mieux : faites dresser une table dans un coin, et envoyez-nous ce que bon vous semblera de la vôtre, car, sans cela, nous courrons grand risque de mourir de faim. Ce sera toujours dîner ensemble, puisque nous dînerons dans la même chambre.

— Soit, dit Harrison.

La chose fut arrangée comme le désirait d'Artagnan, et lorsqu'il revint près du colonel il trouva le roi déjà assis à sa petite table et servi par Parry, Harrison et ses officiers attablés en communauté, et dans un coin les places réservées pour lui et ses compagnons.

La table à laquelle étaient assis les officiers puritains était ronde, et, soit par hasard, soit grossier calcul, Harrison tournait le dos au roi.

Le roi vit entrer les quatre gentilshommes, mais il ne parut faire aucune attention à eux.

Ils allèrent s'asseoir à la table qui leur était réservée et se placèrent pour ne tourner le dos à personne. Ils avaient en face d'eux la table des officiers et celle du roi.

Harrison, pour faire honneur à ses hôtes, leur envoyait les meilleurs plats de sa table ; malheureusement pour les quatre amis, le vin manquait. La chose paraissait complètement indifférente à Athos, mais d'Artagnan, Porthos et Aramis faisaient la grimace chaque fois qu'il leur fallait avaler la bière, cette boisson puritaine.

— Ma foi, colonel, dit d'Artagnan, nous vous sommes bien reconnaissants de votre gracieuse invitation, car, sans vous, nous courions le risque de nous passer de dîner, comme nous nous sommes passés de déjeuner ; et voilà mon ami, M. du Vallon, qui partage ma reconnaissance, car il avait grand'faim.

— J'ai faim encore, dit Porthos en saluant le colonel Harrison.

— Et comment ce grave événement vous est-il donc arrivé, de vous passer de déjeuner ? demanda le colonel en riant.

— Par une raison bien simple, colonel, dit d'Artagnan. J'avais hâte de vous rejoindre, et, pour arriver à ce résultat, j'avais pris la même route que vous, ce que n'aurait pas dû faire un vieux fourrier comme moi, qui doit savoir que là où a passé un bon et brave régiment comme le vôtre, il ne reste rien à glaner. Aussi, vous comprenez notre déception lorsqu'en arrivant à une jolie petite maison située à la lisière d'un bois, et qui, de loin, avec son toit rouge et ses contrevents verts, avait un petit air de fête qui faisait plaisir à voir, au lieu d'y trouver les poules que nous nous apprêtions à faire rôtir, et les jambons que nous comptions faire griller, nous ne vîmes qu'un pauvre diable baigné... Ah ! mordioux ! colonel, faites mon compliment à celui de vos officiers qui a donné ce coup-là, il était bien donné, si bien donné, qu'il a fait l'admiration de M. du Vallon, mon ami, qui les donne gentiment aussi, les coups.

— Oui, dit Harrison en riant et en s'adressant des yeux à un officier assis à sa table, quand Groslow se charge de cette besogne, il n'y a pas besoin de revenir après lui.

— Ah ! c'est monsieur, dit d'Artagnan en saluant l'officier ; je regrette que monsieur ne parle pas français, pour lui faire mon compliment.

— Je suis prêt à le recevoir et à vous le rendre, monsieur, dit l'officier en assez bon français, car j'ai habité trois ans Paris.

— Eh bien ! monsieur, je m'empresse de vous dire, continua d'Artagnan, que le coup était si bien appliqué, que vous avez presque tué votre homme.

— Je croyais l'avoir tué tout à fait, dit Groslow.

— Non. Il ne s'en est pas fallu grand'chose, c'est vrai, mais il n'est pas mort.

Et en disant ces mots, d'Artagnan jeta un regard sur Parry, qui se tenait debout devant le roi, la pâleur de la mort au front, pour lui indiquer que cette nouvelle était à son adresse.

Quant au roi, il avait écouté toute cette conversation le cœur serré d'une indicible angoisse, car il ne savait pas où l'officier français en voulait venir et ces détails cruels, cachés sous une apparence insoucieuse, le révoltaient.

Aux derniers mots qu'il prononça seulement, il respira avec liberté.

— Ah diable ! dit Groslow, je croyais avoir mieux réussi. S'il n'y avait pas si loin d'ici à la maison de ce misérable, je retournerais pour l'achever.

— Et vous feriez bien, si vous avez peur qu'il en revienne, dit d'Artagnan, car vous le savez, quand les blessures à la tête ne tuent pas sur le coup, au bout de huit jours elles sont guéries.

Et d'Artagnan lança un second regard à Parry, sur la figure duquel se répandit une telle expression de joie, que Charles lui tendit la main en souriant.

Parry s'inclina sur la main de son maître et la baisa avec respect.

— En vérité, d'Artagnan, dit Athos, vous êtes à la fois homme de parole et d'esprit. Mais que dites-vous du roi ?

— Sa physionomie me revient tout à fait, dit d'Artagnan ; il a l'air à la fois noble et bon.

— Oui, mais il se laisse prendre, dit Porthos, c'est un tort.

— J'ai bien envie de boire à la santé du roi, dit Athos.

— Alors, laissez-moi porter la santé, dit d'Artagnan.

— Faites, dit Aramis.

Porthos regardait d'Artagnan, tout étourdi des ressources que son esprit gascon fournissait incessamment à son camarade.

D'Artagnan prit son gobelet d'étain, l'emplit et se leva.

— Messieurs, dit-il à ses compagnons, buvons, s'il vous plaît, à celui qui préside le repas. À notre colonel, et qu'il sache que nous sommes bien à son service jusqu'à Londres et au-delà.

Et comme, en disant ces paroles, d'Artagnan regardait Harrison, Harrison crut que le toast était pour lui, se leva et salua les quatre amis, qui, les yeux attachés sur le roi Charles, burent ensemble, tandis que Harrison, de son côté, vidait son verre sans aucune défiance.

Charles, à son tour, tendit son verre à Parry, qui y versa quelques gouttes de bière, car le roi était au régime de tout le monde ; et le portant à ses lèvres, en regardant à son tour les quatre gentilshommes, il but avec un sourire plein de noblesse et de reconnaissance.

— Allons, messieurs, s'écria Harrison en reposant son verre et sans aucun égard pour l'illustre prisonnier qu'il conduisait, en route !

— Où couchons-nous, colonel ?

— À Tirsk, répondit Harrison.

— Parry, dit le roi en se levant à son tour et en se retournant vers son valet, mon cheval. Je veux aller à Tirsk.

— Ma foi, dit d'Artagnan à Athos, votre roi m'a véritablement séduit et je suis tout à fait à son service.

— Si ce que vous me dites là est sincère, répondit Athos, il n'arrivera pas jusqu'à Londres.

— Comment cela ?

— Oui, car avant ce moment nous l'aurons enlevé.

— Ah ! pour cette fois, Athos, dit d'Artagnan, ma parole d'honneur, vous êtes fou.

— Avez-vous donc quelque projet arrêté ? demanda Aramis.

— Eh ! dit Porthos, la chose ne serait pas impossible si on avait un bon projet.

— Je n'en ai pas, dit Athos ; mais d'Artagnan en trouvera un.

D'Artagnan haussa les épaules, et on se mit en route.

65

D'Artagnan trouve un projet

Athos connaissait d'Artagnan mieux peut-être que d'Artagnan ne se connaissait lui-même. Il savait que, dans un esprit aventureux comme l'était celui du Gascon, il s'agit de laisser tomber une pensée, comme dans une terre riche et vigoureuse il s'agit seulement de laisser tomber une graine. Il avait donc laissé tranquillement son ami hausser les épaules, et il avait continué son chemin en lui parlant de Raoul, conversation qu'il avait, dans une autre circonstance, complètement laissée tomber, on se le rappelle.

À la nuit fermée on arriva à Tirsk. Les quatre amis parurent complètement étrangers et indifférents aux mesures de précaution que l'on prenait pour s'assurer de la personne du roi. Ils se retirèrent dans une maison particulière, et, comme ils avaient d'un moment à l'autre à craindre pour eux-mêmes, ils s'établirent dans une seule chambre en se ménageant une issue en cas d'attaque. Les valets furent distribués à des postes différents ; Grimaud coucha sur une botte de paille en travers de la porte.

D'Artagnan était pensif, et semblait avoir momentanément perdu sa loquacité ordinaire. Il ne disait pas mot, sifflotant sans cesse, allant de son lit à la croisée. Porthos, qui ne voyait jamais rien que les choses extérieures, lui, parlait comme d'habitude. D'Artagnan répondait par monosyllabes. Athos et Aramis se regardaient en souriant.

La journée avait été fatigante, et cependant, à l'exception de Porthos, dont le sommeil était aussi inflexible que l'appétit, les amis dormirent mal.

Le lendemain matin, d'Artagnan fut le premier debout. Il était descendu aux écuries, il avait déjà visité les chevaux, il avait déjà donné tous les ordres nécessaires à la journée qu'Athos et Aramis n'étaient point levés, et que Porthos ronflait encore.

À huit heures du matin, on se mit en marche dans le même ordre que la veille. Seulement d'Artagnan laissa ses amis cheminer de leur côté, et alla renouer avec M. Groslow la connaissance entamée la veille.

Celui-ci, que ses éloges avaient doucement caressé au cœur, le reçut avec un gracieux sourire.

— En vérité, monsieur, lui dit d'Artagnan, je suis heureux de trouver quelqu'un avec qui parler ma pauvre langue. M. du Vallon, mon ami, est d'un caractère fort mélancolique, de sorte qu'on ne saurait lui tirer quatre paroles par jour ; quant à nos deux prisonniers, vous comprenez qu'ils sont peu en train de faire la conversation.

— Ce sont des royalistes enragés, dit Groslow.

— Raison de plus pour qu'ils nous boudent d'avoir pris le Stuart, à qui, je l'espère bien, vous allez faire un bel et bon procès.

— Dame ! dit Groslow, nous le conduisons à Londres pour cela.

— Et vous ne le perdez pas de vue, je présume ?

— Peste ! je le crois bien ! Vous le voyez, ajouta l'officier en riant, il a une escorte vraiment royale.

— Oui, le jour, il n'y a pas de danger qu'il vous échappe ; mais la nuit...

— La nuit, les précautions redoublent.

— Et quel mode de surveillance employez-vous ?

— Huit hommes demeurent constamment dans sa chambre.

— Diable ! fit d'Artagnan, il est bien gardé. Mais, outre ces huit hommes, vous placez sans doute une garde dehors ? On ne peut prendre trop de précautions contre un pareil prisonnier.

— Oh ! non. Pensez donc : que voulez-vous que fassent deux hommes sans armes contre huit hommes armés ?

— Comment, deux hommes ?

— Oui, le roi et son valet de chambre.

— On a donc permis à son valet de chambre de ne pas le quitter ?

— Oui, Stuart a demandé qu'on lui accordât cette grâce, et le colonel Harrison y a consenti. Sous prétexte qu'il est roi, il paraît qu'il ne peut pas s'habiller ni se déshabiller tout seul.

— En vérité, capitaine, dit d'Artagnan décidé à continuer à l'endroit de l'officier anglais le système laudatif qui lui avait si bien réussi, plus je vous écoute, plus je m'étonne de la manière facile et élégante avec laquelle vous parlez le français. Vous avez habité Paris trois ans, c'est bien ; mais j'habiterais Londres toute ma vie que je n'arriverais pas, j'en suis sûr, au degré où vous en êtes. Que faisiez-vous donc à Paris ?

— Mon père, qui est commerçant, m'avait placé chez son correspondant, qui, de son côté, avait envoyé son fils chez mon père ; c'est l'habitude entre négociants de faire de pareils échanges.

— Et Paris vous a-t-il plu, monsieur ?

— Oui, mais vous auriez grand besoin d'une révolution dans le genre de la nôtre ; non pas contre votre roi, qui n'est qu'un enfant, mais contre ce ladre d'Italien qui est l'amant de votre reine.

— Ah ! je suis bien de votre avis, monsieur, et que ce serait bientôt fait, si nous avions seulement douze officiers comme vous, sans préjugés, vigilants, intraitables !

Ah ! nous viendrions bien vite à bout du Mazarin, et nous lui ferions un bon petit procès comme celui que vous allez faire à votre roi.

— Mais, dit l'officier, je croyais que vous étiez à son service, et que c'était lui qui vous avait envoyé au général Cromwell ?

— C'est-à-dire que je suis au service du roi, et que, sachant qu'il devait envoyer quelqu'un en Angleterre, j'ai sollicité cette mission, tant était grand mon désir de connaître l'homme de génie qui commande à cette heure aux trois royaumes. Aussi, quand il nous a proposé, à M. du Vallon et à moi, de tirer l'épée en l'honneur de la vieille Angleterre, vous avez vu comme nous avons mordu à la proposition.

— Oui, je sais que vous avez chargé aux côtés de M. Mordaunt.

— À sa droite et à sa gauche, monsieur. Peste, encore un brave et excellent jeune homme que celui-là. Comme il vous a décousu monsieur son oncle ! avez-vous vu ?

— Le connaissez-vous ? demanda l'officier.

— Beaucoup ; je puis même dire que nous sommes fort liés : M. du Vallon et moi sommes venus avec lui de France.

— Il paraît même que vous l'avez fait attendre fort longtemps à Boulogne.

— Que voulez-vous, dit d'Artagnan, j'étais comme vous, j'avais un roi en garde.

— Ah ! ah ! dit Groslow, et quel roi ?

— Le nôtre, pardieu ! le petit *king*, Louis le quatorzième.

Et d'Artagnan ôta son chapeau. L'Anglais en fit autant par politesse.

— Et combien de temps l'avez-vous gardé ?

— Trois nuits, et, par ma foi, je me rappellerai toujours ces trois nuits avec plaisir.

— Le jeune roi est donc bien aimable ?

— Le roi ! il dormait les poings fermés.

— Mais alors, que voulez-vous dire ?

— Je veux dire que mes amis les officiers aux gardes et aux mousquetaires me venaient tenir compagnie, et que nous passions nos nuits à boire et à jouer.

— Ah ! oui, dit l'Anglais avec un soupir, c'est vrai, vous êtes joyeux compagnons, vous autres Français.

— Ne jouez-vous donc pas aussi, quand vous êtes de garde ?

— Jamais, dit l'Anglais.

— En ce cas vous devez fort vous ennuyer et je vous plains, dit d'Artagnan.

— Le fait est, reprit l'officier, que je vois arriver mon tour avec une certaine terreur. C'est fort long, une nuit tout entière à veiller.

— Oui, quand on veille seul ou avec des soldats stupides ; mais quand on veille avec un joyeux partner, quand on fait rouler l'or et les dés sur une table, la nuit passe comme un rêve. N'aimez-vous donc pas le jeu ?

— Au contraire.

— Le lansquenet, par exemple ?

— J'en suis fou, je le jouais presque tous les soirs en France.

— Et depuis que vous êtes en Angleterre ?

— Je n'ai pas tenu un cornet ni une carte.

— Je vous plains, dit d'Artagnan d'un air de compassion profonde.

— Écoutez, dit l'Anglais, faites une chose.

— Laquelle ?

— Demain je suis de garde.

— Près du Stuart ?

— Oui. Venez passer la nuit avec moi.

— Impossible.

— Impossible ?

— De toute impossibilité.

— Comment cela ?

— Chaque nuit je fais la partie de M. du Vallon. Quelquefois nous ne nous couchons pas… Ce matin, par exemple, au jour nous jouions encore.

— Eh bien ?

— Eh bien ! il s'ennuierait si je ne faisais pas sa partie.

— Il est beau joueur ?

— Je lui ai vu perdre jusqu'à deux mille pistoles en riant aux larmes.

— Amenez-le alors.

— Comment voulez-vous ? Et nos prisonniers ?

— Ah diable ! c'est vrai, dit l'officier. Mais faites-les garder par vos laquais.

— Oui, pour qu'ils se sauvent ! dit d'Artagnan, je n'ai garde.

— Ce sont donc des hommes de condition, que vous y tenez tant ?

— Peste ! l'un est un riche seigneur de la Touraine ; l'autre est un chevalier de Malte de grande maison. Nous avons traité de leur rançon à chacun : deux mille livres sterling en arrivant en France. Nous ne voulons donc pas quitter un seul instant des hommes que nos laquais savent des millionnaires. Nous les avons bien un peu fouillés en les prenant et je vous avouerai même que c'est leur bourse que nous nous tiraillons chaque nuit, M. du Vallon et moi ; mais ils peuvent nous avoir caché quelque pierre précieuse, quelque diamant de prix, de sorte que nous sommes comme les avares, qui ne quittent pas leur trésor ; nous nous sommes constitués gardiens permanents de nos hommes, et quand je dors, M. du Vallon veille.

— Ah ! ah ! fit Groslow.

— Vous comprenez donc maintenant ce qui me force de refuser votre politesse, à laquelle au reste je suis d'autant plus sensible, que rien n'est plus ennuyeux que de jouer toujours avec la même personne ; les chances se compensent éternellement, et au bout d'un mois on trouve qu'on ne s'est fait ni bien ni mal.

— Ah ! dit Groslow avec un soupir, il y a quelque chose de plus ennuyeux encore, c'est de ne pas jouer du tout.

— Je comprends cela, dit d'Artagnan.

— Mais voyons, reprit l'Anglais, sont-ce des hommes dangereux que vos hommes ?

— Sous quel rapport ?

— Sont-ils capables de tenter un coup de main ?

D'Artagnan éclata de rire.

— Jésus Dieu ! s'écria-t-il ; l'un des deux tremble la fièvre, ne pouvant pas se faire au charmant pays que vous habitez ; l'autre est un chevalier de Malte, timide comme une jeune fille ; et, pour plus grande sécurité, nous leur avons ôté jusqu'à leurs couteaux fermants et leurs ciseaux de poche.

— Eh bien, dit Groslow, amenez-les.

— Comment, vous voulez ! dit d'Artagnan.

— Oui, j'ai huit hommes.

— Eh bien ?

— Quatre les garderont, quatre garderont le roi.

— Au fait, dit d'Artagnan, la chose peut s'arranger ainsi, quoique ce soit un grand embarras que je vous donne.

— Bah ! venez toujours ; vous verrez comment j'arrangerai la chose.

— Oh ! je ne m'en inquiète pas, dit d'Artagnan ; à un homme comme vous, je me livre les yeux fermés.

Cette dernière flatterie tira de l'officier un de ces petits rires de satisfaction qui font les gens amis de celui qui les provoque, car ils sont une évaporation de la vanité caressée.

— Mais, dit d'Artagnan, j'y pense, qui nous empêche de commencer ce soir ?

— Quoi ?

— Notre partie.

— Rien au monde, dit Groslow.

— En effet, venez ce soir chez nous, et demain nous irons vous rendre votre visite. Si quelque chose vous inquiète dans nos hommes, qui, comme vous le savez, sont des royalistes enragés, eh bien ! il n'y aura rien de dit, et ce sera toujours une bonne nuit de passée.

— À merveille ! Ce soir chez vous, demain chez Stuart, après-demain chez moi.

— Et les autres jours à Londres. Eh mordioux ! dit d'Artagnan, vous voyez bien qu'on peut mener joyeuse vie partout.

— Oui, quand on rencontre des Français, et des Français comme vous, dit Groslow.

— Et comme M. du Vallon ; vous verrez bien quel gaillard ! un frondeur enragé, un homme qui a failli tuer Mazarin entre deux portes ; on l'emploie parce qu'on en a peur.

— Oui, dit Groslow, il a une bonne figure, et sans que je le connaisse, il me revient tout à fait.

— Ce sera bien autre chose quand vous le connaîtrez. Eh ! tenez, le voilà qui m'appelle. Pardon, nous sommes tellement liés qu'il ne peut se passer de moi. Vous m'excusez ?

— Comment donc !

— À ce soir.

— Chez vous ?

— Chez moi.

Les deux hommes échangèrent un salut, et d'Artagnan revint vers ses compagnons.

— Que diable pouviez-vous dire à ce bouledogue ? dit Porthos.

— Mon cher ami, ne parlez point ainsi de M. Groslow, c'est un de mes amis intimes.

— Un de vos amis, dit Porthos, ce massacreur de paysans.

— Chut ! mon cher Porthos. Eh bien ! oui, M. Groslow est un peu vif, c'est vrai, mais au fond, je lui ai découvert deux bonnes qualités : il est bête et orgueilleux.

Porthos ouvrit de grands yeux stupéfaits, Athos et Aramis se regardèrent avec un sourire ; ils connaissaient d'Artagnan et savaient qu'il ne faisait rien sans but.

— Mais, continua d'Artagnan, vous l'apprécierez vous-même.

— Comment cela ?

— Je vous le présente ce soir, il vient jouer avec nous.

— Oh ! oh ! dit Porthos, dont les yeux s'allumèrent à ce mot, et il est riche ?

— C'est le fils d'un des plus forts négociants de Londres.

— Et il connaît le lansquenet ?

— Il l'adore.

— La bassette ?

— C'est sa folie.

— Le biribi ?

— Il y raffine.

— Bon, dit Porthos, nous passerons une agréable nuit.

— D'autant plus agréable qu'elle nous promettra une nuit meilleure.

— Comment cela ?

— Oui, nous lui donnons à jouer ce soir ; lui, donne à jouer demain.

— Où cela ?

— Je vous le dirai. Maintenant ne nous occupons que d'une chose : c'est de recevoir dignement l'honneur que nous fait M. Groslow. Nous nous arrêtons ce soir à Derby : que Mousqueton prenne les devants, et s'il y a une bouteille de vin dans toute la ville, qu'il l'achète. Il n'y aura pas de mal non plus qu'il préparât un petit souper, auquel vous ne prendrez point part, vous, Athos, parce que vous avez la fièvre, et vous, Aramis, parce que vous êtes chevalier de Malte, et que les propos de soudards comme nous vous déplaisent et vous font rougir. Entendez-vous bien cela ?

— Oui, dit Porthos ; mais le diable m'emporte si je comprends.

— Porthos, mon ami, vous savez que je descends des prophètes par mon père, et des sibylles par ma mère, que je ne parle que par paraboles et par énigmes ; que ceux qui ont des oreilles écoutent, et que ceux qui ont des yeux regardent, je n'en puis pas dire davantage pour le moment.

— Faites, mon ami, dit Athos, je suis sûr que ce que vous faites est bien fait.

— Et vous, Aramis, êtes-vous dans la même opinion ?

— Tout à fait, mon cher d'Artagnan.

— À la bonne heure, dit d'Artagnan, voilà de vrais croyants, et il y a plaisir d'essayer des miracles pour eux ; ce n'est pas comme cet incrédule de Porthos, qui veut toujours voir et toucher pour croire.

— Le fait est, dit Porthos d'un air fin, que je suis très incrédule.

D'Artagnan lui donna une claque sur l'épaule, et, comme on arrivait à la station du déjeuner, la conversation en resta là.

Vers les cinq heures du soir, comme la chose était convenue, on fit partir Mousqueton en avant. Mousqueton ne parlait pas anglais, mais, depuis qu'il était en Angleterre, il avait remarqué une chose, c'est que Grimaud, par l'habitude du geste, avait parfaitement remplacé la parole. Il s'était donc mis à étudier le geste avec Grimaud, et en quelques leçons, grâce à la supériorité du maître, il était arrivé à une certaine force. Blaisois l'accompagna.

Les quatre amis, en traversant la principale rue de Derby, aperçurent Blaisois debout sur le seuil d'une maison de belle apparence ; c'est là que leur logement était préparé.

De toute la journée, ils ne s'étaient pas approchés du roi, de peur de donner des soupçons, et au lieu de dîner à la table du colonel Harrison, comme ils l'avaient fait la veille, ils avaient dîné entre eux.

À l'heure convenue, Groslow vint. D'Artagnan le reçut comme il eût reçu un ami de vingt ans. Porthos le toisa des pieds à la tête et sourit en reconnaissant que malgré le coup remarquable qu'il avait donné au frère de Parry, il n'était pas de sa force. Athos et Aramis firent ce qu'ils purent pour cacher le dégoût que leur inspirait cette nature brutale et grossière.

En somme, Groslow parut content de la réception.

Athos et Aramis se tinrent dans leur rôle. À minuit ils se retirèrent dans leur chambre, dont on laissa, sous prétexte de surveillance, la porte ouverte. En outre, d'Artagnan les y accompagna, laissant Porthos aux prises avec Groslow.

Porthos gagna cinquante pistoles à Groslow, et trouva, lorsqu'il se fut retiré, qu'il était d'une compagnie plus agréable qu'il ne l'avait cru d'abord.

Quant à Groslow, il se promit de réparer le lendemain sur d'Artagnan l'échec qu'il avait éprouvé avec Porthos, et quitta le Gascon en lui rappelant le rendez-vous du soir.

Nous disons du soir, car les joueurs se quittèrent à quatre heures du matin.

La journée se passa comme d'habitude ; d'Artagnan allait du capitaine Groslow au colonel Harrison et du colonel Harrison à ses amis. Pour quelqu'un qui ne connaissait pas d'Artagnan, il paraissait être dans son assiette ordinaire ; pour ses amis, c'est-à-dire pour Athos et Aramis, sa gaieté était de la fièvre.

— Que peut-il machiner ? disait Aramis.

— Attendons, disait Athos.

Porthos ne disait rien, seulement il comptait l'une après l'autre, dans son gousset, avec un air de satisfaction qui se trahissait à l'extérieur, les cinquante pistoles qu'il avait gagnées à Groslow.

En arrivant le soir à Ryston, d'Artagnan rassembla ses amis. Sa figure avait perdu ce caractère de gaieté insoucieuse qu'il avait porté comme un masque toute la journée ; Athos serra la main à Aramis.

— Le moment approche, dit-il.

— Oui, dit d'Artagnan qui avait entendu, oui, le moment approche : cette nuit, messieurs, nous sauvons le roi.

Athos tressaillit, ses yeux s'enflammèrent.

— D'Artagnan, dit-il, doutant après avoir espéré, ce n'est point une plaisanterie, n'est-ce pas ? elle me ferait trop grand mal !

— Vous êtes étrange, Athos, dit d'Artagnan, de douter ainsi de moi. Où et quand m'avez-vous vu plaisanter avec le cœur d'un ami et la vie d'un roi ? Je vous ai dit et je vous répète que cette nuit nous sauvons Charles Ier. Vous vous en êtes rapporté à moi de trouver un moyen, le moyen est trouvé.

Porthos regardait d'Artagnan avec un sentiment d'admiration profonde. Aramis souriait en homme qui espère. Athos était pâle comme la mort et tremblait de tous ses membres.

— Parlez, dit Athos.

Porthos ouvrit ses gros yeux, Aramis se pendit pour ainsi dire aux lèvres de d'Artagnan.

— Nous sommes invités à passer la nuit chez M. Groslow, vous savez cela ?

— Oui, répondit Porthos, il nous a fait promettre de lui donner sa revanche.

— Bien. Mais savez-vous où nous lui donnons sa revanche ?

— Non.

— Chez le roi.

— Chez le roi ! s'écria Athos.

— Oui, messieurs, chez le roi. M. Groslow est de garde ce soir près de Sa Majesté, et, pour se distraire dans sa faction, il nous invite à aller lui tenir compagnie.

— Tous quatre ? demanda Athos.

— Pardieu ! certainement, tous quatre ; est-ce que nous quittons nos prisonniers !

— Ah ! ah ! fit Aramis.

— Voyons, dit Athos palpitant.

— Nous allons donc chez Groslow, nous avec nos épées, vous avec des poignards ; à nous quatre nous nous rendons maîtres de ces huit imbéciles et de leur stupide commandant. Monsieur Porthos, qu'en dites-vous ?

— Je dis que c'est facile, dit Porthos.

— Nous habillons le roi en Groslow ; Mousqueton, Grimaud et Blaisois nous tiennent des chevaux tout sellés au détour de la première rue, nous sautons dessus, et avant le jour nous sommes à vingt lieues d'ici ! est-ce tramé cela, Athos ?

Athos posa ses deux mains sur les épaules de d'Artagnan et le regarda avec son calme et doux sourire.

— Je déclare, ami, dit-il, qu'il n'y a pas de créature sous le ciel qui vous égale en noblesse et en courage ; pendant que nous vous croyions indifférent à nos douleurs que vous pouviez sans crime ne point partager, vous seul d'entre nous trouvez ce que nous cherchions vainement. Je te le répète donc, d'Artagnan, tu es le meilleur de nous, et je te bénis et je t'aime, mon cher fils.

— Dire que je n'ai point trouvé cela, dit Porthos en se frappant sur le front, c'est si simple !

— Mais, dit Aramis, si j'ai bien compris, nous tuerons tout, n'est-ce pas ?

Athos frissonna et devint fort pâle.

— Mordioux ! dit d'Artagnan, il le faudra bien. J'ai cherché longtemps s'il n'y avait pas moyen d'éluder la chose, mais j'avoue que je n'en ai pas pu trouver.

— Voyons, dit Aramis, il ne s'agit pas ici de marchander avec la situation ; comment procédons-nous ?

— J'ai fait un double plan, répondit d'Artagnan.

— Voyons le premier, dit Aramis.

— Si nous sommes tous les quatre réunis, à mon signal, et ce signal sera le mot *enfin*, vous plongez chacun un poignard dans le cœur du soldat qui est le plus proche de vous, nous en faisons autant de notre côté ; voilà d'abord quatre hommes morts ; la partie devient donc égale, puisque nous nous trouvons quatre contre cinq ; ces cinq-là se rendent, et on les bâillonne, ou ils se défendent et on les tue ; si par hasard notre amphitryon change d'avis et ne reçoit à sa partie que Porthos et moi, dame ! il faudra prendre les grands moyens en frappant double ; ce sera un peu plus long et un peu bruyant, mais vous vous tiendrez dehors avec des épées et vous accourrez au bruit.

— Mais si l'on vous frappait vous-mêmes ? dit Athos.

— Impossible ! dit d'Artagnan, ces buveurs de bière sont trop lourds et trop maladroits ; d'ailleurs vous frapperez à la gorge, Porthos, cela tue aussi vite et empêche de crier ceux que l'on tue.

— Très bien ! dit Porthos, ce sera un joli petit égorgement.

— Affreux ! affreux ! dit Athos.

— Bah ! monsieur l'homme sensible, dit d'Artagnan, vous en feriez bien d'autres dans une bataille. D'ailleurs, ami, continua-t-il, si vous trouvez que la vie du roi ne vaille pas ce qu'elle doit coûter, rien n'est dit, et je vais prévenir M. Groslow que je suis malade.

— Non, dit Athos, j'ai tort, mon ami, et c'est vous qui avez raison, pardonnez-moi.

En ce moment la porte s'ouvrit et un soldat parut.

— M. le capitaine Groslow, dit-il en mauvais français, fait prévenir monsieur d'Artagnan et monsieur du Vallon qu'il les attend.

— Où cela ? demanda d'Artagnan.

— Dans la chambre du Nabuchodonosor anglais, répondit le soldat, puritain renforcé.

— C'est bien, répondit en excellent anglais Athos, à qui le rouge était monté au visage à cette insulte faite à la majesté royale, c'est bien ; dites au capitaine Groslow que nous y allons.

Puis le puritain sortit ; l'ordre avait été donné aux laquais de seller huit chevaux, et d'aller attendre, sans se séparer les uns des autres ni sans mettre pied à terre, au coin d'une rue située à vingt pas à peu près de la maison où était logé le roi.

66

La partie de lansquenet

En effet, il était neuf heures du soir ; les postes avaient été relevés à huit, et depuis une heure la garde du capitaine Groslow avait commencé.

D'Artagnan et Porthos armés de leurs épées, et Athos et Aramis ayant chacun un poignard caché dans la poitrine, s'avancèrent vers la maison qui ce soir-là servait de prison à Charles Stuart. Ces deux derniers suivaient leurs vainqueurs, humbles et désarmés en apparence, comme des captifs.

— Ma foi, dit Groslow en les apercevant, je ne comptais presque plus sur vous.

D'Artagnan s'approcha de celui-ci et lui dit tout bas :

— En effet, nous avons hésité un instant, M. du Vallon et moi.

— Et pourquoi ? demanda Groslow.

D'Artagnan lui montra de l'œil Athos et Aramis.

— Ah ! ah ! dit Groslow, à cause des opinions ? peu importe. Au contraire, ajouta-t-il en riant ; s'ils veulent voir leur Stuart, ils le verront.

— Passons-nous la nuit dans la chambre du roi ? demanda d'Artagnan.

— Non, mais dans la chambre voisine ; et comme la porte restera ouverte, c'est exactement comme si nous demeurions dans sa chambre même. Vous êtes-vous munis d'argent ? Je vous déclare que je compte jouer ce soir un jeu d'enfer.

— Entendez-vous ? dit d'Artagnan en faisant sonner l'or dans ses poches.

— *Very good!* dit Groslow, et il ouvrit la porte de la chambre. C'est pour vous montrer le chemin, messieurs, dit-il.

Et il entra le premier.

D'Artagnan se retourna vers ses amis. Porthos était insoucieux comme s'il s'agissait d'une partie ordinaire ; Athos était pâle, mais résolu ; Aramis essuyait avec un mouchoir son front mouillé d'une légère sueur.

Les huit gardes étaient à leur poste : quatre étaient dans la chambre du roi, deux à la porte de communication, deux à la porte par laquelle entraient les quatre amis. À la vue des épées nues, Athos sourit ; ce n'était donc plus une boucherie, mais un combat.

À partir de ce moment toute sa bonne humeur parut revenue.

Charles, que l'on apercevait à travers une porte ouverte, était sur son lit tout habillé : seulement une couverture de laine était rejetée sur lui.

À son chevet, Parry était assis lisant à voix basse, et cependant assez haute pour que Charles, qui l'écoutait les yeux fermés, l'entendît, un chapitre dans une Bible catholique.

Une chandelle de suif grossier, placée sur une table noire, éclairait le visage résigné du roi et le visage infiniment moins calme de son fidèle serviteur.

De temps en temps Parry s'interrompait, croyant que le roi dormait visiblement ; mais alors le roi rouvrait les yeux et lui disait en souriant :

— Continue, mon bon Parry, j'écoute.

Groslow s'avança jusqu'au seuil de la chambre du roi, remit avec affectation sur sa tête le chapeau qu'il avait tenu à la main pour recevoir ses hôtes, regarda un instant avec mépris ce tableau simple et touchant d'un vieux serviteur lisant la Bible à son roi prisonnier, s'assura que chaque homme était bien au poste qu'il lui avait assigné, et, se retournant vers d'Artagnan, il regarda triomphalement le Français comme pour mendier un éloge sur sa tactique.

— À merveille, dit le Gascon ; cap de Diou ! vous ferez un général un peu distingué.

— Et croyez-vous, demanda Groslow, que ce sera tant que je serai de garde près de lui que le Stuart se sauvera ?

— Non, certes, répondit d'Artagnan. À moins qu'il ne lui pleuve des amis du ciel.

Le visage de Groslow s'épanouit.

Comme Charles Stuart avait gardé pendant cette scène ses yeux constamment fermés, on ne peut dire s'il s'était aperçu ou non de l'insolence du capitaine puritain. Mais malgré lui, dès qu'il entendit le timbre accentué de la voix de d'Artagnan, ses paupières se rouvrirent.

Parry, de son côté, tressaillit et interrompit la lecture.

— À quoi songes-tu donc de t'interrompre ? dit le roi, continue, mon bon Parry ; à moins que tu ne sois fatigué, toutefois.

— Non, sire, dit le valet de chambre.

Et il reprit sa lecture.

Une table était préparée dans la première chambre, et sur cette table, couverte d'un tapis, étaient deux chandelles allumées, des cartes, deux cornets et des dés.

— Messieurs, dit Groslow, asseyez-vous, je vous prie, moi, en face du Stuart, que j'aime tant à voir, surtout où il est ; vous, monsieur d'Artagnan, en face de moi.

Athos rougit de colère, d'Artagnan le regarda en fronçant le sourcil.

— C'est cela, dit d'Artagnan ; vous, monsieur le comte de La Fère, à la droite de monsieur Groslow ; vous, monsieur le chevalier d'Herblay, à sa gauche ; vous, du Vallon, près de moi. Vous pariez pour moi, et ces messieurs pour monsieur Groslow.

D'Artagnan les avait ainsi : Porthos à sa gauche, et il lui parlait du genou ; Athos et Aramis en face de lui, et il les tenait sous son regard.

Aux noms du comte de La Fère et du chevalier d'Herblay, Charles rouvrit les yeux, et malgré lui, relevant sa noble tête, embrassa d'un regard tous les acteurs de cette scène.

En ce moment Parry tourna quelques feuillets de sa Bible et lut tout haut ce verset de Jérémie :

« Dieu dit : Écoutez les paroles des prophètes, mes serviteurs, que je vous ai envoyés avec grand soin, et que j'ai conduits vers vous. »

Les quatre amis échangèrent un regard. Les paroles que venait de dire Parry leur indiquaient que leur présence était attribuée par le roi à son véritable motif.

Les yeux de d'Artagnan pétillèrent de joie.

— Vous m'avez demandé tout à l'heure si j'étais en fonds ? dit d'Artagnan en mettant une vingtaine de pistoles sur la table.

— Oui, dit Groslow.

— Eh bien, reprit d'Artagnan, à mon tour je vous dis : Tenez bien votre trésor, mon cher monsieur Groslow, car je vous réponds que nous ne sortirons d'ici qu'en vous l'enlevant.

— Ce ne sera pas sans que je le défende, dit Groslow.

— Tant mieux, dit d'Artagnan. Bataille, mon cher capitaine, bataille ! Vous savez ou vous ne savez pas que c'est ce que nous demandons.

— Ah ! oui, je sais bien, dit Groslow en éclatant de son gros rire, vous ne cherchez que plaies et bosses, vous autres Français.

En effet, Charles avait tout entendu, tout compris. Une légère rougeur monta à son visage. Les soldats qui le gardaient le virent donc peu à peu étendre ses membres fatigués, et, sous prétexte d'une excessive chaleur, provoquée par un poêle chauffé à blanc, rejeter peu à peu la couverture écossaise sous laquelle, nous l'avons dit, il était couché tout vêtu.

Athos et Aramis tressaillirent de joie en voyant que le roi était couché habillé.

La partie commença. Ce soir-là la veine avait tourné et était pour Groslow, il tenait tout et gagnait toujours. Une centaine de pistoles passa ainsi d'un côté de la table à l'autre. Groslow était d'une gaieté folle.

Porthos, qui avait reperdu les cinquante pistoles qu'il avait gagnées la veille, et en outre une trentaine de pistoles à lui, était fort maussade et interrogeait d'Artagnan du genou, comme pour lui demander s'il n'était pas bientôt temps de passer à un autre jeu ; de leur côté, Athos et Aramis le regardaient d'un œil scrutateur, mais d'Artagnan restait impassible.

Dix heures sonnèrent. On entendit la ronde qui passait.

— Combien faites-vous de rondes comme celle-là ? dit d'Artagnan en tirant de nouvelles pistoles de sa poche.

— Cinq, dit Groslow, une toutes les deux heures.

— Bien, dit d'Artagnan, c'est prudent.

Et à son tour, il lança un coup d'œil à Athos et à Aramis.

On entendit les pas de la patrouille qui s'éloignait.

D'Artagnan répondit pour la première fois au coup de genou de Porthos par un coup de genou pareil.

Cependant, attirés par cet attrait du jeu et par la vue de l'or, si puissante chez tous les hommes, les soldats, dont la consigne était de rester dans la chambre du roi, s'étaient peu à peu rapprochés de la porte, et là, en se haussant sur la pointe du pied, ils regardaient par-dessus l'épaule de d'Artagnan et de Porthos ; ceux de la porte s'étaient rapprochés aussi, secondant de cette façon les désirs des quatre amis, qui aimaient mieux les avoir sous la main que d'être obligés de courir à eux aux quatre coins de la chambre. Les deux sentinelles de la porte avaient toujours l'épée nue, seulement elles s'appuyaient sur la pointe, et regardaient les joueurs.

Athos semblait se calmer à mesure que le moment approchait ; ses deux mains blanches et aristocratiques jouaient avec des louis, qu'il tordait et redressait avec autant de facilité que si l'or eût été de l'étain ; moins maître de lui, Aramis fouillait continuellement sa poitrine ; impatient de perdre toujours, Porthos jouait du genou à tout rompre.

D'Artagnan se retourna, regardant machinalement en arrière, et vit entre deux soldats Parry debout, et Charles appuyé sur son coude, joignant les mains et paraissant adresser à Dieu une fervente prière. D'Artagnan comprit que le moment était venu, que chacun était à son poste et qu'on n'attendait plus que le mot : « Enfin ! » qui, on se le rappelle, devait servir de signal.

Il lança un coup d'œil préparatoire à Athos et à Aramis, et tous deux reculèrent légèrement leur chaise pour avoir la liberté du mouvement.

Il donna un second coup de genou à Porthos, et celui-ci se leva comme pour se dégourdir les jambes ; seulement en se levant il s'assura que son épée pouvait sortir facilement du fourreau.

— Sacrebleu ! dit d'Artagnan, encore vingt pistoles de perdues ! En vérité, capitaine Groslow, vous avez trop de bonheur, cela ne peut durer.

Et il tira vingt autres pistoles de sa poche.

— Un dernier coup, capitaine. Ces vingt pistoles sur un coup, sur un seul, sur le dernier.

— Va pour vingt pistoles, dit Groslow.

Et il retourna deux cartes comme c'est l'habitude, un roi pour d'Artagnan, un as pour lui.

— Un roi, dit d'Artagnan, c'est de bon augure. Maître Groslow, ajouta-t-il, prenez garde au roi.

Et, malgré sa puissance sur lui-même, il y avait dans la voix de d'Artagnan une vibration étrange qui fit tressaillir son partner.

Groslow commença à retourner les cartes les unes après les autres. S'il retournait un as d'abord, il avait gagné ; s'il retournait un roi, il avait perdu.

Il retourna un roi.

— Enfin ! dit d'Artagnan.

À ce mot, Athos et Aramis se levèrent, Porthos recula d'un pas.

Poignards et épées allaient briller, mais soudain la porte s'ouvrit, et Harrison parut sur le seuil, accompagné d'un homme enveloppé dans un manteau.

Derrière cet homme, on voyait briller les mousquets de cinq ou six soldats.

Groslow se leva vivement, honteux d'être surpris au milieu du vin, des cartes et des dés. Mais Harrison ne fit point attention à lui, et, entrant dans la chambre du roi suivi de son compagnon :

— Charles Stuart, dit-il, l'ordre arrive de vous conduire à Londres sans s'arrêter ni jour ni nuit. Apprêtez-vous donc à partir à l'instant même.

— Et de quelle part cet ordre est-il donné ? demanda le roi, de la part du général Olivier Cromwell ?

— Oui, dit Harrison, et voici monsieur Mordaunt qui l'apporte à l'instant même et qui a charge de le faire exécuter.

— Mordaunt ! murmurèrent les quatre amis en échangeant un regard.

D'Artagnan rafla sur la table tout l'argent que lui et Porthos avaient perdu et l'engouffra dans sa vaste poche ; Athos et Aramis se rangèrent derrière lui. À ce mouvement Mordaunt se retourna, les reconnut et poussa une exclamation de joie sauvage.

— Je crois que nous sommes pris, dit tout bas d'Artagnan à ses amis.

— Pas encore, dit Porthos.

— Colonel ! colonel ! dit Mordaunt, faites entourer cette chambre, vous êtes trahis. Ces quatre Français se sont sauvés de Newcastle et veulent sans doute enlever le roi. Qu'on les arrête.

— Oh ! jeune homme, dit d'Artagnan en tirant son épée, voici un ordre plus facile à dire qu'à exécuter.

Puis, décrivant autour de lui un moulinet terrible :

— En retraite, amis, cria-t-il, en retraite !

En même temps il s'élança vers la porte, renversa deux des soldats qui la gardaient avant qu'ils eussent eu le temps d'armer leurs mousquets ; Athos et Aramis le suivirent ; Porthos fit l'arrière-garde, et avant que soldats, officiers, colonel, eussent eu le temps de se reconnaître, ils étaient tous quatre dans la rue.

— Feu ! cria Mordaunt, feu sur eux !

Deux ou trois coups de mousquet partirent effectivement, mais n'eurent d'autre effet que de montrer les quatre fugitifs tournant sains et saufs l'angle de la rue.

Les chevaux étaient à l'endroit désigné ; les valets n'eurent qu'à jeter la bride à leurs maîtres, qui se trouvèrent en selle avec la légèreté de cavaliers consommés.

— En avant ! dit d'Artagnan, de l'éperon, ferme !

Ils coururent ainsi suivant d'Artagnan et reprenant la route qu'ils avaient déjà faite dans la journée, c'est-à-dire se dirigeant vers l'Écosse. Le bourg n'avait ni portes ni murailles, ils en sortirent donc sans difficulté.

À cinquante pas de la dernière maison, d'Artagnan s'arrêta.

— Halte ! dit-il.

— Comment, halte ? s'écria Porthos. Ventre à terre, vous voulez dire ?

— Pas du tout, répondit d'Artagnan. Cette fois-ci on va nous poursuivre, laissons-les sortir du bourg et courir après nous sur la route d'Écosse ; et quand nous les aurons vus passer au galop, suivons la route opposée.

À quelques pas de là passait un ruisseau, un pont était jeté sur le ruisseau ; d'Artagnan conduisit son cheval sous l'arche de ce pont ; ses amis le suivirent.

Ils n'y étaient pas depuis dix minutes qu'ils entendirent s'approcher le galop rapide d'une troupe de cavaliers. Cinq minutes après, cette troupe passait sur leur tête, bien loin de se douter que ceux qu'ils cherchaient n'étaient séparés d'eux que par l'épaisseur de la voûte du pont.

67

Londres

Lorsque le bruit des chevaux se fut perdu dans le lointain, d'Artagnan regagna le bord de la rivière, et se mit à arpenter la plaine en s'orientant autant que possible sur Londres. Ses trois amis le suivirent en silence, jusqu'à ce qu'à l'aide d'un large demi-cercle ils eussent laissé la ville loin derrière eux.

— Pour cette fois, dit d'Artagnan lorsqu'il se crut enfin assez loin du point de départ pour passer du galop au trot, je crois bien que décidément tout est perdu, et que ce que nous avons de mieux à faire est de gagner la France. Que dites-vous de la proposition, Athos ? ne la trouvez-vous point raisonnable ?

— Oui, cher ami, répondit Athos ; mais vous avez prononcé l'autre jour une parole plus que raisonnable, une parole noble et généreuse ; vous avez dit : « Nous mourrons ici ! » Je vous rappellerai votre parole.

— Oh ! dit Porthos, la mort n'est rien, et ce n'est pas la mort qui doit nous inquiéter, puisque nous ne savons pas ce que c'est ; mais c'est l'idée d'une défaite qui me tourmente. À la façon dont les choses tournent, je vois qu'il nous faudra livrer bataille à Londres, aux provinces, à toute l'Angleterre, et en vérité nous ne pouvons à la fin manquer d'être battus.

— Nous devons assister à cette grande tragédie jusqu'à la fin, dit Athos ; quel qu'il soit, ne quittons l'Angleterre qu'après le dénouement. Pensez-vous comme moi, Aramis ?

— En tout point, mon cher comte ; puis je vous avoue que je ne serais pas fâché de retrouver le Mordaunt ; il me semble que nous avons un compte à régler avec lui, et que ce n'est pas notre habitude de quitter les pays sans payer ces sortes de dettes.

— Ah ! ceci est autre chose, dit d'Artagnan, et voilà une raison qui me paraît plausible. J'avoue, quant à moi, que, pour retrouver le Mordaunt en question, je resterai s'il le faut un an à Londres. Seulement logeons-nous chez un homme sûr et de façon à n'éveiller aucun soupçon, car à cette heure, M. Cromwell doit nous faire chercher, et autant que j'en ai pu juger, il ne plaisante pas, M. Cromwell. Athos, connaissez-vous dans toute la ville une auberge où l'on trouve des draps blancs, du rosbif raisonnablement cuit et du vin qui ne soit pas fait avec du houblon ou du genièvre ?

— Je crois que j'ai votre affaire, dit Athos. De Winter nous a conduits chez un homme qu'il disait être un ancien Espagnol naturalisé Anglais de par les guinées de ses nouveaux compatriotes. Qu'en dites-vous, Aramis ?

— Mais le projet de nous arrêter chez el señor Perez me paraît des plus raisonnables, je l'adopte donc pour mon compte. Nous invoquerons le souvenir de ce pauvre de Winter, pour lequel il paraissait avoir une grande vénération ; nous lui dirons que nous venons en amateurs pour voir ce qui se passe ; nous dépenserons chez lui chacun une guinée par jour, et je crois que, moyennant toutes ces précautions, nous pourrons demeurer assez tranquilles.

— Vous en oubliez une, Aramis, et une précaution assez importante même.

— Laquelle ?

— Celle de changer d'habits.

— Bah ! dit Porthos, pourquoi faire, changer d'habits ? nous sommes si bien à notre aise dans ceux-ci !

— Pour ne pas être reconnus, dit d'Artagnan. Nos habits ont une coupe et presque une couleur uniforme qui dénonce leur *Frenchman* à la première vue. Or, je ne tiens pas assez à la coupe de mon pourpoint ou à la couleur de mes chausses pour risquer, par amour pour elles, d'être pendu à Tyburn ou d'aller faire un tour aux Indes. Je vais m'acheter un habit marron. J'ai remarqué que tous ces imbéciles de puritains raffolaient de cette couleur.

— Mais retrouverez-vous votre homme ? dit Aramis.

— Oh ! certainement, il demeurait Green-Hall street, *Bedford's Tavern* ; d'ailleurs j'irais dans la cité les yeux fermés.

— Je voudrais déjà y être, dit d'Artagnan, et mon avis serait d'arriver à Londres avant le jour, dussions-nous crever nos chevaux.

— Allons donc, dit Athos, car si je ne me trompe pas dans mes calculs, nous ne devons guère en être éloignés que de huit ou dix lieues.

Les amis pressèrent leurs chevaux, et effectivement ils arrivèrent vers les cinq heures du matin. À la porte par laquelle ils se présentèrent, un poste les arrêta ; mais Athos répondit en excellent anglais qu'ils étaient envoyés par le colonel Harrison pour prévenir son collègue, M. Pride, de l'arrivée prochaine du roi. Cette réponse amena quelques questions sur la prise du roi, et Athos donna des détails si précis et si positifs, que si les gardiens des portes avaient quelques soupçons, ces soupçons s'évanouirent complètement. Le passage fut donc livré aux quatre amis avec toutes sortes de congratulations puritaines.

Athos avait dit vrai ; il alla droit à *Bedford's Tavern* et se fit reconnaître de l'hôte, qui fut si fort enchanté de le voir revenir en si nombreuse et si belle compagnie, qu'il fit préparer à l'instant même ses plus belles chambres.

Quoiqu'il ne fît pas jour encore, nos quatre voyageurs, en arrivant à Londres, avaient trouvé toute la ville en rumeur. Le bruit que le roi, ramené par le colonel Harrison, s'acheminait vers la capitale, s'était répandu dès la veille, et beaucoup ne s'étaient point couchés de peur que le Stuart, comme ils l'appelaient, n'arrivât dans la nuit et qu'ils ne manquassent son entrée.

Le projet de changement d'habits avait été adopté à l'unanimité, on se le rappelle, moins la légère opposition de Porthos. On s'occupa donc de le mettre à exécution. L'hôte se fit apporter des vêtements de toute sorte comme s'il voulait remonter sa garde-robe. Athos prit un habit noir qui lui donnait l'air d'un honnête bourgeois ; Aramis, qui ne voulait pas quitter l'épée, choisit un habit foncé de coupe militaire ; Porthos fut séduit par un pourpoint rouge et par des chausses vertes ; d'Artagnan, dont la couleur était arrêtée d'avance, n'eut qu'à s'occuper de la nuance, et, sous l'habit marron qu'il convoitait, représenta assez exactement un marchand de sucre retiré.

Quant à Grimaud et à Mousqueton, qui ne portaient pas de livrée, ils se trouvèrent tout déguisés ; Grimaud, d'ailleurs, offrait le type calme, sec et raide de l'Anglais circonspect ; Mousqueton, celui de l'Anglais ventru, bouffi et flâneur.

— Maintenant, dit d'Artagnan, passons au principal ; coupons-nous les cheveux afin de n'être point insultés par la populace. N'étant plus gentilshommes par l'épée, soyons puritains par la coiffure. C'est, vous le savez, le point important qui sépare le covenantaire du cavalier.

Sur ce point important, d'Artagnan trouva Aramis fort insoumis ; il voulait à toute force garder sa chevelure, qu'il avait fort belle et dont il prenait le plus grand soin, et il fallut qu'Athos, à qui toutes ces questions étaient indifférentes, lui donnât l'exemple. Porthos livra sans difficulté son chef à Mousqueton, qui tailla à pleins ciseaux dans l'épaisse et rude chevelure. D'Artagnan se découpa lui-même une tête de fantaisie qui ne ressemblait pas mal à une médaille du temps de François Ier ou de Charles IX.

— Nous sommes affreux, dit Athos.

— Et il me semble que nous puons le puritain à faire frémir, dit Aramis.

— J'ai froid à la tête, dit Porthos.

— Et moi, je me sens envie de prêcher, dit d'Artagnan.

— Maintenant, dit Athos, que nous ne nous reconnaissons pas nous-mêmes et que nous n'avons point par conséquent la crainte que les autres nous reconnaissent, allons voir entrer le roi ; s'il a marché toute la nuit, il ne doit pas être loin de Londres.

En effet, les quatre amis n'étaient pas mêlés depuis deux heures à la foule que de grands cris et un grand mouvement annoncèrent que Charles arrivait. On avait envoyé un carrosse au-devant de lui, et de loin le gigantesque Porthos, qui dépassait de la tête toutes les têtes, annonça qu'il voyait venir le carrosse royal. D'Artagnan se dressa sur la pointe des pieds, tandis qu'Athos et Aramis écoutaient pour tâcher de se rendre compte eux-mêmes de l'opinion générale. Le carrosse passa, et d'Artagnan reconnut Harrison à une portière et Mordaunt à l'autre. Quant au peuple, dont Athos et Aramis étudiaient les impressions, il lançait force imprécations contre Charles.

Athos rentra désespéré.

— Mon cher, lui dit d'Artagnan, vous vous entêtez inutilement, et je vous proteste, moi, que la position est mauvaise. Pour mon compte je ne m'y attache qu'à cause de vous et par un certain intérêt d'artiste en politique à la mousquetaire ; je trouve qu'il serait très plaisant d'arracher leur proie à tous ces hurleurs et de se moquer d'eux. J'y songerai.

Dès le lendemain, en se mettant à sa fenêtre qui donnait sur les quartiers les plus populeux de la Cité, Athos entendit crier le bill du parlement qui traduisait à la barre l'ex-roi Charles Ier, coupable présumé de trahison et d'abus de pouvoir.

D'Artagnan était près de lui. Aramis consultait une carte. Porthos était absorbé dans les dernières délices d'un succulent déjeuner.

— Le parlement ! s'écria Athos, il n'est pas possible que le parlement ait rendu un pareil bill.

— Écoutez, dit d'Artagnan, je comprends peu l'anglais ; mais, comme l'anglais n'est que du français mal prononcé, voici ce que j'entends : *Parliament's bill* ; ce qui veut dire bill du parlement, ou Dieu me damne, comme ils disent ici.

En ce moment l'hôte entrait ; Athos lui fit signe de venir.

— Le parlement a rendu ce bill ? lui demanda Athos en anglais.

— Oui, milord, le parlement pur.

— Comment, le parlement pur ! il y a donc deux parlements ?

— Mon ami, interrompit d'Artagnan, comme je n'entends pas l'anglais, mais que nous entendons tous l'espagnol, faites-nous le plaisir de nous entretenir dans cette langue, qui est la vôtre, et que, par conséquent, vous devez parler avec plaisir quand vous en retrouvez l'occasion.

— Ah ! parfait, dit Aramis.

Quant à Porthos, nous l'avons dit, toute son attention était concentrée sur un os de côtelette qu'il était occupé à dépouiller de son enveloppe charnue.

— Vous demandiez donc ? dit l'hôte en espagnol.

— Je demandais, reprit Athos dans la même langue, s'il y avait deux parlements, un pur et un impur.

— Oh ! que c'est bizarre ! dit Porthos en levant lentement la tête et en regardant ses amis d'un air étonné, je comprends donc maintenant l'anglais ? J'entends ce que vous dites.

— C'est que nous parlons espagnol, cher ami, dit Athos avec son sang-froid ordinaire.

— Ah ! diable ! dit Porthos, j'en suis fâché, cela m'aurait fait une langue de plus.

— Quand je dis le parlement pur, señor, reprit l'hôte, je parle de celui que M. le colonel Pride a épuré.

— Ah ! vraiment, dit d'Artagnan, ces gens-ci sont bien ingénieux ; il faudra qu'en revenant en France je donne ce moyen à M. de Mazarin et à M. le coadjuteur. L'un épurera au nom de la cour, l'autre au nom du peuple, de sorte qu'il n'y aura plus de parlement du tout.

— Qu'est-ce que le colonel Pride ? demanda Aramis, et de quelle façon s'y est-il pris pour épurer le parlement ?

— Le colonel Pride, dit l'Espagnol, est un ancien charretier, homme de beaucoup d'esprit, qui avait remarqué une chose en conduisant sa charrette : c'est que lorsqu'une pierre se trouvait sur sa route, il était plus court d'enlever la pierre que d'essayer de faire passer la roue par-dessus. Or, sur deux cent cinquante et un membres dont se composait le parlement, cent quatre-vingt-onze le gênaient et auraient pu faire verser sa charrette politique. Il les a pris comme autrefois il prenait les pierres, et les a jetés hors de la Chambre.

— Joli ! dit d'Artagnan, qui, homme d'esprit surtout, estimait fort l'esprit partout où il le rencontrait.

— Et tous ces expulsés étaient stuartistes ? demanda Athos.

— Sans aucun doute, señor, et vous comprenez qu'ils eussent sauvé le roi.

— Pardieu ! dit majestueusement Porthos, ils faisaient majorité.

— Et vous pensez, dit Aramis, qu'il consentira à paraître devant un tel tribunal ?

— Il le faudra bien, répondit l'Espagnol ; s'il essayait d'un refus, le peuple l'y contraindrait.

— Merci, maître Perez, dit Athos ; maintenant je suis suffisamment renseigné.

— Commencez-vous à croire enfin que c'est une cause perdue, Athos, dit d'Artagnan, et qu'avec les Harrison, les

Joyce, les Pride et les Cromwell, nous ne serons jamais à la hauteur ?

— Le roi sera délivré au tribunal, dit Athos ; le silence même de ses partisans indique un complot.

D'Artagnan haussa les épaules.

— Mais, dit Aramis, s'ils osent condamner leur roi, ils le condamneront à l'exil ou à la prison, voilà tout.

D'Artagnan siffla d'un petit air d'incrédulité.

— Nous le verrons bien, dit Athos ; car nous irons aux séances, je le présume.

— Vous n'aurez pas longtemps à attendre, dit l'hôte, car elles commencent demain.

— Ah çà ! répondit Athos, la procédure était donc instruite avant que le roi eût été pris ?

— Sans doute, dit d'Artagnan, on l'a commencée du jour où il a été acheté.

— Vous savez, dit Aramis, que c'est notre ami Mordaunt qui a fait, sinon le marché, du moins les premières ouvertures de cette petite affaire.

— Vous savez, dit d'Artagnan, que partout où il me tombe sous la main, je le tue, M. Mordaunt.

— Fi donc ! dit Athos, un pareil misérable !

— Mais c'est justement parce que c'est un misérable que je le tue, reprit d'Artagnan. Ah ! cher ami, je fais assez vos volontés pour que vous soyez indulgent aux miennes ; d'ailleurs, cette fois, que cela vous plaise ou non, je vous déclare que ce Mordaunt ne sera tué que par moi.

— Et par moi, dit Porthos.

— Et par moi, dit Aramis.

— Touchante unanimité, s'écria d'Artagnan, et qui convient bien à de bons bourgeois que nous sommes. Allons faire un tour par la ville ; ce Mordaunt lui-même ne nous reconnaîtrait point à quatre pas avec le brouillard qu'il fait. Allons boire un peu de brouillard.

— Oui, dit Porthos, cela nous changera de la bière.

Et les quatre amis sortirent en effet pour prendre, comme on le dit vulgairement, l'air du pays.

68

Le procès

Le lendemain une garde nombreuse conduisait Charles Ier devant la haute cour qui devait le juger.

La foule envahissait les rues et les maisons voisines du palais ; aussi, dès les premiers pas que firent les quatre amis, ils furent arrêtés par l'obstacle presque infranchissable de ce mur vivant ; quelques hommes du peuple, robustes et hargneux, repoussèrent même Aramis si rudement, que Porthos leva son poing formidable et le laissa retomber sur la face farineuse d'un boulanger, laquelle changea immédiatement de couleur et se couvrit de sang, écachée qu'elle était comme une grappe de raisins mûrs. La chose fit grande rumeur ; trois hommes voulurent s'élancer sur Porthos ; mais Athos en écarta un, d'Artagnan l'autre, et Porthos jeta le troisième par-dessus sa tête. Quelques Anglais amateurs de pugilat apprécièrent la façon rapide et facile avec laquelle avait été exécutée cette manœuvre, et battirent des mains. Peu s'en fallut alors qu'au lieu d'être assommés, comme ils commençaient à le craindre, Porthos et ses amis ne fussent portés en triomphe ; mais nos quatre voyageurs, qui craignaient tout ce qui pouvait les mettre en lumière, parvinrent à se soustraire à l'ovation. Cependant ils gagnèrent une chose à cette démonstration herculéenne, c'est que la foule s'ouvrit devant eux et qu'ils parvinrent au résultat qui un instant auparavant leur avait paru impossible, c'est-à-dire à aborder le palais.

Tout Londres se pressait aux portes des tribunes ; aussi, lorsque les quatre amis réussirent à pénétrer dans une d'elles, trouvèrent-ils les trois premiers bancs occupés. Ce n'était que demi-mal pour des gens qui désiraient ne pas être reconnus ; ils prirent donc leurs places, fort satisfaits d'en être arrivés là, à l'exception de Porthos, qui désirait montrer son pourpoint rouge et ses chausses vertes, et qui regrettait de ne pas être au premier rang.

Les bancs étaient disposés en amphithéâtre, et de leur place les quatre amis dominaient toute l'assemblée. Le hasard avait fait justement qu'ils étaient entrés dans la tribune du milieu et qu'ils se trouvaient juste en face du fauteuil préparé pour Charles Ier.

Vers onze heures du matin le roi parut sur le seuil de la salle. Il entra environné de gardes, mais couvert et l'air calme, et promena de tous côtés un regard plein d'assurance, comme s'il venait présider une assemblée de sujets soumis, et non répondre aux accusations d'une cour rebelle.

Les juges, fiers d'avoir un roi à humilier, se préparaient visiblement à user de ce droit qu'ils s'étaient arrogé. En conséquence, un huissier vint dire à Charles Ier que l'usage était que l'accusé se découvrît devant lui.

Charles, sans répondre un seul mot, enfonça son feutre sur sa tête, qu'il tourna d'un autre côté ; puis, lorsque l'huissier se fut éloigné, il s'assit sur le fauteuil préparé en face du président, fouettant sa botte avec un petit jonc qu'il portait à la main.

Parry, qui l'accompagnait, se tint debout derrière lui.

D'Artagnan, au lieu de regarder tout ce cérémonial, regardait Athos, dont le visage reflétait toutes les émotions que le roi, à force de puissance sur lui-même, parvenait à chasser du sien. Cette agitation d'Athos, l'homme froid et calme, l'effraya.

— J'espère bien, lui dit-il en se penchant à son oreille, que vous allez prendre exemple de Sa Majesté et ne pas vous faire sottement tuer dans cette cage ?

— Soyez tranquille, dit Athos.

— Ah ! ah ! continua d'Artagnan, il paraît que l'on craint quelque chose, car voici les postes qui se doublent ; nous n'avions que des pertuisanes, voici des mousquets. Il y en a maintenant pour tout le monde : les pertuisanes regardent les auditeurs du parquet, les mousquets sont à notre intention.

— Trente, quarante, cinquante, soixante-dix hommes, dit Porthos en comptant les nouveaux venus.

— Eh ! dit Aramis, vous oubliez l'officier, Porthos, il vaut cependant, ce me semble, bien la peine d'être compté.

— Oui-da ! dit d'Artagnan.

Et il devint pâle de colère, car il avait reconnu Mordaunt qui, l'épée nue, conduisait les mousquetaires derrière le roi, c'est-à-dire en face des tribunes.

— Nous aurait-il reconnus ? continua d'Artagnan ; c'est que, dans ce cas, je battrais très promptement en retraite. Je ne me soucie aucunement qu'on m'impose un genre de mort, et désire fort mourir à mon choix. Or, je ne choisis pas d'être fusillé dans une boîte.

— Non, dit Aramis, il ne nous a pas vus. Il ne voit que le roi. Mordieu ! avec quels yeux il le regarde, l'insolent ! Est-ce qu'il haïrait Sa Majesté autant qu'il nous hait nous-mêmes ?

— Pardieu ! dit Athos, nous ne lui avons enlevé que sa mère, nous, et le roi l'a dépouillé de son nom et de sa fortune.

— C'est juste, dit Aramis ; mais, silence ! voici le président qui parle au roi.

En effet, le président Bradshaw interpellait l'auguste accusé.

— Stuart, lui dit-il, écoutez l'appel nominal de vos juges, et adressez au tribunal les observations que vous aurez à faire.

Le roi, comme si ces paroles ne s'adressaient point à lui, tourna la tête d'un autre côté.

Le président attendit, et comme aucune réponse ne vint, il se fit un instant de silence.

Sur cent soixante-trois membres désignés, soixante-treize seulement pouvaient répondre car les autres, effrayés de la complicité d'un pareil acte, s'étaient abstenus.

— Je procède à l'appel, dit Bradshaw sans paraître remarquer l'absence des trois cinquièmes de l'assemblée.

Et il commença à nommer les uns après les autres les membres présents et absents. Les présents répondaient d'une voix forte ou faible, selon qu'ils avaient ou non le courage de leur opinion. Un court silence suivait le nom des absents, répétés deux fois.

Le nom du colonel Fairfax vint à son tour, et fut suivi d'un de ces silences courts mais solennels qui dénonçaient l'absence des membres qui n'avaient pas voulu personnellement prendre part à ce jugement.

— Le colonel Fairfax ? répéta Bradshaw.

— Fairfax ? répondit une voix moqueuse, qu'à son timbre argentin on reconnut pour une voix de femme, il a trop d'esprit pour être ici.

Un immense éclat de rire accueillit ces paroles prononcées avec cette audace que les femmes puisent dans leur propre faiblesse, faiblesse qui les soustrait à toute vengeance.

— C'est une voix de femme, s'écria Aramis. Ah ! par ma foi, je donnerais beaucoup pour qu'elle fût jeune et jolie.

Et il monta sur le gradin pour tâcher de voir dans la tribune d'où la voix était partie.

— Sur mon âme, dit Aramis, elle est charmante ! regardez donc, d'Artagnan, tout le monde la regarde, et malgré le regard de Bradshaw, elle n'a point pâli.

— C'est lady Fairfax elle-même, dit d'Artagnan ; vous la rappelez-vous, Porthos ? nous l'avons vue avec son mari chez le général Cromwell.

Au bout d'un instant le calme troublé par cet étrange épisode se rétablit, et l'appel continua.

— Ces drôles vont lever la séance, quand ils s'apercevront qu'ils ne sont pas en nombre suffisant, dit le comte de La Fère.

— Vous ne les connaissez pas, Athos ; remarquez donc le sourire de Mordaunt, voyez comme il regarde le roi. Ce regard est-il celui d'un homme qui craint que sa victime lui échappe ? Non, non, c'est le sourire de la haine satisfaite, de la vengeance sûre de s'assouvir. Ah ! basilic maudit, ce sera un heureux jour pour moi que celui où je croiserai avec toi autre chose que le regard !

— Le roi est véritablement beau, dit Porthos ; et puis voyez, tout prisonnier qu'il est, comme il est vêtu avec soin. La plume de son chapeau vaut au moins cinquante pistoles, regardez-la donc, Aramis.

L'appel achevé, le président donna ordre de passer à la lecture de l'acte d'accusation.

Athos pâlit : il était trompé encore une fois dans son attente. Quoique les juges fussent en nombre insuffisant, le procès allait s'instruire, le roi était donc condamné d'avance.

— Je vous l'avais dit, Athos, fit d'Artagnan en haussant les épaules. Mais vous doutez toujours. Maintenant prenez votre courage à deux mains et écoutez, sans vous faire trop de mauvais sang, je vous prie, les petites horreurs que ce monsieur en noir va dire de son roi avec licence et privilège.

En effet, jamais plus brutale accusation, jamais injures plus basses, jamais plus sanglant réquisitoire n'avaient encore flétri la majesté royale. Jusque-là on s'était contenté d'assassiner les rois, mais ce n'était du moins qu'à leurs cadavres qu'on avait prodigué l'insulte.

Charles Ier écoutait le discours de l'accusateur avec une attention toute particulière, laissant passer les injures, retenant les griefs, et, quand la haine débordait par trop, quand l'accusateur se faisait bourreau par avance, il répondait par un sourire de mépris. C'était, après tout, une œuvre capitale et terrible que celle où ce malheureux roi retrouvait toutes ses imprudences changées en guet-apens, ses erreurs transformées en crimes.

D'Artagnan, qui laissait couler ce torrent d'injures avec tout le dédain qu'elles méritaient, arrêta cependant son esprit judicieux sur quelques-unes des inculpations de l'accusateur.

— Le fait est, dit-il, que si l'on punit pour imprudence et légèreté, ce pauvre roi mérite punition ; mais il me semble que celle qu'il subit en ce moment est assez cruelle.

— En tout cas, répondit Aramis, la punition ne saurait atteindre le roi, mais ses ministres, puisque la première loi de la constitution est : *Le roi ne peut faillir*.

« Pour moi, pensait Porthos en regardant Mordaunt et ne s'occupant que de lui, si ce n'était troubler la majesté de la situation, je sauterais de la tribune en bas, je tomberais en trois bonds sur M. Mordaunt, que j'étranglerais ; je le prendrais par les pieds et j'en assommerais tous ces mauvais mousquetaires qui parodient les mousquetaires de France. Pendant ce temps-là, d'Artagnan, qui est plein d'esprit et d'à-propos, trouverait peut-être un moyen de sauver le roi. Il faudra que je lui en parle. »

Quant à Athos, le feu au visage, les poings crispés, les lèvres ensanglantées par ses propres morsures, il écumait sur son banc, furieux de cette éternelle insulte parlementaire et de cette longue patience royale, et ce bras inflexible, ce cœur inébranlable s'étaient changés en une main tremblante et un corps frissonnant.

À ce moment l'accusateur terminait son office par ces mots :

— La présente accusation est portée par nous au nom du peuple anglais.

Il y eut à ces paroles un murmure dans les tribunes, et une autre voix, non pas une voix de femme, mais une voix d'homme, mâle et furieuse, tonna derrière d'Artagnan.

— Tu mens ! s'écria cette voix, et les neuf dixièmes du peuple anglais ont horreur de ce que tu dis !

Cette voix était celle d'Athos, qui, hors de lui, debout, le bras étendu, interpellait ainsi l'accusateur public.

À cette apostrophe, roi, juges, spectateurs, tout le monde tourna les yeux vers la tribune où étaient les quatre amis. Mordaunt fit comme les autres et reconnut le gentilhomme autour duquel s'étaient levés les trois autres Français, pâles et menaçants. Ses yeux flamboyèrent de joie, il venait de retrouver ceux à la recherche et à la mort desquels il avait voué sa vie. Un mouvement furieux appela près de lui vingt de ses mousquetaires, et montrant du doigt la tribune où étaient ses ennemis :

— Feu sur cette tribune ! dit-il.

Mais alors, rapides comme la pensée, d'Artagnan saisissant Athos par le milieu du corps, Porthos emportant Aramis, sautèrent à bas des gradins, s'élancèrent dans les corridors, descendirent rapidement les escaliers et se perdirent dans la foule ; tandis qu'à l'intérieur de la salle les mousquets abaissés menaçaient trois mille spectateurs, dont les cris de miséricorde et les bruyantes terreurs arrêtèrent l'élan déjà donné au carnage.

Charles avait aussi reconnu les quatre Français ; il mit une main sur son cœur pour en comprimer les battements, l'autre sur ses yeux pour ne pas voir égorger ses fidèles amis.

Mordaunt, pâle et tremblant de rage, se précipita hors de la salle, l'épée nue à la main, avec dix hallebardiers, fouillant la foule, interrogeant, haletant, puis il revint sans avoir rien trouvé.

Le trouble était inexprimable. Plus d'une demi-heure se passa sans que personne pût se faire entendre. Les juges croyaient chaque tribune prête à tonner. Les tribunes voyaient les mousquets dirigés sur elles, et, partagées entre la crainte et la curiosité, demeuraient tumultueuses et agitées.

Enfin le calme se rétablit.

— Qu'avez-vous à dire pour votre défense ? demanda Bradshaw au roi.

Alors, du ton d'un juge et non de celui d'un accusé, la tête toujours couverte, se levant, non point par humilité, mais par domination :

— Avant de m'interroger, dit Charles, répondez-moi. J'étais libre à Newcastle, j'y avais conclu un traité avec les deux chambres. Au lieu d'accomplir de votre part ce traité que j'accomplissais de la mienne, vous m'avez acheté aux Écossais, pas cher, je le sais, et cela fait honneur à l'économie de votre gouvernement. Mais pour m'avoir payé le prix d'un esclave, espérez-vous que j'aie cessé d'être votre roi ? Non pas. Vous répondre serait l'oublier. Je ne vous répondrai donc que lorsque vous m'aurez justifié de vos droits à m'interroger. Vous répondre serait vous reconnaître pour mes juges, et je ne vous reconnais que pour mes bourreaux.

Et au milieu d'un silence de mort, Charles, calme, hautain et toujours couvert, se rassit sur son fauteuil.

— Que ne sont-ils là, les Français ! murmura Charles avec orgueil et en tournant les yeux vers la tribune où ils étaient apparus un instant, ils verraient que leur ami, vivant, est digne d'être défendu ; mort, d'être pleuré.

Mais il eut beau sonder les profondeurs de la foule, et demander en quelque sorte à Dieu ces douces et consolantes présences, il ne vit rien que des physionomies hébétées et craintives ; il se sentit aux prises avec la haine et la férocité.

— Eh bien, dit le président voyant Charles décidé à se taire invinciblement, soit, nous vous jugerons malgré votre silence ; vous êtes accusé de trahison, d'abus de pouvoir et d'assassinat. Les témoins feront foi. Allez, et une prochaine séance accomplira ce que vous vous refusez à faire dans celle-ci.

Charles se leva, et se retournant vers Parry, qu'il voyait pâle et les tempes mouillées de sueur :

— Eh bien ! mon cher Parry, lui dit-il, qu'as-tu donc et qui peut t'agiter ainsi ?

— Oh ! sire, dit Parry les larmes aux yeux et d'une voix suppliante, sire, en sortant de la salle, ne regardez pas à votre gauche.

— Pourquoi cela, Parry ?

— Ne regardez pas, je vous en supplie, mon roi !

— Mais qu'y a-t-il ? parle donc, dit Charles en essayant de voir à travers la haie de gardes qui se tenaient derrière lui.

— Il y a… mais vous ne regarderez point, sire, n'est-ce pas ? Il y a que, sur une table, ils ont fait apporter la hache avec laquelle on exécute les criminels. Cette vue est hideuse ; ne regardez pas, sire, je vous en supplie.

— Les sots ! dit Charles, me croient-ils donc un lâche comme eux ? Tu fais bien de m'avoir prévenu ; merci, Parry.

Et comme le moment était venu de se retirer, le roi sortit suivant ses gardes.

À gauche de la porte, en effet, brillait d'un reflet sinistre, celui du tapis rouge sur lequel elle était déposée, la hache blanche, au long manche poli par la main de l'exécuteur.

Arrivé en face d'elle, Charles s'arrêta ; et se tournant avec un sourire :

— Ah ! ah ! dit-il en riant, la hache ! Épouvantail ingénieux et bien digne de ceux qui ne savent pas ce que c'est qu'un gentilhomme ; tu ne me fais pas peur, hache du bourreau, ajouta-t-il en la fouettant du jonc mince et flexible qu'il tenait à la main, et je te frappe, en attendant patiemment et chrétiennement que tu me le rendes.

Et haussant les épaules avec un royal dédain, il continua sa route, laissant stupéfaits ceux qui s'étaient pressés en foule autour de cette table pour voir quelle figure ferait le roi en voyant cette hache qui devait séparer sa tête de son corps.

— En vérité, Parry, continua le roi en s'éloignant, tous ces gens-là me prennent, Dieu me pardonne ! pour un marchand de coton des Indes, et non pour un gentilhomme accoutumé à voir briller le fer ; pensent-ils donc que je ne vaux pas bien un boucher !

Comme il disait ces mots, il arriva à la porte. Une longue file de peuple était accourue, qui, n'ayant pu trouver place dans les tribunes, voulait au moins jouir de la fin du spectacle dont la plus intéressante partie lui était échappée. Cette multitude innombrable, dont les rangs étaient semés de physionomies menaçantes, arracha un léger soupir au roi.

« Que de gens, pensa-t-il, et pas un ami dévoué ! »

Et comme il disait ces paroles de doute et de découragement en lui-même, une voix répondant à ces paroles dit près de lui :

— Salut à la majesté tombée !

Le roi se retourna vivement, les larmes aux yeux et au cœur.

C'était un vieux soldat de ses gardes qui n'avait pas voulu voir passer devant lui son roi captif sans lui rendre ce dernier hommage.

Mais au même instant le malheureux fut presque assommé à coups de pommeau d'épée.

Parmi les assommeurs, le roi reconnut le capitaine Groslow.

— Hélas ! dit Charles, voici un bien grand châtiment pour une bien petite faute.

Puis, le cœur serré, il continua son chemin, mais il n'avait pas fait cent pas, qu'un furieux, se penchant entre deux soldats de la haie, cracha au visage du roi, comme jadis un Juif infâme et maudit avait craché au visage de Jésus le Nazaréen.

De grands éclats de rire et de sombres murmures retentirent tout ensemble : la foule s'écarta, se rapprocha, ondula comme une mer tempétueuse, et il sembla au roi qu'il voyait reluire au milieu de la vague vivante les yeux étincelants d'Athos.

Charles s'essuya le visage et dit avec un triste sourire :

— Le malheureux ! pour une demi-couronne il en ferait autant à son père.

Le roi ne s'était pas trompé ; il avait vu en effet Athos et ses amis, qui, mêlés de nouveau dans les groupes, escortaient d'un dernier regard le roi martyr.

Quand le soldat salua Charles, le cœur d'Athos se fondit de joie ; et lorsque ce malheureux revint à lui, il put trouver dans sa poche dix guinées qu'y avait glissées le gentilhomme français. Mais quand le lâche insulteur cracha au visage du roi prisonnier, Athos porta la main à son poignard.

Mais d'Artagnan arrêta cette main, et d'une voix rauque :

— Attends ! dit-il.

Jamais d'Artagnan n'avait tutoyé ni Athos ni le comte de La Fère.

Athos s'arrêta.

D'Artagnan s'appuya sur Athos, fit signe à Porthos et à Aramis de ne pas s'éloigner, et vint se placer derrière l'homme aux bras nus, qui riait encore de son infâme plaisanterie et que félicitaient quelques autres furieux.

Cet homme s'achemina vers la Cité. D'Artagnan, toujours appuyé sur Athos, le suivit en faisant signe à Porthos et à Aramis de les suivre eux-mêmes.

L'homme aux bras nus, qui semblait un garçon boucher, descendit avec deux compagnons par une petite rue rapide et isolée qui donnait sur la rivière.

D'Artagnan avait quitté le bras d'Athos et marchait derrière l'insulteur.

Arrivés près de l'eau, ces trois hommes s'aperçurent qu'ils étaient suivis, s'arrêtèrent, et, regardant insolemment les Français, échangèrent quelques lazzi entre eux.

— Je ne sais pas l'anglais, Athos, dit d'Artagnan, mais vous le savez, vous, et vous m'allez servir d'interprète.

Et à ces mots, doublant le pas, ils dépassèrent les trois hommes. Mais se retournant tout à coup, d'Artagnan marcha droit au garçon boucher, qui s'arrêta, et le touchant à la poitrine du bout de son index :

— Répétez-lui ceci, Athos, dit-il à son ami : « Tu as été lâche, tu as insulté un homme sans défense, tu as souillé la face de ton roi, tu vas mourir !... »

Athos, pâle comme un spectre et que d'Artagnan tenait par le poignet, traduisit ces étranges paroles à l'homme, qui, voyant ces préparatifs sinistres et l'œil terrible de d'Artagnan, voulut se mettre en défense. Aramis, à ce mouvement, porta la main à son épée.

— Non, pas de fer, pas de fer ! dit d'Artagnan, le fer est pour les gentilshommes.

Et, saisissant le boucher à la gorge :

— Porthos, dit d'Artagnan, assommez-moi ce misérable d'un seul coup de poing.

Porthos leva son bras terrible, le fit siffler en l'air comme la branche d'une fronde, et la masse pesante s'abattit avec un bruit sourd sur le crâne du lâche, qu'elle brisa.

L'homme tomba comme tombe un bœuf sous le marteau.

Ses compagnons voulurent crier, voulurent fuir, mais la voix manqua à leur bouche, et leurs jambes tremblantes se dérobèrent sous eux.

— Dites-leur encore ceci, Athos, continua d'Artagnan : « Ainsi mourront tous ceux qui oublient qu'un homme enchaîné est une tête sacrée, qu'un roi captif est deux fois le représentant du Seigneur. »

Athos répéta les paroles de d'Artagnan.

Les deux hommes, muets et les cheveux hérissés, regardèrent le corps de leur compagnon qui nageait dans des flots de sang noir ; puis, retrouvant à la fois la voix et les forces, ils s'enfuirent avec un cri et en joignant les mains.

— Justice est faite ! dit Porthos en s'essuyant le front.

— Et maintenant, dit d'Artagnan à Athos, ne doutez point de moi et tenez-vous tranquille, je me charge de tout ce qui regarde le roi.

69

White-Hall

Le parlement condamna Charles Stuart à mort, comme il était facile de le prévoir. Les jugements politiques sont toujours de vaines formalités, car les mêmes passions qui font accuser font condamner aussi. Telle est la terrible logique des révolutions.

Quoique nos amis s'attendissent à cette condamnation, elle les remplit de douleur. D'Artagnan, dont l'esprit n'avait jamais plus de ressources que dans les moments extrêmes, jura de nouveau qu'il tenterait tout au monde pour empêcher le dénouement de la sanglante tragédie. Mais par quels moyens ? C'est ce qu'il n'entrevoyait que vaguement encore. Tout dépendrait de la nature des circonstances. En attendant qu'un plan complet pût être arrêté, il fallait à tout prix, pour gagner du temps, mettre obstacle à ce que l'exécution eût lieu le lendemain ainsi que les juges en avaient décidé. Le seul moyen, c'était de faire disparaître le bourreau de Londres.

Le bourreau disparu, la sentence ne pouvait être exécutée. Sans doute on enverrait chercher celui de la ville la plus voisine de Londres, mais cela faisait gagner au moins un jour, et un jour en pareil cas, c'est le salut peut-être ! D'Artagnan se chargea de cette tâche plus que difficile.

Une chose non moins essentielle, c'était de prévenir Charles Stuart qu'on allait tenter de le sauver, afin qu'il secondât autant que possible ses défenseurs, ou que du moins il ne fît rien qui pût contrarier leurs efforts. Aramis se chargea de ce soin périlleux. Charles Stuart avait demandé qu'il fût permis à l'évêque Juxon de le visiter dans sa prison de White-Hall. Mordaunt était venu chez l'évêque ce soir-là même pour lui faire connaître le désir religieux exprimé par le roi, ainsi que l'autorisation de Cromwell. Aramis résolut d'obtenir de l'évêque, soit par la terreur, soit par la persuasion, qu'il le laissât pénétrer à sa place et revêtu de ses insignes sacerdotaux, dans le palais de White-Hall.

Enfin, Athos se chargea de préparer, à tout événement, les moyens de quitter l'Angleterre en cas d'insuccès comme en cas de réussite.

La nuit étant venue, on se donna rendez-vous à l'hôtel à onze heures, et chacun se mit en route pour exécuter sa dangereuse mission.

Le palais de White-Hall était gardé par trois régiments de cavalerie et surtout par les inquiétudes incessantes de Cromwell, qui allait, venait, envoyait ses généraux ou ses agents.

Seul et dans sa chambre habituelle, éclairée par la lueur de deux bougies, le monarque condamné à mort regardait tristement le luxe de sa grandeur passée, comme on voit à la dernière heure l'image de la vie plus brillante et plus suave que jamais.

Parry n'avait point quitté son maître, et depuis sa condamnation n'avait point cessé de pleurer.

Charles Stuart, accoudé sur une table, regardait un médaillon sur lequel étaient, près l'un de l'autre, les portraits de sa femme et de sa fille. Il attendait d'abord Juxon; puis après Juxon, le martyre.

Quelquefois sa pensée s'arrêtait sur ces braves gentilshommes français qui déjà lui paraissaient éloignés de cent lieues, fabuleux, chimériques, et pareils à ces figures que l'on voit en rêve et qui disparaissent au réveil.

C'est qu'en effet parfois Charles se demandait si tout ce qui venait de lui arriver n'était pas un rêve ou tout au moins le délire de la fièvre.

À cette pensée, il se levait, faisait quelques pas comme pour sortir de sa torpeur, allait jusqu'à la fenêtre; mais aussitôt au-dessous de la fenêtre il voyait reluire les mousquets des gardes. Alors il était forcé de s'avouer qu'il était bien réveillé et que son rêve sanglant était bien réel.

Charles revenait silencieux à son fauteuil, s'accoudait de nouveau à la table, laissait retomber sa tête sur sa main, et songeait.

« Hélas ! disait-il en lui-même, si j'avais au moins pour confesseur une de ces lumières de l'Église dont l'âme a sondé tous les mystères de la vie, toutes les petitesses de la grandeur, peut-être sa voix étoufferait-elle la voix qui se lamente dans mon âme ! Mais j'aurai un prêtre à l'esprit vulgaire, dont j'ai brisé, par mon malheur, la carrière et la fortune. Il me parlera de Dieu et de la mort comme il en a parlé à d'autres mourants, sans comprendre que ce mourant royal laisse un trône à l'usurpateur quand ses enfants n'ont plus de pain. »

Puis, approchant le portrait de ses lèvres, il murmurait tour à tour et l'un après l'autre le nom de chacun de ses enfants.

Il faisait, comme nous l'avons dit, une nuit brumeuse et sombre. L'heure sonnait lentement à l'horloge de l'église voisine. Les pâles clartés des deux bougies semaient dans cette grande et haute chambre des fantômes éclairés d'étranges reflets. Ces fantômes c'étaient les aïeux du roi Charles qui se détachaient de leurs cadres d'or ; ces reflets c'étaient les dernières lueurs bleuâtres et miroitantes d'un feu de charbon qui s'éteignait.

Une immense tristesse s'empara de Charles. Il ensevelit son front entre ses deux mains, songea au monde si beau lorsqu'on le quitte ou plutôt lorsqu'il nous quitte, aux caresses des enfants si suaves et si douces surtout quand on est séparé de ses enfants pour ne plus les revoir ; puis à sa femme, noble et courageuse créature qui l'avait soutenu jusqu'au dernier moment. Il tira de sa poitrine la croix de diamants et la plaque de la Jarretière qu'elle lui avait envoyées par ces généreux Français, et les baisa ; puis, songeant qu'elle ne reverrait ces objets que lorsqu'il serait couché froid et mutilé dans une tombe, il sentit passer en lui un de ces frissons glacés que la mort nous jette comme son premier manteau.

Alors dans cette chambre qui lui rappelait tant de souvenirs royaux, où avaient passé tant de courtisans et tant de flatteries, seul avec un serviteur désolé dont l'âme faible ne pouvait soutenir son âme, le roi laissa tomber son courage au niveau de cette faiblesse, de ces ténèbres, de ce froid d'hiver ; et, le dira-t-on, ce roi qui mourut si grand, si sublime, avec le sourire de la résignation sur les lèvres, essuya dans l'ombre une larme qui était tombée sur la table et qui tremblait sur le tapis brodé d'or.

Soudain on entendit des pas dans les corridors, la porte s'ouvrit, des torches emplirent la chambre d'une lumière fumeuse, et un ecclésiastique, revêtu des habits épiscopaux, entra suivi de deux gardes auxquels Charles fit de la main un geste impérieux.

Ces deux gardes se retirèrent ; la chambre rentra dans son obscurité.

— Juxon ! s'écria Charles, Juxon ! Merci, mon dernier ami, vous arrivez à propos.

L'évêque jeta un regard oblique et inquiet sur cet homme qui sanglotait dans l'angle du foyer.

— Allons, Parry, dit le roi, ne pleure plus, voici Dieu qui vient à nous.

— Si c'est Parry, dit l'évêque, je n'ai plus rien à craindre ; mais, sire, permettez-moi de saluer Votre Majesté et de lui dire qui je suis et pour quelle chose je viens.

À cette vue, à cette voix, Charles allait s'écrier sans doute, mais Aramis mit un doigt sur ses lèvres, et salua profondément le roi d'Angleterre.

— Le chevalier, murmura Charles.

— Oui, sire, interrompit Aramis en élevant la voix, oui, l'évêque Juxon, fidèle chevalier du Christ, et qui se rend aux vœux de Votre Majesté.

Charles joignit les mains ; il avait reconnu d'Herblay, il restait stupéfait, anéanti, devant ces hommes qui, étrangers, sans aucun mobile qu'un devoir imposé par leur propre conscience, luttaient ainsi contre la volonté d'un peuple et contre la destinée d'un roi.

— Vous, dit-il, vous ! comment êtes-vous parvenu jusqu'ici ? Mon Dieu, s'ils vous reconnaissaient, vous seriez perdu.

Parry était debout, toute sa personne exprimait le sentiment d'une naïve et profonde admiration.

— Ne songez pas à moi, sire, dit Aramis en recommandant toujours du geste le silence au roi, ne songez qu'à vous ; vos amis veillent, vous le voyez ; ce que nous ferons, je ne sais pas encore ; mais quatre hommes déterminés peuvent faire beaucoup. En attendant, ne fermez pas l'œil de la nuit, ne vous étonnez de rien et attendez-vous à tout.

Charles secoua la tête.

— Ami, dit-il, savez-vous que vous n'avez pas de temps à perdre et que si vous voulez agir, il faut vous presser ? Savez-vous que c'est demain à dix heures que je dois mourir ?

— Sire, quelque chose se passera d'ici là qui rendra l'exécution impossible.

Le roi regarda Aramis avec étonnement.

En ce moment même il se fit au-dessous de la fenêtre du roi, un bruit étrange et comme ferait celui d'une charrette de bois qu'on décharge.

— Entendez-vous ? dit le roi.

Ce bruit fut suivi d'un cri de douleur.

— J'écoute, dit Aramis, mais je ne comprends pas quel est ce bruit, et surtout ce cri.

— Ce cri, j'ignore qui a pu le pousser, dit le roi, mais ce bruit, je vais vous en rendre compte. Savez-vous que je dois être exécuté en dehors de cette fenêtre ? ajouta Charles en étendant la main vers la place sombre et déserte, peuplée seulement de soldats et de sentinelles.

— Oui, sire, dit Aramis, je le sais.

— Eh bien ! ces bois qu'on apporte sont les poutres et les charpentes avec lesquelles on va construire mon échafaud. Quelque ouvrier se sera blessé en les déchargeant.

Aramis frissonna malgré lui.

— Vous voyez bien, dit Charles, qu'il est inutile que vous vous obstiniez davantage ; je suis condamné, laissez-moi subir mon sort.

— Sire, dit Aramis en reprenant sa tranquillité un instant troublée, ils peuvent bien dresser un échafaud, mais ils ne pourront pas trouver un exécuteur.

— Que voulez-vous dire ? demanda le roi.

— Je veux dire qu'à cette heure, sire, le bourreau est enlevé ou séduit ; demain, l'échafaud sera prêt, mais le bourreau manquera, on remettra alors l'exécution à après-demain.

— Eh bien ? dit le roi.

— Eh bien ? dit Aramis, demain dans la nuit nous vous enlevons.

— Comment cela ? s'écria le roi, dont le visage s'illumina malgré lui d'un éclair de joie.

— Oh ! monsieur, murmura Parry les mains jointes, soyez bénis, vous et les vôtres.

— Comment cela ? répéta le roi ; il faut que je le sache, afin que je vous seconde s'il en est besoin.

— Je n'en sais rien, sire, dit Aramis ; mais le plus adroit, le plus brave, le plus dévoué de nous quatre m'a dit en me quittant : « Chevalier, dites au roi que demain à dix heures du soir nous l'enlevons. » Puisqu'il l'a dit, il le fera.

— Dites-moi le nom de ce généreux ami, dit le roi, pour que je lui en garde une reconnaissance éternelle, qu'il réussisse ou non.

— D'Artagnan, sire, le même qui a failli vous sauver quand le colonel Harrison est entré si mal à propos.

— Vous êtes en vérité des hommes merveilleux ! dit le roi, et l'on m'eût raconté de pareilles choses que je ne les eusse pas crues.

— Maintenant, sire, reprit Aramis, écoutez-moi. N'oubliez pas un seul instant que nous veillons pour votre salut ; le moindre geste, le moindre chant, le moindre signe de ceux qui s'approcheront de vous, épiez tout, écoutez tout, commentez tout.

— Oh ! chevalier ! s'écria le roi, que puis-je vous dire ? aucune parole, vînt-elle du plus profond de mon cœur, n'exprimerait ma reconnaissance. Si vous réussissez, je ne vous dirai pas que vous sauvez un roi ; non, vue de l'échafaud comme je la vois, la royauté, je vous le jure, est bien peu de chose ; mais vous conserverez un mari à sa femme, un père à ses enfants. Chevalier, touchez ma main, c'est celle d'un ami qui vous aimera jusqu'au dernier soupir.

Aramis voulut baiser la main du roi, mais le roi saisit la sienne et l'appuya contre son cœur.

En ce moment un homme entra sans même frapper à la porte ; Aramis voulut retirer sa main, le roi la retint.

Celui qui entrait était un de ces puritains demi-prêtres, demi-soldats, comme il en pullulait près de Cromwell.

— Que voulez-vous, monsieur ? lui dit le roi.

— Je désire savoir si la confession de Charles Stuart est terminée, dit le nouveau venu.

— Que vous importe ? dit le roi, nous ne sommes pas de la même religion.

— Tous les hommes sont frères, dit le puritain. Un de mes frères va mourir, et je viens l'exhorter à la mort.

— Assez, dit Parry, le roi n'a que faire de vos exhortations.

— Sire, dit tout bas Aramis, ménagez-le, c'est sans doute quelque espion.

— Après le révérend docteur évêque, dit le roi, je vous entendrai avec plaisir, monsieur.

L'homme au regard louche se retira, non sans avoir observé Juxon avec une attention qui n'échappa point au roi.

— Chevalier, dit-il quand la porte fut refermée, je crois que vous aviez raison et que cet homme est venu ici avec des intentions mauvaises ; prenez garde en vous retirant qu'il ne vous arrive malheur.

— Sire, dit Aramis, je remercie Votre Majesté ; mais qu'elle se tranquillise, sous cette robe j'ai une cotte de mailles et un poignard.

— Allez donc, monsieur, et que Dieu vous ait dans sa sainte garde, comme je disais du temps que j'étais roi.

Aramis sortit ; Charles le reconduisit jusqu'au seuil. Aramis lança sa bénédiction, qui fit incliner les gardes, passa majestueusement à travers les antichambres pleines de soldats, remonta dans son carrosse, où le suivirent ses deux gardiens, et se fit ramener à l'évêché, où ils le quittèrent.

Juxon attendait avec anxiété.

— Eh bien ? dit-il en apercevant Aramis.

— Eh bien ! dit celui-ci, tout a réussi selon mes souhaits ; espions, gardes, satellites m'ont pris pour vous, et le roi vous bénit en attendant que vous le bénissiez.

— Dieu vous protège, mon fils, car votre exemple m'a donné à la fois espoir et courage.

Aramis reprit ses habits et son manteau, et sortit en prévenant Juxon qu'il aurait encore une fois recours à lui.

À peine eut-il fait dix pas dans la rue qu'il s'aperçut qu'il était suivi par un homme enveloppé dans un grand manteau ; il mit la main sur son poignard et s'arrêta. L'homme vint droit à lui. C'était Porthos.

— Ce cher ami ! dit Aramis en lui tendant la main.

— Vous le voyez, mon cher, dit Porthos, chacun de nous avait sa mission ; la mienne était de vous garder, et je vous gardais. Avez-vous vu le roi ?

— Oui, et tout va bien. Maintenant, nos amis, où sont-ils ?

— Nous avons rendez-vous à onze heures à l'hôtel.

— Il n'y a pas de temps à perdre alors, dit Aramis.

En effet, dix heures et demie sonnaient à l'église Saint-Paul.

Cependant, comme les deux amis firent diligence, ils arrivèrent les premiers.

Après eux, Athos entra.

— Tout va bien, dit-il avant que ses amis eussent eu le temps de l'interroger.

— Qu'avez-vous fait ? dit Aramis.

— J'ai loué une petite felouque, étroite comme une pirogue, légère comme une hirondelle ; elle nous attend à Greenwich, en face de l'île des Chiens ; elle est montée d'un patron et de quatre hommes, qui, moyennant cinquante livres sterling, se tiendront tout à notre disposition trois nuits de suite. Une fois à bord avec le roi, nous profitons de la marée, nous descendons la Tamise, et en deux heures nous sommes en pleine mer. Alors, en vrais pirates, nous suivons les côtes, nous nichons sur les falaises, ou si la mer est libre, nous mettons le cap sur Boulogne. Si j'étais tué, le patron se nomme le capitaine Roggers, et la felouque *l'Éclair*. Avec ces renseignements, vous les retrouverez l'un et l'autre. Un mouchoir noué aux quatre coins est le signe de reconnaissance.

Un instant après, d'Artagnan rentra à son tour.

— Videz vos poches, dit-il, jusqu'à concurrence de cent livres sterling, car, quant aux miennes…

Et d'Artagnan retourna ses poches absolument vides.

La somme fut faite à la seconde ; d'Artagnan sortit et rentra un instant après.

— Là ! dit-il, c'est fini. Ouf ! ce n'est pas sans peine.

— Le bourreau a quitté Londres ? demanda Athos.

— Ah bien, oui ! ce n'était pas assez sûr, cela. Il pouvait sortir par une porte et rentrer par l'autre.

— Et où est-il ? demanda Athos.

— Dans la cave.

— Dans quelle cave ?

— Dans la cave de notre hôte ! Mousqueton est assis sur le seuil, et voici la clef.

— Bravo ! dit Aramis. Mais comment avez-vous décidé cet homme à disparaître ?

— Comme on décide tout en ce monde, avec de l'argent ; cela m'a coûté cher, mais il y a consenti.

— Et combien cela vous a-t-il coûté, ami ? dit Athos ; car, vous le comprenez, maintenant que nous ne sommes plus tout à fait de pauvres mousquetaires sans feu ni lieu, toutes dépenses doivent être communes.

— Cela m'a coûté douze mille livres, dit d'Artagnan.

— Et où les avez-vous trouvées ? demanda Athos ; possédiez-vous donc cette somme ?

— Et le fameux diamant de la reine ! dit d'Artagnan avec un soupir.

— Ah ! c'est vrai, dit Aramis, je l'avais reconnu à votre doigt.

— Vous l'avez donc racheté à M. des Essarts ? demanda Porthos.

— Eh ! mon Dieu, oui, dit d'Artagnan ; mais il est écrit là-haut que je ne pourrai pas le garder. Que voulez-vous ! les diamants, à ce qu'il faut croire, ont leurs sympathies et leurs antipathies comme les hommes ; il paraît que celui-là me déteste.

— Mais, dit Athos, voilà qui va bien pour le bourreau ; malheureusement tout bourreau a son aide, son valet, que sais-je moi.

— Aussi celui-là avait-il le sien ; mais nous jouons de bonheur.

— Comment cela ?

— Au moment où je croyais que j'allais avoir une seconde affaire à traiter, on a rapporté mon gaillard avec une cuisse cassée. Par excès de zèle, il a accompagné jusque sous les fenêtres du roi la charrette qui portait les poutres et les charpentes ; une de ces poutres lui est tombée sur la jambe et la lui a brisée.

— Ah ! dit Aramis, c'est donc lui qui a poussé le cri que j'ai entendu de la chambre du roi ?

— C'est probable, dit d'Artagnan ; mais comme c'est un homme bien-pensant, il a promis en se retirant d'envoyer en son lieu et place quatre ouvriers experts et habiles pour aider ceux qui sont déjà à la besogne, et en rentrant chez son patron, tout blessé qu'il était, il a écrit à l'instant même à maître Tom Low, garçon charpentier de ses amis, de se rendre à White-Hall pour accomplir sa promesse. Voici la lettre qu'il envoyait par un exprès qui devait la porter pour dix pence et qui me l'a vendue un louis.

— Et que diable voulez-vous faire de cette lettre ? demanda Athos.

— Vous ne devinez pas ? dit d'Artagnan avec ses yeux brillants d'intelligence.

— Non, sur mon âme !

— Eh bien ! mon cher Athos, vous qui parlez anglais comme John Bull lui-même, vous êtes maître Tom Low, et nous sommes, nous, vos trois compagnons ; comprenez-vous maintenant ?

Athos poussa un cri de joie et d'admiration, courut à un cabinet, en tira des habits d'ouvrier, que revêtirent aussitôt les quatre amis ; après quoi ils sortirent de l'hôtel, Athos portant une scie, Porthos une pince, Aramis une hache, et d'Artagnan un marteau et des clous.

La lettre du valet de l'exécuteur faisait foi près du maître charpentier que c'était bien eux que l'on attendait.

70

Les ouvriers

Vers le milieu de la nuit, Charles entendit un grand fracas au-dessous de sa fenêtre : c'étaient des coups de marteau et de hache, des morsures de pince et des cris de scie.

Comme il s'était jeté tout habillé sur son lit et qu'il commençait à s'endormir, ce bruit l'éveilla en sursaut ; et comme, outre son retentissement matériel, ce bruit avait un écho moral et terrible dans son âme, les pensées affreuses de la veille vinrent l'assaillir de nouveau. Seul en face des ténèbres et de l'isolement, il n'eut pas la force de soutenir cette nouvelle torture, qui n'était pas dans le programme de son supplice, et il envoya Parry dire à la sentinelle de prier les ouvriers de frapper moins fort et d'avoir pitié du dernier sommeil de celui qui avait été leur roi.

La sentinelle ne voulut point quitter son poste, mais laissa passer Parry.

Arrivé près de la fenêtre, après avoir fait le tour du palais, Parry aperçut de plain-pied avec le balcon, dont on avait descellé la grille, un large échafaud inachevé, mais sur lequel on commençait à clouer une tenture de serge noire.

Cet échafaud, élevé à la hauteur de la fenêtre, c'est-à-dire à près de vingt pieds, avait deux étages inférieurs. Parry, si odieuse que lui fût cette vue, chercha parmi huit ou dix ouvriers qui bâtissaient la sombre machine ceux dont le bruit devait être le plus fatigant pour le roi, et sur le second plancher il aperçut deux hommes qui descellaient à l'aide d'une pince les dernières fiches du balcon de fer ; l'un d'eux, véritable colosse, faisait l'office du bélier antique chargé de renverser les murailles. À chaque coup de son instrument la pierre volait en éclats. L'autre, qui se tenait à genoux, tirait à lui les pierres ébranlées.

Il était évident que c'étaient ceux-là qui faisaient le bruit dont se plaignait le roi.

Parry monta à l'échelle et vint à eux.

— Mes amis, dit-il, voulez-vous travailler un peu plus doucement, je vous prie ? Le roi dort, et il a besoin de sommeil.

L'homme qui frappait avec sa pince arrêta son mouvement et se tourna à demi ; mais comme il était debout, Parry ne put voir son visage perdu dans les ténèbres qui s'épaississaient près du plancher.

L'homme qui était à genoux se retourna aussi ; et comme, plus bas que son compagnon, il avait le visage éclairé par la lanterne, Parry put le voir.

Cet homme le regarda fixement et porta un doigt à sa bouche.

Parry recula stupéfait.

— C'est bien, c'est bien, dit l'ouvrier en excellent anglais, retourne dire au roi que s'il dort mal cette nuit-ci, il dormira mieux la nuit prochaine.

Ces rudes paroles, qui, en les prenant au pied de la lettre, avaient un sens si terrible, furent accueillies des ouvriers qui travaillaient sur les côtés et à l'étage inférieur avec une explosion d'affreuse joie.

Parry se retira, croyant qu'il faisait un rêve.

Charles l'attendait avec impatience.

Au moment où il rentra, la sentinelle qui veillait à la porte passa curieusement sa tête par l'ouverture pour voir ce que faisait le roi.

Le roi était accoudé sur son lit.

Parry ferma la porte, et, allant au roi le visage rayonnant de joie :

— Sire, dit-il à voix basse, savez-vous quels sont ces ouvriers qui font tant de bruit ?

— Non, dit Charles en secouant mélancoliquement la tête ; comment veux-tu que je sache cela ? est-ce que je connais ces hommes ?

— Sire, dit Parry plus bas encore et en se penchant vers le lit de son maître, sire, c'est le comte de La Fère et son compagnon.

— Qui dressent mon échafaud ? dit le roi étonné.

— Oui, et qui en le dressant font un trou à la muraille.

— Chut ! dit le roi en regardant avec terreur autour de lui. Tu les as vus ?

— Je leur ai parlé.

Le roi joignit les mains et leva les yeux au ciel ; puis, après une courte et fervente prière, il se jeta à bas de son lit et alla à la fenêtre, dont il écarta les rideaux ; les sentinelles du balcon y étaient toujours ; puis au-delà du balcon s'étendait une sombre plate-forme sur laquelle elles passaient comme des ombres.

Charles ne put rien distinguer, mais il sentit sous ses pieds la commotion des coups que frappaient ses amis. Et chacun de ces coups maintenant lui répondait au cœur.

Parry ne s'était pas trompé, et il avait bien reconnu Athos. C'était lui, en effet, qui, aidé de Porthos, creusait un trou sur lequel devait poser une des charpentes transversales.

Ce trou communiquait dans une espèce de tambour pratiqué sous le plancher même de la chambre royale. Une fois dans ce tambour, qui ressemblait à un entresol fort bas, on pouvait, avec une pince et de bonnes épaules, et cela regardait Porthos, faire sauter une lame du parquet ; le roi alors se glissait par cette ouverture, regagnait avec ses sauveurs un des compartiments de l'échafaud entièrement recouvert de drap noir, s'affublait à son tour d'un habit d'ouvrier qu'on lui avait préparé, et, sans affectation, sans crainte, il descendait avec les quatre compagnons.

Les sentinelles, sans soupçon, voyant des ouvriers qui venaient de travailler à l'échafaud, laissaient passer.

Comme nous l'avons dit, la felouque était toute prête.

Ce plan était large, simple et facile, comme toutes les choses qui naissent d'une résolution hardie.

Donc Athos déchirait ses belles mains si blanches et si fines à lever les pierres arrachées de leur base par Porthos. Déjà il pouvait passer la tête sous les ornements qui décoraient la crédence du balcon. Deux heures encore, il y passerait tout le corps. Avant le jour, le trou serait achevé et disparaîtrait sous les plis d'une tenture intérieure que poserait d'Artagnan. D'Artagnan s'était fait passer pour un ouvrier français et posait les clous avec la régularité du plus habile tapissier. Aramis coupait l'excédent de la serge, qui pendait jusqu'à terre et derrière laquelle se levait la charpente de l'échafaud.

Le jour parut au sommet des maisons. Un grand feu de tourbe et de charbon avait aidé les ouvriers à passer cette nuit si froide du 29 au 30 janvier ; à tout moment les plus acharnés à leur ouvrage s'interrompaient pour aller se réchauffer. Athos et Porthos seuls n'avaient point quitté leur œuvre. Aussi, aux premières lueurs du matin, le trou était-il achevé. Athos y entra, emportant avec lui les habits destinés au roi, enveloppés dans un coupon de serge noire. Porthos lui passa une pince ; et d'Artagnan cloua, luxe bien grand mais fort utile, une tenture de serge intérieure, derrière laquelle le trou et celui qu'il cachait disparurent.

Athos n'avait plus que deux heures de travail pour pouvoir communiquer avec le roi ; et, selon la prévision des quatre amis, ils avaient toute la journée devant eux, puisque, le bourreau manquant, on serait forcé d'aller chercher celui de Bristol.

D'Artagnan alla reprendre son habit marron, et Porthos son pourpoint rouge ; quant à Aramis, il se rendit chez Juxon, afin de pénétrer, s'il était possible, avec lui jusqu'auprès du roi.

Tous trois avaient rendez-vous à midi sur la place de White-Hall pour voir ce qui s'y passerait.

Avant de quitter l'échafaud, Aramis s'était approché de l'ouverture où était caché Athos, afin de lui annoncer qu'il allait tâcher de revoir Charles.

— Adieu donc et bon courage, dit Athos ; rapportez au roi où en sont les choses ; dites-lui que lorsqu'il sera seul il frappe au parquet, afin que je puisse continuer sûrement ma besogne. Si Parry pouvait m'aider en détachant d'avance la plaque inférieure de la cheminée, qui sans doute est une dalle de marbre, ce serait autant de fait. Vous, Aramis, tâchez de ne pas quitter le roi. Parlez haut, très haut, car on vous écoutera de la porte. S'il y a une sentinelle dans l'intérieur de l'appartement, tuez-la sans marchander ; s'il y en a deux, que Parry en tue une et vous l'autre ; s'il y en a trois, faites-vous tuer, mais sauvez le roi.

— Soyez tranquille, dit Aramis, je prendrai deux poignards, afin d'en donner un à Parry. Est-ce tout ?

— Oui, allez ; mais recommandez bien au roi de ne pas faire de fausse générosité. Pendant que vous vous battrez, s'il y a combat, qu'il fuie ; la plaque une fois replacée sur sa tête, vous, mort ou vivant sur cette plaque, on sera dix minutes au moins à retrouver le trou par lequel il aura fui. Pendant ces dix minutes nous aurons fait du chemin et le roi sera sauvé.

— Il sera fait comme vous le dites, Athos. Votre main, car peut-être ne nous reverrons-nous plus.

Athos passa ses bras autour du cou d'Aramis et l'embrassa :

— Pour vous, dit-il. Maintenant, si je meurs, dites à d'Artagnan que je l'aime comme un enfant, et embrassez-le pour moi. Embrassez aussi notre bon et brave Porthos. Adieu.

— Adieu, dit Aramis. Je suis aussi sûr maintenant que le roi se sauvera que je suis sûr de tenir et de serrer la plus loyale main qui soit au monde.

Aramis quitta Athos, descendit de l'échafaud à son tour et regagna l'hôtel en sifflotant l'air d'une chanson à la louange de Cromwell. Il trouva ses deux autres amis attablés près d'un bon feu, buvant une bouteille de vin de Porto et dévorant un poulet froid. Porthos mangeait, tout en maugréant force injures sur ces infâmes parlementaires ; d'Artagnan mangeait en silence, mais en bâtissant dans sa pensée les plans les plus audacieux.

Aramis lui conta tout ce qui était convenu ; d'Artagnan approuva de la tête et Porthos de la voix.

— Bravo ! dit-il ; d'ailleurs nous serons là au moment de sa fuite : on est très bien caché sous cet échafaud, et nous pouvons nous y tenir. Entre d'Artagnan, moi, Grimaud et Mousqueton, nous en tuerons bien huit : je ne parle pas de Blaisois, il n'est bon qu'à garder les chevaux. À deux minutes par homme, c'est quatre minutes ; Mousqueton en perdra une, c'est cinq, pendant ces cinq minutes-là vous pouvez avoir fait un quart de lieue.

Aramis mangea rapidement un morceau, but un verre de vin et changea d'habits.

— Maintenant, dit-il, je me rends chez Sa Grandeur. Chargez-vous de préparer les armes, Porthos ; surveillez bien votre bourreau, d'Artagnan.

— Soyez tranquille, Grimaud a relevé Mousqueton, et il a le pied dessus.

— N'importe, redoublez de surveillance et ne demeurez pas un instant inactif.

— Inactif ! Mon cher, demandez à Porthos : je ne vis pas, je suis sans cesse sur mes jambes, j'ai l'air d'un danseur. Mordioux ! que j'aime la France en ce moment, et qu'il est bon d'avoir une patrie à soi, quand on est si mal dans celle des autres.

Aramis les quitta comme il avait quitté Athos, c'est-à-dire en les embrassant ; puis il se rendit chez l'évêque Juxon, auquel il transmit sa requête. Juxon consentit d'autant plus facilement à emmener Aramis, qu'il avait déjà prévenu qu'il aurait besoin d'un prêtre, au cas certain où le roi voudrait communier, et surtout au cas probable où le roi désirerait entendre une messe.

Vêtu comme Aramis l'était la veille, l'évêque monta dans sa voiture. Aramis, plus déguisé encore par sa pâleur et sa tristesse que par son costume de diacre, monta près de lui. La voiture s'arrêta à la porte de White-Hall ; il était neuf heures du matin à peu près. Rien ne semblait changé ;

les antichambres et les corridors, comme la veille, étaient pleins de gardes. Deux sentinelles veillaient à la porte du roi, deux autres se promenaient devant le balcon sur la plate-forme de l'échafaud, où le billot était déjà posé.

Le roi était plein d'espérance ; en revoyant Aramis, cette espérance se changea en joie. Il embrassa Juxon, il serra la main d'Aramis. L'évêque affecta de parler haut et devant tout le monde de leur entrevue de la veille. Le roi lui répondit que les paroles qu'il lui avait dites dans cette entrevue avaient porté leur fruit, et qu'il désirait encore un entretien pareil. Juxon se retourna vers les assistants et les pria de le laisser seul avec le roi. Tout le monde se retira.

Dès que la porte se fut refermée :

— Sire, dit Aramis avec rapidité, vous êtes sauvé ! Le bourreau de Londres a disparu ; son aide s'est cassé la cuisse hier sous les fenêtres de Votre Majesté. Ce cri que nous avons entendu, c'était le sien. Sans doute on s'est déjà aperçu de la disparition de l'exécuteur ; mais il n'y a de bourreau qu'à Bristol, et il faut le temps de l'aller chercher. Nous avons donc au moins jusqu'à demain.

— Mais le comte de La Fère ? demanda le roi.

— À deux pieds de vous, sire. Prenez le poker du brasier et frappez trois coups, vous allez l'entendre vous répondre.

Le roi, d'une main tremblante, prit l'instrument et frappa trois coups à intervalles égaux. Aussitôt des coups sourds et ménagés, répondant au signal donné, retentirent sous le parquet.

— Ainsi, dit le roi, celui qui me répond là…

— Est le comte de La Fère, sire, dit Aramis. Il prépare la voie par laquelle Votre Majesté pourra fuir. Parry, de son côté, soulèvera cette dalle de marbre, et un passage sera tout ouvert.

— Mais, dit Parry, je n'ai aucun instrument.

— Prenez ce poignard, dit Aramis ; seulement prenez garde de le trop émousser, car vous pourrez bien en avoir besoin pour creuser autre chose que la pierre.

— Oh ! Juxon, dit Charles, se retournant vers l'évêque et lui prenant les deux mains, Juxon, retenez la prière de celui qui fut votre roi...

— Qui l'est encore et qui le sera toujours, dit Juxon en baisant la main du prince.

— Priez toute votre vie pour ce gentilhomme que vous voyez, pour cet autre que vous entendez sous nos pieds, pour deux autres encore qui, quelque part qu'ils soient, veillent, j'en suis sûr, à mon salut.

— Sire, répondit Juxon, vous serez obéi. Chaque jour il y aura, tant que je vivrai, une prière offerte à Dieu pour ces fidèles amis de Votre Majesté.

Le mineur continua quelque temps encore son travail, qu'on sentait incessamment se rapprocher. Mais tout à coup un bruit inattendu retentit dans la galerie. Aramis saisit le poker et donna le signal de l'interruption.

Ce bruit se rapprochait : c'était celui d'un certain nombre de pas égaux et réguliers. Les quatre hommes restèrent immobiles ; tous les yeux se fixèrent sur la porte, qui s'ouvrit lentement et avec une sorte de solennité.

Des gardes étaient formés en haie dans la chambre qui précédait celle du roi. Un commissaire du parlement, vêtu de noir et plein d'une gravité de mauvais augure, entra, salua le roi, et déployant un parchemin, lui lut son arrêt comme on a l'habitude de le faire aux condamnés qui vont marcher à l'échafaud.

— Que signifie cela ? demanda Aramis à Juxon.

Juxon fit un signe qui voulait dire qu'il était en tout point aussi ignorant que lui.

— C'est donc pour aujourd'hui ? demanda le roi avec une émotion perceptible seulement pour Juxon et Aramis.

— N'étiez-vous point prévenu, sire, que c'était pour ce matin ? répondit l'homme vêtu de noir.

— Et, dit le roi, je dois périr comme un criminel ordinaire, de la main du bourreau de Londres ?

— Le bourreau de Londres a disparu, sire, dit le commissaire du parlement ; mais à sa place un homme s'est offert. L'exécution ne sera donc retardée que du temps seulement que vous demanderez pour mettre ordre à vos affaires temporelles et spirituelles.

Une légère sueur qui perla à la racine des cheveux de Charles fut la seule trace d'émotion qu'il donna en apprenant cette nouvelle.

Mais Aramis devint livide. Son cœur ne battait plus : il ferma les yeux et appuya sa main sur une table. En voyant cette profonde douleur, Charles parut oublier la sienne.

Il alla à lui, lui prit la main et l'embrassa.

— Allons, ami, dit-il avec un doux et triste sourire, du courage.

Puis se retournant vers le commissaire :

— Monsieur, dit-il, je suis prêt. Vous le voyez, je ne désire que deux choses qui ne vous retarderont pas beaucoup, je crois : la première, de communier ; la seconde, d'embrasser mes enfants et de leur dire adieu pour la dernière fois ; cela me sera-t-il permis ?

— Oui, sire, répondit le commissaire du parlement.

Et il sortit.

Aramis, rappelé à lui, s'enfonçait les ongles dans la chair, un immense gémissement sortit de sa poitrine.

— Oh ! Monseigneur, s'écria-t-il en saisissant les mains de Juxon, où est Dieu ? où est Dieu ?

— Mon fils, dit avec fermeté l'évêque, vous ne le voyez point, parce que les passions de la terre le cachent.

— Mon enfant, dit le roi à Aramis, ne te désole pas ainsi. Tu demandes ce que fait Dieu ? Dieu regarde ton dévouement et mon martyre, et, crois-moi, l'un et l'autre auront leur récompense ; prends-t'en donc de ce qui arrive aux hommes, et non à Dieu. Ce sont les hommes qui me font mourir, ce sont les hommes qui te font pleurer.

— Oui, sire, dit Aramis, oui, vous avez raison ; c'est aux hommes qu'il faut que je m'en prenne, et c'est à eux que je m'en prendrai.

— Asseyez-vous, Juxon, dit le roi en tombant à genoux, car il vous reste à m'entendre, et il me reste à me confesser. Restez, monsieur, dit-il à Aramis qui faisait un mouvement pour se retirer ; restez, Parry, je n'ai rien à dire, même dans le secret de la pénitence, qui ne puisse se dire en face de tous; restez, et je n'ai qu'un regret, c'est que le monde entier ne puisse pas m'entendre comme vous et avec vous.

Juxon s'assit, et le roi, agenouillé devant lui comme le plus humble des fidèles, commença sa confession.

71
Remember

La confession royale achevée, Charles communia, puis il demanda à voir ses enfants. Dix heures sonnaient; comme l'avait dit le roi, ce n'était donc pas un grand retard.

Cependant le peuple était déjà prêt; il savait que dix heures étaient le moment fixé pour l'exécution, il s'entassait dans les rues adjacentes au palais, et le roi commençait à distinguer ce bruit lointain que font la foule et la mer, quand l'une est agitée par ses passions, l'autre par ses tempêtes.

Les enfants du roi arrivèrent: c'était d'abord la princesse Charlotte, puis le duc de Gloucester, c'est-à-dire une petite fille blonde, belle et les yeux mouillés de larmes, puis un jeune garçon de huit à neuf ans, dont l'œil sec et la lèvre dédaigneusement relevée accusaient la fierté naissante. L'enfant avait pleuré toute la nuit, mais devant tout ce monde il ne pleurait pas.

Charles sentit son cœur se fondre à l'aspect de ces deux enfants qu'il n'avait pas vus depuis deux ans, et qu'il ne revoyait qu'au moment de mourir. Une larme vint à ses yeux et il se retourna pour l'essuyer, car il voulait être fort devant ceux à qui il léguait un si lourd héritage de souffrance et de malheur.

Il parla à la jeune fille d'abord; l'attirant à lui, il lui recommanda la piété, la résignation et l'amour filial; puis, passant de l'un à l'autre, il prit le jeune duc de Gloucester, et l'asseyant sur son genou pour qu'à la fois il pût le presser sur son cœur et baiser son visage :

— Mon fils, lui dit-il, vous avez vu par les rues et dans les antichambres beaucoup de gens en venant ici ; ces gens vont couper la tête à votre père, ne l'oubliez jamais. Peut-être un jour, vous voyant près d'eux et vous ayant en leur pouvoir, voudront-ils vous faire roi à l'exclusion du prince de Galles ou du duc d'York, vos frères aînés qui sont, l'un en France, l'autre je ne sais où ; mais vous n'êtes pas le roi, mon fils, et vous ne pouvez le devenir que par leur mort. Jurez-moi donc de ne pas vous laisser mettre la couronne sur la tête, que vous n'ayez légitimement droit à cette couronne ; car un jour, écoutez bien, mon fils, si vous faisiez cela, tête et couronne, ils abattraient tout, et ce jour-là vous ne pourriez mourir calme et sans remords, comme je meurs. Jurez, mon fils.

L'enfant étendit sa petite main dans celle de son père, et dit :

— Sire, je jure à Votre Majesté…

Charles l'interrompit.

— Henri, dit-il, appelle-moi ton père.

— Mon père, reprit l'enfant, je vous jure qu'ils me tueront avant de me faire roi.

— Bien, mon fils, dit Charles. Maintenant embrassez-moi, et vous aussi, Charlotte, et ne m'oubliez point.

— Oh ! non, jamais ! jamais ! s'écrièrent les deux enfants en lançant leurs bras au cou du roi.

— Adieu, dit Charles ; adieu, mes enfants. Emmenez-les, Juxon ; leurs larmes m'ôteraient le courage de mourir.

Juxon arracha les pauvres enfants des bras de leur père et les remit à ceux qui les avaient amenés.

Derrière eux les portes s'ouvrirent, et tout le monde put entrer.

Le roi, se voyant seul au milieu de la foule des gardes et des curieux qui commençaient à envahir la chambre, se rappela que le comte de La Fère était là bien près, sous le parquet de l'appartement, ne le pouvant voir et espérant peut-être toujours.

Il tremblait que le moindre bruit ne semblât un signal pour Athos, et que celui-ci, en se remettant au travail, ne se trahît lui-même. Il affecta donc l'immobilité et contint par son exemple tous les assistants dans le repos.

Le roi ne se trompait point, Athos était réellement sous ses pieds : il écoutait, il se désespérait de ne pas entendre le signal ; il commençait parfois, dans son impatience, à déchiqueter de nouveau la pierre ; mais, craignant d'être entendu, il s'arrêtait aussitôt.

Cette horrible inaction dura deux heures. Un silence de mort régnait dans la chambre royale.

Alors Athos se décida à chercher la cause de cette sombre et muette tranquillité que troublait seule l'immense rumeur de la foule. Il entrouvrit la tenture qui cachait le trou de la crevasse, et descendit sur le premier étage de l'échafaud. Au-dessus de sa tête, à quatre pouces à peine, était le plancher qui s'étendait au niveau de la plate-forme et qui faisait l'échafaud.

Ce bruit qu'il n'avait entendu que sourdement jusque-là et qui dès lors parvint à lui, sombre et menaçant, le fit bondir de terreur. Il alla jusqu'au bord de l'échafaud, entrouvrit le drap noir à la hauteur de son œil et vit les cavaliers acculés à la terrible machine ; au-delà des cavaliers, une rangée de pertuisaniers ; au-delà des pertuisaniers, des mousquetaires ; et au-delà des mousquetaires les premières files du peuple, qui, pareil à un sombre océan, bouillonnait et mugissait.

« Qu'est-il donc arrivé ? se demanda Athos plus tremblant que le drap dont il froissait les plis. Le peuple se presse, les soldats sont sous les armes, et parmi les spectateurs, qui tous ont les yeux fixés sur la fenêtre, j'aperçois d'Artagnan ! Qu'attend-il ? Que regarde-t-il ? Grand Dieu ! auraient-ils laissé échapper le bourreau ! »

Tout à coup le tambour roula sourd et funèbre sur la place ; un bruit de pas pesants et prolongés retentit au-dessus de sa tête. Il lui sembla que quelque chose de pareil à une procession immense foulait les parquets de White-Hall ; bientôt il entendit craquer les planches mêmes de l'échafaud. Il jeta un dernier regard sur la place, et l'attitude des spectateurs lui apprit ce qu'une dernière espérance restée au fond de son cœur l'empêchait encore de deviner.

Le murmure de la place avait cessé entièrement. Tous les yeux étaient fixés sur la fenêtre de White-Hall, les bouches entrouvertes et les haleines suspendues indiquaient l'attente de quelque terrible spectacle.

Ce bruit de pas que, de la place qu'il occupait alors sous le parquet de l'appartement du roi, Athos avait entendu au-dessus de sa tête se reproduisit sur l'échafaud, qui plia sous le poids, de façon à ce que les planches touchèrent presque la tête du malheureux gentilhomme. C'était évidemment deux files de soldats qui prenaient leur place.

Au même instant une voix bien connue du gentilhomme, une noble voix prononça ces paroles au-dessus de sa tête :

— Monsieur le colonel, je désire parler au peuple.

Athos frissonna des pieds à la tête : c'était bien le roi qui parlait sur l'échafaud.

En effet, après avoir bu quelques gouttes de vin et rompu un pain, Charles, las d'attendre la mort, s'était tout à coup décidé à aller au-devant d'elle et avait donné le signal de la marche.

Alors on avait ouvert à deux battants la fenêtre donnant sur la place, et du fond de la vaste chambre, le peuple avait pu voir s'avancer silencieusement d'abord un homme masqué, qu'à la hache qu'il tenait à la main il avait reconnu pour le bourreau. Cet homme s'était approché du billot et y avait déposé sa hache.

C'était le premier bruit qu'Athos avait entendu.

Puis, derrière cet homme, pâle sans doute, mais calme et marchant d'un pas ferme, Charles Stuart, lequel s'avançait entre deux prêtres suivis de quelques officiers supérieurs, chargés de présider à l'exécution, et escorté de deux files de pertuisaniers, qui se rangèrent aux deux côtés de l'échafaud.

La vue de l'homme masqué avait provoqué une longue rumeur. Chacun était plein de curiosité pour savoir quel était ce bourreau inconnu qui s'était présenté si à point pour que le terrible spectacle promis au peuple pût avoir lieu, quand le peuple avait cru que ce spectacle était remis au lendemain. Chacun l'avait donc dévoré des yeux ; mais tout ce qu'on avait pu voir, c'est que c'était un homme de moyenne taille, vêtu tout en noir, et qui paraissait déjà d'un certain âge, car l'extrémité d'une barbe grisonnante dépassait le bas du masque qui lui couvrait le visage.

Mais à la vue du roi si calme, si noble, si digne, le silence s'était à l'instant même rétabli, de sorte que chacun put entendre le désir qu'il avait manifesté de parler au peuple.

À cette demande, celui à qui elle était adressée avait sans doute répondu par un signe affirmatif, car d'une voix ferme et sonore, et qui vibra jusqu'au fond du cœur d'Athos, le roi commença de parler.

Il expliquait sa conduite au peuple et lui donnait des conseils pour le bien de l'Angleterre.

« Oh ! se disait Athos en lui-même, est-il bien possible que j'entende ce que j'entends et que je voie ce que je vois ? Est-il bien possible que Dieu ait abandonné son représentant sur la terre à ce point qu'il le laisse mourir si misérablement !... Et moi qui ne l'ai pas vu ! moi qui ne lui ai pas dit adieu ! »

Un bruit pareil à celui qu'aurait fait l'instrument de mort remué sur le billot se fit entendre.

Le roi s'interrompit.

— Ne touchez pas à la hache, dit-il.

Et il reprit son discours où il l'avait laissé.

Le discours fini, un silence de glace s'établit sur la tête du comte. Il avait la main à son front, et entre sa main et son front ruisselaient des gouttes de sueur, quoique l'air fût glacé.

Ce silence indiquait les derniers préparatifs.

Le discours terminé, le roi avait promené sur la foule un regard plein de miséricorde ; et détachant l'ordre qu'il portait, et qui était cette même plaque en diamants que la reine lui avait envoyée, il la remit au prêtre qui accompagnait Juxon. Puis il tira de sa poitrine une petite croix en diamants aussi. Celle-là, comme la plaque, venait de Madame Henriette.

— Monsieur, dit-il en s'adressant au prêtre qui accompagnait Juxon, je garderai cette croix dans ma main jusqu'au dernier moment ; vous me la reprendrez quand je serai mort.

— Oui, sire, dit une voix qu'Athos reconnut pour celle d'Aramis.

Alors Charles, qui jusque-là s'était tenu la tête couverte, prit son chapeau et le jeta près de lui ; puis un à un il défit tous les boutons de son pourpoint, se dévêtit et le jeta près de son chapeau. Alors, comme il faisait froid, il demanda sa robe de chambre, qu'on lui donna.

Tous ces préparatifs avaient été faits avec un calme effrayant.

On eût dit que le roi allait se coucher dans son lit et non dans son cercueil.

Enfin, relevant ses cheveux avec la main :

— Vous gêneront-ils, monsieur ? dit-il au bourreau. En ce cas on pourrait les retenir avec un cordon.

Charles accompagna ces paroles d'un regard qui semblait vouloir pénétrer sous le masque de l'inconnu. Ce regard si noble, si calme et si assuré força cet homme à détourner la tête. Mais derrière le regard profond du roi il trouva le regard ardent d'Aramis.

Le roi, voyant qu'il ne répondait pas, répéta sa question.

— Il suffira, répondit l'homme d'une voix sourde, que vous les écartiez sur le cou.

Le roi sépara ses cheveux avec les deux mains, et regardant le billot :

— Ce billot est bien bas, dit-il, n'y en aurait-il point de plus élevé ?

— C'est le billot ordinaire, répondit l'homme masqué.

— Croyez-vous me couper la tête d'un seul coup ? demanda le roi.

— Je l'espère, répondit l'exécuteur.

Il y avait dans ces deux mots : *Je l'espère*, une si étrange intonation, que tout le monde frissonna, excepté le roi.

— C'est bien, dit le roi ; et maintenant, bourreau, écoute.

L'homme masqué fit un pas vers le roi et s'appuya sur sa hache.

— Je ne veux pas que tu me surprennes, lui dit Charles. Je m'agenouillerai pour prier, alors ne frappe pas encore.

— Et quand frapperai-je ? demanda l'homme masqué.

— Quand je poserai le cou sur le billot et que je tendrai les bras en disant : *Remember*[1], alors frappe hardiment.

L'homme masqué s'inclina légèrement.

— Voici le moment de quitter le monde, dit le roi à ceux qui l'entouraient. Messieurs, je vous laisse au milieu de la tempête et vous précède dans cette patrie qui ne connaît pas d'orage. Adieu.

Il regarda Aramis et lui fit un signe de tête particulier.

— Maintenant, continua-t-il, éloignez-vous et laissez-moi faire tout bas ma prière, je vous prie. Éloigne-toi aussi, dit-il à l'homme masqué ; ce n'est que pour un instant, et je sais que je t'appartiens ; mais souviens-toi de ne frapper qu'à mon signal.

Alors Charles s'agenouilla, fit le signe de la croix, approcha sa bouche des planches comme s'il eût voulu baiser la plate-forme ; puis s'appuyant d'une main sur le plancher et de l'autre sur le billot :

— Comte de La Fère, dit-il en français, êtes-vous là et puis-je parler ?

Cette voix frappa droit au cœur d'Athos et le perça comme un fer glacé.

— Oui, Majesté, dit-il en tremblant.

— Ami fidèle, cœur généreux, dit le roi, je n'ai pu être sauvé, je ne devais pas l'être. Maintenant, dussé-je commettre un sacrilège, je te dirai : Oui, j'ai parlé aux hommes, j'ai parlé à Dieu, je te parle à toi le dernier. Pour soutenir une cause que j'ai crue sacrée, j'ai perdu le trône

1. Souvenez-vous.

de mes pères et diverti l'héritage de mes enfants. Un million en or me reste, je l'ai enterré dans les caves du château de Newcastle au moment où j'ai quitté cette ville. Cet argent, toi seul sais qu'il existe, fais-en usage quand tu croiras qu'il en sera temps pour le plus grand bien de mon fils aîné ; et maintenant, comte de La Fère, dites-moi adieu.

— Adieu, Majesté sainte et martyre, balbutia Athos glacé de terreur.

Il se fit alors un instant de silence, pendant lequel il sembla à Athos que le roi se relevait et changeait de position.

Puis d'une voix pleine et sonore, de manière qu'on l'entendît non seulement sur l'échafaud, mais encore sur la place :

— *Remember*, dit le roi.

Il achevait à peine ce mot qu'un coup terrible ébranla le plancher de l'échafaud ; la poussière s'échappa du drap et aveugla le malheureux gentilhomme. Puis soudain, comme par un mouvement machinal il levait les yeux et la tête, une goutte chaude tomba sur son front. Athos recula avec un frisson d'épouvante, et au même instant, les gouttes se changèrent en une noire cascade, qui rejaillit sur le plancher.

Athos, tombé lui-même à genoux, demeura pendant quelques instants comme frappé de folie et d'impuissance. Bientôt, à son murmure décroissant, il s'aperçut que la foule s'éloignait ; il demeura encore un instant immobile, muet et consterné. Alors se retournant, il alla tremper le bout de son mouchoir dans le sang du roi martyr ; puis, comme la foule s'éloignait de plus en plus, il descendit, fendit le drap, et glissa entre deux chevaux, se mêla au peuple dont il portait le vêtement, et arriva le premier à la taverne.

Monté à sa chambre, il se regarda dans une glace, vit son front marqué d'une large tache rouge, porta la main à son front, la retira pleine du sang du roi et s'évanouit.

TABLE DES MATIÈRES DU TOME II

POCKET CLASSIQUES

collection dirigée par Claude AZIZA

ARÈNE Paul	
Contes et histoires de Provence	6236
BALZAC Honoré de	
César Birotteau	6119
Chouans (les)	6064
Colonel Chabert (le)	6052
Cousin Pons (le)	6121
Cousine Bette (la)	6120
Curé de Tours (le)	6146
Curé de village (le)	6193
Eugénie Grandet	6005
Femme de trente ans (la)	6076
Histoire des treize	6075
Illusions perdues	6070
Lys dans la vallée (le)	6034
Médecin de campagne (le)	6192
Peau de chagrin (la)	6017
Père Goriot (le)	6023
Rabouilleuse (la)	6106
Splendeurs et misères des courtisanes	6073
Une ténébreuse affaire	6112
BARBEY D'AUREVILLY Jules	
Chevalier des Touches (le)	6208
Diaboliques (les)	6136
Ensorcelée (l')	6194
BAUDELAIRE Charles	
Fleurs du mal (les)	6022
Petits poèmes en prose	6195
BEAUMARCHAIS	
Trilogie (la) / *(bac 2000)*	6168
Barbier de Séville (le) / *(bac 2000)*	6226
Mariage de Figaro (le) / *(bac 2000)*	6227

BERNARDIN DE SAINT-PIERRE J.-H.

Paul et Virginie 6041

BOUGAINVILLE Louis-Antoine de

Voyage autour du monde 6222

BOULLE Pierre

Contes et histoires du futur 6235

BOUQUET Dominique

Clés pour Si c'est un homme de Primo Lévi 6247

BRONTË Charlotte

Jane Eyre 6045

CHATEAUBRIAND François René de

Atala / René 6191

CHODERLOS DE LACLOS Pierre

Liaisons dangereuses (les) 6010

CONSTANT Benjamin / FROMENTIN Eugène

Adolphe / Dominique 6084

CORNEILLE Pierre

Cid (le) 6085
Horace 6131

COSTER Charles de

Contes et histoires des Flandres 6237

DAUDET Alphonse

Contes du lundi 6072
Lettres de mon moulin 6038
Petit Chose (le) 6016
Tartarin de Tarascon 6130

DIDEROT Denis

Jacques le fataliste et son maître 6013
Neveu de Rameau (le) 6180
Religieuse (la) 6149

DUMAS Alexandre

Comte de Monte-Cristo (le) / tome 1 6216
tome 2 6217
Trois Mousquetaires (les) 6048
Histoires de fées et de sorcières 6248
Histoires de vampires et de morts vivants 6249

DUMAS (fils) Alexandre
Dame aux camélias (la) 6103

ERCKMANN E. / CHATRIAN A.
Contes et histoires d'Alsace et de Lorraine 6229

ESCHYLE / SOPHOCLE / EURIPIDE
Antigone / Électre 6212

EURIPIDE
Andromaque 6094
Hippolyte 6080
Iphigénie à Aulis 6138

FLAUBERT Gustave
Bouvard et Pécuchet 6188
Éducation sentimentale (l') 6014
Madame Bovary 6033
Mémoire d'un fou 6218
Par les champs et par les grèves 6245
Salammbô 6088
Tentation de saint Antoine (la) 6209
Trois contes 6009

FRÉMINE Charles
Contes et histoires de Normandie 6243

GAUTIER Théophile
Capitaine Fracasse (le) 6100
Roman de la momie (le) 6049

GENEVOIX Maurice
Roman de Renard (le) 6053

HOMÈRE
Iliade 6148
Odyssée 6018

HUGO Victor
Châtiments (les) 6197
Contemplations (les) 6040
Misérables (les) / tome 1 6097
tome 2 6098
tome 3 6099
Notre-Dame de Paris 6004
Quatrevingt-treize 6110
Ruy Blas 6154

HUYSMANS Joris-Karl
À rebours 6116

JARRY Alfred
Ubu roi 6153

LA FAYETTE Madame de
Princesse de Clèves (la) 6003

LA FONTAINE Jean de
Fables 6012

LAMARTINE-MUSSET-GAUTIER-VIGNY
Recueils poétiques du XIXe siècle 6239

LAUTRÉAMONT Comte de
Chants de Maldoror (les) 6068

LE BRAZ Anatole
Contes et histoires de Bretagne 6228

LE ROY Eugène
Jacquou le Croquant 6063

LONDON Jack
Croc-Blanc 6042

MACHIAVEL
Prince (le) 6036
Maîtres et valets dans la comédie du XVIIIe siècle / *(bac 2000)* 6223

MALET Léo
Brouillard au pont de Tolbiac 6215
120, rue de la Gare 6242

MARIVAUX
Jeu de l'amour et du hasard (le) / *(bac 2000)* 6107
Fausses Confidences (les) / *(bac 2000)* 6162
Double Inconstance (la) / *(bac 2000)* 6190
Île aux esclaves (l') / *(bac 2000)* 6225

MAUPASSANT Guy de
Au soleil et autres récits exotiques 6206
Bel-Ami 6025

Berthe et autres récits de l'enfance 6186
Boule de Suif et autres récits de guerre 6055
Contes de la bécasse et autres contes de chasseurs 6096
Fort comme la mort 6127
Horla (le) 6002
Maison Tellier et autres histoires
de femmes galantes (la) 6067
Mont-Oriol 6210
Notre cœur 6203
Petite Roque et autres récits noirs (la) 6091
Pierre et Jean 6020
Rosier de Mme Husson et autres contes roses (le) 6092
Sœurs Rondoli et autres histoires lestes (les) 6207
Sur l'eau et autres récits méditerranéens 6184
Toine et autres contes normands 6187
Une partie de campagne 6185
Une vie 6026
Textes sur le roman naturaliste / *(bac 2000)* 6224

MÉRIMÉE Prosper
Carmen et autres histoires d'Espagne 6030
Colomba-Mateo Falcone « Nouvelles corses » 6011

MOLIÈRE
Avare (l') 6125
Bourgeois gentilhomme (le) 6095
Dom Juan 6079
Fourberies de Scapin (les) 6169
Malade imaginaire (le) 6104
Médecin malgré lui (le) 6170
Tartuffe (le) 6086
Médecin volant (le) 6232
Misanthrope (le) 6139
Précieuses ridicules (les) 6234
Georges Dandin 6240
Mariage forcé - l'Etourdi (le) 6241

MONTAIGNE
Essais (textes choisis) 6182

MONTESQUIEU Charles de
Lettres persanes 6021

MUSSET Alfred de
Lorenzaccio 6081
On ne badine pas avec l'amour 6102

ROUSSEAU Jean-Jacques

Confessions (les) / tome 1	6201
tome 2	6202
Confessions (les) / Livres I à IV	6211
Rêveries d'un promeneur solitaire (les)	6069

SAND George

Mare au diable (la)	6008
Petite Fadette (la)	6059

SÉNÈQUE

Phèdre	6080

SHAKESPEARE William

Othello / Hamlet	6128

SILVERBERG Robert

Porte des mondes (la)	5127

SIMENON Georges

Port des brumes (le)	6233

STENDHAL

Abbesse de Castro (l')	6174
Armance	6117
Chartreuse de Parme (la)	6001
Chroniques italiennes	6174
De l'amour	6173
Lucien Leuwen / tome 1	6144
tome 2	6220
Rouge et le noir (le)	6028

STEVENSON Robert

Étrange cas du Dr Jekyll et de M. Hyde (l')	6122
Île au trésor (l')	6065

TERENCE

Phormion (le)	6169

TCHEKHOV Anton

Cerisaie (la)	6134

VALLÈS Jules

Bachelier (le)	6150
Enfant (l')	6015

Composition : Francisco *Compo*
61290 Longny-au-Perche

Imprimé en France sur Presse Offset par

BRODARD & TAUPIN

GROUPE CPI

12042 – La Flèche (Sarthe), le 20-03-2002
Dépôt légal : avril 2002

POCKET – 12, avenue d'Italie - 75627 Paris cedex 13
Tél. : 01.44.16.05.00